Cara Hunter vit à Oxford où se déroulent les intrigues de ses romans. Après des études de littérature, elle se consacre à l'écriture et le succès ne se fait pas attendre. Récompensée par de nombreux prix littéraires, ses romans sont traduits dans le monde entier et les enquêtes d'Adam Fawley, déjà vendues à un million d'exemplaires au Royaume-Uni, donneront bientôt lieu à une adaptation en série télévisée.

De la même autrice :

Sous nos yeux
Dans les ténèbres

Cara Hunter

Dans les ténèbres

Une enquête d'Adam Fawley

Traduit de l'anglais (Grande-Bretagne) par Sébastien Raizer

Hauteville

Hauteville est un label des éditions Bragelonne

Titre original : *In the Dark*

Première édition parue chez Penguin Random House, 2018

ISBN : 978-2-38122-138-0

Bragelonne – Hauteville
60-62, rue d'Hauteville – 75010 Paris

Email : info@editions-hauteville.fr
Site Internet : www.editions-hauteville.fr

Pour « Burke et Heath »
Pour de nombreux jours heureux

Prologue

Elle ouvre les yeux dans des ténèbres si denses qu'elle a l'impression d'avoir un bandeau sur le visage. L'air est lourd et humide, comme s'il n'avait pas été ventilé depuis très longtemps.

Ses autres sens s'éveillent péniblement. Le silence fuyant, le froid, l'odeur. De la moisissure, et aussi quelque chose d'animal et de fétide qu'elle ne parvient pas à identifier. Elle remue les doigts, sent du gravier mouillé sous son jean. Ça lui revient, maintenant – comment elle s'est retrouvée là, pourquoi tout cela est arrivé.

Comment a-t-elle pu être aussi stupide ?

Elle réprime une montée de panique et tente de se redresser, sans y parvenir. Elle remplit ses poumons et hurle. Les murs ne lui renvoient que des échos. Hurlements, hurlements, hurlements, jusqu'à ce que sa gorge soit à vif.

Mais personne ne vient. Parce que personne ne peut l'entendre.

Elle ferme de nouveau les yeux ; de chaudes larmes de colère roulent sur son visage. Elle est tétanisée par l'indignation et la révolte, et n'a pas conscience de grand-chose d'autre, jusqu'à ce qu'elle sente les premières petites pattes pointues se déplacer sur sa peau. La terreur la saisit.

Quelqu'un a dit qu'avril est le mois le plus cruel. Eh bien, j'ignore qui a dit ça, mais ce n'était pas un détective. La cruauté peut se manifester à n'importe quel moment – je le sais pour l'avoir moi-même constaté. Mais, d'une certaine façon, le froid et les ténèbres en atténuent la violence. Le soleil, les chants d'oiseaux et le ciel bleu peuvent se révéler très brutaux dans ce boulot. C'est sans doute le contraste qui veut ça. Mort et espoir.

Cette histoire commence par de l'espoir. Premier mai : le premier jour du printemps – du véritable printemps. Et si jamais vous êtes déjà allé à Oxford, vous le savez : dans cette région, c'est tout ou rien – lorsqu'il pleut, les pierres prennent une couleur pisseuse, mais au soleil, quand les bâtiments semblent avoir été sculptés dans les nuages, il n'y a pas plus bel endroit sur terre. Et je ne suis qu'un vieux flic cynique.

Quant au May Morning[1], eh bien, c'est le moment où la ville dévoile son côté le plus excentrique, où elle est le plus insolemment « elle-même ». Paganisme, christianisme et une petite dose de folie : la plupart du temps, il est difficile de démêler tout ça. Des enfants de chœur chantent au lever du soleil depuis le sommet d'une tour. Des joueurs de vielle se bousculent devant les camionnettes qui vendent des burgers

1. Fête traditionnelle qui se déroule à Oxford à l'aube du 1er mai, depuis plus de cinq cents ans. *(Les notes sont du traducteur.)*

toute la nuit. Les pubs ouvrent à 6 heures du matin, et la moitié de la population étudiante est bourrée depuis la veille. Même les citoyens sobres du nord d'Oxford s'attroupent *en masse* * avec des fleurs dans les cheveux (et ne croyez pas que je plaisante). L'an dernier, la célébration a rassemblé plus de vingt-cinq mille personnes. Il y avait un type déguisé en arbre. Je pense que vous vous représentez la scène.

C'est donc une grosse journée pour la police. Mais c'est une bonne journée pour les flics qui sont de service. Le démarrage peut être un peu difficile, mais les incidents sont rares et on est gavé de café et de sandwiches au bacon. Du moins, c'était comme ça la dernière fois que j'étais de service pour le May Morning. Mais c'était quand j'étais encore en uniforme. Avant que je devienne inspecteur principal.

Cette année, c'est différent. Cette année, il n'y a pas que l'heure matinale qui pose problème.

* * *

Mark Sexton arrive à la maison avec une heure de retard. Le trajet aurait dû être rapide à ce moment de la journée, mais la circulation sur la M-40 était bloquée et la file de voitures s'étendait jusqu'à Banbury Road. Lorsqu'il tourne enfin dans Frampton Road, un camion obstrue la rue. Sexton jure, passe la marche arrière et recule en faisant crisser les pneus de la Cayenne. Puis il ouvre la portière et, en sortant de la voiture, il manque de marcher dans une flaque de vomi étalée sur l'asphalte. Il la considère d'un air dégoûté et vérifie l'état de ses chaussures. Qu'est-ce qui se passe, ce matin, dans cette foutue ville ? Il verrouille la voiture et presse le pas jusqu'à la porte d'entrée avant de fouiller dans ses poches, à la recherche

---

* En français dans le texte.

de ses clés. Au moins, ils ont enlevé l'échafaudage. La vente a pris plus de temps que prévu, mais, avec de la chance, tout devrait être réglé pour Noël. Aux enchères, il a laissé passer une maison située sur Woodstock Road, et il a dû surenchérir pour acquérir celle-ci. Mais, quand les travaux seront finis, ce sera une sacrée bonne affaire. Le marché immobilier pourrait se stabiliser, mais, avec les investisseurs chinois et russes, les prix ne cessent d'augmenter dans cette ville. À une heure à peine de Londres. Pour les garçons, une école privée de premier ordre à trois rues de là. Sa femme n'aimait pas l'idée d'une maison mitoyenne, mais il lui a demandé de bien la regarder – elle est extraordinaire. Une authentique bâtisse victorienne, quatre étages plus un sous-sol qu'il entend transformer en cave à vin haut de gamme, avec un home cinéma (ça, il ne le lui a pas encore dit). Et juste un vieux con qui habite la maison jumelée – il ne risque pas de faire des fêtes à n'en plus finir, hein ? Certes, le jardin est dans un sale état, mais ils peuvent toujours mettre un treillis. Le paysagiste a parlé d'une haie. Une belle somme, mais l'affaire sera réglée une fois pour toutes. Même si ça ne résout pas le problème du devant. Il jette un œil à la Cortina qui rouille sur des briques face au numéro 33, et aux trois vélos cadenassés à un arbre. À la pile de palettes en train de pourrir. Aux sacs de plastique noir qui débordent de canettes de bière vides sur le trottoir. Ils étaient là la dernière fois qu'il est venu, deux semaines plus tôt. Il avait glissé un mot sous la porte du vieux con pour le prier de les enlever. Ce qu'il n'a manifestement pas fait.

La porte s'ouvre. C'est Tim Knight, son architecte, des plans roulés à la main. Il a un grand sourire et fait signe à son client d'entrer.

— Monsieur Sexton, content de vous revoir. Je crois que vous allez être ravi des progrès que nous avons faits.

— J'espère bien, répond Sexton sur un ton ironique. Cette matinée ne pourrait pas plus mal débuter.

— Commençons par le haut.

Les deux hommes montent ; leurs pas résonnent sur le bois brut. Dans les étages, une radio locale diffuse de la musique à plein volume et il y a des ouvriers dans presque toutes les pièces. Deux plâtriers au dernier niveau, un plombier dans la salle de bains, un spécialiste de la restauration des fenêtres concentré sur les châssis. Un ou deux ouvriers se tournent vers Sexton, mais celui-ci évite de croiser leurs regards. Il a sorti sa tablette pour noter chaque intervention et pose des questions sur la plupart d'entre elles.

Ils finissent par une extension située à l'arrière, où le vieil appentis en briques a été abattu pour faire place à un immense espace de verre et d'acier en double hauteur, en cours de construction. Au-delà des arbres qui marquent la limite du jardin en pente, ils ont vue sur l'élégance georgienne de Crescent Square. Sexton aurait voulu acheter l'une de ces maisons, mais bon, le marché a augmenté de 5 % depuis qu'il a acquis celle-ci, il n'a donc pas à se plaindre. Il demande à l'architecte de lui montrer les plans de la cuisine (*Bon Dieu, on n'a vraiment pas grand-chose pour soixante mille livres. Ils n'ont même pas mis un putain de lave-vaisselle !*), puis il se tourne vers la porte qui donne sur l'escalier menant à la cave.

Knight a l'air un peu nerveux.

— Ah, j'allais justement y venir. Il y a eu un léger contretemps au sous-sol.

Sexton fronce les sourcils.

— Qu'est-ce que vous entendez par « contretemps » ?

— Trevor m'a appelé, hier. Ils ont découvert un problème avec le mur mitoyen. Il se pourrait que nous ayons besoin d'un accord légal en bonne et due forme. Les travaux auxquels nous devrons procéder affecteront la maison voisine.

Sexton grimace.

— Bordel de merde, on ne peut pas se permettre de faire intervenir des avocats ! C'est quoi, ce problème ?

— Ils ont commencé à enlever le plâtre pour installer les câblages, mais en dessous ils ont trouvé des briques dans un sale état. Dieu sait depuis combien de temps Mme Pardew n'était pas descendue là.

— Espèce de vieille bique, murmure Sexton.

Knight décide d'ignorer cette remarque. Il s'agit d'un boulot assez lucratif.

— Quoi qu'il en soit, dit-il, je crains que l'un des ouvriers n'ait mis un peu de temps à comprendre à quoi il avait affaire. Mais ne vous inquiétez pas, l'ingénieur en structures sera là demain…

Sexton est déjà en train de l'écarter de son chemin.

— Laissez-moi voir ça de mes propres yeux.

L'ampoule de la cave émet une lueur vacillante tandis que les deux hommes descendent. L'endroit empeste le moisi.

— Faites attention où vous mettez les pieds, prévient Knight. Plusieurs marches ne sont pas sûres. Vous pourriez vous rompre le cou dans le noir.

— Vous avez une torche ? demande Sexton, qui devance Knight de quelques mètres. Je n'y vois rien du tout.

Knight lui en passe une et Sexton l'allume aussitôt. Il voit tout de suite le problème. La peinture fait des cloques sur ce qu'il reste du vieux plâtre jauni et, en dessous, la plupart des briques s'effritent, sèches et grises. Du sol au plafond, il y a une fissure de la largeur d'un doigt.

— Bon Dieu, on va devoir étayer toute cette foutue baraque ? Comment est-ce que l'expert a pu passer à côté de ça ?

Knight a l'air navré.

— Mme Pardew avait des étagères tout le long du mur. Il n'a pas pu voir ce qu'il y avait derrière.

— Et, d'abord, pourquoi est-ce que personne ne surveillait ce branleur qui démontait mon mur…

Il ramasse l'outil de l'ouvrier et commence à donner des coups dans les briques. L'architecte s'avance vers lui.

— Sérieusement, je ne ferais pas ça si…

Une brique tombe, suivie d'une autre, et un bon morceau de maçonnerie glisse, puis s'écrase dans la poussière, à leurs pieds. Cette fois, les chaussures de Sexton n'y échappent pas. Mais il ne s'en rend pas compte. La bouche ouverte, il observe le mur.

Il y a un trou d'environ soixante centimètres de large.

Et derrière, dans l'obscurité, il voit un visage.

* * *

Au poste de police de St Aldate, l'inspecteur en chef Gareth Quinn en est à son deuxième café et à sa troisième tournée de toasts, sa luxueuse cravate passée par-dessus une épaule pour la protéger des miettes. Cette luxueuse cravate est accordée avec son luxueux costume et l'impression générale qui se dégage de lui, légèrement trop élégante, le distingue d'un simple flic. Et lui confère l'aura d'intelligence qui va avec, inutile de le préciser. Les bureaux de la police judiciaire sont à moitié vides. Pour le moment, seuls Chris Gislingham et Verity Everett sont arrivés. L'équipe n'a pas de grosse affaire en cours et l'inspecteur principal Fawley passe la journée en formation. Ils peuvent donc se permettre de commencer en douceur et de s'atteler tranquillement à la tâche toujours aussi alléchante que constitue la paperasse.

Pendant un moment, la poussière flotte dans les rayons de soleil qui traversent les stores, on entend le froissement des feuilles du journal que lit Quinn, l'odeur du café règne dans la pièce. Puis le téléphone sonne. Il est 9 h 17.

Quinn se penche et décroche.

— Police judiciaire, dit-il.

Puis :

— Merde ! Vous êtes sûr ?

Gislingham et Everett lèvent les yeux vers lui. Gislingham, que l'on décrit toujours comme « costaud » et « résistant », et pas seulement parce que sa taille s'est un peu épaissie. Gislingham, qui, contrairement à Quinn, n'est pas devenu inspecteur en chef et, vu son âge, ne le deviendra sans doute jamais. Mais il ne faut pas le juger sur ce critère. Chaque équipe de la police judiciaire a besoin d'un Gislingham et, si vous vous noyez, c'est le genre de type que vous voudriez voir vous venir en aide. Quant à Everett, il ne faut pas se fier aux apparences : elle a beau ressembler à Miss Marple quand celle-ci avait trente-cinq ans, c'est une bosseuse acharnée. Comme le dit souvent Gislingham, Ev devait être un limier dans une vie précédente.

Quinn est toujours au téléphone.

— Et le voisin ne répond pas ? D'accord. Non, on est dessus. Dites aux flics de nous retrouver sur place, et assurez-vous qu'ils emmènent au moins un officier femme avec eux.

Gislingham est déjà en train d'attraper sa veste. Quinn raccroche et avale la dernière bouchée de son toast en se levant.

— C'était le standard. Quelqu'un a appelé de Frampton Road. En disant qu'il y a une fille dans la cave d'à côté.

— Dans la *cave* ? demande Everett, les yeux ronds.

— Quelqu'un a fait tomber un pan de mur par accident. Il y a un vieux type qui vit dans la maison d'à côté, apparemment. Mais il ne répond pas.

— Oh, merde.

— Ouais. On peut dire ça.

Lorsqu'ils s'arrêtent devant la maison, une foule est déjà en train de se former. Certains sont manifestement des ouvriers du numéro 31, trop heureux d'avoir une excuse pour cesser de travailler sans que Sexton puisse rien trouver à y redire. Les autres sont probablement des voisins, et il y a une poignée de noceurs qui n'ont plus l'air très frais, avec leurs chapeaux ornés de fleurs et leurs canettes de bière. L'ambiance est d'autant plus surréaliste qu'une vache en plastique de taille réelle trône sur le trottoir, drapée d'une nappe fleurie, des jonquilles accrochées aux cornes. Quelques danseurs folkloriques sont en train d'improviser un spectacle.

— Merde alors ! s'exclame Gislingham lorsque Quinn coupe le moteur. Tu crois qu'on peut les arrêter pour avoir installé ce truc sans autorisation ?

Ils traversent la rue au moment où deux voitures de patrouille approchent. Dans la foule, une femme siffle Quinn et se met à glousser lorsqu'il se retourne vers elle. Trois officiers en uniforme sortent de voiture pour les rejoindre. L'un d'eux est une femme qui porte un bélier : l'officier Erica Somer. Gislingham remarque un échange de regards entre elle et Quinn. Il est gêné de voir un sourire dans ses yeux. *C'est donc ça*, se dit-il. Il se doutait qu'il y avait quelque chose entre ces deux-là. Comme il l'a dit à Janet l'autre nuit, il les voit trop souvent ensemble à la machine à café pour que ce soit une simple coïncidence. Il ne blâme pas Quinn – elle a belle allure, même en uniforme et avec ses grosses godasses. Il espère juste qu'elle ne fonde pas trop d'espoirs : si Quinn était un chien, il n'aurait rien de fidèle.

— On connaît le nom du vieil homme qui habite là ? demande Quinn.

— Un certain William Harper, sergent, répond Somer. On a appelé les ambulanciers, pour le cas où il y aurait réellement une fille là-dedans.

— Je sais parfaitement ce que j'ai vu.

Quinn se retourne et aperçoit un type dans un costume qu'il s'achèterait volontiers s'il en avait les moyens. Coupe slim, trame en soie, doublure en satin bordeaux qui scintille sur une chemise à carreaux violette et une cravate rose à pois. Le mot « urbain » semble flotter tout autour de lui. Ainsi que les termes « profondément emmerdé ».

— Écoutez, demande l'homme, ça va prendre combien de temps, tout ce truc ? J'ai rendez-vous avec mon avocat à 15 heures et, si la circulation redevient impossible…

— Excusez-moi, monsieur. Vous êtes ?

— Mark Sexton. Le voisin. Je suis propriétaire.

— C'est donc vous qui nous avez appelés ?

— Ouais, c'est moi. J'étais dans la cave avec mon architecte et une partie du mur s'est écroulée. Il y a une fille là-dedans. Je sais ce que j'ai vu et, contrairement à cette populace, je ne suis pas bourré. Demandez à Knight, il l'a vue aussi.

— Très bien, dit Quinn en indiquant la porte à l'officier qui porte le bélier. Allons voir ça. Et gardez cet attroupement sous contrôle, voulez-vous ? On dirait qu'ils sortent tout droit de *Wicker Man*[1].

Tandis que Quinn s'éloigne, Sexton l'interpelle :

— Hé ! Et mes ouvriers, quand est-ce qu'ils pourront retourner travailler ?

---

1. Ou *Le Dieu d'osier*. Dans le film original (1973) comme dans le remake (2006), un inspecteur enquête sur la disparition d'une petite fille dans une île où règnent les rites néopaïens.

Quinn l'ignore et, en passant à côté de lui, Gislingham lui tape sur l'épaule.

— Désolé, mec, dit-il gaiement. Les travaux de modernisation super chics devront attendre.

Sur le perron, Quinn frappe vigoureusement contre la porte.

— Monsieur Harper ! Police de Thames Valley. Si vous êtes là, je vous prie d'ouvrir, sans quoi nous serons obligés de défoncer la porte.

Silence.

— OK, dit-il à l'officier en uniforme. Allez-y.

La porte est plus massive que ne le laisserait supposer l'état de la maison, mais les gonds sautent au troisième coup. Dans la foule, quelqu'un braille d'une voix alcoolisée. Les autres se pressent pour essayer de voir quelque chose.

Quinn et Gislingham entrent et tirent la porte derrière eux.

Dans la maison, tout est calme. On entend encore les clochettes des danseurs folkloriques, et des mouches bourdonnent dans l'air qui sent le renfermé. Il est clair qu'on ne s'est pas occupé de la décoration depuis des décennies : le papier peint est décollé, les plafonds sont affaissés et marqués de taches brunes. Des journaux sont étalés par terre.

Quinn avance lentement dans le vestibule, le vieux plancher craque, ses chaussures froissent les journaux.

— Il y a quelqu'un ? Monsieur Harper ? C'est la police.

C'est à ce moment qu'il l'entend. Un gémissement. Tout proche. Il se fige un instant, essayant d'en déterminer la provenance, puis s'élance et ouvre la porte qui est sous l'escalier.

Un vieil homme qui ne porte qu'un maillot de corps est assis sur les toilettes. Des touffes de cheveux noirs et clairsemés tombent sur ses épaules. Son caleçon est sur ses chevilles, son pénis et ses testicules pendent mollement entre ses cuisses. Il se recroqueville en marmonnant, ses doigts osseux agrippés au siège des toilettes. Il est crasseux, et il y a de la merde par terre.

Somer crie depuis le perron.

— Inspecteur Quinn ? Les toubibs sont arrivés, si vous avez besoin d'eux.

— Merci mon Dieu. Faites-les venir, voulez-vous ?

Somer s'écarte pour laisser entrer deux hommes en combinaison verte. L'un d'eux s'accroupit devant le vieil homme.

— Monsieur Harper ? Restez calme. Je vais simplement vous examiner.

Quinn fait signe à Gislingham et ils se dirigent vers la cuisine.

Gislingham ouvre la porte et émet un sifflement.

— Que quelqu'un appelle le musée des Arts décoratifs.

Une vieille cuisinière à gaz, du carrelage brun et orange des années 1970, un évier en métal. Une table en Formica avec quatre chaises dépareillées. Partout, de la vaisselle sale, des bouteilles de bière vides, des boîtes de conserve à moitié pleines où pullulent les mouches. Toutes les fenêtres sont fermées et le lino colle aux semelles. Il y a une porte vitrée avec un rideau de perles qui donne sur une véranda, et une deuxième qui doit mener à la cave. Elle est verrouillée, mais un trousseau de clés pend à un clou. Gislingham s'en saisit, ses gestes sont maladroits, mais, à la troisième tentative, il trouve la bonne. Même rouillée, la clé tourne sans résistance. Il ouvre la porte et allume la lumière, puis s'écarte pour laisser passer Quinn. Ils descendent lentement, une marche après l'autre, le tube néon sifflant au-dessus d'eux.

— Hello ? Il y a quelqu'un, en bas ?

La lumière est blême, mais éclaire suffisamment. La cave est vide. Des boîtes en carton, des sacs en plastique noir, un vieux chandelier, une cuve en étain pleine d'ordures. Mais, à part ça, rien.

Ils restent là à se regarder, leur cœur battant si fort qu'ils n'entendent plus rien d'autre. Puis :

— Qu'est-ce que c'est que ça ? murmure Gislingham. On dirait des trucs qui grattent. Des rats ?

Quinn sursaute, puis examine le sol : s'il y a une chose qu'il ne supporte pas, ce sont bien ces fichus rats.

Gislingham inspecte de nouveau la pièce. Sa vision s'adapte à la faible luminosité, mais il regrette de ne pas avoir pris la lampe torche dans la voiture.

— C'est quoi, ça, là-bas ?

Il se fraie un chemin à travers les boîtes en carton et s'aperçoit soudain que la cave est bien plus grande qu'il ne le croyait.

— Quinn, il y a une autre porte, là. Tu peux me donner un coup de main ?

Il essaie de l'ouvrir, en vain. Il y a un verrou. Quinn tente de le forcer, mais la porte ne bouge pas.

— Ce doit être verrouillé, dit Gislingham. Tu as pris les clés avec toi ?

C'est encore plus difficile de trouver la bonne clé dans la demi-obscurité, mais ils finissent par y arriver. Ils poussent la porte de l'épaule et, lorsqu'elle commence à s'ouvrir, une émanation pestilentielle les oblige à mettre la main devant leur bouche et leur nez pour supporter la puanteur.

Juste devant eux, une jeune femme est couchée sur le sol en béton. Elle porte un jean déchiré et un cardigan loqueteux qui fut probablement jaune. Sa bouche est ouverte, ses yeux fermés. Sa peau est mortellement blanche sous la lumière blafarde.

Mais il y a quelque chose d'autre. Une chose à laquelle rien ne pouvait les préparer.

Assis à côté d'elle, lui tirant les cheveux.

Un enfant.

* * *

Où étais-je lorsque tout cela est arrivé ? J'aimerais pouvoir dire que je faisais quelque chose qui nécessite du cran, quelque chose d'impressionnant comme une mission de liaison pour les renseignements généraux ou l'antiterrorisme, mais la triste vérité est que je suivais un cursus de formation à Warwick, intitulé « La police de proximité au XXIe siècle ». Réservé aux inspecteurs et à leurs supérieurs : quelle chance nous avons, n'est-ce pas ? Avec les PowerPoint à mourir d'ennui et le début des cours ridiculement matinal, je commençais à me dire que les flics en uniforme de service pour le May Morning étaient décidément mieux lotis. Mais, ensuite, j'ai reçu ce coup de fil. Qui provoqua aussitôt un froncement de sourcils chez l'organisatrice de la formation, laquelle avait insisté pour que nous éteignions nos téléphones, puis un soupir lorsque je me suis esquivé dans le couloir. Elle doit probablement craindre que je ne revienne pas.

— Ils ont emmené la fille à l'hôpital John Radcliffe, dit Quinn. Elle est dans un sale état. Elle n'a rien mangé depuis un bout de temps et elle est gravement déshydratée. Il y avait une bouteille d'eau dans la pièce, mais je pense qu'elle a quasi tout donné au gamin. Les médecins nous en diront plus quand ils auront terminé les examens.

— Et le garçon ?

— Il n'a toujours pas prononcé un mot. Mais, bon Dieu, il a deux ans au maximum : qu'est-ce qu'il pourrait nous dire, de toute façon ? Le pauvre petit refusait que Gis ou moi nous approchions, donc c'est Somer qui est montée dans l'ambulance avec lui. On a arrêté Harper, mais quand on a voulu le faire sortir de la maison, il s'est mis à donner des coups de pied et à devenir violent. Alzheimer, à mon avis.

— Écoutez, je sais que je n'ai pas besoin de le préciser, mais si Harper est un adulte vulnérable, nous allons devoir suivre les règles.

— Bien sûr. Nous avons pris nos précautions. J'ai appelé les services sociaux. Ce gamin aussi va avoir besoin d'aide.

Un silence. Je me doute qu'on pense tous les deux la même chose.

Comment communiquer avec un enfant qui ne connaît rien ? Qui est né là, dans les ténèbres ?

— D'accord, dis-je. Je me mets en route. Je serai là pour midi.

* * *

BBC Midlands Today
Lundi 1er mai 2017 – Dernière mise à jour à 11 h 21

DERNIÈRE MINUTE – UNE JEUNE FEMME ET UN ENFANT RETROUVÉS DANS UNE CAVE DU NORD D'OXFORD

On a signalé la découverte d'une jeune femme et d'un tout jeune enfant, supposé être son fils, dans la cave d'une maison de Frampton Road, au nord d'Oxford. Des travaux de construction étaient en cours dans la maison mitoyenne, ce qui a conduit à la découverte ce matin de la jeune femme, apparemment enfermée dans la cave. On ne connaît pas son identité et la police de Thames Valley n'a pour l'instant fait aucune déclaration.

Davantage d'informations dès que nous en aurons.

* * *

11 h 27. Dans la salle d'audition des témoins de Kidlington, Gislingham regarde Harper par la liaison vidéo. L'homme, qui porte maintenant une chemise et un pantalon, est assis sur la banquette, le dos voûté. Un assistant social a pris place sur une simple chaise et lui parle avec beaucoup de concentration. À quelques mètres de distance, une femme de l'équipe de santé mentale les observe. Harper semble agité, ne cesse de remuer une jambe ; mais, même sans le son, on se rend compte qu'il est lucide. Du moins pour le moment. Il dévisage l'assistant social d'un air ombrageux, balayant ses paroles d'une main crispée et flétrie.

La porte s'ouvre et Gislingham se tourne vers Quinn, qui entre et pose un dossier sur la table avant de s'appuyer sur le bureau.

— Everett est allée directement à l'hôpital, elle interrogera la fille dès qu'elle aura l'autorisation des médecins. Erica (il pique un fard)… l'agent de police Somer est retournée à Frampton Road pour coordonner l'enquête de voisinage. Et Challow est avec l'équipe de la police scientifique.

Il note quelque chose sur le dossier et cale son stylo sur son oreille. Comme à son habitude. Puis il désigne l'écran de la liaison vidéo.

— Qu'est-ce que ça donne ?

Gislingham fait un signe de la tête.

— L'assistant social est là depuis une demi-heure. Il s'appelle Ross. Derek Ross. Je suis certain de l'avoir déjà croisé. On sait quand Fawley sera de retour ?

Quinn consulte sa montre.

— Vers midi. Mais il a dit qu'on devait commencer sans lui, si on a l'accord du médecin et des services sociaux. Une avocate va arriver, aussi. L'assistant social prend ses précautions. On ne peut pas l'en blâmer.

— Hé ! C'est ceinture *et* bretelles, dit Gislingham d'un ton sec. Ils sont sûrs qu'il est d'accord pour être interrogé ?

— Apparemment, il a des moments de lucidité et on peut en profiter pour lui poser des questions. Mais s'il commence à perdre la boule, on devra tout arrêter.

Gislingham regarde l'écran. Un filet de bave dégouline du menton du vieil homme depuis au moins dix minutes, mais il ne l'a pas essuyé.

— Tu crois que c'est lui qui a fait ça ? Qu'il en est capable ?

Quinn a une expression sombre.

— Si ce gosse est vraiment né là-bas, alors oui, tout à fait. Je sais bien que Harper a l'air dans un état lamentable, mais il y a deux ou trois ans ? Si ça se trouve, il était complètement différent. Et c'est le Harper d'il y a trois ans qui a commis ce crime, pas le vieux croûton qui est là.

Gislingham frissonne, malgré la chaleur étouffante qui règne dans la pièce.

— Qu'est-ce qu'il y a ? Pourquoi tu trembles ?

— Je me disais juste qu'il n'est pas devenu comme ça du jour au lendemain. Ça a dû prendre des mois, voire des années. Et elle, elle ne savait pas. Je veux dire, qu'il était en train de perdre la boule. Elle était enfermée là, en bas, et personne n'était au courant. Je parie qu'il a même fini par oublier sa présence. La nourriture a commencé à se faire rare, puis l'eau. Elle devait se soucier d'abord du petit. Et même si elle criait, le vieux ne pouvait pas l'entendre…

Quinn hoche la tête.

— Bon Dieu. On est arrivé juste à temps.

Sur l'écran, on voit Derek Ross se lever et sortir du cadre. Un instant plus tard, la porte s'ouvre et il fait son entrée.

Gislingham se lève.

— Alors, comme ça, vous êtes son assistant social ?

Ross acquiesce.

— Depuis environ deux ans.

— Donc vous étiez informé de sa démence ?

— On l'a diagnostiquée officiellement il y a quelques mois, mais je pense que ça date d'il y a bien plus longtemps. Vous savez aussi bien que moi à quel point cette maladie est imprévisible. La progression est irrégulière. Ces derniers temps, je m'inquiétais d'une dégradation rapide. Il est tombé plusieurs fois, il s'est brûlé avec la cuisinière il y a environ un an.

— Et il picole, hein ? Il pue l'alcool.

Ross prend une profonde inspiration.

— Oui. Dernièrement, c'est devenu un vrai problème. Mais je n'arrive pas à croire qu'il ait pu faire une chose pareille, une chose aussi horrible…

Quinn n'a pas l'air convaincu.

— On ne sait jamais de quoi les gens sont capables.

— Mais dans l'état où il se trouve…

— Écoutez, intervient Quinn d'un ton nettement plus sec, le médecin dit qu'on peut l'interroger, et elle doit savoir de quoi elle parle. Quant aux chefs d'accusation, eh bien, c'est un autre problème, et le procureur aura son mot à dire quand nous en serons à cette étape. Mais il y avait une jeune femme et un enfant enfermés dans cette cave, et nous *devons* découvrir comment ils sont arrivés là. Vous comprenez ça, n'est-ce pas, monsieur Ross ?

Ross hésite avant d'approuver.

— Je peux vous accompagner ? Il me connaît. Ça pourrait aider. Il peut se montrer un peu… difficile. Vous allez bientôt vous en rendre compte.

— Bien, dit Quinn en rassemblant ses documents.

Les trois hommes se dirigent vers la porte, mais Ross s'arrête soudain et pose une main sur le bras de Quinn.

— Allez-y doucement, s'il vous plaît.

Quinn le regarde, puis arque les sourcils.

— Comme lui avec cette fille ?

* * *

Audition d'Isabel Fielding, 17 Frampton Road, Oxford
1er mai 2017, 11 h 15
En présence de l'agent de police E. Somer

ES : Depuis combien de temps habitez-vous ici, madame Fielding ?

IF : Seulement deux ans. C'est une maison qui appartient à l'université. Mon mari est professeur à Wadham.

ES : Est-ce que vous connaissez M. Harper, qui vit au numéro 33 ?

IF : Eh bien, pas à proprement parler. Peu après notre emménagement, il est venu chez nous. Il avait l'air bizarre et nous a demandé si on avait vu la housse de protection de sa voiture. Apparemment, elle avait disparu. C'était un peu étrange, parce que sa voiture n'est pas vraiment en état de marche. Mais on s'est dit qu'il était juste un peu excentrique, vous voyez. Il y en a pas mal, dans le quartier, des « phénomènes ». Certains étaient des universitaires, donc ils vivent ici depuis une éternité. Je crois que beaucoup d'entre eux ont opté pour le violet et les chats, et se disent : au diable tout ça !

ES : « Le violet et les chats » ?

IF : Vous savez, le poème : « Quand je serai vieille, je me vêtirai de violet[1] », ou quelque chose comme ça. Autrement dit, quand on atteint un certain âge, on ne prête plus attention à rien.

ES : Et M. Harper ? Il ne prêtait plus attention à rien ?

IF : On le voyait errer ici et là. Il parlait tout seul. Il portait des vêtements bizarres. Des gants en juillet. Il sortait en pyjama dans la rue. Ce genre de choses. Mais il est totalement inoffensif. (*Pause.*) Je suis désolée, c'est venu tout seul...

ES : Ne vous inquiétez pas, madame Fielding, je comprends ce que vous vouliez dire.

* * *

— Alors, monsieur Harper. Je suis le détective en chef Gareth Quinn, et voici mon collègue, le détective Chris Gislingham. Vous connaissez déjà Derek Ross, et cette dame ici présente est votre avocate.

À l'extrémité de la table, la femme lève un instant les yeux de ses dossiers pour le regarder, mais Harper n'a aucune réaction. Il ne semble pas du tout s'être rendu compte de sa présence.

— Donc, monsieur Harper, vous avez été arrêté ce matin à 10 h 15, car vous êtes soupçonné d'enlèvement et de séquestration. On vous a expliqué les charges qui sont retenues contre vous et on vous a notifié vos droits. Vous dites avoir

1. « When I am old », poème de Jenny Joseph (1932-2018), écrivaine, journaliste, universitaire et poétesse britannique.

compris tout cela. Maintenant, nous allons procéder à une audition officielle, qui sera enregistrée.

— Ce qui signifie que nous sommes filmés, dit Ross. Est-ce que vous comprenez ?

Le vieil homme plisse les paupières.

— Bien sûr que je comprends. Je ne suis pas idiot. Et, pour vous, ce sera *professeur* Harper, mon garçon.

Quinn se tourne vers Ross, qui acquiesce.

— Le professeur Harper a enseigné à l'université de Birmingham jusqu'en 1998. Sociologie.

Gislingham remarque que Quinn rougit légèrement : c'est la troisième fois ce matin – un record.

Quinn ouvre le dossier posé devant lui.

— Vous vivez à votre adresse actuelle depuis 1976, si je ne me trompe ? Même si vous travailliez à Birmingham ?

Harper le fixe avec une intensité délibérée.

— Birmingham est une ville de merde.

— Et vous avez emménagé ici en 1976 ?

— Non. Le 11 décembre 1975, répond Harper. Le jour de l'anniversaire de ma femme.

— La première femme du professeur Harper est décédée en 1999, précise Ross. Il s'est remarié en 2001, mais malheureusement sa seconde épouse est morte dans un accident de voiture en 2010.

— Imbécile, dit Harper en haussant le ton. Une chieuse. Une insupportable chieuse.

Ross lance un coup d'œil embarrassé à l'avocate.

— Le médecin légiste a constaté que Mme Harper présentait une forte alcoolémie au moment de l'accident.

— Est-ce que le professeur Harper a des enfants ?

Harper frappe la table juste devant Quinn.

— Adresse-toi à moi, mon garçon. À *moi*. Pas à cet idiot.

Quinn le regarde.

— Alors, des enfants ?

Harper grimace.

— Annie. Une grosse vache.

Quinn prend son stylo.

— Votre fille s'appelle Annie ?

— Non, intervient Ross. Bill est un peu déboussolé. Annie était sa voisine, au numéro 48. Une très jolie femme, apparemment. Elle avait l'habitude de passer voir si Bill allait bien, mais elle est partie au Canada en 2014 pour se rapprocher de son fils.

— Elle voulait scaper, cette pauvre conne. J'lui ai dit que j'avais pas ce genre de trucs chez moi.

Quinn se tourne vers Ross.

— Il veut dire « Skype ». Mais il n'a pas d'ordinateur.

— Il a de la famille ?

Ross a l'air perplexe.

— Pas que je sache.

* * *

— Il a un fils, mais impossible de me rappeler son nom.

Somer est sur le perron du numéro 7 depuis une quinzaine de minutes. Elle aurait aimé accepter la proposition de Mme Gibson de prendre le thé, mais elle se serait retrouvée coincée là toute la journée, tant son interlocutrice est bavarde.

— Un fils, dites-vous ? demande-t-elle en tournant les pages de son carnet. Personne ne m'a parlé de lui.

— Eh bien, ça ne m'étonne pas. Les gens, par ici, ils ne veulent pas s'en mêler. C'était pas comme ça quand j'étais enfant. À cette époque, on prenait soin les uns des autres. Tout le monde se connaissait. Aujourd'hui, je ne connais pas la moitié de tous ces yuppies.

— Mais vous êtes certaine qu'il a un fils ?

—John ! C'est ça ! Je savais que j'allais finir par m'en souvenir. Mais je ne l'ai pas vu dans le coin depuis un bon moment. Un type d'âge mûr. Cheveux gris.

Somer prend des notes.

—Quand l'avez-vous vu pour la dernière fois ?

Il y a un bruit dans le couloir. Mme Gibson se retourne, siffle un « Chut ! » et ferme la porte derrière elle.

—Excusez-moi. Cette satanée chatte essaie toujours de sortir dans le jardin de devant. Elle a une trappe pour aller dans le jardin de derrière, mais vous savez comment sont les chats : ils veulent toujours faire ce qu'on leur interdit, et c'est encore pire avec les siamois…

—Et le fils de M. Harper, madame Gibson ?

—Ah, oui. Maintenant que vous en parlez, je crois que ça fait bien deux ans que je ne l'ai pas vu.

—Est-ce que M. Harper recevait de la visite ? De gens que vous connaissez ?

Mme Gibson fait la moue.

—Eh bien, il y a cet assistant social. Pour ce que ça sert !

* * *

Quinn prend une profonde inspiration. Harper le regarde.

—Qu'est-ce qu'il y a, mon garçon ? Crache le morceau, merde ! Reste pas assis là avec l'air d'avoir envie de chier.

Même l'avocate a l'air gênée.

—Professeur Harper, savez-vous pourquoi la police est venue chez vous ce matin ?

Harper se recule sur la banquette.

—Pas la moindre idée. Peut-être que ce connard de voisin s'est plaint à cause des bouteilles. Branleur.

— M. Sexton nous a effectivement appelés, mais ce n'était pas à cause des bouteilles. Ce matin, il était dans sa cave et une partie du mur s'est écroulée.

Harper observe Quinn, puis Gislingham.

— Et alors ? Branleur.

Quinn et Gislingham échangent un regard. Ils ont tous les deux suffisamment d'expérience dans les interrogatoires pour savoir que c'est le moment. Très peu de coupables – même les menteurs les plus aguerris – sont capables de contrôler leur langage corporel. Ils clignent des yeux, leurs mains se crispent soudainement. Il se passe presque toujours quelque chose. Mais pas là. Le visage de Harper est inexpressif. Aucun repli sur soi, aucune insolence. Rien.

— J'ai même pas de télé.

Quinn le fixe.

— Pardon ?

Harper se penche en avant.

— Abruti. *J'ai même pas de télé.*

Ross jette un coup d'œil nerveux à Quinn.

— Je pense que ce que le professeur Harper veut dire, c'est qu'il n'a pas à payer la redevance. Il croit que c'est à cause de ça que vous l'avez arrêté.

Harper se tourne vers Ross.

— N'essaie pas de penser à ma place. Pauvre crétin. Tu connais rien à rien.

— Professeur Harper, dit Gislingham. Il y avait une jeune femme dans votre cave. C'est pour ça que vous êtes ici. Ça n'a rien à voir avec la redevance télé.

Harper se penche encore en avant et pointe un index vers le visage de Gislingham.

— *Je n'ai pas cette putain de télé.*

Quinn remarque un signal d'alarme dans les yeux de Ross : la situation commence à dégénérer.

—Professeur Harper, dit-il. Il y avait une jeune femme dans votre cave. *Qu'est-ce qu'elle faisait là ?*

Harper recule. Il considère les deux officiers, l'un après l'autre. Pour la première fois, il a l'air sournois. Gislingham ouvre son dossier et en sort la photo qu'il a prise de la jeune femme. Il la montre à Harper.

—C'est elle. Quel est son nom ?

Harper a un regard lubrique.

—Annie. Cette grosse vache.

Ross secoue la tête.

—Ce n'est pas Annie, Bill. Vous savez bien que ce n'est pas Annie.

Harper ne regarde pas la photo.

—Professeur Harper, insiste Gislingham. Il faut que vous regardiez cette photo.

—Priscilla, répond Harper en postillonnant. Elle se faisait toujours remarquer. Une salope diabolique. Elle se baladait autour de la maison avec les nichons à l'air.

Ross a l'air désespéré.

—Ce n'est pas Priscilla non plus. Vous le savez bien.

Sans quitter Gislingham des yeux, Harper balaie d'un geste de la main la photo posée sur la table, de même que son téléphone qui se fracasse contre le mur.

—Pourquoi diable avez-vous fait ça ? s'écrie Gislingham en se levant à moitié de sa chaise.

—Professeur Harper, dit Quinn, les mâchoires serrées. Cette jeune femme est actuellement à l'hôpital John Radcliffe, où les médecins sont en train de procéder à des examens complets. Dès qu'elle sera en mesure de parler, nous saurons qui elle est, et comment elle s'est retrouvée enfermée dans la cave de votre maison. Vous avez l'opportunité de nous dire ce qui s'est passé. Vous comprenez ? Vous comprenez la *gravité* de la situation ?

Harper se penche en avant et lui crache au visage.

— Allez vous faire foutre ! Vous m'entendez ? *Allez vous faire foutre !*

Un silence insupportable. Gislingham n'ose pas regarder Quinn. Puis il l'entend sortir quelque chose de sa poche et, lorsqu'il jette un œil, il le voit s'essuyer le visage.

— Je crois que nous devrions nous arrêter là, officier, dit l'avocate. Qu'en pensez-vous ?

— Audition terminée à 11 h 37, déclare Quinn avec un calme glacial. Le professeur Harper va maintenant être placé en garde à vue…

— Oh, pour l'amour du ciel, dit Ross, vous voyez bien qu'il n'est pas en état d'être placé en détention…

— Le professeur Harper, annonce froidement Quinn en rassemblant ses documents avec une méticulosité exagérée, peut représenter un danger pour autrui, mais aussi pour lui-même. De toute façon, sa maison est désormais une scène de crime. Il ne peut pas y retourner.

Quinn se lève et se dirige vers la porte. Ross le talonne jusque dans le couloir.

— Je vais lui trouver un hébergement, dit-il. Un centre de soins, un endroit où on pourra garder un œil sur lui…

Quinn fait volte-face si brusquement que les deux hommes se retrouvent à quelques centimètres à peine l'un de l'autre.

— *Garder un œil sur lui ?* grince-t-il. C'est ce que vous avez fait tous ces derniers mois ? *Garder un œil sur lui ?*

Ross recule, livide.

— Écoutez…

Mais Quinn ne lâche rien.

— Vous croyez qu'elle est restée combien de temps là, en bas, hein ? Avec ce môme ? Deux ans ? *Trois ?* Et, pendant tout ce temps, vous lui rendiez visite pour *garder un œil sur lui*, toutes les semaines. Vous êtes la seule personne qui allait chez lui. Vous me dites sérieusement que vous *ne saviez pas* ?

Il enfonce son index dans la poitrine de Ross.

— Parce que, à mon avis, Harper n'est pas le seul qu'on devrait arrêter. Vous allez devoir répondre à des questions très graves, *monsieur Ross*. Ça va bien au-delà de la négligence professionnelle…

Ross lève les mains pour repousser Quinn.

— Avez-vous la *moindre idée* du nombre de clients que j'ai ? De la quantité de paperasses à remplir ? Ajoutez à tout ça les problèmes de circulation, et je peux m'estimer chanceux si je peux consacrer un quart d'heure à chaque visite. Tout ce que je peux faire, c'est m'assurer que la personne a mangé correctement et qu'elle n'est pas vautrée dans sa merde. Si vous croyez que j'ai le temps de faire une inspection complète des maisons où je me rends, c'est que vous n'avez vraiment pas les pieds sur terre.

— Vous n'avez jamais *rien* entendu ? Jamais *rien* vu ?

— Quinn, dit Gislingham, qui vient de les rejoindre dans le couloir.

— Je ne suis jamais allé dans cette foutue cave, insiste Ross. Je ne savais même pas qu'il y en avait une…

Le visage de Quinn vire au rouge.

— Et vous croyez que je vais gober ça ?

— *Quinn*, répète Gislingham d'un ton pressant.

Comme Quinn l'ignore, il le saisit par l'épaule pour le forcer à se retourner. Quelqu'un arrive dans le couloir.

C'est Fawley.

* * *

À Frampton Road, Alan Challow remonte l'allée vers la porte et s'arrête un moment pour laisser l'officier en uniforme lever le ruban qui barre l'entrée. C'est le premier jour de l'année où il fait aussi chaud et il transpire sous sa combinaison de protection. La foule a plus que doublé et l'ambiance a changé. Les derniers fêtards du May Morning et les ouvriers sont partis. Un ou deux voisins s'attardent, mais désormais la majorité des spectateurs sont dans l'attente d'un frisson morbide ou d'une bonne histoire. Ou des deux : au moins la moitié d'entre eux sont là pour alimenter leur blog.

Dans la cuisine, à l'arrière de la maison, deux membres de l'équipe de la police scientifique de Challow sont à la recherche d'empreintes. L'un d'eux lui fait un signe de tête, puis enlève son masque pour lui parler. Il y a des perles de transpiration sur sa lèvre supérieure.

— C'est dans des cas pareils qu'on est content de porter un masque, dit-elle. Dieu sait quand cet endroit a été nettoyé pour la dernière fois.

— Où est la cave ?

Elle la lui indique d'un geste de la main.

— Derrière vous. On a installé un éclairage digne de ce nom. Ça rend les choses plus lugubres encore.

Elle hausse les épaules avec un air maussade.

— Mais vous le savez déjà.

Challow grimace. Il fait ce boulot depuis vingt-cinq ans. Il se baisse pour éviter la lampe accrochée au plafond en haut de l'escalier, puis descend, projetant son ombre géante sur les murs en briques nues. En bas, deux autres techniciens de la police scientifique l'attendent en observant un tas d'ordures.

— Bien, dit-il. Je sais que ça ne va pas être une partie de plaisir, mais on va devoir emporter tout ça. Où était la fille ?

— Là, derrière.

Challow s'approche de la pièce en question. Une lampe à arc jette une lumière impitoyable sur le sol crasseux, les draps sales, les toilettes sèches posées au milieu de déchets d'une puanteur infernale. Encore des cartons débordant d'ordures. Il y a une palette en carton jadis remplie de bouteilles d'eau, mais il n'en reste plus qu'une. Un sac en plastique est plein à craquer d'emballages et de boîtes de conserve vides. Aucune trace de nourriture. Dans le coin tout au fond, un lit d'enfant qui ressemble à un nid de souris.

— D'accord, finit par déclarer Challow. Il va falloir qu'on emmène tout ça aussi.

L'un des officiers s'approche de la fente du mur de séparation. Quelques briques sont descellées et le ciment a été enlevé.

— Alan, dit-elle au bout d'un moment. Regardez.

Challow la rejoint et se penche pour mieux voir. Le plâtre humide est strié de traînées rouges.

— Bon Dieu, finit-il par murmurer. Elle essayait de creuser un passage avec ses ongles.

* * *

Je n'avais pas croisé Derek Ross depuis l'affaire Daisy Mason[1]. Il assistait son petit frère pendant que nous lui posions des questions, je le voyais donc beaucoup à l'époque. C'était il y a moins d'un an, mais il paraît avoir vieilli de cinq ans. Il a moins de cheveux, il a pris du poids, et maintenant il a un tic à l'œil droit. Je soupçonne Quinn de ne pas y être étranger.

— Détective en chef Quinn, dis-je en lui faisant face, allez donc nous chercher un café. Et pas à la machine.

Quinn me regarde, ouvre la bouche, puis la referme.

— Je…, commence-t-il.

Mais Gislingham lui saisit le coude.

1. Voir *Sous nos yeux*, la première enquête de l'inspecteur Adam Fawley.

— Viens, je vais te filer un coup de main.

C'est la représentation parfaite de ce duo : Gis, qui sait toujours exactement quand il faut arrêter de creuser, et Quinn, qui se trimbale en permanence avec sa pelle.

J'emmène Ross dans le bureau d'à côté. L'écran affiche toujours la salle d'audition, mais il n'y a pas de son. L'avocate est debout, prête à s'en aller, et Harper est recroquevillé sur la banquette, les genoux serrés contre la poitrine. Il a l'air minuscule et très vieux, tout effrayé.

Je pose un verre d'eau devant Ross. Puis je m'assieds face à lui. Il a des traces de transpiration sous les bras et l'ambiance pourrait au mieux être décrite comme « acide ». Je recule ma chaise de quelques dizaines de centimètres. Vous pouvez me croire, on n'a pas envie d'être trop près de lui.

— Comment allez-vous ?

Il me jette un coup d'œil.

— Comme ci, comme ça, répond-il, méfiant.

— Alors, parlez-moi de Harper.

Il se raidit imperceptiblement.

— Je suis un genre de suspect ?

— Vous êtes un témoin important. Vous en avez conscience.

Il soupire.

— Je suppose que oui. Qu'est-ce que vous voulez savoir ?

— Vous avez déclaré à mes officiers que vous n'alliez chez lui qu'une fois par semaine. Depuis combien de temps ?

— Deux ans. Peut-être un peu plus. Il faudrait que je vérifie le dossier.

— Et vous ne restiez pas longtemps ?

Il boit une gorgée d'eau. Quelques gouttes tombent sur son pantalon, mais il ne semble pas s'en apercevoir.

— Je ne peux pas. Je n'ai tout simplement pas le temps. Sérieusement, j'aimerais bien pouvoir rester une heure et parler de la pluie et du beau temps, mais avec les coupes budgétaires…

—Je ne vous accusais pas.

—Mais votre inspecteur en chef, si.

—J'en suis désolé. N'oubliez pas qu'il a vu de ses yeux l'état dans lequel se trouvait la fille. Sans parler de l'enfant. Et s'il a du mal à croire que vous vous êtes rendu chez Harper toutes les semaines sans remarquer qu'elle était dans la cave, eh bien, je ne peux pas l'en blâmer. Pour tout vous dire, ça me contrarie moi aussi.

Malgré ce que je viens de lui dire, je suis à un doigt de l'auditionner comme suspect. Et, en attendant, j'ai besoin de lui pour maintenir un lien avec Harper. Ça va être assez difficile comme ça d'obtenir une condamnation pour le vieil homme. Alors, ce qu'il faut surtout éviter, c'est de rater l'enquête.

Ross se passe une main dans les cheveux. Ou, plutôt, dans ce qu'il lui reste de cheveux.

—Écoutez, ces maisons ont des murs très épais. Je n'ai rien entendu, et ça ne m'étonne pas.

—Vous n'êtes jamais descendu?

Il me regarde droit dans les yeux.

—Comme je l'ai dit, je ne savais même pas qu'il y avait une cave. Je croyais que cette porte était un simple placard.

—Et à l'étage?

Il secoue la tête.

—Depuis que je le connais, Bill vit principalement au rez-de-chaussée.

—Mais il est capable de monter et descendre l'escalier?

—S'il y est obligé. Mais il le fait rarement. Avant de partir, Annie lui a installé un lit dans le salon, et il y a une baignoire sous l'appentis. C'est rudimentaire, mais pratique. Je redoute de voir dans quel état se trouve l'étage maintenant.

Ça doit faire des années que personne n'est monté là-haut. Sans doute depuis la mort de Priscilla.

—Aucun nettoyage ? La mairie n'a envoyé personne ?

—On a essayé. Une femme de ménage est venue, mais Bill l'a copieusement injuriée et elle a refusé de revenir. Je passais un coup de chiffon ici et là et je mettais de l'eau de Javel dans les chiottes. Mais j'étais limité par le temps dont je pouvais disposer.

—Et la nourriture ? Les courses ? Vous vous occupiez de ça aussi ?

—Lorsqu'on lui a retiré son permis, j'ai contacté l'association de quartier des bénévoles qui prennent soin des personnes âgées, afin qu'ils fassent des courses pour lui au supermarché. C'était il y a un an et demi. Il y a un ordre de virement permanent sur son compte en banque. Il a plein d'argent. Enfin, peut-être pas « plein », mais suffisamment.

—Pourquoi est-ce qu'il ne déménage pas ? Sa maison doit valoir une petite fortune. Même dans l'état où elle se trouve.

Ross grimace.

—Le branleur de voisin a payé plus de trois millions. Mais Bill refuse d'aller en maison de retraite. Même si son arthrite s'est aggravée depuis le mois dernier. Le médecin va lui prescrire des médicaments contre l'Alzheimer et on devra s'assurer qu'il les prend correctement. Impossible pour moi de m'en occuper. S'il reste tout seul dans cette maison, on va vite se retrouver avec un gros problème. Comme je l'ai dit, il s'est déjà brûlé une fois.

—Il sait que vous souhaitez qu'il déménage ?

Derek prend une profonde inspiration.

—Oui, il le sait. Il y a environ un mois et demi, j'ai essayé de lui expliquer tout ça. J'ai bien peur qu'il ne l'ait très mal pris. Il est devenu violent, il s'est mis à me hurler dessus, à lancer tout ce qui lui tombait sous la main. Alors j'ai fait marche arrière. Je comptais lui en parler de nouveau cette semaine. Une place vient justement de se libérer à Newstead House, dans la ville de Witney. C'est l'une des meilleures maisons de retraite. Mais Dieu seul sait ce qui va se passer maintenant.

Un silence. Ross termine son verre d'eau. Je lui en sers un autre.

— Vous est-il venu à l'esprit, dis-je prudemment, qu'il refuse de déménager à cause de la fille ? (Ross pâlit et repose le verre d'eau.) Il ne pouvait pas quitter la maison en la laissant là, parce qu'on la trouverait. Et il ne pouvait pas non plus la laisser s'en aller.

— Alors, qu'est-ce qu'il comptait faire ?

— Je l'ignore. J'espérais que vous pourriez…

Soudain, il y a de l'agitation dans le couloir et Gislingham ouvre brusquement la porte.

— Chef, dit-il, je crois…

Mais je me rue déjà hors du bureau.

Dans la pièce d'à côté, deux agents s'efforcent de maîtriser Harper. Il est à peine croyable qu'il s'agisse du même homme : il leur griffe le visage, donne des coups de pied, hurle sur la femme officier.

— *Salope !*

Elle est manifestement secouée. Et je la connais, ce n'est pas une débutante. Elle a une éraflure sur la joue et le devant de son uniforme est trempé.

— Je lui ai juste donné une tasse de thé, bafouille-t-elle. Il a dit qu'il était trop chaud et que j'essayais de le brûler. Ce n'est pas vrai, ce n'est…

— Je sais. Allez vous reposer un moment. Et faites soigner cette éraflure.

Elle porte une main à son visage.

— Je n'avais même pas remarqué…

— Ce n'est qu'une égratignure. Mais faites-la quand même désinfecter.

Elle acquiesce et, tandis que je sors de la pièce derrière elle, Harper fait de nouveau une embardée vers elle.

— *Salope!* C'est elle que vous devriez arrêter, bande de crétins. Elle a voulu m'ébouillanter. *Sale conne!*

Lorsque je retourne dans le bureau, Ross est en train de regarder l'écran. Je reste là un moment à l'observer.

— Alors, lequel est le véritable Bill Harper? finis-je par demander. Celui qui était recroquevillé comme un enfant apeuré ou celui qui vient d'agresser l'un de mes officiers?

Ross hoche la tête.

— C'est la maladie qui le rend comme ça.

— Peut-être. Ou peut-être que la maladie lui fait perdre le contrôle qu'il avait de ses faits et gestes. Peut-être qu'il a toujours été quelqu'un de colérique, mais qu'il parvenait à se contenir. Il savait comment gérer ça. Le cacher, même.

Ross s'était tourné vers moi, mais soudain il évite mon regard. Il se passe quelque chose: il y a une information qu'il garde pour lui.

Je laisse durer le silence. Puis je fais un pas vers lui.

— Qu'y a-t-il, Derek?

Il me lance un coup d'œil, puis m'évite de nouveau. Il a rougi.

— Qu'est-ce que William Harper cache d'autre?

* * *

À l'hôpital John Radcliffe, l'inspecteur Verity Everett attendait depuis deux heures. Presque tout le monde déteste les hôpitaux, mais elle a suivi une formation d'infirmière avant d'opter pour la police, et ce genre d'endroit ne la déstabilise pas. En fait, l'ambiance lui paraît plutôt réconfortante : même en cas d'urgence, les gens ici savent quoi faire. Les blouses blanches, les bruits de fond, tout lui semble étrangement apaisant. Et dans ce couloir un peu surchauffé, avec les mauvaises nuits qu'elle a passées dernièrement, il n'est pas étonnant qu'elle lutte pour rester éveillée, même assise sur une chaise en plastique. Soudain, on lui touche le bras et elle relève la tête en sursautant.

— Inspecteur Everett ?

Elle ouvre les yeux. Le médecin a un visage avenant. Plein de sollicitude.

— Vous allez bien ?

Elle se secoue pour se réveiller. Sa nuque est douloureuse.

— Oui, je vais bien. Désolée. J'ai dû m'assoupir une minute.

Le médecin sourit. C'est un homme très charmant. On dirait Idris Elba avec un stéthoscope.

— Un peu plus d'une minute, à mon avis. Mais il n'y avait aucune raison de vous déranger.

— Comment va-t-elle ?

— Je crains de ne pas avoir beaucoup de nouvelles. Comme les ambulanciers s'en doutaient, elle est sérieusement déshydratée et sous-alimentée. Je ne pense pas qu'il y ait d'autres problèmes graves, mais elle s'est montrée si perturbée qu'on a décidé de ne pas faire d'examen complet pour l'instant. Dans son état, ça pourrait lui faire plus de mal que de bien. On l'a sédatée pour qu'elle puisse dormir.

Everett se lève avec raideur de la chaise en plastique et fait quelques pas jusqu'à la fenêtre qui donne sur la chambre de la jeune femme. Elle a l'impression d'avoir cent ans. Derrière la vitre, dans la chambre, la fille est couchée sur le lit, calme, ses longs cheveux noirs éparpillés sur l'oreiller. Ses mains agrippent la couverture. Elle a de grands cernes sous les yeux et n'a que la peau sur les os, mais Everett devine qu'elle était belle. Qu'elle *est* belle.

— Et le garçon ? demande-t-elle en se tournant vers le médecin.

— Le pédiatre est avec lui en ce moment même. Pour autant qu'on puisse en juger, il est en bonne santé, étonnamment. Du moins, étant donné la situation.

Everett regarde de nouveau la jeune femme.

— Elle a dit quelque chose ? Son nom ? Combien de temps elle est restée enfermée ? Quelque chose ?

Il fait non de la tête.

— Désolé.

— Quand pourrai-je lui parler ? C'est vraiment important.

— Je sais. Mais le bien-être de mes patients est ma priorité. Il va vous falloir attendre.

— Mais elle va récupérer ?

Il s'approche de la fenêtre et observe le visage anxieux d'Everett.

— Pour tout vous dire, c'est sa santé mentale qui m'inquiète le plus. Après ce qu'elle a traversé, le sommeil est la meilleure chose pour elle. Ensuite, eh bien, nous verrons.

* * *

— Derek, vous devez me dire. S'il y a quelque chose que vous avez vu, quelque chose qui pourrait nous aider…

Il me jette un coup d'œil. Il serre son gobelet si fort que soudain le plastique se fendille. L'eau coule entre ses doigts et sur son pantalon.

— D'accord, finit-il par lâcher en s'essuyant. C'était il y a environ six mois. En décembre, je crois. Une voisine a dit qu'elle l'avait vu en pantoufles, alors j'ai dû me mettre à la recherche de ses chaussures. Il s'était mis à perdre des choses, à les poser quelque part et à oublier où elles étaient. J'ai pensé que ses chaussures devaient être sous son lit.

— Et c'était bien le cas ?

Il secoue la tête.

— Non. Mais j'ai trouvé une boîte. Des magazines, principalement.

Je n'ai pas besoin d'indice supplémentaire.

— Pornographiques ?

Il hésite, puis acquiesce.

— Des trucs hard. Bondage. SM. Torture. Ou, du moins, ça y ressemblait. Je ne me suis pas vraiment attardé dessus.

Contrairement à Harper. Mais Ross n'ose pas le dire.

Un silence. Ça ne m'étonne pas qu'il ait tergiversé avant de me faire cette révélation.

— Où pensez-vous qu'il s'est procuré ça ? finis-je par demander.

Il hausse les épaules.

— Il ne les a pas achetés sur Internet : ça, c'est sûr. Mais on peut sans doute se procurer ce genre de trucs *via* les petites annonces des revues pornos classiques, en cherchant bien. Il était encore capable d'aller dans des magasins, à l'époque.

— La boîte est toujours là ?

— Probablement. Je l'ai simplement remise à sa place. S'il s'est rendu compte que j'y ai touché, il n'en a jamais rien dit. Mais, même en admettant qu'il ait ce genre de… goût, il y a quand même un monde entre regarder des magazines douteux et enlever une jeune femme pour l'enfermer dans une cave.

Personnellement, je n'en suis pas si sûr. J'ai déjà vu les ravages de la démence et je m'interroge encore sur les premiers mois où la maladie fait son apparition. Personne, pas même Harper, ne soupçonnait sa présence. Il avait encore sa propre volonté, sa force physique, mais sa personnalité avait commencé à chanceler et à tendre vers l'agressivité. Est-il devenu un homme complètement différent, ou juste une version plus froide et plus cruelle de celui qu'il était auparavant?

Je me lève et vais dans le couloir, laissant Ross tout seul. Gis est devant la fontaine d'eau fraîche et vient vers moi.

—Alors, il y a quelque chose? demande-t-il.

—C'est maigre. Ross dit qu'il a trouvé une pile de magazines pornos hardcore dans la maison, il y a quelques mois. Allez dire à Challow d'inspecter toutes les pièces. Pas seulement la cave et le rez-de-chaussée. Il est possible qu'on découvre d'autres choses.

—Très bien.

—Et commençons par fouiller dans le passé de Harper. Contactez l'université où il travaillait. 1998, ce n'est pas si loin, il doit bien y avoir quelqu'un qui se souvient de lui.

* * *

Entretien téléphonique avec Louise Foley, gestionnaire des ressources humaines, université de Birmingham, 1er mai 2017, 13 h 47
Interlocuteur: inspecteur C. Gislingham

CG: Je suis désolé de vous déranger un jour férié, mais nous espérons que vous pourrez nous fournir quelques informations au sujet de William Harper. Je crois savoir qu'il a enseigné à Birmingham jusqu'à la fin des années 1990?
LF: Oui, c'est exact. Moi même, je n'étais pas encore en poste ici, mais je sais que le professeur Harper faisait partie du département des sciences sociales. Son sujet de prédilection était la théorie du jeu. Il a écrit un article

devenu célèbre sur les jeux de rôle. Je crois qu'il était en avance sur son temps.
CG : Et, à part son don pour les parties de Mastermind, que pouvez-vous m'apprendre sur lui ?
LF : Il a pris sa retraite en 1998. C'était il y a longtemps, inspecteur.
CG : Je sais, mais ce n'est pas non plus la préhistoire, n'est-ce pas ? Vous aviez des ordinateurs, à l'époque. Vous devez bien avoir des dossiers.
LF : Bien sûr, mais il y a une limite à ce que je peux vous dire. Je dois me conformer à notre politique interne en matière de protection des données. Vous êtes bien placé pour le savoir. Avez-vous le consentement du professeur Harper pour accéder à ses informations personnelles ?
CG : Non. Mais, comme vous le savez certainement, je n'ai pas besoin de son accord si les informations requises concernent l'arrestation ou les poursuites criminelles engagées contre un accusé. Loi de protection des données, article 29 (3). Si vous voulez vous donner la peine de vérifier…
LF : Qu'est-ce qu'il a fait ? Il a dû se passer quelque chose de grave : je suppose que vous ne vous donneriez pas tout ce mal pour une contravention de stationnement… *(Pause.)* Attendez une minute : ce n'est pas cette affaire dont on parle aux informations, cette fille dans la cave ? Le type en question a sensiblement le même âge…
CG : Je crains de ne pas être autorisé à en parler, madame Foley. Peut-être pourriez-vous m'envoyer son dossier par e-mail. Ça ferait gagner du temps à tout le monde.
LF : Il va falloir que j'obtienne la permission du directeur des ressources humaines de l'université. Mais dans l'immédiat, si vous avez des questions précises, je peux essayer d'y répondre.

CG : (*Pause.*) D'accord. Peut-être pourriez-vous commencer par me dire pourquoi il a quitté l'université ?
LF : Pardon ?
CG : Eh bien, si mes souvenirs des cours de mathématiques du lycée sont bons, il avait cinquante-sept ans en 1998. Quel est l'âge normal de la retraite pour un universitaire ? Soixante-cinq, soixante-dix ans ?
LF : (*Pause.*) D'après son dossier, les deux parties ont accepté une retraite anticipée.
CG : Bien. Quelle en était la véritable raison ?
LF : Je ne vois pas ce que vous voulez dire…
CG : Allons, madame Foley, vous savez aussi bien que moi que c'est là la langue de bois des ressources humaines pour dire : « Il fallait qu'on se débarrasse de lui. »
LF : (*Pause.*) Je crains que ce ne soit tout ce que je puisse vous dire pour le moment. Je vais parler au directeur et lui demander la permission de vous envoyer le dossier. Mais, pour le moment, il est en Chine. Il va peut-être falloir un peu de temps avant de le joindre.
CG : Le mieux est que je vous laisse vous en occuper.

* * *

BBC Midlands Today
Lundi 1er mai 2017 – Dernière mise à jour à 14 h 52

La jeune femme et l'enfant de la cave d'Oxford : la déclaration de la police

La police de Thames Valley a fait une courte déclaration au sujet de la jeune femme et de l'enfant retrouvés ce matin dans une cave de Frampton

Road à Oxford. Elle confirme que la jeune femme a été conduite à l'hôpital John Radcliffe, et qu'elle et l'enfant sont pris en charge par les médecins et les services sociaux. L'identité de la jeune femme n'a pas été révélée et, même s'il semble que l'enfant soit son fils, nous n'avons aucune confirmation officielle à ce sujet. Les témoins présents devant la maison disent qu'elle avait l'air consciente lorsque l'équipe médicale l'a transportée dans l'ambulance.

Des voisins ont déclaré à la BBC que la maison en question appartient à un certain William Harper, qui vit là depuis au moins vingt ans. Des officiers de police ont emmené ce matin M. Harper, qui semblait en grand désarroi.

* * *

Dans les étages supérieurs du 33 Frampton Road, tous les rideaux sont tirés. De la poussière flotte dans l'air et des toiles d'araignée sont tissées dans chaque recoin. Le tapis d'escalier a été rongé. Nina Mukerjee, officier de police scientifique, évite soigneusement de marcher sur de petits tas d'excréments, puis s'arrête sur le seuil de la chambre principale. Il n'y a pas de draps sur le lit, juste un matelas nu avec une grande tache moisie au centre. Contre le mur de droite, une armoire à glace vide, une coiffeuse encombrée de tubes de rouge à lèvres, de parfums, un pot de crème de visage ouvert, sec comme du ciment, et un mouchoir en papier portant l'empreinte rouge de lèvres.

Un second officier rejoint la femme sur le seuil.

—Merde alors ! dit-il. Ça ressemble à la *Mary Celeste*.

— Ou à *Miss Havisham*[1]. Ce film me donne toujours la chair de poule.

— Quand est-ce que sa deuxième femme est morte ?

— En 2010. Accident de voiture.

L'homme balaie la pièce du regard, puis s'approche de la table de chevet et passe un doigt ganté sur l'épaisse couche de poussière.

— Je suis prêt à parier que, depuis, il n'a pas mis les pieds ici.

— C'est ainsi que certaines personnes réagissent au deuil. Elles n'arrivent pas à se débarrasser des affaires du disparu. Ma grand-mère était comme ça. Deux ans pour la persuader de jeter ce qui appartenait à mon grand-père. Et, même après tout ce temps, elle disait encore avoir l'impression de commettre un sacrilège.

L'homme désigne une photo encadrée, posée à l'envers sur la table de chevet. Il la prend, la regarde, et la montre à sa collègue.

— Il y a la même en bas. Séduisante. Pas mon genre, mais séduisante.

Priscilla Harper fixe l'objectif, une main sur la hanche, un sourcil arqué. Elle paraît sûre d'elle, pleine de sang-froid et de maintien.

Nina entre dans la chambre et ouvre la garde-robe. Elle saisit des vêtements au hasard. Une robe de soirée décolletée écarlate, un manteau en cachemire avec un col en fourrure, un chemisier à jabot vert pâle.

— C'est de la soie véritable. Elle avait des goûts de luxe.

1. La *Mary Celeste* est un navire américain découvert abandonné au large des Açores le 4 décembre 1872. Miss Havisham est le personnage principal du film tiré du roman *Les Grandes Espérances* de Charles Dickens. C'est une vieille femme riche qui vit dans une vaste demeure en ruine.

L'homme approche pour jeter un œil.

—Un régal pour les mites. Sinon, tu aurais pu tout fourguer sur eBay.

Nina grimace.

—Merci du conseil, Steve.

Elle remet les vêtements à leur place.

—La police judiciaire tient vraiment à ce qu'on embarque tout ça ? Ça va nous prendre la semaine.

—Je crois que ce sont les trucs pornos qui intéressent Fawley. Dans l'immédiat, je pense qu'on devrait vérifier s'il n'y a pas une caisse pleine de tenues bondage sous le lit et en rester là. Je vais fouiller en haut. Mais j'ai l'impression que le dernier étage est vide. Juste un châlit en métal dans une pièce et une pile de vieux exemplaires du *Daily Telegraph*.

Nina s'approche de la table de chevet et ouvre le tiroir. Il est plein de flacons en plastique blanc.

—Merde alors ! Sacrée réserve, dit Clive tandis qu'elle ouvre un sac pour collecter les preuves. Les étiquettes sont au nom de Priscilla Harper. La plupart sont des somnifères.

—Tu as trouvé quelque chose, en bas ? demande-t-elle.

—À part les revues pornos, tu veux dire ? Il y a un bureau avec des piles de lettres et de vieilles factures, mais je doute que ça nous soit utile. On va mettre tout ça en boîte, juste au cas où. Ils en ont presque terminé avec la cave, maintenant.

Nina frémit.

—Je ne parviens pas à me sortir ça du crâne. Ces marques de griffures dans le plâtre. L'état d'esprit dans lequel elle devait être pour en arriver là. Je n'ose même pas y penser.

—Je crois qu'elle pouvait les entendre.

Elle se tourne vers lui.

—Qu'est-ce que tu veux dire ?

Il a une expression sinistre.

— Réfléchis. Dans la maison mitoyenne, il y avait la même vieille bonne femme depuis les années 1980. Mais, tout d'un coup, il y a quelques semaines, les ouvriers débarquent. C'était la première fois depuis des lustres qu'il y avait quelqu'un dans la cave d'à côté. C'est pour ça qu'elle a essayé de creuser. Elle pouvait les entendre.

* * *

15 h 15. Vu les difficultés qu'on a pour interroger Harper, j'ai décidé de ne plus lui poser de questions avant d'avoir pu parler avec la fille. Mais elle est toujours sédatée. Personne ne s'attend à tirer quoi que ce soit du garçon, et il va falloir attendre plusieurs heures avant que les techniciens de la police scientifique donnent leurs conclusions préliminaires. Tout cela signifie que, dans l'immédiat, j'ai le commissaire sur le dos, un service presse en pleine crise et toute une équipe bourrée d'énergie nerveuse, et rien à faire. Gislingham est à la recherche des personnes ayant travaillé avec Harper dans les années 1990, un officier est en route pour le supermarché où il essaiera de parler aux livreurs, et Baxter fouille dans le fichier des personnes disparues pour voir si quelqu'un ressemble vaguement à la fille. C'est un boulot fait pour lui – le fondu d'informatique en lui se réveille très vite –, mais, lorsque je le vois une heure plus tard, il fronce les sourcils de lassitude.

— Pas de chance ?

Il lève les yeux vers moi.

— Que dalle ! On ne connaît pas son nom, on ne sait pas d'où elle vient, on ne sait pas depuis combien de temps elle était dans la cave. On ne sait même pas si sa disparition a été déclarée. Je pourrais y passer un mois entier sans rien trouver. Même la reconnaissance faciale est incapable d'identifier une personne disparue.

* * *

De : AnnieGHargreavesMontreal@hotmail.com
À : D.Ross@SocialServices.ox.gov.uk
Date : 1er mai 2017 à 15 h 45
Objet : Bill

Merci pour le mail. Je regarde les infos en ce moment et il y a des images de Frampton Road, même sur la télé canadienne. Ils font le parallèle avec ce type en Autriche qui a enfermé sa fille dans la cave pendant des années. Mais Bill ? Faire un truc pareil ? Il a toujours été un sale râleur, mais il n'a jamais été violent. Je n'ai pas connu Priscilla et, pour autant que je sache, il n'a jamais eu de relations avec une femme depuis sa mort. En tout cas, il ne m'en a pas parlé. D'accord, un psy dirait que je suis naïve et que les gens comme lui savent bien cacher leur jeu, mais on aurait quand même remarqué quelque chose, non ? Désolée, ce que j'écris n'a sans doute pas grand sens. Il est tôt, ici, et je n'arrive pas à y croire. Je ressemble probablement à ces gens que les médias interrogent dans des cas pareils et qui sont là à dire des inepties comme : « Il avait l'air d'un mec si gentil. » Dites-moi si je peux faire quelque chose.

* * *

Somer se tient au coin de Chinnor Place. De là où elle est, elle peut voir les techniciens de la police scientifique charger dans une camionnette les cartons qu'ils emportent du 33 Frampton Road. Deux vans de la télé sont garés de l'autre côté de la rue. Elle appuie sur la sonnette pour la troisième fois. On dirait que la maison est vide ; mais, à en juger par les vélos, la quantité de bouteilles et son état général, il s'agit sans doute d'une résidence pour étudiants. L'une des rares qui restent dans ce quartier. Il y a trente ans, ces maisons étaient des dinosaures. Personne n'en voulait : trop grandes, trop difficiles à entretenir. La plupart ont été divisées en chambres meublées ou achetées à bas prix par des boîtes à bac ou des départements universitaires. Mais ce n'est plus le cas. Maintenant, elles redeviennent peu à peu des maisons familiales telles que les architectes de l'époque victorienne les avaient conçues, avec des logements destinés au personnel de maison. Mark Sexton n'est que le dernier exemple en date d'une tendance massive.

Elle sonne une dernière fois et, lorsqu'elle est sur le point de s'en aller, la porte finit par s'ouvrir. Il a la vingtaine, les cheveux roux, il se frotte la nuque et bâille : on dirait qu'il sort du lit. Dans le couloir, il y a un alignement de bouteilles vides et une odeur de bière éventée. Il regarde Somer et se lance dans une pantomime.

— Merde.

Somer sourit.

— Agent Erica Somer, de la police de Thames Valley.

Le garçon déglutit.

— Ces vieux croulants se sont encore plaints du bruit ? Sérieusement, ce n'était pas aussi bruyant que ça…

— Je ne suis pas venue pour ça, monsieur… ?

— Danny. Danny Abrahams.

— Très bien, Danny. C'est au sujet de la maison de la rue d'à côté. Numéro 33. Vous connaissez M. Harper, l'homme qui y vit ?

Il se gratte de nouveau la nuque. Sa peau est couperosée et rouge.

— Le cinglé ?

— Vous le connaissez ?

Il secoue la tête.

— Il traîne dans les rues en parlant tout seul. Une fois, il nous a donné un pack de quatre bières. Rien de spécial.

Somer prend son téléphone et lui montre une photo de la jeune femme.

— Et elle, vous l'avez déjà vue ?

Le garçon regarde attentivement l'écran.

— Non, jamais.

— Vos colocataires sont là ?

— Pas sûr. J'ai vu personne. Sans doute à la bibliothèque. Examens de fin d'année, vous comprenez.

Elle range son téléphone et lui tend une carte.

— Si l'un d'eux a la moindre information au sujet de M. Harper, demandez-lui d'appeler ce numéro, s'il vous plaît.

— Qu'est-ce qu'il a fait ? Il s'est mis à jouer les exhibitionnistes avec les gamines du quartier ?

— Qu'est-ce qui vous fait dire ça ?

Le type pique un fard.

— Rien. Je me suis juste dit…

— Merci de transmettre le message à vos colocataires.

Elle tourne les talons et le laisse là sur le perron, à se demander ce qui se passe. Son état d'hébétude dure environ une minute et demie, puis il ferme la porte et sort son téléphone.

— Merde, dit-il en déroulant le fil d'actualités. Merde, merde, merde.

* * *

Pièces à conviction

CK/1 à 3	Divers sachets vides saisis à côté de l'escalier dans la cave, pièce A, pour relevés d'empreintes chimiques.

CK/4 à 5	Empreintes partielles prélevées sur de l'adhésif scellant un carton saisi à côté de l'escalier dans la cave, pièce A.
CK/6	Empreintes relevées sur une boîte en carton en papier glacé saisie dans la cave, pièce A.
CK/7 à 10	Empreintes relevées sur divers objets saisis dans une vieille baignoire en étain dans la cave, pièce A.
CK/11	Empreintes partielles relevées sur la serrure de la porte B de la cave (à l'extérieur, du côté de la pièce A).
CK/12	Empreintes partielles relevées sur un trousseau de clés saisi dans la serrure de la cave (à l'extérieur, du côté de la pièce A).
NM/1 à 5	Divers sachets vides, emballages d'aliments et boîtes de conserve saisis pour relevés d'empreintes chimiques dans un sac poubelle trouvé dans la cave, pièce B.
NM/6 à 8	Empreintes relevées sur des récipients en plastique saisis dans un sac d'ordures trouvé dans la cave, pièce B.
NM/9	Taie d'oreiller noire avec des taches blanches (test positif présomptif pour la présence de salive) saisie sur un matelas dans la cave, pièce B.
NM/10	Drap gris avec de multiples taches blanches (test positif présomptif pour

	la présence de sperme et de salive) saisi sur un matelas dans la cave, pièce B.
NM/11	Duvet blanc avec des taches rouges (test positif présomptif pour la présence de sang) saisi sur un matelas dans la cave, pièce B.
NM/12 et 13	Sous-vêtement féminin avec des taches blanches (test positif présomptif pour la présence de sperme) saisi sur un matelas dans la cave, pièce B.
NM/14	Drap avec une petite tache rouge (test positif présomptif pour la présence de sang) saisi sur le lit de l'enfant dans la cave, pièce B.
NM/15	Prélèvements secs et humides de traces rouges (test positif présomptif pour la présence de sang) sur le mur mitoyen de la cave, pièce B.
NM/16	Boîte contenant divers objets, dont de vieux livres, saisie dans la cave, pièce B.
NM/17	Lampe torche avec une batterie déchargée saisie dans la cave, pièce B.

* * *

Je suis dans la cafétéria en train de m'acheter un sandwich lorsque Baxter me rejoint.

— Je crois que j'ai quelque chose, dit-il, légèrement essoufflé.

Sa femme lui conseille de prendre les escaliers : c'est le seul exercice physique qu'il pratique.

— La fille ?

— Non, Harper. J'ai abandonné les recherches dans le fichier des personnes disparues, mais, tant que j'y étais, je me suis dit que ça valait le coup d'entrer le nom de Harper dans le système.

— Et ?

— Aucune condamnation. Même pas un excès de vitesse. Et même s'il roule à deux à l'heure quand il cherche des prostituées, on ne l'a pas pris sur le fait. Mais j'ai trouvé deux interventions de la police dans la maison de Frampton Road. En 2002 et en 2004. Aucune charge retenue. Le procès-verbal est sommaire, mais il s'agissait sans le moindre doute d'un problème domestique.

— Quel est l'officier qui est intervenu ?

— Jim Nicholls, les deux fois.

— Voyez si vous pouvez le retrouver. D'après mes souvenirs, il a pris sa retraite dans le Devon. Les ressources humaines doivent avoir son adresse. Faites en sorte qu'il m'appelle.

* * *

Putain, mec, t'as vu les infos ? Ce type en bas de la rue, il est complètement cinglé. Il a enfermé une fille dans sa cave. La police vient de passer. Me suis demandé si je devais leur dire

Putain, surtout pas. Tu fermes ta gueule, OK ?

T'as reconnu la fille ?

Non. Jamais vue

Raison de plus pour la boucler, OK ?

* * *

— Bill Harper ? Ça remonte à loin.

Russell Todd est le quatrième ancien collègue de Harper que Gislingham appelle, sans aucun résultat jusque-là. Personne ne se souvient de rien. Mais Todd a de la mémoire et il est très bavard.

— Alors, comme ça, vous vous souvenez de lui ? demande Gislingham en essayant de refréner de trop grands espoirs.

— Oh, oui. Je l'ai bien connu à une époque, mais c'était il y a un bout de temps. Pourquoi me demandez-vous ça ?

— Que pouvez-vous me dire à son sujet ?

Long soupir au bout du fil.

— Eh bien, dit Todd, il n'était pas vraiment de premier ordre. Au niveau universitaire, je veux dire. Mais il n'en avait pas conscience, évidemment. En fait, il devait se dire que se retrouver à l'université de Birmingham était indigne de lui ; mais sa femme était originaire du coin, alors ça a dû le décider. Acheter cette maison à Oxford, j'ai vu ça comme un déni typique. Mais il était sérieux. Il connaissait son affaire. Il a écrit un article qui a eu pas mal de retentissement…

— Celui sur les jeux de rôle ?

— Ah, vous êtes au courant. Entre nous, c'était un peu un coup de chance : il s'est trouvé au bon endroit, au bon moment. Bref, sa pensée n'était pas très originale, mais Bill a eu l'idée de l'appliquer aux jeux en ligne. Enfin, je ne sais pas trop comment s'appellent ces trucs-là. C'était en 1997, le web commençait à peine à se développer. Et, tout d'un coup, il a fait sensation.

La voix de Todd devient de plus en plus acerbe et Gislingham remarque une nette jalousie envers son ancien collègue. Ces universitaires, toujours à se planter des couteaux dans le dos. Il se demande combien d'entre eux ont pu voir en Todd un professeur de « premier ordre ».

— Quoi qu'il en soit, poursuit-il, après avoir trimé pendant une trentaine d'années dans les recoins poussiéreux de l'université, voilà que ce cher vieux Bill se voit courtisé par Stanford et le MIT. On a même parlé de Harvard.

— Et que s'est-il passé ?

Todd a un rire acrimonieux qui commence à irriter Gislingham.

— C'était complètement shakespearien. Le héros qui échoue au moment précis de son triomphe. Il a mis la maison en vente, a empaqueté toutes ses affaires, et soudain : *bang!* Tout s'est écroulé sous ses pieds. Enfin, vu les circonstances, une autre partie de son anatomie serait plus appropriée pour la métaphore…

— Je n'ai aucun mal à deviner, dit Gislingham.

Ça amuse beaucoup Todd.

— Oui, je crains que Bill ne se soit fait prendre la main dans le pot de confiture. L'affaire a été étouffée, évidemment, mais on n'a plus jamais entendu parler des universités américaines. Un homme marié qui a des histoires avec ses élèves, ça passe *très* mal, là-bas. Les Yankees sont particulièrement prudes en la matière.

— Après ça, vous êtes resté en contact avec lui ?

— On ne peut pas vraiment dire ça. J'ai appris que sa femme était morte. Cancer du sein, je crois. J'ignore s'il a continué à enseigner. Elle avait de l'argent, sa femme, alors il n'avait peut-être plus besoin de travailler.

— Et ça n'est arrivé qu'une seule fois ? Je veux dire, est-ce qu'il avait la réputation de harceler ses élèves ?

— Oh, non. D'ailleurs, c'est ce qui est étrange. Ça ne lui ressemblait absolument pas. L'ironie de l'histoire, c'est que si les autorités avaient voulu faire un exemple, elles auraient pu s'en prendre à pas mal d'autres *dragueurs* * avérés – d'un côté comme de l'autre. Ce n'était pas comme maintenant, avec des procès pour un oui ou pour un non.

Le bon vieux temps du harcèlement à volonté.

— Tocard, murmure Gislingham dans l'appareil.

— En tout cas, continue Todd, Bill était guindé comme c'est pas permis. Si vous voyez ce que je veux dire. Vous ne pouvez pas imaginer à quel point.

— Non, répond Gislingham en grinçant des dents, je ne peux pas imaginer.

* * *

American Journal of Social and Cognitive Sciences
Volume 12, numéro 3, automne 1998

**Donjons et jeunes filles.
Les jeux de rôle sur Internet**

William M. Harper, professeur à l'université de Birmingham

Résumé
Cet article s'intéresse au potentiel des jeux de rôle à participants multiples (JDR) sur le réseau de communication électronique appelé World-Wide Web. Bien qu'un faible nombre d'amateurs aient pour l'instant accès à cette technologie, de multiples joueurs peuvent bel et bien interagir en temps réel par le biais de leur ordinateur, par-delà les zones géographiques et les fuseaux horaires. Cet article se penche sur les

* En français dans le texte.

répercussions cognitives et psychosociales de ces « jeux à distance », ainsi que sur des questions comme l'impact de la *persona* anonyme sur la confiance établie entre les joueurs, et ses effets sur leur processus de prise de décision. Nous analyserons également les possibles conséquences neurologiques d'une exposition prolongée à un monde « virtuel » violent, dont l'érosion de l'empathie, la hausse des agressions interpersonnelles et l'illusion d'omnipotence.

* * *

Peu après 16 heures, Everett regarde le garçon à travers la cloison vitrée, en compagnie d'une infirmière. Dans la chambre, les rideaux sont tirés et il est assis, seul, dans un parc pour enfants disposé au milieu de la pièce, observant les différents jouets. Des briques, un avion, un train rouge et vert. De temps en temps, il se penche pour en toucher un. Ses cheveux noirs font de longues boucles, comme ceux d'une fille. Une femme est dans la chambre, assise sur une chaise placée le plus loin possible de lui.

— Il ne laisse toujours personne l'approcher ?

La femme fait non de la tête. Sur son uniforme, un badge dit « Infirmière Jenny Kingsley ».

— Pauvre petit bout. Le médecin l'a ausculté et on a procédé à quelques tests, mais on s'en tient au minimum pour le moment. On ne veut pas le stresser inutilement. Surtout après la façon dont sa mère a réagi.

Elle lit la question dans les yeux d'Everett.

— Après l'avoir lavé, on l'a emmené voir sa mère. Mais, dès qu'elle l'a vu, elle s'est mise à hurler. Je veux dire, à vraiment hurler. L'enfant s'est figé et a crié lui aussi. Finalement, on a dû la sédater. Et lui, on l'a ramené dans cette chambre. Ce genre de stress, ça ne peut que leur faire du mal.

— Il a dit quelque chose ?

— Non. On n'est même pas sûr qu'il sache parler. L'environnement dans lequel il se trouvait, ce dont il a dû être témoin… il ne serait pas étonnant que son développement en soit affecté.

Everett se tourne de nouveau vers la fenêtre. Le garçon lève les yeux et, un instant, tous deux s'observent. Ses iris sont noirs, ses joues rougissent légèrement. Puis il se retourne et se blottit dans un coin du parc, le visage enfoui dans ses bras.

— Il fait ça très souvent, dit l'infirmière. C'est peut-être parce qu'il n'a pas l'habitude de la lumière. Ses yeux doivent avoir des séquelles après être resté dans le noir aussi longtemps. Mieux vaut prévenir que guérir. C'est pour ça qu'on a tiré les rideaux.

Everett le regarde un moment.

— On a envie de lui faire un câlin et d'effacer tout ça.

Jenny Kingsley soupire.

— Je sais. Ça brise le cœur.

* * *

La première réunion consacrée à l'affaire est à 17 heures. Lorsque j'entre dans la salle de crise, l'équipe est en train de se rassembler et Quinn punaise le peu que nous avons. Une photo de la maison, une photo de la fille, une carte de la rue. Une tâche aussi simple aurait dû être du ressort de Gis, mais je soupçonne Quinn de vouloir se rendre utile à tout prix.

— Très bien, commence-t-il. Everett est encore à John Rad : elle attend de pouvoir parler à la fille, mais nous n'avons aucune idée du temps que ça prendra.

— Est-ce qu'on part de l'hypothèse que le gamin est le fils de Harper ? demande un inspecteur depuis le fond de la pièce.

— Oui, répond Quinn. C'est l'hypothèse de départ.

— Pourquoi ne pas faire un test ADN ? Cela prouvera de manière certaine qu'il a violé la fille.

— C'est plus compliqué que ça n'en a l'air, interviens-je. Elle n'est pas en état de donner son autorisation. Mais j'ai parlé aux services sociaux et ils étudient la question. En attendant, on fait des tests sur la literie retrouvée dans la cave. Avec de la chance, on obtiendra les réponses dont nous avons besoin.

Je fais un signe de la tête à Quinn.

— Pitié, pas encore une vieille chouette cinglée, murmure quelqu'un.

Un autre s'esclaffe.

— ...soit une personne qui s'appelle John rendait souvent visite à Harper, même s'il n'est pas son fils. Nous allons donc devoir découvrir de qui il s'agit et le localiser, ne serait-ce que pour le disculper. Et n'oubliez pas que, même si ce « John » était un visiteur régulier, il n'était pas forcément au courant de la situation. On ne peut pas se permettre de tirer des conclusions hâtives.

— Comme toi avec l'assistant social ?

Je n'identifie pas celui qui a dit ça, mais, cette fois, personne ne rit. Quinn regarde ses chaussures. Il y a un silence étrange et je ne suis pas disposé à le tirer d'affaire. C'est Gislingham qui vient à son secours. On dirait que ces deux-là ont récemment réglé leur différend. Lorsque Quinn est devenu inspecteur en chef, ça a été la guérilla pendant un moment, mais la paternité a sans doute adouci Gislingham. À moins que le conflit n'ait fini par le fatiguer. Je comprends ce qu'il a ressenti.

— J'ai contacté l'université de Birmingham, annonce Gislingham, et j'ai également parlé à l'un de ses anciens collègues. Dans les années 1990, Harper a eu une relation avec une de ses étudiantes. C'est tout. Rien de déviant, pour autant que je sache. Mais j'attends encore de recevoir son dossier complet, qui pourrait nous en apprendre davantage. Même si, dans les années 1990, il a écrit un article sur les jeux de rôle en ligne et la façon dont la virtualité banalise la violence. « Donjons et jeunes filles ». C'est le titre de l'article, qui est carrément sinistre, si vous voulez mon avis.

— Et le supermarché ? Quelqu'un est allé voir ?

— J'y suis allé, déclare un inspecteur depuis le fond de la salle. J'ai parlé aux livreurs, mais ils n'ont rien de particulier à dire. Ils se contentaient de déposer les sacs de provisions dans l'entrée. D'après eux, Harper n'a jamais été très causant.

— À partir de là, dit Quinn, la prochaine étape est d'élargir le périmètre de l'enquête de voisinage, en espérant que quelqu'un reconnaîtra la fille ou saura quelque chose sur ce fameux John.

Il recule et désigne la carte qu'il a punaisée, puis détaille avec précision quelles rues ils vont couvrir. Mais je n'écoute pas. Je regarde fixement le tableau et prends soudain conscience de ce qui aurait dû me frapper bien plus tôt. Je me lève et m'approche de la carte. Derrière moi, le silence se fait dans la pièce.

— Rappelez-moi le numéro de la maison de Harper à Frampton Road ?

— 33, dit Quinn en fronçant légèrement les sourcils. Pourquoi ?

Je saisis le stylo et entoure le numéro 33, avant de tracer une ligne vers le sud-est.

— C'est bien ce que je pensais.

Le froncement de sourcils de Quinn s'accentue.

— Quoi ?

— La maison de Harper est juste derrière Crescent Square. 81 Crescent Square, pour être exact.

Je me retourne. Certains n'ont pas la moindre idée de là où je veux en venir. Il faut dire que tous ne travaillaient pas ici, à l'époque. Mais Gislingham, oui, et je vois la lumière se faire en lui.

— Attendez, dit-il. Ce n'était pas là que vivait Hannah Gardiner ?

Tout le monde comprend alors immédiatement. Ce nom fait l'effet d'un choc et, tout d'un coup, les questions fusent dans la salle.

— Ce n'est pas cette femme portée disparue ? Celle qu'on n'a jamais retrouvée ?

— C'était quand, déjà ? Il y a deux ans ?

— Merde, vous croyez qu'il peut y avoir un rapport ?

Quinn me considère et je lis une question dans ses yeux.

— Coïncidence ? demande-t-il calmement.

Je regarde de nouveau la carte, la photo de la fille, et je me rappelle le visage d'Hannah Gardiner punaisé sur le tableau exactement de la même façon, pendant des mois et des mois, jusqu'à ce que nous finissions par le décrocher. Elle devait avoir sensiblement le même âge que la fille d'aujourd'hui.

— Je ne crois pas aux coïncidences, dis-je.

* * *

Chaîne : *Mystery Central*

Émission : Grands crimes non élucidés

Première diffusion : *9 décembre 2016*

Vue panoramique des gratte-ciels d'Oxford, à l'aube, l'été

VOIX OFF

Depuis la série *Inspecteur Morse*, tous les téléspectateurs du monde voient dans les clochers rêveurs d'Oxford[1] le décor idéal pour le meurtre parfait. Mais ces sombres histoires d'assassinats n'ont que peu de rapport avec la vie réelle dans cette ville magnifique et prospère où le taux de criminalité est faible et les homicides non résolus quasi inexistants.

Plan large de Crescent Square, des vélos posés contre une grille, un chat qui traverse la rue, une mère et un petit garçon sur un scooter

VOIX OFF

L'histoire commence ici, dans le nord verdoyant d'Oxford, l'une des banlieues les plus aisées et les plus attractives de la ville. C'est là qu'Hannah Gardiner, vingt-cinq ans, son mari Rob et leur petit garçon Toby ont loué un appartement à l'automne 2013.

Photo de famille des Gardiner, zoom avant; scène de reconstitution : un tout jeune enfant joue au ballon dans le jardin

---

1. Oxford est surnommée « the City of Dreaming Spires » : la ville aux clochers rêveurs.

VOIX OFF

Lorsqu'elle a rencontré Rob, Hannah était journaliste à Londres et, quand il a été engagé par une société de biotechnologie basée à Oxford, la famille s'est installée dans un appartement lumineux, au premier étage, avec un accès à un joli jardin commun où Toby pouvait jouer.

Interview: arrière-plan – intérieur

BETH DYER, AMIE D'HANNAH

Hannah se réjouissait vraiment d'emménager à Oxford. C'était vraiment une période de bonheur pour elle. Comme si toutes les bonnes choses arrivaient en même temps. Et, lorsqu'elle a été embauchée à BBC Oxford, elle était aux anges. On a tous fêté ça.

Images d'Hannah parlant à la caméra pour les informations locales de la BBC

VOIX OFF

Hannah s'est rapidement fait une réputation en couvrant les sujets les plus controversés de la ville.

Interview: arrière-plan – bureaux de BBC Oxford

CHARLIE GATES, RÉDACTEUR EN CHEF, BBC OXFORD

Hannah était toujours en première ligne sur les sujets difficiles. Elle a fait plusieurs reportages sur les sans-abri d'Oxford, et une série d'enquêtes sur la loterie selon le code postal pour accéder au traitement contre l'infertilité, qui a eu un certain retentissement au niveau national. Elle était passionnée par son travail. C'était une véritable journaliste.

Plan des bureaux de MDJ Property Developments

VOIX OFF

Au début de l'année 2015, Hannah s'est attelée à sa mission la plus ambitieuse lorsque le promoteur immobilier Malcolm Jervis a déposé le projet de construction d'un vaste complexe résidentiel à quelques kilomètres de la ville.

Plan-séquence du camp des protestataires, banderoles, foule scandant des slogans

VOIX OFF

La résistance locale contre le nouveau projet de Jervis a été farouche, rassemblant les habitants de la zone et les défenseurs de l'environnement, qui ont installé un camp de protestation près du site où devait être construit le complexe immobilier.

Vue panoramique de champs, qui finit sur Wittenham Clumps; vue aérienne avec des nuages et des ombres

VOIX OFF

Beaucoup de gens étaient affectés par ce projet de construction au beau milieu d'une nature vierge et à quelques centaines de mètres à peine d'un site historique de grande importance, Wittenham Clumps.

Vue de Castle Hill

VOIX OFF

Ces collines offrent une vue sur la campagne de l'Oxfordshire à des kilomètres à la ronde et sont riches d'histoire. Jadis, Castle Hill abritait un fort datant de l'âge du fer, et près du sommet se trouve une cavité connue depuis des siècles sous le nom de Money Pit.

Vue d'un corbeau et de la lune

VOIX OFF

On dit que de nombreux trésors sont enterrés là, gardés par un corbeau fantôme.

Gros plan sur un coucou dans un arbre

VOIX OFF

Et non loin de là s'étend une petite forêt appelée Cuckoo Pen. Selon la légende, si l'on parvient à y attraper un coucou, l'été ne finira jamais.

(Chant de coucou)

Vue aérienne de l'excavation

VOIX OFF

Au printemps de l'année 2015 a commencé à Castle Hill une nouvelle fouille archéologique et, au début de juin, Hannah a été la première à révéler la nouvelle d'une découverte macabre.

Images de la BBC Oxford tournées à Wittenham Clumps

HANNAH GARDINER

J'ai appris que les squelettes de trois femmes ont été découverts dans une tombe peu profonde située quelques mètres derrière moi, près de ces arbres. Elles étaient face contre terre, le crâne brisé, et, d'après la disposition des os, elles avaient probablement les mains liées. On estime que les corps ont été inhumés à la fin de l'âge de fer, ou vers l'an 50 de l'ère commune. Les archéologues se refusent à spéculer sur la signification de la position très inhabituelle dans laquelle les cadavres ont été enterrés. Toutefois, l'un d'eux, connaisseur des rites païens, suggère que cela peut être lié à la « Triple Déesse », qui est souvent représentée sous la forme de trois sœurs. La découverte d'ossements d'animaux, dont ceux de plusieurs oiseaux, pourrait également se révéler importante. Hannah Gardiner, pour BBC Oxford News.

Images de squelettes dans une fosse

VOIX OFF

Les jours suivant la découverte, des histoires scabreuses se sont mises à circuler selon lesquelles les femmes étaient en fait victimes de sacrifices humains, et cela n'a fait qu'ajouter à l'ambiance étrange et hautement électrique qui régnait en cette période précédant la fête de la Saint-Jean.

Reconstitution : vue d'un calendrier avec une cuisine en arrière-plan. Le calendrier affiche la date du 24 juin, qui est entourée

VOIX OFF

Pour la famille Gardiner, le 24 juin 2015 a commencé comme tous les autres jours. Rob s'est levé tôt pour se rendre à une réunion à Reading, et Hannah s'est également mise au travail.

Reconstitution : « Hannah » s'installe au volant de sa Mini Clubman orange après avoir attaché le petit garçon sur le siège bébé. Elle a une queue-de-cheval châtain foncé et une parka bleu marine matelassée

VOIX OFF

La semaine précédente, elle a mené des interviews au camp des protestataires et elle est parvenue à convaincre Malcolm Jervis de la rencontrer sur le site pour une interview filmée. Sa nourrice habituelle étant malade, Hannah a dû emmener Toby avec elle. Elle a quitté la maison vers 7h30 pour se rendre à Wittenham. Rob était déjà parti depuis un quart d'heure pour prendre un train à destination de la ville de Reading, toute proche.

Reconstitution : « Rob » au téléphone; il fait les cent pas, l'air anxieux

VOIX OFF

À 11h15, à la faveur d'une pause dans sa réunion, Rob a cherché à joindre Hannah, mais elle n'a pas répondu. C'est en rentrant à la maison en milieu d'après-midi qu'il s'est rendu compte que quelque chose n'allait pas. Sur le répondeur, il y avait un message du cameraman avec lequel Hannah avait rendez-vous sur le site : il demandait pourquoi elle n'était pas venue. Rob a de nouveau tenté d'appeler le portable de sa femme et, n'obtenant aucune réponse, il a contacté la police.

Il ignorait alors que son fils Toby avait déjà été retrouvé. Seul.

Reconstitution: une poussette et un jouet dans les sous-bois

VOIX OFF

Dès 9h30, un promeneur avait remarqué la poussette vide à Money Pit et Toby a été retrouvé une heure plus tard dans les sous-bois, terrorisé, serrant contre lui son oiseau en plastique.

Images de la BBC: une Mini Clubman à Clumps, des policiers et un ruban délimitant une scène de crime

VOIX OFF

Une vaste battue a été organisée, mais on n'a pas trouvé la moindre trace d'Hannah. La police n'avait aucune piste.

Interview: arrière-plan – intérieur

COMMISSAIRE ALASTAIR OSBOURNE,
POLICE DE THAMES VALLEY

Les techniciens de la police scientifique n'ont relevé aucun indice, ni dans la voiture ni sur la poussette, permettant de faire la lumière sur ce qui est arrivé à Hannah. Nous avons fait des recherches approfondies dans la zone de Wittenham et, bien que plusieurs personnes se soient présentées spontanément pour affirmer qu'elles avaient vu Hannah et Toby ce matin-là, nous n'avons jamais pu élucider ce qui lui était arrivé.

Reconstitution : gros plan sur un écran d'ordinateur et des dossiers

VOIX OFF

Rob Gardiner a rapidement été écarté de la liste des suspects potentiels. La police s'est ensuite concentrée sur les personnes qui auraient pu avoir un motif de s'en prendre à Hannah.
En analysant son ordinateur, la police a établi que Hannah était sur le point de révéler des malversations financières concernant MDJ Property Developments. Elle a interrogé Malcolm Jervis, mais il avait un alibi irréfutable : ce matin-là, il n'était arrivé à Wittenham qu'à 9h45.

Reconstitution : fil Twitter

VOIX OFF

Cependant, les spéculations allaient bon train sur les réseaux sociaux. Hannah aurait été assassinée au cours d'un rituel satanique en lien avec l'histoire de Wittenham Clumps. La police a fait une déclaration selon laquelle aucun élément ne pouvait laisser penser à un mobile occulte, mais les rumeurs n'ont pas cessé pour autant.

Images de la BBC du camp des protestataires, des yourtes, des gens enchaînés à des arbres, des chiens fouillant les ordures, des enfants courant nus

VOIX OFF

L'ambiance était fiévreuse sur le site et l'attention se porta inévitablement sur le camp des protestataires, qui avait attiré de nombreux adeptes du mouvement New Age venus y célébrer la veillée de la Saint-Jean.
Et il s'avéra qu'il y avait bien un lien avec le camp, mais pas celui qu'avaient relayé les blogueurs et les activistes de Twitter.

Interview: arrière-plan – intérieur

COMMISSAIRE ALASTAIR OSBOURNE, POLICE DE THAMES VALLEY

Trois mois après la disparition d'Hannah, un homme nommé Reginald Shore a été arrêté à Warwick pour tentative d'agression sexuelle sur une jeune femme. En fouillant sa maison, la police a trouvé un bracelet identique à celui que possédait Hannah. Les analyses ADN ont prouvé qu'il s'agissait bien du sien et, lors du contre-interrogatoire, Shore a reconnu avoir passé l'été au camp de Wittenham. D'autres auditions de témoins ont confirmé qu'il avait parlé à Hannah lorsqu'elle s'était rendue au camp à la fin du mois de mai.

Image du bracelet

VOIX OFF

Shore affirmait avoir trouvé le bracelet au camp et ne pas savoir à qui il appartenait. Le procureur a pris cet élément en compte, mais a conclu que les charges retenues contre Shore n'étaient pas assez solides pour le présenter devant un juge, surtout en l'absence de cadavre.

Photo de police de Reginald Shore

VOIX OFF

Shore a été condamné à trois ans de prison pour tentative d'agression sexuelle sur la jeune femme de Warwick. Sa famille a soutenu que la peine prononcée était bien plus lourde qu'elle n'aurait dû l'être, à cause de la relation faite avec l'affaire Hannah Gardiner.

Finalement, Shore est sorti de prison avant d'avoir purgé toute sa peine. En 2016, lorsqu'on lui a diagnostiqué un cancer des poumons en phase terminale, il a été libéré pour raisons humanitaires. On n'a jamais retrouvé Hannah Gardiner.

Saura-t-on un jour ce qui s'est réellement passé ?
Wittenham Clumps finira-t-il par livrer son secret ?

Vue lugubre de Wittenham Clumps sous la lune
Arrêt sur image

Fin

—Alors, dit Quinn, racontez-nous ce que les médias ignorent.

Je mets le lecteur DVD en pause et me retourne pour faire face à l'équipe.

—On a pensé que Toby avait, d'une façon ou d'une autre, réussi à s'extraire de la poussette avant de ramper vers les sous-bois. C'est pour ça qu'il nous a fallu du temps pour le retrouver. Il avait une blessure à la tête, mais on n'a pas pu établir s'il s'agissait d'un coup ou de la conséquence d'une chute. On n'a jamais parlé de ça aux médias.

Un silence. Ils sont tous en train de se représenter la scène, d'imaginer ce que ça a pu être. Je n'ai pas besoin de le faire. J'étais présent quand on l'a retrouvé. Et je l'entends encore hurler.

—L'enfant n'a rien pu dire ? demande un inspecteur. Le gamin ne se souvient pas de ce qui s'est passé ?

Je secoue la tête.

—Il n'avait même pas trois ans. Il avait reçu un choc à la tête. Il était complètement traumatisé. Rien de ce qu'il a dit n'avait de sens.

—Donc, on ne sait toujours pas comment il s'est retrouvé à Money Pit ?

— Notre théorie, c'était qu'Hannah l'avait emmené se promener après avoir reçu le message de l'assistant personnel de Jervis l'informant que ce dernier serait en retard.

C'est ce que je faisais quand Jake avait cet âge. Lorsqu'il ne tenait pas en place, ou qu'il avait fait un mauvais rêve et ne voulait pas retourner au lit. Il aimait le mouvement de balancier de la poussette. Je marchais dans les rues désertes au milieu de la nuit. Juste lui et moi, et ce chat bizarre qui rôdait en silence.

Mais je balaie ce souvenir.

— Et on est certain qu'elle a bien reçu ce SMS de l'assistant ? insiste Quinn.

— Eh bien, répond Gislingham, on sait qu'il a été envoyé, mais on n'a jamais retrouvé son téléphone. Donc, pas moyen de savoir si elle l'a lu ou non.

Il soupire.

— Pour tout vous dire, cette affaire était un cauchemar. Tous les timbrés sont montés au créneau, les voyants, les médiums, et j'en passe. Il y a même une vieille bique qui s'est rendue dans les bureaux de l'*Oxford Mail* pour les avertir que le bracelet était orné d'un motif païen, un genre d'étoile à trois branches. Elle n'arrêtait pas de répéter que le numéro 3 était la clé de toute l'affaire. Et, au final, il s'est avéré qu'elle avait raison…

Sa voix s'éteint lorsqu'il regarde la photo de la maison.

— Merde. C'est ce putain de numéro 33, n'est-ce pas ?

— Il y a autre chose qu'on n'a pas dit à la presse, poursuis-je. La vie de famille des Gardiner n'était pas aussi idyllique que ce documentaire voudrait nous le faire croire.

— Je me souviens, intervient Gislingham. Il y avait beaucoup de tensions avec l'ex de Rob. Manifestement, elle tenait Hannah pour responsable de leur rupture. Il y avait eu des publications assez déplaisantes sur Facebook.

— Elle avait un alibi ? demande Quinn.

— L'ex ? Oui, on a vérifié, dis-je. Elle était à Manchester ce jour-là. Coup de chance pour elle, sans quoi on ne l'aurait pas lâchée.

Gislingham a l'air pensif.

— Revoir ce documentaire après tout ce temps… Celle qui se détache, selon moi, c'est Beth Dyer. Lors de son audition, elle a lourdement fait allusion à une possible relation extraconjugale de Rob, non ?

— C'est vrai. Mais elle n'avait aucune preuve. Elle disait juste qu'il « paraissait un peu bizarre » ou « semblait avoir quelque chose à cacher ». Aucun coup de téléphone suspect, rien de ce genre. On a vérifié. Et il avait un alibi en béton : ce matin-là, son train a quitté Oxford à 7 h 57 et l'on sait qu'Hannah était vivante à 6 h 50 parce qu'elle a laissé un message sur le répondeur de sa nourrice. Et elle s'est servie de la ligne fixe, donc on sait aussi qu'elle était à Crescent Square. Il est impossible que Rob ait eu le temps de tuer sa femme, de conduire la voiture jusqu'à Wittenham, de s'en débarrasser et de rentrer à Oxford assez tôt pour prendre son train.

— Mais dans tous les cas, dit Quinn, même si Rob ou son ex avaient un motif pour éliminer Hannah, *quid* du gamin ?

— C'est exactement le point soulevé par Osbourne. Même si les horaires avaient collé, il est difficile d'imaginer que Rob Gardiner ait pu abandonner son fils là-bas.

— C'est pour ça que tout désignait Shore ? demande Quinn.

Un silence. Tout le monde me fixe. Ils attendent que j'explique qu'on a fait au mieux pour le coincer, mais que le procureur n'a pas suivi. Qu'on croit toujours tenir notre homme.

Mais je ne dis rien.

— Donc, finit par déclarer Quinn, vous aviez des doutes.

Je regarde de nouveau l'écran. L'image figée de Wittenham Clumps. Des oiseaux noirs sur un ciel pâle.

— On a interrogé tous ceux qui se trouvaient au camp des protestataires ce jour-là. Personne n'a dit avoir vu Shore jusqu'à ce que son nom apparaisse dans la presse avec l'affaire de l'agression de Warwick. Et ça s'est passé des mois plus tard.

— Ça ne prouve pas qu'il n'était pas là.

— Non, mais on ne peut pas prouver non plus qu'il était là. Pas de manière catégorique. Il affirmait que, ce jour-là, il se trouvait à des kilomètres du site, mais il n'avait aucun témoin pour le confirmer. On sait qu'il était au camp cet été-là, et le bracelet découvert chez lui était bien celui d'Hannah…

— …mais vous ne croyez pas vraiment que ce soit lui le coupable, n'est-ce pas ? demande Quinn.

— Osbourne était convaincu de sa culpabilité. Et il était en charge de l'affaire.

Nouveau silence. Il a maintenant pris sa retraite, mais Al Osbourne était une légende de Thames Valley. Grand flic, doublé d'un type vraiment sympa. Croyez-moi, ces deux caractéristiques ne vont pas forcément de pair. Il y a pas mal de monde dans ce commissariat qui lui doit un sacré coup de pouce dans l'avancement de sa carrière, à commencer par moi. Et même si on n'a jamais réussi à coincer Shore dans l'affaire Hannah Gardiner, il y a depuis une entente tacite pour considérer que l'affaire est close. Ça va faire beaucoup de vagues si on la rouvre maintenant.

Je prends une profonde inspiration.

— Écoutez, à vrai dire, j'avais des doutes quant à la culpabilité de Shore. Il ne m'a jamais fait l'effet d'un tueur et, surtout, ce crime a exigé une organisation minutieuse. Je ne dis pas qu'il a été planifié : Hannah a peut-être été choisie par hasard comme victime. Mais, ensuite, le meurtre a été camouflé très méthodiquement. La police scientifique n'a rien trouvé : aucune trace d'ADN, rien du tout. Je ne voyais pas Shore capable de ça. D'abord, il n'est pas assez intelligent. C'est bien pour ça qu'il s'est fait arrêter à Warwick. J'ai toujours eu le sentiment qu'on était passé à côté de quelque chose. Un fait ou un indice que nous n'avons pas su lire correctement. Mais on n'a jamais rien trouvé.

— Jusqu'à maintenant, dit doucement Gislingham.

— Non, réponds-je en regardant de nouveau l'écran. Parce qu'il y a une hypothèse que nous n'avons jamais prise en considération. Hannah n'a peut-être jamais quitté Oxford. Quoi qu'il lui soit arrivé, ça a peut-être eu lieu ici.

— Mais, dans ce cas, comment diable l'enfant…

— Je sais. Comment diable Toby s'est-il retrouvé à Wittenham Clumps ?

— Tout juste, dit Quinn après un silence. Je vais avertir le service presse. Parce que, si on fait le lien avec l'affaire Gardiner, les fanatiques du Net vont rapidement être au courant. Il faut qu'on joue avec un coup d'avance, les gars.

— Trop tard, annonce Gislingham d'un ton sinistre en fixant son téléphone. Ils sont déjà au courant.

* * *

La jeune femme ouvre la fenêtre et reste là un moment à humer l'air chaud. Le chèvrefeuille qui pousse contre le mur est déjà en fleur. Derrière elle, le petit garçon bavarde avec son ours en peluche tout en buvant son thé. La télévision de la cuisine diffuse en sourdine les informations du matin. Dans la rue, elle entend un homme parler au téléphone d'une voix animée.

— Pippa ! appelle l'enfant. Regarde la télé ! C'est la maison avec tous les vélos devant !

La jeune femme retourne dans la cuisine, ramasse au passage un panda en peluche qui traîne et s'attable avec le petit garçon. Sur l'écran, un reporter se tient devant un ruban de la police, désignant avec de grands gestes ce qui se passe derrière lui. Il y a plusieurs voitures de police, gyrophares allumés, et une ambulance. En bas de l'écran, un sous-titre : « *Édition spéciale. La fille de la cave d'Oxford : de nouvelles questions sur l'affaire Hannah Gardiner.* » *Non*, se dit-elle. *Pitié, non. Pas après tout ce temps. Pas maintenant que tout est enfin réglé.* Elle passe un bras autour des épaules du petit garçon et respire dans ses cheveux le parfum artificiel de son shampooing.

— On devrait le montrer à papa ? demande-t-il en se contorsionnant pour la regarder.

Il a une cicatrice rose foncé à la tempe.

— Non, Toby, répond la jeune femme d'un air anxieux. Pas maintenant. Il ne faut pas le déranger.

* * *

Oxford Mail
1er mai 2017

LE « CAS FRITZL » D'OXFORD : COMMENT CELA A-T-IL PU ARRIVER ICI ?

par Mark Leverton

Les habitants du nord d'Oxford sont toujours sous le choc après la découverte ce matin d'une jeune femme et d'un tout jeune enfant dans la cave d'une maison de Frampton Road. On ne sait pas exactement combien de temps elle est restée enfermée là, mais les comparaisons sont inévitables avec la tristement célèbre « affaire Fritzl », cet Autrichien qui a emprisonné sa fille durant vingt-quatre années dans la cave de sa maison, où il la violait régulièrement, donnant ainsi naissance à sept enfants. Elizabeth Fritzl a été découverte lorsque l'un de ses enfants est tombé gravement malade. Josef Fritzl avait construit une prison souterraine sophistiquée pour sa fille, protégée par huit portes verrouillées, mais rien ne dit qu'il en est de même à Frampton Road. De nombreux voisins inquiets se demandent comment la fille a pu rester enfermée là sans que personne s'en aperçoive.

— C'est horrible, déclare Sally Browne, qui vit non loin de là avec ses trois enfants. Comment quelqu'un peut-il faire une chose pareille sans que personne s'en rende compte ? Apparemment, un assistant social ou quelqu'un d'autre allait régulièrement dans cette maison. Je ne comprends pas qu'ils ne soient pas au courant.

D'autres voisins s'interrogent aussi sur le rôle des services sociaux, et cela fait également écho à l'affaire Fritzl : un assistant social se rendait chez lui, et pourtant rien n'a jamais éveillé ses soupçons, bien que Fritzl ait affirmé avoir « trouvé » trois bébés de sexe féminin sur le pas de sa porte.

Le propriétaire de la maison de Frampton Road est un certain William Harper, un vieil homme qui vit seul. Aucune des personnes auxquelles nous avons parlé n'a jamais eu le moindre problème avec M. Harper, qui a été conduit au poste de police dans la matinée.

Ni la police de Thames Valley, ni les services sociaux n'ont fait de déclaration pour le moment. La jeune femme et son enfant ont été pris en charge à l'hôpital John Radcliffe.

Vous habitez Frampton Road ou vous avez des informations sur cette affaire ? Si tel est le cas, nous aimerions vous entendre. Vous pouvez nous contacter par e-mail ou par Twitter.

154 commentaires

VinegarJim1955

C'est le résultat de la politique du parti conservateur. Pas d'argent pour prendre soin des gens.

RickeyMooney

Pas étonnant que personne n'ait rien vu. Les gens de ce quartier n'en ont rien à f****e les uns des autres.

MistySong

C'est tout simplement horrible. Je n'arrive pas à croire que ça puisse arriver dans un quartier aussi tranquille. Du coup, on s'inquiète pour toutes les étudiantes qui vivent seules.

VinegarJim1955

Mais elle n'était pas étudiante, hein ? Si ça avait été le cas, ils se seraient mis à sa recherche à la minute même de sa disparition et ça aurait été dans tous les journaux. Ça me rend malade.

Fateregretful77

Je travaillais comme assistant social et je sais quelle pression ils subissent de nos jours. Il est impossible de passer suffisamment de temps avec les gens. J'ai aussi travaillé en lien avec la police de Thames Valley. Ils font un travail fabuleux. Vérifiez les faits avant d'accuser les gens.

* * *

Mardi matin, 8 h 45. C'est une jeune femme avec un chemisier blanc et une jupe en coton qui ouvre la porte. En la voyant, les mots « fraîche » et « vive » vous viennent tout de suite à l'esprit. Tout d'un coup, je me sens plutôt usé et douteux sur les bords. Ça m'arrive souvent, ces temps-ci.

— Oui ? dit-elle.

— Je suis l'inspecteur principal Adam Fawley et voici l'inspecteur Gislingham. Police de Thames Valley. Est-ce que M. Gardiner est là ?

Son visage est très éloquent.

— Oh, mon Dieu. C'est au sujet d'Hannah ? demande-t-elle en mettant sa main devant la bouche. Lorsque j'ai vu les informations hier, j'ai appris que…

Gislingham et moi échangeons un regard.

— Et vous êtes ?

— Pippa. Pippa Walker. Je suis la nourrice. La nounou, quoi.

Je me souviens d'elle, maintenant. Je ne l'ai pas rencontrée au cours de l'enquête, mais je me souviens de son nom.

— Vous connaissiez Hannah, n'est-ce pas ? Vous étiez déjà sa nourrice, à l'époque ?

Ses yeux s'emplissent de larmes et elle acquiesce.

— Elle était vraiment très gentille avec moi. Je ne cesse d'y penser. Si je n'étais pas tombée malade, elle n'aurait jamais emmené Toby avec elle ce jour-là et tout se serait passé autrement.

— Pouvons-nous entrer ?

— Excusez-moi. Oui, bien sûr. Par ici.

Nous la suivons jusqu'au salon. Le soleil entre par de hautes fenêtres qui donnent sur le square. D'autres fenêtres ouvrent sur le jardin. Murs jaune pâle. Photos en noir et blanc encadrées. Des jouets éparpillés un peu partout. Des ours en peluche, des petites voitures, un train. Et, sur le manteau de la cheminée, des portraits. Hannah et Toby, Rob et Toby sur un petit tricycle, tous les trois sur une plage. Soleil et joie.

— Excusez-moi pour le désordre, dit-elle en ramassant distraitement quelques jouets. Rob est dans son bureau, je vais le prévenir.

Une fois qu'elle est sortie de la pièce, je m'approche de la fenêtre du fond. Je regarde l'arrière de Frampton Road. À travers les arbres, on voit le toit du cabanon de la maison de William Harper. Dans les hautes herbes, de grands oiseaux noirs donnent de bruyants coups de bec sur le cadavre d'un rongeur, sans doute, et quatre pies sont aux aguets en haut des arbres, comme des assassins. Quand j'étais enfant, on n'allait guère plus loin que le premier vers de la comptine : « Une pour la peine[1] », mais maintenant ces satanées bestioles pullulent.

— Merde, dit Gislingham en déplaçant un chat en peluche pour pouvoir s'asseoir. C'est là que résident tous nos espoirs, ou je me trompe ?

Il grimace, puis se demande s'il a manqué de tact. Tout le monde fait ça. Personne ne sait quoi dire à des parents qui viennent de perdre un enfant. Ça devrait me permettre de mieux gérer des situations comme celle-ci, mais ce n'est pas le cas.

— Vous l'avez retrouvée, c'est ça ?

Rob Gardiner se tient à l'entrée du salon. Son visage est blême. Il a changé depuis la dernière fois que je l'ai vu. Ses cheveux châtain clair étaient proprement coupés et, maintenant, il porte un catogan et une barbe qui plonge jusque dans son cou. Je me dis que ces types qui bossent dans

1. Selon la comptine, le nombre de pies que l'on aperçoit détermine si l'on aura de la chance ou non : « Une pour la peine / Deux pour la joie / Trois pour une fille / Quatre pour un garçon », etc.

la biotechnologie peuvent se le permettre, mais ma femme ferait une drôle de tête si je faisais la même chose.

— Monsieur Gardiner ? Je suis l'inspecteur principal Adam Fawley…

— Je sais. Vous étiez là, à l'époque, avec cet Osbourne.

— Pourquoi ne vous asseyez-vous pas ?

— Les policiers proposent ça uniquement lorsqu'ils ont de mauvaises nouvelles.

Il entre dans le salon et je lui désigne une chaise. Il hésite, puis s'assied, mais tout au bord de la chaise en question.

— Alors ? Vous l'avez retrouvée ?

— Non. Nous n'avons pas retrouvé votre femme.

— Mais vous avez une nouvelle piste, n'est-ce pas ? Je l'ai vu aux infos. Ce type, celui avec la fille dans sa cave, comme Fritzl.

La jeune femme revient dans le salon et pose une main sur l'épaule de Gardiner. Il fait comme si de rien n'était. Un instant après, il bouge à peine et elle retire sa main.

Aucune raison de tergiverser.

— Oui, nous cherchons un lien possible avec la maison de Frampton Road.

Gardiner se lève et marche jusqu'à la fenêtre.

— Bon Dieu, je peux voir cette foutue maison d'ici.

Il se tourne soudain vers moi.

— Pourquoi n'avez-vous pas trouvé ce type plus tôt ? Je veux dire, en 2015, lorsqu'elle a disparu ? Vous ne l'avez pas interrogé, à l'époque ?

— Nous n'avions aucune raison de le faire. Tous les éléments suggéraient que votre femme avait disparu à Wittenham. Et pas seulement parce que c'est là que nous avons retrouvé Toby. Il n'y avait aucun ADN, aucune empreinte de quelqu'un d'autre dans la voiture.

— Et ces gens qui disaient l'avoir vue ? Ils ont tout inventé ? Il y a des gens comme ça, hein ?

Je secoue la tête.

— Non. Je suis sûr que ce n'est pas ce qui s'est passé. J'ai moi-même parlé à plusieurs témoins.

Il fait les cent pas, puis se tourne vers moi.

— Mais ce type que vous venez d'arrêter ? C'est forcément lui. C'est ce salaud qui a enlevé Hannah ?

— L'enquête est en cours. Je voudrais vraiment pouvoir vous en dire plus, mais je suis certain que vous comprenez. Il nous faut des preuves et, pour le moment, nous n'en avons pas. C'est pour ça que nous sommes venus vous voir. Est-ce que votre femme a jamais mentionné le nom de William Harper ?

— C'est le nom de ce type ?

— Est-ce qu'elle connaissait quelqu'un qui habitait Frampton Road ?

Il inspire profondément.

— Non, pas que je sache.

— Est-ce qu'elle aurait pu faire sa connaissance par le biais de son travail pour la BBC ? Elle l'a peut-être interviewé pour un reportage ?

Gardiner est livide.

— Je peux vérifier sur son ordinateur portable, mais ce nom ne me dit rien.

On a nous-mêmes analysé cet ordinateur il y a deux ans. Chaque fichier, chaque mail. S'il avait contenu une référence à Harper, je pense que nous l'aurions trouvée. Et il vivait si près d'ici que nous aurions enquêté. Mais, tout de même, ça vaut la peine de vérifier.

— Écoutez, dit Gardiner, la seule raison pour laquelle je la vois se rendre à Frampton Road, c'est parce qu'elle y avait garé sa voiture. C'est devenu compliqué de trouver une place dans le quartier et, parfois, c'est là qu'elle se garait. Ces maisons ont des allées, donc c'est généralement un peu plus dégagé.

Et la voilà, la réponse. L'élément qui manquait.

— Est-ce que vous vous souvenez si elle avait laissé sa voiture sur Frampton Road ce jour-là ? demandé-je en essayant de dissimuler mon optimisme.

Je lis l'impatience sur le visage de Gislingham.

Gardiner hésite.

— Non. Mais je sais qu'elle ne s'était pas garée devant la maison la veille au soir. J'ai dû descendre et aller l'aider à rapporter les courses à la maison lorsqu'elle est rentrée. En revanche, je ne sais plus exactement où se trouvait la voiture.

Je suis sur le point de me lever, mais il n'a pas terminé.

— Alors, est-ce que ce… ce *pervers* enlève des femmes *et* des enfants ? Des femmes accompagnées de leur enfant ?

Je remarque que la nourrice l'observe avec anxiété.

— C'est ça ? C'est son « truc » ? Parce que, selon les infos, il y avait aussi un enfant dans la cave. Un petit garçon. Comme mon Toby,

— Pour être franc, monsieur Gardiner, nous l'ignorons. Il est possible que l'enfant soit né dans la cave. Mais la jeune femme est encore trop perturbée pour nous parler, donc nous ne savons pas encore exactement ce qui s'est passé.

Il déglutit, regarde ailleurs.

— Votre fils est vivant, dis-je doucement. Vivant et en bonne santé. C'est tout ce qui compte, dans l'immédiat.

Lorsque nous approchons de la porte d'entrée, Gislingham demande à utiliser les toilettes. La nourrice l'y conduit. Nous restons là, Gardiner et moi, ne sachant pas quoi dire.

— Vous étiez sur cette autre affaire, n'est-ce pas ? finit-il par lancer. L'an dernier. Cette petite fille qui a disparu. Daisy quelque chose.

— Oui.

— Ça ne s'est pas très bien terminé non plus.

C'est une affirmation, pas une question. Ce qui est sans doute tout aussi bien.

— Vous avez également un fils, si ma mémoire est bonne ?

Là, il faut que je réponde, mais le retour de Gislingham me sauve la mise.

— Très bien, chef, dit-il en ajustant son pantalon.

Je me tourne vers Gardiner.

— Évidemment, nous vous tiendrons au courant de l'avancée de l'enquête. Et si vous découvrez la moindre référence à Harper dans l'ordinateur d'Hannah, prévenez-moi. Et dès qu'il y aura…

— Je veux la voir, déclare-t-il brusquement. Si vous la trouvez, je veux la voir.

Je ne voulais pas qu'il me demande ça. Je priais pour qu'il ne le fasse pas.

— Ce n'est vraiment pas une bonne idée. Mieux vaut…

— Je veux la voir, répète-t-il d'une voix brisée. Elle était ma *femme*.

Il lutte pour retenir ses larmes, juste là, devant moi.

Je fais un pas vers lui.

— Vraiment. Ne faites pas ça. Souvenez-vous d'elle telle qu'elle était. Toutes ces belles photos. C'est ce qu'Hannah aurait voulu.

Il me considère. Je veux qu'il comprenne. *Ne te mets pas en tête une image que tu ne pourras jamais effacer. Je le sais. Pour l'avoir fait. Et il n'y a aucun retour en arrière possible.*

Il déglutit, puis acquiesce. Je vois du soulagement sur le visage de la nourrice.

Dans la voiture, Gislingham attache sa ceinture.

— Selon vous, il se la tape ou non ?

Je mets le moteur en route.

— On ignore si elle habite là.

Quoi qu'il en soit, ça fait deux ans. Le pauvre homme mérite une chance d'aller de l'avant. Je sais combien ça peut être difficile. Quitter le passé sans l'abandonner. Sans se sentir coupable chaque fois que l'on sourit.

Mais Gislingham secoue la tête.

— Eh bien, j'imagine que si ce n'est pas déjà fait, ça ne va pas tarder. À mon avis, elle est complètement partante. Et moi-même, je ne la virerais pas de mon lit.

J'enclenche la marche avant.

— Je croyais que vous étiez un homme marié et heureux.

Il me fait une grimace.

— Ça ne coûte rien de jeter un œil, hein ?

De retour au commissariat de St Aldate, Baxter a installé un tableau blanc dans la salle de crise et il est en train d'écrire soigneusement la chronologie de l'affaire.

6 h 50	Hannah laisse un message sur le répondeur de la nourrice
7 h 20	Rob quitte la maison à vélo
7 h 30 ?	Hannah quitte la maison
7 h 55	Hannah reçoit un texto de l'assistant personnel de Jervis, reportant l'interview à 9 h 30
7 h 57	Le train de Rob quitte Oxford
8 h 45- 9 h 15	Des témoins aperçoivent Hannah à Wittenham avec une poussette
8 h 46	Rob arrive à la gare de Reading
9 h 30	Un témoin remarque une poussette vide à Money Pit
10 h 30	On retrouve Toby Gardiner

Lorsqu'il a terminé, il se recule et rebouche le marqueur.

— Alors, dit-il en se tournant vers l'équipe. Si on part de l'hypothèse qu'elle ne s'est jamais rendue à Wittenham, où est-ce que ça nous mène ?

— Pour commencer, mets un gros point d'interrogation sur tous ces témoignages, dit sèchement Quinn.

Je n'ai pas cessé d'y penser tout le long du trajet depuis Crescent Square : et si tous ces témoins qui sont venus à nous pour essayer de nous aider s'étaient trompés ?

— Il y avait beaucoup de monde là-haut, ce jour-là, affirme Baxter d'un ton assuré. Des parents, des enfants, des chiens. Il pouvait très bien y avoir quelqu'un qui ressemblait vaguement à Hannah. Personne ne l'a vue de près et elle ne portait pas de vêtements distinctifs.

— Mais alors cette femme qu'ils ont vue, quelle qu'elle soit, pourquoi ne s'est-elle pas manifestée ? demande Quinn. C'était partout dans la presse et sur Internet pendant des semaines, sans compter les quatre ou cinq appels à témoins. Si vous vous étiez trouvé sur place ce jour-là et que vous lui ressembliez un peu, vous ne seriez pas allé voir la police ?

Baxter n'a pas l'air convaincu.

— Il pouvait s'agir d'une personne de passage. D'une étrangère. Ou de quelqu'un qui ne voulait rien avoir à faire avec ça, qui ne voulait pas de problèmes.

— Personnellement, dis-je, le chien qui n'aboie pas m'intéresse davantage[1].

---

1. Allusion à *Flamme d'argent*, une nouvelle d'Arthur Conan Doyle dans laquelle Sherlock Holmes trouve révélateur que le chien n'ait pas aboyé pendant la commission d'un meurtre, ce qui lui permet de résoudre l'énigme. Depuis, l'expression est fréquemment reprise dans la littérature policière anglaise.

Erica Somer sourit, mais les autres sont plus lents à comprendre.

— Ah ! s'exclame Everett un instant plus tard. Vous voulez dire, comme dans Sherlock Holmes ?

J'acquiesce.

— Je peux facilement imaginer que quelqu'un ait confondu une autre femme avec Hannah. Le véritable point d'interrogation, c'est William Harper. S'il avait kidnappé Hannah dans Frampton Road avant d'abandonner la voiture et son fils à Wittenham, est-ce que quelqu'un l'aurait remarqué ? Un vieil homme avec une poussette ?

Baxter est toujours en train de parcourir le dossier.

— Un témoin parle de grands-parents avec des enfants, il est donc possible qu'il se soit fondu dans la masse. Mais on s'est contenté de demander aux gens s'ils avaient vu Hannah.

— Exact, dis-je. Alors recontactons les témoins oculaires et posons-leur la question. Pour voir s'ils se souviennent de quelqu'un qui ressemblait à Harper.

Quinn hoche la tête et prend note.

— Très bien, continué-je. On sait que Gardiner n'aurait pas eu le temps de faire l'aller-retour jusqu'à Wittenham si Hannah était encore en vie à 6 h 50. Mais Harper ? Aurait-il pu le faire ?

Everett réfléchit.

— Si Hannah a quitté l'appartement à 7 h 30, elle a pu rencontrer Harper à 7 h 45 au plus tard. Il a pu trouver un prétexte pour la faire entrer chez lui avant de la frapper. Une fois inconsciente, il n'avait plus qu'à la ligoter et à la laisser là. Ça n'aurait pas pris beaucoup de temps. J'imagine qu'il a pu se mettre en route pour Wittenham à 8 h 15, ce qui veut dire qu'il a pu arriver vers 8 h 45 environ. Alors oui, il a pu le faire.

— À cette époque, Harper était encore en état de conduire ? demande Baxter.

— D'après l'assistant social, oui.

— Et comment est-il rentré à Oxford ? Je veux dire, sans voiture ?

Gislingham hausse les épaules.

— En bus ! Il avait le temps, personne ne le cherchait. Personne à la maison pour lui demander où il était allé. Et tout le temps pour se débarrasser du corps.

— Une fois qu'il en a eu fini avec elle, déclare sombrement Everett, il a pu la garder en vie pendant des jours, pour ce qu'on en sait.

— Il reste quand même un problème, intervient Somer. Il n'y avait pas d'ADN suspect dans la voiture d'Hannah. Je suppose que Harper a pu la conduire sans laisser de traces, mais ce n'est pas si facile.

Elle a bien appris sa leçon. Je commence à me dire que nous devrions l'intégrer dans la police judiciaire.

— Une combinaison ? suppose Gislingham. Et un de ces trucs en plastique avec lesquels les garagistes protègent les sièges ?

Je me tourne vers Quinn.

— Appelez Challow et dites-lui de chercher un éventuel cadavre dans la maison de Frampton Road. Et tout ce dont Harper aurait pu se servir pour ne pas laisser de traces.

Les gens quittent la salle et j'attrape le regard de Baxter.

— Je veux que vous cherchiez toutes les disparitions inexpliquées de jeunes femmes et d'enfants au cours des dix dernières années.

Je vois dans ses yeux qu'il est en train de réfléchir, mais il ne dit rien. Il sait quand il faut se taire et c'est l'une des raisons pour lesquelles je l'apprécie.

— Commencez par Oxford et Birmingham, puis élargissez les recherches à soixante-quinze kilomètres à la ronde. Ensuite, remontez encore de dix ans.

— Concernant les enfants, garçons *et* filles, ou juste les garçons ?

Je suis sur le point de quitter la salle et la question me prend de court. Je me retourne vers lui tout en réfléchissant.

— Uniquement les garçons. Pour le moment.

* * *

Une demi-heure plus tard, lorsque je m'assieds face à Bryan Gow, je sais d'avance qu'il a lu la presse du matin. Nous sommes dans le café de Covered Market. Dehors, la foule joue des coudes devant la vitrine du magasin d'en face pour regarder de vieilles cartes postales. *Dig for Victory*, *Guinness is Good for You*, *Keep Calm and Carry on*. Bon sang, ce que je déteste ces trucs-là.

— J'attendais votre appel, dit Gow en repliant son journal. Vous avez eu de la chance de m'avoir. J'ai une conférence à Aberdeen demain.

Je me demande en passant comment on appellerait un rassemblement de profileurs. Un « composite », peut-être.

Il écarte son assiette. Il est incapable de résister à un petit déjeuner anglais complet, surtout si c'est moi qui paie.

— Vous voulez qu'on parle de ce Harper, si j'ai bien compris ?

La serveuse pose sans la moindre délicatesse deux tasses devant nous, puis les remplit de café.

— C'est un cas difficile, poursuit Gow en prenant sa petite cuillère pour la plonger dans le sucrier. Son Alzheimer va compliquer les choses pour obtenir une condamnation. Je pense que vous le savez déjà.

— Ce n'est pas pour ça que je suis là. Lorsque nous avons trouvé la fille, il paraissait relativement évident que…

Gow arque un sourcil, puis continue à touiller son café.

— Ce que je voulais dire, c'est que le mobile paraissait relativement évident. Et, au début, on a présumé que l'enfant était né dans la cave, comme dans cette affaire en Autriche, Josef Fritzl.

— En fait, la femme que Fritzl a kidnappée était sa propre fille, donc le cas est très différent. D'un point de vue psychologique, bien sûr. Même si je ne m'attends pas à trouver ce sens de la nuance chez de simples policiers. D'après ce que vous me dites, vous en êtes venu à penser que, finalement, ce n'était pas si évident que ça.

— C'est à cause d'une question du mari d'Hannah. Il m'a demandé si le truc de Harper, c'était d'enlever des femmes avec leur enfant. Et si c'était pour ça qu'il s'en était pris à Hannah. Sauf que, pour une raison inconnue, il a changé d'avis et a décidé d'abandonner Toby. Peut-être pour nous égarer. Mais, si tel est le cas, la chronologie dans cette affaire de cave serait complètement différente. On a cru que l'enfant était de Harper, mais si la fille a été kidnappée *avec* l'enfant ?

— J'imagine que vous êtes en train de procéder à des tests ADN ?

J'acquiesce.

— C'est un peu plus compliqué qu'à l'accoutumée, mais oui.

Gow pose sa cuillère.

— Donc, en attendant, ce que vous voulez savoir, c'est s'il y a beaucoup de prédateurs sexuels qui enlèvent des jeunes femmes avec leur enfant.

Par-dessus son épaule, j'aperçois une famille qui regarde la vitrine d'une pâtisserie. Deux petits garçons blonds ont le nez collé contre la vitre et leur mère les exhorte à faire leur choix. Le dragon en chocolat, ou le Spiderman orange, ou la locomotive Thomas et ses amis. C'est dans cette boutique qu'on a acheté le gâteau d'anniversaire des neuf ans de Jake. Une licorne avec une corne dorée. Il adorait les licornes.

— Je n'ai jamais rencontré de cas pareil.

Je considère Gow, l'esprit plein de licornes.

— Pardon ?

— Un prédateur sexuel qui cible uniquement des femmes accompagnées de leur enfant. C'est du jamais vu, ou presque. Je peux faire quelques recherches dans les publications spécialisées, mais je ne crois pas me souvenir d'un seul cas de ce type. Lorsqu'une femme se fait enlever avec son enfant, c'est parce que celui-ci se trouvait au mauvais endroit et au mauvais moment : c'est uniquement la *femme* qui est visée. Ce genre de prédateur est à la recherche de satisfaction sexuelle. S'ils sont physiquement excités par des enfants, ils ne seront pas attirés par des femmes mûres. Et *vice versa*. En fait, dit-il en soulevant sa tasse de café, je crois qu'il n'y a qu'une seule hypothèse qui fasse sens.

— À savoir ?

— Vous ne cherchez pas le même homme. Autrement dit, il y a deux prédateurs. L'un est un pédophile, l'autre un sadique. Mais ils travaillent ensemble. Ils partagent les risques, puis le butin.

Comme s'il y avait des proies partout. Ça vous glace le sang. Mais beaucoup de points d'interrogation disparaîtraient si William Harper avait un complice. Cela expliquerait pourquoi personne n'a vu le vieil homme seul avec une poussette ce jour-là. Cela pourrait même signifier que Harper n'y est jamais allé. Quelqu'un d'autre peut avoir abandonné la poussette. Quelqu'un qui échappe complètement aux radars. Sans nom. Sans visage. Un inconnu.

Gow repose sa tasse.

— Y avait-il quelqu'un d'autre dans la maison ? Quelqu'un qui lui rendait visite, sans forcément habiter là.

Je pense aussitôt à Derek Ross, puis rejette cette idée.

— Pas que nous sachions. La plupart des voisins disent qu'ils n'ont jamais vu personne.

Gow fait la moue.

— Dans ce quartier d'Oxford ? J'ai du mal à le croire. Et, de toute façon, ça ne prouve rien.

— Une vieille femme affirme avoir vu quelqu'un. Mais on a écarté son témoignage, car elle disait qu'il s'agissait du fils de Harper et nous savons qu'il n'en a pas.

Gow reprend sa tasse.

— Si j'étais vous, je vérifierais de nouveau. La vieille buse n'est peut-être pas aussi gaga que vous le croyez.

* * *

Challow rassemble les techniciens de la police scientifique dans la cuisine.

— On dirait que la liste des tâches à accomplir vient de s'allonger, alors j'espère que personne n'a prévu de rendez-vous galant. La police judiciaire, dans son infinie clairvoyance, soupçonne maintenant un lien entre cette maison et la disparition d'Hannah Gardiner en 2015. Donc, avant que nous ayons complètement éliminé cette possibilité, nous devons travailler en partant de l'hypothèse que nous pourrions nous trouver au beau milieu d'une scène de meurtre. Ou d'un site funéraire. Ou des deux.

Nina prend une longue inspiration. Elle se souvient de l'affaire Hannah Gardiner. Elle a fouillé la voiture. Le sachet de bonbons à la menthe dans la boîte à gants, les taches de jus d'orange sur le siège bébé, des reçus de station-service froissés.

Tous les détritus d'une vie qui deviennent insupportables quand la personne en question n'est plus là.

Challow continue de parler.

— Si nous cherchons une tombe, il me paraît inutile de commencer par la cave. On ne peut pas enlever le béton sans machines et il n'y a eu aucune plainte relative au tapage que cela aurait causé. Alors, qu'est-ce qu'il nous reste ? Le jardin ?

— En fait, je ne crois pas, déclare Nina. Trop exposé, trop dangereux. Il n'est pas possible de creuser un trou aussi grand sans que les voisins s'en aperçoivent.

Elle traverse la cuisine et écarte le rideau de perles de la véranda. À l'intérieur, le vitrage est devenu vert et les seules choses vivantes sont les plantes grimpantes qui se faufilent à travers les vitres cassées. Les étagères de pots de fleurs ne contiennent plus que des tiges pourries. Des géraniums fossilisés. Des plants de tomates jaunis. Ça sent l'humidité et la vieille terre. La toile de jonc qui recouvre le sol est noire de moisissures et part en lambeaux.

Nina s'approche de la fenêtre et essuie un pan de vitre opaque. Elle reste là un moment à regarder le jardin.

— Et ça ? dit-elle. Le pavillon d'été, le cabanon, ou ce que vous voulez.

Les deux hommes la rejoignent. Dehors, l'herbe a poussé à hauteur de genou, pleine d'orties et de feuilles. Du mobilier de jardin en plastique blanc, crasseux, est empilé – à l'envers le plus souvent. Des tas de broussailles arrachées ont pourri là où on les a entassées. Juste à côté, près de la clôture, il y a un grand cabanon en briques dont les tuiles du toit sont presque entièrement recouvertes de lierre. Plusieurs fenêtres sont cassées.

— Vous voyez ce que je veux dire ?

Ils comprennent encore mieux lorsqu'ils s'approchent. Le jardin est plus pentu qu'il n'en a l'air et le cabanon repose sur une base surélevée.

— À mon avis, dit-elle en passant la main par le verre brisé pour déverrouiller la porte, il se pourrait qu'on trouve une cavité sous ces planches.

À l'intérieur, il y a des étagères remplies de vieux pots de peinture et de désherbant, et un amoncellement d'outils de jardinage rouillés. Un ancien nid de guêpes se dessèche sous l'avant-toit et un bleu de travail constellé de taches pend à un clou.

Challow frappe le sol du pied et écoute l'écho renvoyé par le vide sous les planches.

— Je crois que tu as vu juste.

Il soulève un coin du tapis. De la saleté et du gravier tombent en cascade, des cloportes courent dans tous les sens.

— De temps en temps, annonce-t-il, il arrive qu'on ait de la chance.

Au sol, il y a une trappe.

* * *

— Vous pouvez la voir, maintenant. Bien que je ne sois pas certaine que vous en tiriez quelque chose.

L'infirmière tient la porte ouverte et attend qu'Everett la rejoigne, puis elles longent ensemble le couloir. Un vieil homme avec un déambulateur, deux médecins avec des blocs-notes, des affiches expliquant l'importance de l'hygiène des mains, les vertus d'une nourriture saine et la façon de détecter les symptômes d'une crise cardiaque. La chambre est au fond du couloir et la jeune femme est assise sur le lit, vêtue d'une blouse d'hôpital. Pour une fois, le cliché se révèle exact : son visage est à peine plus foncé que le drap qu'elle a tiré sur sa poitrine. Elle a l'air… délavée. Pas seulement sa peau, mais aussi ses yeux et même ses cheveux. Comme si elle était recouverte d'une infime pellicule de poussière. Elle a des boutons de fièvre autour de la bouche.

En voyant Everett, elle a un mouvement de recul et ouvre grand les yeux.

— Je serai juste devant la porte, dit l'infirmière en refermant la porte derrière elle.

Everett attend un moment, puis désigne la chaise.

— Puis-je m'asseoir ?

La jeune femme ne répond pas et ne la quitte pas des yeux lorsqu'elle place la chaise à l'écart du lit avant de s'y installer. Deux mètres les séparent.

— Pouvez-vous me dire votre nom ? demande-t-elle doucement.

La fille continue de l'observer.

— Nous savons que vous avez traversé des choses terribles. Tout ce que nous voulons, c'est comprendre ce qui s'est passé. Et qui vous a fait ça.

La jeune femme ferme les yeux.

— Vous souvenez-vous de ce qui est arrivé ? Comment vous êtes arrivée dans cet endroit ?

Des larmes se mettent à couler lentement sur son visage.

Elles restent un moment sans rien dire. Seuls les bruits ambiants de l'hôpital trouent le silence. Des pas, des cliquetements de chariots, des voix, l'ascenseur.

— J'ai vu votre petit garçon, finit par murmurer Everett. Ils disent qu'il va bien.

La fille ouvre les yeux.

— C'est un enfant adorable. Comment s'appelle-t-il ?

Elle secoue la tête, visiblement terrifiée, puis se met à hurler et se couche en chien de fusil sur le lit. Les infirmières se précipitent et Everett se retrouve dans le couloir.

Il faut vingt minutes et une injection pour la calmer. Everett est sur une chaise dans le couloir lorsque le médecin sort de la chambre. Il s'assied à côté d'elle.

— Qu'est-ce qui s'est passé ? Qu'est-ce que j'ai fait ?

Il prend une profonde inspiration.

— Le psychiatre pense qu'elle souffre du syndrome de stress post-traumatique. En fait, ce serait bien plus inquiétant si ce n'était pas le cas. Bien souvent, les personnes dans une situation comme la sienne font tout pour refouler le souvenir de ce qui leur est arrivé. Le cerveau se met en mode « survie ». Il étouffe ce qui est trop douloureux à affronter. Donc, quand vous lui avez parlé de l'enfant, vous l'avez obligée à se confronter à ce qu'elle avait traversé, et c'était au-delà de ses capacités. Je crains qu'il ne lui faille du temps avant de pouvoir en parler.

— Combien, selon vous ?

— Il n'y a aucun moyen de savoir. Quelques heures. Quelques semaines. Ou jamais.

Everett se penche en avant et se prend la tête dans les mains.

— J'ai vraiment merdé, hein ?

Il la regarde avec mansuétude.

— Vous ne pensiez pas mal faire. Ne soyez pas trop dure avec vous-même.

Elle sent sa main sur son épaule. La chaleur de sa paume à travers le tissu de son vêtement. Puis il s'en va.

* * *

Sous la trappe, la profondeur de la cavité n'excède pas les soixante centimètres. Au fond, de la terre et des gravats. Challow s'allonge sur le sol et allume une lampe torche.

— Ouaip, sans le moindre doute, il y a quelque chose là-dessous. Nina, tu veux y aller ? Je ne suis pas d'un format très adapté pour entrer là-dedans.

Il se relève et regarde Nina descendre dans la cavité. Puis il se met à quatre pattes et lui passe la lampe. Elle disparaît de sa vue.

— Attention aux rats ! lance joyeusement Challow.

Nina grimace : *Et c'est maintenant qu'il me le dit ?* Elle promène le faisceau de lumière de gauche à droite, de droite à gauche. Elle entend des bruits de fuite précipitée ; de petits yeux brillent dans le noir. Puis elle pousse un cri de surprise lorsque la lampe éclaire quelque chose tout près de son visage. Quelque chose de noir, et de mort depuis un bout de temps. Des pattes fines, des yeux caverneux comme un fantôme d'Halloween. Puis elle retrouve son souffle en comprenant de quoi il s'agit. C'est juste un oiseau. Sans doute un corbeau.

Mais derrière, peut-être à deux mètres de l'endroit où elle se trouve, le faisceau de lumière éclaire autre chose.

Ni un crâne, ni des os blanchis. Rien d'horrible en soi : juste une couverture roulée. L'horreur réside dans sa propre imagination. Dans ce qu'elle croit que contient cette couverture.

Elle déglutit, la gorge sèche pas seulement à cause de la poussière.

— Il y a quelque chose ici, dit-elle. C'est scellé avec du chatterton. Mais la taille correspond.

Elle recule en rampant, heurte de la tête le plancher juste au-dessus, et finit par s'extraire de la cavité.

— Il va falloir qu'on démonte ces planches, déclare-t-elle en s'essuyant les mains sur sa combinaison.

— D'accord, répond Challow en se mettant debout. Mais numérotez-les avant : il faut qu'on sache avec précision comment elles étaient disposées. Et on doit chercher des empreintes dans tout le cabanon.

— On ne ferait pas mieux d'appeler le médecin légiste ?

— Il est en route.

* * *

Dans son bureau de Canary Wharf, Mark Sexton est au téléphone avec son avocat. Treize étages plus bas, la Tamise coule lentement vers la mer et, à cinq kilomètres plein ouest, le Shard[1] scintille au soleil. Le son de la télé est coupé, mais il lit le texte défilant en bas de l'écran. Et il voit les images de la maison de Frampton Road. Pas seulement cette maison, mais également la maison voisine. *Sa* maison.

— Je n'arrive pas à croire qu'ils ne trouvent rien. Ça prend combien de temps, une investigation de la police scientifique ?

— Ce n'est pas vraiment ma spécialité, répond l'avocat. Mais j'ai un collègue spécialisé en criminologie à qui je pourrais demander.

— Retournez voir ces branleurs de Thames Valley, voulez-vous ? Les ouvriers ont dit que, s'ils ne pouvaient pas se remettre au travail avant la fin de la semaine, ils devront soit me facturer les heures perdues, soit aller sur un autre chantier. Et nous savons ce qui se passera alors : on ne les reverra pas avant six semaines parce qu'ils s'occuperont d'une extension de cuisine à la con.

— Je ne crois pas qu'il soit très utile de…

— Faites-le. Pourquoi est-ce que je vous paie ?

Sexton raccroche brusquement et regarde de nouveau l'écran de la télé. Ils reprennent pour de bon l'affaire de la

1. Gratte-ciel londonien de bureaux et d'appartements de luxe, jadis appelé London Bridge Tower.

disparition d'Hannah Gardiner. Une voyante aux cheveux longs rappelle au monde entier qu'elle avait prédit que le chiffre 3 était la clé de toute l'histoire et un montage de bancs-titres datant de deux ans s'affiche par intermittence : « La fille disparue, kidnappée par une secte satanique ? Le mystère de la Saint-Jean s'épaissit, alors que la police nie les témoignages évoquant des rituels païens. Un enfant trouvé près d'un site de sacrifices humains. »

Sexton se prend la tête dans les mains. *Manquait plus que ça*, se dit-il.

* * *

— On s'est dit qu'on allait vous attendre pour le déballer, lancé-je au médecin légiste. Et dire que ce n'est même pas votre anniversaire.

Son nom est Colin Boddie. Je sais, ce n'est pas drôle. Sauf que ça l'est. Bien sûr que c'est drôle. S'occuper de cadavres avec un nom pareil. Il a entendu la blague tellement de fois qu'il a développé un sens de l'humour bien à lui. Ça peut paraître grossier quand on ne le connaît pas, mais c'est juste un genre de carapace. Une façon de tenir l'horreur à distance. Et ce qu'ils ont là, malgré la lumière du jour et tout l'équipement professionnel, ça reste de la matière à cauchemars.

Dans les deux maisons voisines, les gens sont rivés à leurs fenêtres lorsque nous traversons le jardin. Sûr qu'un connard a déjà publié une photo sur ce foutu Twitter.

À l'intérieur du cabanon, un grand trou tient lieu de sol. Et, tout autour, nous : les techniciens de la police scientifique, Gislingham et Quinn. Et moi. Boddie se penche et coupe avec précaution le chatterton et la couverture moisie. D'abord un côté, puis l'autre. On sait tous ce qu'on va découvrir, mais chaque fois ça vous prend aux tripes. Le corps repose sur le ventre. On ne peut donc voir son visage. Quelle pitié. Il reste de pâles lambeaux de peau mauve et vert autour de la cage thoracique. Les mains sont liées. La partie inférieure des jambes se réduit à des os blanchis et rongés.

— Comme vous pouvez le constater, le cadavre a subi une momification partielle, déclare Boddie d'une voix atone. Ce qui n'est guère étonnant, étant donné que le corps était bien enveloppé et que l'air circule sous le plancher. Le bas de la couverture n'était pas correctement scellé, vu qu'il nous manque la plupart des petits os des pieds et des chevilles. Sans doute à cause des rats. Il y a des signes manifestes d'une infestation de rongeurs dans cette cavité.

Je lance un coup d'œil vers Quinn, qui grimace.

— Il s'agit sans le moindre doute du cadavre d'une femme, poursuit Boddie. Et, comme vous pouvez le constater, il reste une bonne quantité de cheveux.

Il se penche, écarte les filaments de couverture avec un stylo en plastique.

— Quant à la cause de la mort, je vois là un important traumatisme causé par un coup porté sur l'os pariétal. Mais il faudra que j'examine le corps au labo pour en avoir la certitude.

— Elle aurait pu survivre à un choc pareil ? demande Gislingham, livide.

Boddie réfléchit.

— Le coup l'a assommée, c'est certain. Mais ça ne l'a peut-être pas tuée. Regardez.

Il s'accroupit de nouveau et désigne ses poignets flétris.

— Je crois qu'il s'agit d'un câble. Ce qui pourrait signifier qu'elle est morte après le choc initial.

Je me souviens de ce qu'a dit Everett : Harper qui la ligote et la laisse dans la maison pendant qu'il va abandonner l'enfant et la voiture. Parce qu'il tenait à la retrouver vivante en rentrant chez lui. Afin de pouvoir en faire ce qu'il voulait.

— Existe-t-il un moyen de savoir combien de temps elle a survécu ?

Boddie secoue la tête.

— Pas vraiment. Entre quelques heures et quelques jours.

— Bon Dieu, murmure Gislingham.

Boddie se redresse.

— Il y a pas mal de décomposition organique là-dessous, mais je suis quasi certain qu'elle n'est pas morte ici. Enroulée dans la couverture, je veux dire. Il y aurait une bonne quantité de sang, et de la matière cérébrale.

Parfois, je préférerais que Boddie n'emploie pas de termes aussi précis.

— Et elle était nue, soit dit en passant. Enveloppée comme ça, une partie de ses vêtements serait toujours là, mais il n'y a rien du tout.

Gislingham n'est plus le seul à être devenu livide. Tous autant que nous sommes, nous imaginons la même scène. Se réveiller bâillonnée. Dénudée. Avec de terribles douleurs. En sachant que la mort n'est plus qu'une simple question de temps.

— Pourquoi le meurtrier a-t-il fait ça ? C'est sexuel ?

— Soit ça, soit il voulait l'humilier. Dans tous les cas, le résultat est horrible.

Comme si on ne s'en était pas rendu compte.

— Bien, conclut brusquement Challow. Si vous pouviez nous laisser, maintenant. On va faire venir le photographe avant d'emporter tout ça.

* * *

BBC News
Mardi 2 mai 2017. Dernière mise à jour à 15 h 23

Dernière minute – Un corps retrouvé dans l'affaire de la cave d'Oxford

La BBC a appris qu'un corps a été découvert dans la maison du nord d'Oxford où une jeune femme et son petit garçon ont été retrouvés hier matin. Les techniciens de la police scientifique ont été vus en train d'emporter le cadavre depuis le jardin ; il semble que ce soit celui d'une femme. Les spéculations vont bon train selon lesquelles les officiers de police auraient découvert là le corps de la journaliste de la BBC Hannah Gardiner, vingt-sept ans, qui a disparu le jour de la Saint-Jean, il y a deux ans, tandis que son fils Toby avait été retrouvé dans les environs.

La dernière personne à avoir vu Hannah est son mari Rob, dans leur appartement de Crescent Square, le matin du 24 juin 2015, alors qu'elle s'apprêtait à aller en reportage au camp des protestataires de Wittenham Clumps. Comme sa Mini Clubman était garée sur le parking adjacent au camp, que plusieurs témoins ont apparemment affirmé l'avoir vue sur place, et que Toby Gardiner a été retrouvé dans les environs, la police a conclu qu'elle avait disparu dans la zone de Wittenham.

Reginald Shore, un protestataire présent au camp et qui par la suite a été condamné à de la prison ferme pour une agression sexuelle commise à Warwick, a été longuement interrogé sur la disparition d'Hannah, mais aucune charge n'a pu être retenue contre lui. Son fils Matthew, qui est en train d'écrire un livre sur cette affaire, a déclaré ce matin : « Mon père a été la victime d'une chasse aux sorcières de la part de la police de Thames Valley, menée par le commissaire Alastair Osbourne. Nous allons maintenant renouveler nos demandes pour que la condamnation de mon père soit annulée et pour que la Commission indépendante des plaintes à l'encontre de la police enquête sur la façon dont l'affaire Hannah Gardiner a été traitée. Sa famille mérite de connaître la vérité et je ferai tout ce qui est en mon pouvoir pour qu'il en soit ainsi. »

La police de Thames Valley s'est refusée à tout commentaire, mais a confirmé qu'elle ferait une déclaration « en temps voulu ». Le commissaire Osbourne a pris sa retraite en décembre 2015.

* * *

Boddie m'appelle à 20 heures. J'hésitais entre rentrer à la maison et me faire livrer un chinois au bureau. Mais, finalement, je me suis retrouvé à la morgue. Ce boulot réserve ce genre de surprises. En chemin, quand j'appelle Alex pour la prévenir, je me souviens qu'elle a une soirée avec d'anciens amis de fac. Ce sera donc chinois.

Il est 20 h 45 lorsque je me gare devant l'hôpital. Le jour décline. Les nuages dévalent depuis l'ouest et, quand je passe la porte d'entrée, j'entends crépiter les premières gouttes de pluie.

Dans la morgue, le corps est soigneusement allongé sur une table métallique.

— J'ai envoyé quelques os pour l'ADN, déclare Boddie en se rinçant les mains dans l'évier. Et la police scientifique est en train d'analyser la couverture.

— De nouvelles infos sur la cause du décès ?

Boddie s'approche du corps et désigne les marques sur le crâne.

— Il y a eu deux coups distincts. Le premier l'a atteinte ici, et l'a sans doute assommée. Le second, là, vous voyez ? La blessure est bien plus grave. C'est ce qui l'a tuée. L'arme était un objet anguleux. Le premier coup ne l'a sans doute pas fait beaucoup saigner, mais le second, oui.

Vous savez quoi ? Je pense que, en fin de compte, je vais me passer du chinois.

Il se redresse.

— Vous avez déjà demandé le fichier dentaire d'Hannah Gardiner ?

J'acquiesce.

— Et Challow passe la maison au crible, mais ils n'ont rien trouvé pour le moment.

— Eh bien, vous pouvez me croire : si elle est morte là, ils trouveront quelque chose.

Dehors, le vent se lève. Il projette la pluie contre les vitres.

— Vous m'avez prié de venir seul, dis-je au bout d'un moment. Pourquoi ?

— Je ne m'en étais pas aperçu avant qu'on commence à récupérer les os.

Sur un chariot stationné à côté de la table, il prend un plateau en métal.

— J'ai trouvé ça sous le crâne.

Une bande de plastique gris tout sec. Du chatterton.

— Elle était donc bâillonnée.

Il hoche la tête.

— Ligotée *et* bâillonnée. Vous comprenez donc pourquoi j'ai préféré que vous veniez seul.

Il voit à l'expression de mon visage que ce n'est pas le cas.

— Allons, Fawley. Mains liées, visage contre terre, crâne brisé... Vous allez devoir bien réfléchir à ce que vous déclarerez à la presse. Parce que les excités du Net vont très vite faire le rapprochement avec les corps que les archéologues ont trouvés à Wittenham Clumps.

— Merde.

— Je ne vous le fais pas dire. Je ne sais pas ce qu'il en est pour vous, mais, en ce qui me concerne, ce que nous avons là est bien assez horrible comme ça. Pas besoin d'en rajouter pour se retrouver avec de gros titres sur les sacrifices humains.

* * *

Chris Gislingham ouvre la porte d'entrée en la poussant du pied. Il se serait volontiers servi de ses mains si elles n'avaient pas été chargées de trois sacs de courses. Couches, lingettes, talc pour bébé – pourquoi un petit être sans défense a-t-il besoin d'autant de choses ?

— C'est moi, annonce-t-il.

— On est là !

Gislingham pose les sacs dans la cuisine et se dirige vers le salon, où sa femme Janet est en train de bercer leur fils. Elle a l'air à la fois fatiguée et extatique. Gislingham s'y est habitué depuis quelques mois : tous deux ont peu dormi la nuit dernière. Lorsqu'il se penche pour embrasser Billy, il sent une odeur de talc et de biscuit. Le bambin regarde son père avec des yeux écarquillés. Gislingham lui caresse doucement la tête, puis s'assied sur le canapé à côté d'eux.

— Bonne journée ? demande-t-il.

— La gentille infirmière est passée nous voir, n'est-ce pas, Billy ? Et elle a dit que tu avais bien grandi.

Janet dépose un baiser sur le front du bébé, qui tend une main potelée pour attraper une mèche de ses cheveux.

— Je croyais que tu devais aller faire des courses avec ta sœur ? Ce n'était pas aujourd'hui ?

— Billy avait un peu le nez bouché, alors j'ai annulé. Mieux vaut ne prendre aucun risque. Nous irons un autre jour.

Gislingham essaie de se souvenir de la dernière fois où sa femme est sortie de la maison. C'est devenu vraiment flagrant, ces derniers temps, et il se demande si – ou quand – il devrait commencer à s'en inquiéter.

— Un bon bol d'air frais te ferait du bien, tu sais, dit-il en gardant un ton léger. On pourrait peut-être aller donner à manger aux canards ce week-end ? Tu aimerais ça, hein, Billy boy ?

Il chatouille son fils sous le menton et le bébé gazouille de plaisir.

— On verra, répond vaguement Janet. Ça dépendra de la météo.

— En parlant de ça, on se croirait à la Barbade ici, dit Gislingham en desserrant sa cravate. Je croyais qu'on avait éteint le chauffage ?

— Il faisait un peu frisquet cet après-midi, alors je l'ai remis en route.

Mieux vaut ne prendre aucun risque. Elle n'a pas besoin de le répéter. Après dix ans de vaines tentatives et une naissance prématurée qui a failli tourner au drame, protéger Billy, garder Billy au chaud, surveiller le poids, la taille, la force et chaque étape du développement de Billy, c'est tout ce qui préoccupe Janet. Il n'y a de place pour rien d'autre dans sa vie, surtout pas pour cuisiner.

— Encore de la pizza ? finit par demander Gislingham.

— Dans le frigo, répond distraitement Janet en ajustant la position de Billy dans ses bras. Tu peux faire chauffer un biberon aussi ?

Gislingham se lève et gagne la cuisine. Le réfrigérateur contient principalement des aliments en purée et du lait, mais il extrait un carton de pizza collé par le givre contre la paroi arrière et la met dans le micro-ondes. Puis il allume le chauffe-biberon. Cinq minutes plus tard, lorsqu'il revient dans le salon, Janet est adossée contre le canapé, les yeux fermés.

Gislingham prend doucement son fils des bras de sa femme et le cale contre son épaule.

— Alors, Billy boy, qu'est-ce que tu dirais si on allait tranquillement s'en jeter un derrière la cravate ?

* * *

Alex rentre à minuit. Elle me croit au lit parce que les lumières du salon sont éteintes ; donc, pendant quelques fugitives secondes, je l'observe alors qu'elle pense être seule. Elle jette son sac devant la porte d'entrée et reste debout là un moment. Elle se regarde dans le miroir. Elle est belle, et l'a toujours été. Dès qu'elle pénètre dans une pièce, les gens la remarquent. Ses cheveux noirs, ses yeux auxquels la lumière donne parfois une teinte violette ou turquoise. En talons hauts, elle est plus grande que moi – et cela ne me gêne pas du tout, au cas où vous poseriez la question. Mais elle n'a jamais été satisfaite de son allure. Et, maintenant, je la vois plaquer ses mains sur son visage, lisser les ridules au coin de ses yeux, lever le menton, tourner la tête d'un côté, puis de l'autre. Elle a dû remarquer ma présence dans le miroir, car elle pivote soudain.

— Adam ? Ce que tu m'as fait peur ! Qu'est-ce que tu fais là dans le noir ?

Je prends mon verre et vide ce qui reste de merlot.

— Rien de spécial. Je réfléchissais.

Elle approche et se perche sur le dossier du canapé qui fait face à celui où je suis assis.

— Dure journée ?

J'acquiesce.

— Je suis sur l'affaire de Frampton Road.

Elle hoche lentement la tête.

— J'ai vu les infos. C'est aussi horrible qu'ils le disent ?

— Pire. Cet après-midi, on a trouvé un corps dans la maison. On pense qu'il s'agit d'Hannah Gardiner. Mais la presse ne le sait pas encore.

— Vous avez prévenu son mari ?

— Non. J'attends une identification définitive. Je ne veux pas l'alarmer pour rien. Il faut que je sois sûr.

— Et la jeune femme ?

— Traumatisée, d'après Everett. Elle ne prononce pas un mot. On dirait qu'elle ne sait même plus comment elle s'appelle, ni qu'elle a un enfant. Rien qu'en le voyant, elle s'est mise à hurler.

Un silence. Alex regarde ses mains. Je sais à quoi elle pense. Je ne le sais que trop bien. Comment peut-on oublier qu'on a eu un enfant ? Comment quelqu'un qui a perdu un enfant ne peut-il pas désirer en avoir un autre ? Je me demande si elle va de nouveau aborder le sujet. Sa douleur, son désir, ce qu'elle croit être la réponse à tout cela.

— Comment s'est passée ta soirée ?

— Bien. Il n'y avait qu'Emma et moi, en fin de compte.

— Pas sûr de la connaître.

— Tu ne la connais pas. Ça fait des années que je ne l'avais pas revue. Elle travaille à la mairie. Au service du placement familial.

Elle dit ça sans me regarder.

— Elle trouve des foyers pour les enfants ? Des adoptions, des familles d'accueil ?

— Hmm.

Elle évite toujours mon regard.

Je prends une profonde inspiration.

— Alex. Il ne s'agissait pas d'une réunion d'anciens étudiants, hein ? Depuis le début, c'est un rendez-vous entre toi et cette fameuse Emma.

Elle joue avec la poignée de son sac à main.

— Écoute, je voulais juste quelques informations. Comprendre ce que cela implique.

— Même si tu sais ce que j'en pense. Même si nous nous sommes mis d'accord…

Elle lève les yeux vers moi. Ils sont pleins de larmes.

— *Nous* ne nous sommes pas mis d'accord. Je connais ton sentiment à ce sujet, mais le *mien* ? Quand Jake était encore avec nous, je n'avais pas forcément envie d'un autre enfant, mais lorsque nous l'avons perdu…

Sa voix se brise et elle lutte pour garder une contenance.

— Lorsque nous l'avons perdu, ça a été… insupportable. Et pas seulement parce qu'il est mort, mais parce qu'une partie de *moi* est morte avec lui. La mère que j'étais est morte. Je veux redevenir mère. Tu comprends ?

— Bien sûr que je comprends. Tu me prends pour qui ?

— Alors, pourquoi est-ce que tu refuses même d'y réfléchir ? Emma m'a parlé des enfants dont elle s'occupe. Ils ont désespérément besoin d'amour. Ils n'attendent que la stabilité et le soutien que nous pourrions leur apporter…

Je me lève, saisis le verre et la bouteille, et file vers la cuisine, où je mets en route la machine à laver. Lorsque je relève les yeux, cinq minutes plus tard, Alex est sur le seuil.

— Tu as peur d'aimer un autre enfant plus que Jake ? Parce que si c'est ça, alors je comprends. Vraiment.

Je me raidis et prends appui sur le plan de travail.

— Ce n'est pas ça. Tu sais bien que ce n'est pas ça.

Elle s'approche et pose une main sur mon bras, timidement, comme si elle craignait que je ne la repousse.

— Ce n'était pas ta faute, dit-elle d'une voix douce. Ce n'est pas parce que… parce qu'il est mort que nous étions de mauvais parents.

Combien de fois lui ai-je répété la même chose au cours de l'année écoulée. Je me demande comment nous en sommes arrivés là. Et pourquoi elle a besoin de me dire ça.

Je me tourne vers elle et la prends dans mes bras en la serrant fort contre moi pour sentir sa respiration, les battements de son cœur.

— Je t'aime.

— Je sais, répond-elle.

— Non, je veux dire : je t'aime, *toi*. Et ça me suffit. Je n'ai pas besoin d'un autre enfant pour… je ne sais pas, me sentir pleinement épanoui ou avoir un but dans la vie. Toi, moi, le boulot, notre maison. Ça me suffit.

Plus tard, au lit, j'écoute sa respiration en regardant le ciel bleu foncé à travers les rideaux, et je me demande si j'ai menti. Pas volontairement, mais par omission. Je ne veux pas adopter un enfant, mais ce n'est pas parce que la vie que je mène me suffit. Parce que cette idée me terrifie. Miser le reste de son existence sur une gigantesque pochette surprise. L'acquis est fort, mais l'inné l'est davantage. Mon père et ma mère ne m'ont jamais dit qu'ils n'étaient pas mes parents biologiques. Pourtant, je le sais depuis des années. J'ai trouvé les documents dans le bureau de mon père quand j'avais dix ans. J'ai dû faire des recherches pour comprendre le sens de certains mots. Et, soudain, tout m'a paru cohérent. Le fait de ne pas leur ressembler, de ne pas penser comme eux en grandissant. Avoir l'impression d'être inadapté à ma propre vie. Et attendre, mois après mois, année après année, jusqu'à ce que je comprenne qu'ils ne me le diraient jamais. Si je racontais ça à Alex, elle répondrait que nous ferions différemment. Que nous serions modernes, ouverts et sincères. Que les mêmes schémas ne se répètent pas forcément. Que la plupart des enfants adoptés sont heureux, bien adaptés, et réussissent leur vie. C'est peut-être le cas. Ou peut-être que, comme moi, ils n'en parlent jamais.

Lorsque je me réveille, à 7 heures, Alex est déjà levée. Elle est dans la cuisine, habillée et prête à partir.

— Tu es bien matinale.

— Je dois déposer ma voiture au garage, répond-elle en faisant semblant de s'affairer autour de la cafetière. Pour une révision. Tu te souviens ?

— Tu veux que je vienne te chercher, ce soir ?

— Tu seras occupé. Cette affaire et tout le reste, non ?

— Sans doute. Mais partons du principe que je pourrai me libérer. Je t'envoie un e-mail si ce n'est pas possible.

— D'accord, dit-elle avec un bref sourire avant de m'embrasser sur la joue et d'attraper ses clés. À plus tard, alors.

* * *

— Toujours pas d'identification du corps. Apparemment, il y a des problèmes pour obtenir le dossier dentaire. Il n'y a pas de sang visible sur le bleu de travail retrouvé dans le cabanon, mais ils font des recherches d'ADN, au cas où. En vain, probablement : si Harper portait quelque chose comme ça pour conduire la voiture d'Hannah, il s'en est sans doute débarrassé il y a des années.

Quinn est venu dans mon bureau me donner les dernières informations. Sa tablette à la main, comme d'habitude. Je ne sais pas comment il faisait avant.

— Ev est retournée à l'hôpital. Rien de Jim Nicholls pour l'instant. Il a l'air d'être parti en vacances, mais on essaie encore. Et le commissaire a déjà demandé deux fois aujourd'hui à quelle heure on sera en mesure de donner une conférence de presse. Je lui ai répondu que vous le contacteriez.

Il marque une pause, puis :

— Vous saviez que Matthew Shore était en train d'écrire un livre ?

— Non. Mais il y avait peu de chances qu'il nous tienne au courant…

— Avez-vous parlé à Osbourne ?

Je secoue la tête.

— Je l'ai appelé hier soir, mais je suis tombé sur sa messagerie.

— Est-ce que ça vaut la peine d'essayer de discuter avec Matthew Shore ? Parce que, s'il a fait ses propres recherches, il a peut-être trouvé quelque chose… Il a un regard neuf sur tout ça.

Là, Quinn m'emmerde.

— Oubliez ça. Faites-moi confiance : s'il avait trouvé quelque chose, on le saurait déjà. C'est un sacré chieur et, si on lui parle maintenant, il fera en sorte que ça se retourne contre nous. Compris ?

Il consulte sa tablette et je dois le forcer à me regarder.

— Quinn ? Vous m'avez entendu ?

Il me lance un coup d'œil avant de revenir à son écran.

— Oui. Pas de problème. Il ne nous reste donc que Harper. Son avocate vient d'arriver et j'ai demandé au chef de poste de conduire le vieux dans sa salle d'audition numéro un.

Je termine mon café et grimace. Quoi qu'ils fassent avec cette machine, le résultat est toujours aussi mauvais.

— Je suis au courant, Quinn. Trouvez Gis et dites-lui de m'y accompagner.

Quinn m'observe à la dérobée tandis que je prends ma veste posée sur le dossier de mon fauteuil. Je ne le punis pas, mais je me fiche bien de le vexer. Pendant un jour ou deux.

* * *

Audition du professeur William Harper, commissariat de St Aldate, Oxford
3 mai 2017, 9h30
En présence de l'inspecteur principal A. Fawley, de l'inspecteur C. Gislingham, de Mme J. Reid (avocate), de Mme K. Eddings (équipe de santé mentale)

AF : Professeur Harper, je suis l'inspecteur principal Adam Fawley. Je mène l'enquête sur la jeune femme et l'enfant retrouvés dans votre cave lundi matin. Mme Reid ici présente est votre avocate et Mme Eddings fait partie de l'équipe de santé mentale. Elles sont là pour protéger vos intérêts. Est-ce que vous comprenez ?
WH : Pas la moindre idée de quoi vous parlez.
AF : Le rôle de Mme Reid ne vous paraît pas clair ?
WH : J'ai vraiment l'air aussi con ? Je sais ce que c'est qu'un putain d'avocat.
AF : C'est donc l'autre chose que j'ai dite : la jeune femme et l'enfant ?
WH : Va falloir que je le répète combien de fois ? *Je ne comprends rien à vos conneries*
AF : Vous êtes en train de dire qu'il n'y avait ni jeune femme ni enfant dans votre cave ?
WH : S'ils étaient là, je les ai jamais vus.
AF : Alors, d'après vous, comment sont-ils arrivés là ?
WH : Pas la moindre idée. Sans doute des vagabonds. Ils vivent comme des Roms. Une cave est un putain de paradis pour eux.
AF : Professeur Harper, rien n'indique que la jeune femme vienne de cette communauté. Et même si c'était

le cas, comment aurait-elle pu pénétrer dans votre cave sans que vous le remarquiez ?

WH : Faites une perquisition. Vous avez l'air d'être celui qui a toutes les réponses.

AF : La porte de la cave était verrouillée de l'extérieur.

WH : Foutu casse-tête pour vous, alors. Espèce de connard arrogant.

(*Pause.*)

AF : Professeur Harper. Hier après-midi, des membres de l'équipe de la police scientifique de Thames Valley ont procédé à une fouille complète de votre maison et ils ont découvert un cadavre caché sous le plancher de votre cabanon. Une femme. Pouvez-vous me dire comment son corps s'est retrouvé là ?

WH : Aucune idée. Question suivante.

JR : C'est très sérieux, professeur Harper. Vous devez répondre aux questions de l'inspecteur.

WH : Va te faire enculer, sale connasse.

(*Pause.*)

AF : Que ce soit bien clair : vous êtes en train de nous dire que vous ne pouvez pas nous expliquer pourquoi on a trouvé un cadavre enterré sous votre cabanon, ni comment une jeune femme et un enfant se sont retrouvés enfermés dans votre cave ? Et vous voulez que l'on vous croie ?

WH : Pourquoi vous répétez tout le temps la même chose ? Vous êtes attardé ou quoi ?

CG (*montrant une photo*) : Professeur Harper, voici la photographie d'une jeune femme nommée Hannah Gardiner. Elle a disparu il y a deux ans. Est-ce que vous l'avez déjà vue, avant ?

WH (*repoussant la photo*) : Non.

CG (*montrant une deuxième photo*) : Et cette fille ? C'est elle qu'on a trouvée dans votre cave. C'est la photo que je vous ai montrée hier.
WH : Toutes les mêmes. Des connasses diaboliques.
CG : Vous voulez dire que vous la reconnaissez ou non ?
WH : Des connasses frigides qui vous font mettre à genoux pour tirer un coup. Cette salope de Priscilla. Je lui ai dit : « Fous le camp et retourne d'où tu viens, connasse diabolique ! »
KE : Je suis désolée, inspecteur, mais je crois qu'il est de nouveau en pleine confusion. Priscilla est son épouse décédée.
AF : S'il vous plaît, professeur Harper, regardez ces photos. Avez-vous déjà vu l'une de ces deux jeunes femmes ?
WH (*se balançant d'avant en arrière*) : Connasses diaboliques. Petites putains de merde.
KE : Je crois qu'il vaut mieux en rester là.

* * *

De : AlanChallowCSI@ThamesValley.police.uk
À : DIAdamFawley@ThamesValley.police.uk, CID@ThamesValley.police.uk
Date : mercredi 3 mai 2017, 11 h 35
Importance : élevée
CC : Colin.Boddie@ouh.nhs.uk
Objet : Affaire no JG2114/14R Gardiner, H

Je vous confirme l'arrivée du dossier dentaire. Le corps retrouvé à Frampton Road est indubitablement celui d'Hannah Gardiner.

* * *

— Adam ? C'est Alastair Osbourne. J'ai vu les infos.

Même si c'est moi qui ai essayé de le contacter en premier, je redoutais de recevoir son appel.

— C'est elle, hein ? Hannah Gardiner ?

— Oui, c'est elle. Je suis désolé, chef.

Certaines habitudes persistent. Comme le respect.

— Je présume que ce Harper est le suspect principal ? poursuit-il. AEJ ?

AEJ. *À moins que Et Jusqu'à ce que*. À moins que et jusqu'à ce qu'on trouve un autre suspect. Ou ce complice dont on n'est même pas sûr qu'il existe.

— Pour le moment, oui.

— Comment a réagi Rob Gardiner ?

— Aussi bien qu'on pouvait l'espérer. Il devait s'y attendre, mais ça reste un sacré choc.

Une pause à l'autre bout du fil.

— Je vous dois des excuses, Adam.

— Non…

— Si, insiste-t-il avec empathie. Vous n'avez jamais été convaincu de la culpabilité de Shore et vous vouliez étendre les recherches au-delà de Wittenham. Je ne vous ai pas écouté. J'ai eu tort. Et, maintenant, tout semble indiquer que ce monstre a de nouveau frappé…

— Si ça peut vous soulager, chef, dites-vous que cette fille était peut-être dans la cave de Harper bien avant la mort d'Hannah.

* * *

Everett entend le vacarme depuis le couloir. Ça vient de la pièce transformée en aire de jeux pour les enfants. Des jouets, des dessins aux couleurs éclatantes d'éléphants, de girafes et de singes. Mais les murs dégoulinent de ce qui, durant quelques secondes hallucinantes, ressemble à du sang. Le garçon hurle au milieu de la pièce. Un petit train est en pièces et trois autres enfants en pleurs se cachent sous des chaises. Une fillette a une coupure à la joue. Une infirmière auxiliaire est agenouillée, en train d'éponger une tache rouge sombre sur le lino.

Elle lève les yeux.

— Ce n'est que du jus de cassis. Et je jure que je ne les ai laissés seuls que cinq minutes. Jane est absente aujourd'hui et nous sommes complètement débordées...

— Je crois qu'il n'a jamais rencontré d'autres enfants, explique Everett. Il ne sait absolument pas comment se comporter avec eux.

L'infirmière Kingsley se précipite vers la petite fille.

— Comment Amy s'est-elle fait cette coupure ?

— J'ai accouru dès que j'ai entendu les cris. Amy était par terre et le garçon était sur elle.

Il est silencieux maintenant, mais son visage est tout rouge et ses joues ruissellent de larmes. Kingsley essaie de s'approcher de lui, mais il recule.

— La nuit dernière, c'était un cauchemar, dit l'auxiliaire d'un ton las. Il a hurlé pendant près d'une heure, jusqu'à ce qu'il soit épuisé et qu'il se roule en boule sous le lit. On a tout fait pour l'amadouer et le faire sortir de là. Pas moyen. Alors on a fini par l'y laisser.

Jenny hoche la tête, totalement dépassée.

— Je parlerai de nouveau aux services sociaux. Je suis de tout cœur avec lui, vraiment, mais les autres enfants malades ont besoin de dormir correctement.

Le garçon l'observe un moment, puis se met soudain à quatre pattes et va se réfugier dans un coin de la pièce. Les trois femmes le regardent en silence tandis qu'il frotte ses mains contre le mur avant de lécher ses paumes enduites de jus de cassis.

— Bon Dieu, souffle Everett. Vous croyez que c'est ce qu'il devait faire ?

Jenny Kingsley lui lance un coup d'œil.

— Vous voulez dire, dans la cave ?

— Réfléchissez. L'eau se met à manquer, les murs sont humides...

L'infirmière auxiliaire plaque une main sur sa bouche.

Le téléphone d'Everett brise le silence.

C'est un SMS. De Fawley.

Demandez aux médecins de réexaminer le garçon. Besoin d'éliminer l'hypothèse de sévices sexuels.

* * *

THAMES VALLEY POLICE

Déposition de témoin

Date : 25 juin 2015
Nom : Sarah Wall
Date de naissance : 13 novembre 1966
Adresse : 32 Northmoor Close, Dorchester-on-Thames
Profession : comptable free-lance

Mercredi matin, je promenais mon chien à Wittenham Clumps. J'y vais presque tous les jours, donc je connais les habitués du coin. Il y avait plus de monde que les mercredis précédents. La nuit d'avant, c'était la veillée de la Saint-Jean et de nombreuses personnes venues y prendre part étaient encore au camp. D'autres également. Des couples avec leurs enfants, des grands-parents. Je me rappelle avoir vu plusieurs poussettes. En marchant vers Castle Hill, j'ai croisé quelques joggeurs que je vois régulièrement et rencontré quelqu'un qui promenait un chien identique au mien. On s'est arrêté pour bavarder. Ça devait être juste avant 9 heures. Ensuite, j'ai reçu un appel et j'ai dû rebrousser chemin pour aller m'occuper d'un client. C'est en descendant que j'ai vu la jeune femme avec la poussette. Elle était assez loin et de dos, mais elle avait les cheveux foncés attachés en queue-de-cheval et une veste noire ou bleu marine. Et un genre de sac à dos. Je ne sais pas dans quelle direction elle allait. Mais, en traversant le parking, j'ai vu une Mini Clubman orange. Une voiture de cette couleur, on ne pouvait pas la rater.

Signature : Sarah Wall

* * *

THAMES VALLEY POLICE
Déposition de témoin

Date : 25 juin 2015
Nom : Martina Brownlee
Date de naissance : 9 octobre 1989
Adresse : Oxford Brookes, résidence d'étudiants
Profession : étudiante

On n'a pas dormi de toute la nuit et, pour tout vous dire, j'étais encore un peu soûle. Mais je l'ai vue, aucun doute là-dessus. Elle était sur le chemin. Le gosse dormait et elle était penchée sur lui. Je ne me suis pas approchée pour lui parler, mais je suis certaine que c'était elle. J'ai remarqué la veste, elle venait de chez Zara. Un de mes potes a la même. Pas sûre de l'heure qu'il était. Peut-être 8 h 45 ?

Signature : Martina Brownlee

* * *

THAMES VALLEY POLICE

Déposition de témoin

Date : 25 juin 2015
Nom : Henry Nash
Date de naissance : 22 décembre 1951
Adresse : Yew Cottage, Wittenham Road, Appleford
Profession : enseignant (retraité)

Je me promène à Wittenham Clumps presque chaque matin. Aujourd'hui, j'y suis arrivé à 9 h 25. Il y avait une Mini Clubman orange sur le parking, mais je ne l'ai pas vue arriver. J'ai marché jusqu'à Castle Hill et j'ai fait le tour du Poem Tree, ce hêtre sur le tronc duquel Joseph Tubb a gravé un poème – ou du moins ce qu'il en reste. Un peu plus loin, dans le coin qu'on appelle Money Pit, j'ai aperçu une poussette d'une couleur vive. Vert. Comme si ses parents l'avaient laissée là un instant. J'ai attendu quelques minutes, mais personne n'est revenu, alors je suis redescendu. J'ai frappé à la porte de l'office de tourisme et je leur ai dit ce que j'avais vu. Si seulement j'avais eu l'idée de fouiller les environs, j'aurais pu retrouver ce pauvre petit garçon. En traversant le parking, j'ai remarqué qu'une Jaguar noire venait de se garer. Un homme était assis sur la banquette arrière, portière ouverte – je sais maintenant qu'il s'agissait de Malcolm Jervis. Il hurlait au téléphone. J'ai gardé mes distances.

Signature : Henry Nash

* * *

À St Aldate, Quinn effectue des recherches dans le dossier d'Hannah Gardiner. Les officiers en uniforme ont passé la matinée à recontacter les gens qui avaient témoigné à Wittenham ce jour-là, mais jusqu'à présent ils n'ont rien de tangible. Personne ne se souvient d'un vieil homme seul avec une poussette. Personne n'a reconnu William Harper parmi un échantillon de photos. Ce que Quinn cherche maintenant, c'est un témoin ayant vu Hannah Gardiner à Crescent Square ou Frampton Road, lorsqu'elle a quitté son appartement pour aller jusqu'à sa voiture. Si Harper l'a tuée, il a forcément dû sortir dans la rue ; en plein mois de juin, il faisait complètement jour à cette heure de la matinée. Quelqu'un l'a sans doute aperçu ? Une personne qui se rendait au travail ou à l'école ? Mais il n'y a rien de tel dans le dossier – absolument rien. Il rédige une note afin de lancer un nouvel appel à témoins, et le téléphone sonne. C'est Challow.

— Résultats des empreintes digitales, tout frais tout chauds.

Quinn prend son stylo.

— Vas-y, étonne-moi.

— Celles relevées dans la cuisine et dans le capharnaüm du rez-de-chaussée sont principalement celles de Harper, mais plusieurs appartiennent à Derek Ross, ce qui concorde avec ce qu'il nous a dit. Mais il y en a d'autres, non identifiées. Aucune d'entre elles ne figure dans la base de données nationale.

— Et dans la cave ?

— Encore celles de Harper, et d'autres dont on peut penser qu'elles appartiennent à la fille. Évidemment, on va vérifier. Aucune trace de Ross en bas, mais certaines correspondent aux empreintes non identifiées retrouvées dans la cuisine. Il y a deux empreintes très nettes sur la serrure de la porte intérieure et elles figurent dans la base de données. Elles appartiennent à un individu terriblement louche répondant au nom de Gareth Sebastian Quinn.

— Haha, très drôle.

— Sérieusement, il n'y a pas d'autres empreintes que les tiennes sur cette serrure. Elles ont pu être nettoyées. On a également trouvé des empreintes partielles dans le cabanon, qui pourraient correspondre avec les empreintes non identifiées de la cave – bien qu'il n'y ait que cinq points de correspondance, au mieux. Donc, ce n'est même pas la peine de t'embêter à solliciter le procureur pour ça.

Quinn se rencogne sur sa chaise.

— Mais il est possible qu'une autre personne soit impliquée dans les deux cas ?

— Ne t'enflamme pas. Il n'y a aucun moyen de savoir de quand datent ces empreintes. Ça pourrait très bien être celles d'un plombier innocent. Le type qui a fixé le lavabo. Celui qui a débouché l'évier. On a commencé à passer au crible le reste de la maison en la considérant comme une scène de crime, mais on n'a rien pour le moment.

— Rien sur l'ADN ?

— Pas pour l'instant. T'inquiète, tu seras le premier au courant.

Après avoir raccroché, Quinn repense au dernier commentaire. Était-il réellement fielleux, ou est-ce qu'il vire paranoïaque ? Le problème avec Challow, c'est qu'il s'exprime souvent par sous-entendus – pas évident de savoir quand il faut prendre ses propos pour argent comptant. *Fait chier*, se dit-il en redécrochant le téléphone, cette fois pour appeler Erica.

— Fawley veut qu'on retourne voir cette femme qui vit au numéro 7. Comment s'appelle-t-elle ? Gibson, ouais, c'est elle. Il faut qu'on essaie d'obtenir une description plus précise de ce type qu'elle prend pour le fils de Harper. Tu peux nous organiser ça ?

Il écoute, puis sourit.

— Au fait, *agent de police Somer*, ce n'était pas la seule raison de mon appel. Je me demandais si ça te dirait de prendre un verre ce soir ? Pour discuter de l'affaire, évidemment.

Il sourit de nouveau, plus largement cette fois.

— Ah oui, ça aussi.

* * *

— Je n'ai trouvé que deux cas similaires. Et j'ai dû remonter quinze ans en arrière avant de tomber dessus.

Je me penche sur l'épaule de Baxter pour regarder l'écran. On suffoque dans cette pièce. La température a soudain grimpé d'un bon paquet de degrés et le vieux système d'air conditionné du commissariat ne vaut pas un clou. Les ordinateurs en surchauffe n'arrangent rien à l'affaire. Baxter s'éponge la nuque avec un mouchoir.

— Et voilà, annonce-t-il en tapant sur le clavier. Bryony Evans, vingt-quatre ans, portée disparue le 29 mars 2001 avec son fils de deux ans, Ewan. Vus pour la dernière fois devant un supermarché tout proche de leur maison de Bristol.

La photo est un peu floue, sans doute prise lors d'une fête : on voit des décorations de Noël en arrière-plan. Elle ne fait pas ses vingt-quatre ans. Ses cheveux sont bouclés comme des tire-bouchons. Elle sourit, mais pas avec les yeux.

—Apparemment, sa famille se faisait du souci quant à son comportement quelques semaines avant sa disparition. Ils ont dit qu'elle était dépressive. Elle avait du mal à trouver un travail et restait confinée à la maison avec l'enfant. Ils voulaient qu'elle aille voir le médecin, mais elle s'y refusait.

—Alors ils se sont dit qu'elle s'était suicidée?

—Il semblerait que ce soit aussi l'avis de la police d'Avon et Somerset. Il y a eu une enquête approfondie, plus de quarante auditions retranscrites dans le dossier, mais personne n'a relevé le moindre indice permettant d'évoquer un enlèvement. Rien de suspect.

—C'est extrêmement rare qu'on ne retrouve pas le corps. Surtout en quinze ans. Sauf si ce n'était pas un suicide.

Baxter réfléchit.

—Bristol est sur la côte. Elle a pu être avalée par la mer.

—Avec l'enfant attaché contre elle? Vraiment?

Il hausse les épaules.

—C'est possible. Pas *vraisemblable*, je vous l'accorde. Mais possible.

—Et l'autre cas?

—Ah, celui-là est plus près de chez nous.

Il prend un autre dossier. 1999. Joanna Karim et son fils, Mehdi. Elle avait vingt-six ans, lui cinq. Ils vivaient à Abingdon. Remarquant que mon intérêt s'embrase soudain, Baxter s'empresse de le doucher.

—Avant de vous emballer, sachez qu'il s'agit d'un cas problématique de garde partagée. Le mari était iranien. J'ai parlé à l'officier chargé de l'enquête et, selon lui, il est quasi certain que l'enfant a été emmené illégalement à Téhéran par son père. Ils l'ont également soupçonné de s'être débarrassé de sa femme, mais ils n'ont jamais réussi à rassembler suffisamment de preuves pour transmettre le dossier au procureur. Entre-temps, ce salopard avait quitté le pays. Alors oui, ça ressemble à une double disparition, mais je pense qu'il s'agit de deux délits distincts.

Je m'assieds à côté de lui.

— D'accord. Même si ces cas n'ont rien à voir avec nos affaires, il reste quand même des empreintes non identifiées dans cette cave.

— Mais, comme l'a dit Challow, ce sont peut-être celles du plombier.

— Vous êtes un parieur, hein, Baxter ?

Il pique un fard. Il ignorait que je le savais.

— Eh bien, je ne dirais pas exactement *parieur*…

— Matchs de foot, chevaux. J'ai entendu dire que vous étiez assez bon, d'ailleurs.

— Il m'est arrivé de gagner, répond-il prudemment. De temps en temps.

— Alors, quelles sont les probabilités, selon vous ? Que ces empreintes soient celles du plombier ?

Il change de visage. Il n'est plus embarrassé : il calcule.

— Vingt-cinq contre un. Et c'est généreux.

* * *

— Inspecteur Gislingham ? C'est Louise Foley.

Il lui faut un moment pour se souvenir de qui il s'agit. Ce qui ne passe pas inaperçu.

— Université de Birmingham, ajoute-t-elle sèchement. Vous vous rappelez ? Vous m'avez demandé de vous communiquer le dossier du professeur Harper.

— Ah, oui, en effet. Une seconde, le temps que j'attrape un stylo. Allez-y, je vous écoute.

— J'en ai parlé au chef du département et il m'a autorisée à vous envoyer une copie des documents nécessaires. Je vous les envoie par e-mail aujourd'hui même.

— Pouvez-vous m'en donner les grandes lignes ? Enfin, l'essentiel ?

Elle pousse un soupir inutilement bruyant.

— Il n'y a rien de ces trucs salaces auxquels vous semblez vous attendre. Il avait une relation avec une étudiante, mais elle ne s'en est jamais plainte. Il n'y avait aucune… *coercition.* En plus, certaines amies de la fille en question ont insinué que c'était elle qui lui courait après, et non le contraire. Néanmoins, le professeur Harper était marié à l'époque et le règlement de l'université prohibe ce genre de relations. Il fut donc convenu qu'il était dans l'intérêt de tout le monde que le professeur Harper prenne une retraite anticipée. Vous trouverez tous les détails dans le dossier.

— D'accord, dit Gislingham en reposant son stylo sur le bureau. Encore une question : comment s'appelait cette jeune femme ?

— Priscilla Cunningham.

* * *

Dans l'appartement de Crescent Square, toutes les fenêtres sont ouvertes. Le vent glisse sur les moustiquaires blanches et on entend des enfants jouer dans un jardin à quelques maisons de là. Le bruit sourd d'un trampoline, des cris perçants, un ballon qui rebondit. Il semble que ce soient tous des garçons.

Pippa Walker s'approche et reste là un moment à regarder. C'est la troisième fois qu'elle vient là en une heure. Rob Gardiner est attablé à son bureau, il regarde son ordinateur portable fixement. Le sol est couvert de vieux carnets de notes, de Post-it, de piles de papier. Il lève les yeux vers elle, agacé.

— Tu n'as rien à faire ? Jouer avec Toby ou autre chose ?

— Il dort. Ça fait des heures que tu es là. Tu as déjà lu et relu tout ça.

— Eh bien, je le relis encore. D'accord ?

Elle modifie légèrement sa position.

— Je croyais que tu devais travailler aujourd'hui.

— Oui, mais j'ai changé d'avis. Et ce ne sont pas tes oignons.

— Je m'inquiète juste pour toi, Rob. Ce n'est pas une bonne idée de fouiller encore tout ça…

Elle se mord la lèvre, mais c'est trop tard.

Il la fusille du regard.

— Ça fait deux ans que ma femme a disparu. Son corps vient tout juste d'être découvert dans les conditions les plus horribles qui soient et la police m'a demandé de me replonger dans ses notes, au cas où quelque chose pourrait les aider à faire condamner le salopard qui a fait ça. Alors, je suis désolé si le fait de *fouiller encore tout ça* n'obtient pas ton approbation, mais, pour ma part, je veux que cette ordure pourrisse en taule. Et si ça ne te convient pas, va faire autre chose. Lis un putain de bouquin, pour changer.

Son visage est écarlate.

— Je suis désolée, je ne voulais pas dire… Tu sais bien que je ne…

— Franchement, je me contrefiche de ce que tu voulais dire. Laisse-moi seul, c'est tout ce que je te demande.

Il se lève et claque la porte.

* * *

La réunion de l'équipe est à 17 heures. Elle ne dure pas longtemps. Pour résumer :

- L'étudiante avec laquelle Harper a eu une relation est devenue sa seconde épouse. Oui, il était marié à l'époque, mais ça fait de lui un connard infidèle, pas un psychopathe.

- Les empreintes digitales dans la cave pourraient suggérer l'implication d'un autre coupable, pour le moment inconnu. Nous n'avons absolument rien qui puisse mener jusqu'à lui.

- Aucun élément médico-légal relevé dans la maison ne permet de la qualifier de scène de meurtre, et la possibilité existe toujours qu'Hannah Gardiner ait été tuée ailleurs et par quelqu'un d'autre.

- Résultats ADN : en attente. Pour citer Challow : « Je ne fais pas de miracles. »

- La jeune femme : toujours sédatée et/ou muette. Le garçon : *idem*.

- La conférence de presse est reportée à demain parce que je n'ai rien à leur dire.

Si j'ai l'air d'en avoir ras le bol, c'est parce que c'est bel et bien le cas. *Keep Calm and Carry on*[1]. Ouais, c'est ça.

* * *

Elspeth Gibson boit beaucoup de thé. Erica Somer en a déjà bu deux tasses et elles sont encore loin d'en avoir terminé. Elle a déjà remarqué que le portraitiste judiciaire regarde sa montre. Le chat est assis sur l'accoudoir du fauteuil et les observe. Ses pattes sont croisées, comme s'il les imitait. Il est profondément vexé qu'on lui ait si scandaleusement volé sa place habituelle.

1. Message d'une affiche de propagande diffusée par le gouvernement britannique au début de la Seconde Guerre mondiale.

— Donc, selon vous, l'homme que vous avez vu parler au professeur Harper avait dans la cinquantaine ?

— Oh oui, très chère. Sa façon de se vêtir, tout d'abord. Plus personne ne s'habille comme ça.

— Quel genre de vêtements, exactement ?

— Oh, vous savez : cravate, veste en tweed. Même morts, les jeunes ne voudraient pas qu'on les voie avec ces habits-là, n'est-ce pas ? Que des T-shirts et des jeans avec l'entrejambe qui leur arrive aux genoux. Et des tatouages.

Elle frémit et saisit la théière.

Le portraitiste pose promptement sa main au-dessus de sa tasse.

— Pas pour moi, merci.

Somer se penche pour jeter un œil au portrait-robot électronique. En fin de compte, il semble que les vêtements soient leur meilleure piste, car, hormis cette particularité, l'inconnu pourrait ressembler à n'importe quel homme d'âge moyen d'Oxford. Plutôt grand, cheveux plutôt gris, plutôt massif. Bref, un type surtout « plutôt ».

— Avait-il quelque chose de particulier ? Des cicatrices ou ce genre de chose ? Peut-être sa façon de marcher ?

Mme Gibson réfléchit.

— Non, finit-elle par répondre. On ne peut pas dire ça.

— Et sa voix ? Rien de remarquable ?

— Eh bien, je ne lui ai parlé qu'une ou deux fois, et ça remonte à un bout de temps. Mais il avait l'air bien éduqué, si vous voyez ce que je veux dire. Ce n'était pas M. Tout-le-monde.

— Aucun accent ?

— Maintenant que vous m'y faites songer, il avait peut-être un peu la voix nasillarde des habitants de Birmingham. Même si, à mon avis, il essayait de s'en débarrasser. Mais, lorsque les gens se mettent en colère, le naturel reprend le dessus…

— En colère ? Pardon, madame Gibson, je ne vous suis pas.

— Je ne vous ai pas raconté ? Cette fois où je les ai entendus se disputer. Il était très remonté.

— Vous les avez entendus se *disputer* ? Vous ne nous l'avez jamais dit. Quand était-ce ?

Mme Gibson se fige, la théière à la main.

— Seigneur, ça devait être il y a trois ans. Peut-être davantage. Le temps devient tellement trompeur quand on a mon âge. Des événements qui semblent s'être déroulés il y a quelques mois datent en fait de plusieurs années…

Somer s'avance un peu sur l'assise de son fauteuil.

— À quel sujet se disputaient-ils ? Vous vous en souvenez ?

Mme Gibson a l'air perplexe.

— Je n'en suis pas certaine. Je les ai entendus uniquement parce que je passais devant la maison à ce moment-là, et ils étaient sur le perron. Je me rappelle que cet homme, John, disait quelque chose à propos du testament du vieil homme. C'est pour ça que j'ai cru que c'était son fils. Et c'est là que j'ai remarqué l'accent. Ce n'était qu'un mot ou deux, mais je suis bien placée pour le reconnaître, car mon mari venait de Birmingham. C'est drôle, je n'y avais jamais pensé avant.

— Et vous croyez vraiment que cet homme s'appelle John ?

— Oh oui, très chère. Aucun doute là-dessus. Encore un peu de thé ?

* * *

Même si j'ai dit à Alex que je passerais la chercher, elle a l'air surprise de me voir. Elle travaille dans cet immeuble que l'on voit depuis le périphérique. Celui qui a un truc pointu sur le toit. Un plaisantin du commissariat le surnomme

Minas Morgul[1]. Il jette un regard arrogant sur Botley Road, la rue principale du centre d'Oxford, en se moquant de ses multiples clochers. Il offre une belle vue, en plus. Et il est pourvu d'un vaste parking. Assis derrière le volant, j'observe la porte.

Elle en sort accompagnée de deux personnes que je ne connais pas. Une femme dans la trentaine en tailleur vert et un homme à peu près de son âge. Grand. Cheveux châtain foncé. Il me ressemble un peu. La femme leur parle un moment, puis se dirige vers sa voiture. Alex et l'homme s'attardent. Il ne s'agit pas de bavardage. Son visage à elle est sérieux, le sien pensif. Ils sont un peu plus proches qu'une simple discussion ne l'exige. Il fait beaucoup de gestes avec les mains. Il s'affirme : son statut, son expertise. Dans le boulot que je fais, on devient spécialiste du langage corporel. On apprend à analyser les gens sans même entendre leurs paroles.

Quand ils se séparent, il ne la touche pas. Mais elle sait que je les vois. Lui aussi, sans doute.

— C'était qui ? dis-je lorsqu'elle ouvre la portière pour prendre place sur le siège passager.

Elle me lance un regard avant de pivoter pour attraper sa ceinture de sécurité.

— David Jenkins. Il travaille aux Affaires familiales.

— Ça avait l'air plutôt intense, quel que soit le sujet de votre discussion.

Elle me considère avec l'air de dire : « Tu n'es quand même pas jaloux ? »

— Je lui demandais conseil, c'est tout.

1. Cité fortifiée de la Terre du Milieu imaginée par le romancier britannique J.R.R. Tolkien. En sindarin, langue également créée par l'écrivain, Minas Morgul signifie « la Tour de la Sorcellerie ».

Je ne suis pas certain que cette réponse me convienne absolument. Mais je sais quand il vaut mieux ne pas insister.

Je me glisse dans la circulation et prends la direction du périphérique.

— Est-ce que ça t'embête si on passe par John Radcliffe ? Je voudrais voir la fille.

— Bien sûr, pas de problème. De toute façon, je ne pensais pas que tu aurais fini ta journée aussi tôt.

— Ce ne serait pas le cas si on avait réussi à avancer. Alors, si je peux faire quelque chose d'utile à la place…

Elle regarde la route devant elle, puis la campagne.

— Désolé. Ce n'est pas ce que je voulais dire.

Elle secoue la main pour clore le sujet, sans tourner la tête vers moi. Elle aussi, elle sait quand s'arrêter.

Lorsque nous arrivons à l'hôpital, elle me surprend en décidant de m'accompagner.

— Tu es sûre ? Je sais à quel point tu détestes ce genre d'endroit.

— C'est toujours mieux que de me tourner les pouces dans la voiture.

Au troisième étage, je suis accueilli par Everett et un médecin qui semble sortir tout droit de la série *Casualty*. Ou je ne sais comment elle s'appelle aujourd'hui. *Hobby City*, je crois.

— Titus Jackson, lance-t-il en me serrant la main. Je crains de ne pas pouvoir vous dire grand-chose de plus que ce que j'ai déjà dit à l'inspecteur Everett. La jeune femme a bel et bien donné naissance à un enfant, mais il n'y a aucun signe de violences sexuelles récentes. Pas de contusions vaginales ou autres.

— Elle est encore sédatée ?

— Non. Mais elle n'a toujours pas dit un mot.

— Je peux la voir ?

Il hésite.

— Seulement quelques minutes. Et une seule personne à la fois. Elle est dans un état psychologique des plus fragiles. Elle éprouve d'intolérables angoisses lorsqu'on s'approche trop près. Surtout s'il s'agit d'un homme. Je vous prie de garder ça à l'esprit.

— J'ai déjà eu affaire à des victimes de viol.

— Je n'en doute pas, mais là c'est bien plus que ça.

J'acquiesce. Je sais qu'il a raison.

— Et l'enfant ?

— Mes collègues pédiatres ont procédé à de nouveaux examens, comme vous l'avez demandé, et rien ne laisse penser à des abus sexuels. Mais je n'ai pas besoin de vous rappeler que ce genre d'individu peut faire subir à des enfants des choses qui ne laissent pas de traces.

— C'est juste. Pas besoin d'entrer dans les détails.

Je me tourne vers Alex.

— Ça va, dit-elle en anticipant ma question. J'attendrai ici.

— Je peux vous emmener dans la salle d'attente, propose Everett. C'est juste au bout du couloir.

Lorsque j'arrive devant la chambre de la jeune femme, je fais ce que tout le monde fait : je m'arrête devant la vitre et regarde à l'intérieur. Soudain, je ressens de la honte. Comme si j'étais un voyeur. Et je me demande ce que ça lui fait d'être là. Ces quatre murs ne sont-ils pour elle qu'une prison d'un autre genre ? Certes, on prend soin d'elle, mais elle est tout de même enfermée. Elle a les yeux ouverts et, bien que la chambre donne sur des arbres, des pelouses et de la verdure – ce qu'elle n'a pas dû voir depuis un moment –, elle fixe le plafond et sa blancheur monotone.

Je frappe à la porte et elle réagit en s'asseyant promptement sur le lit. J'ouvre lentement la porte et entre, en veillant à ne pas trop m'approcher. Elle ne me quitte pas des yeux.

— Je suis officier de police. Je m'appelle Adam.

Je remarque une légère réaction de sa part, mais ne sais comment l'interpréter.

— Je crois que vous avez déjà vu ma collègue. L'inspecteur Everett. Verity.

Là, elle réagit pour de bon.

— Nous nous faisons tous vraiment beaucoup de souci pour vous. Vous avez vécu quelque chose de terrible.

Ses lèvres tremblent et elle serre la couverture.

Je sors de la poche de ma veste un morceau de papier.

— Je sais que vous n'avez pas dit un mot à ce sujet, peut-être parce que vous ne le pouvez pas. Pas de problème. Je comprends. Mais je me suis demandé si vous pouviez l'écrire. Ce dont vous vous souvenez. Quelque chose qui pourrait nous aider…

Elle me fixe, mais n'est pas effrayée. Du moins, ce n'est pas l'impression qu'elle me donne. Je prends un stylo dans ma poche et m'approche doucement du lit, prêt à battre en retraite s'il le faut. Mais elle ne bouge pas. Elle se contente de me regarder.

Je pose doucement la feuille et le stylo sur la table de chevet, à une trentaine de centimètres de sa main, puis recule vers la porte.

Cinq minutes plus tard, elle s'en saisit. Cinq minutes de silence patient de ma part – ce n'est pas ma spécialité, mais je peux y parvenir quand la situation l'exige. Et c'est bel et bien le cas.

Elle ramène la feuille à elle. Puis le stylo. Ensuite, comme s'il s'agissait d'une tâche qu'elle effectue rarement ou dont elle a perdu l'habitude, elle se met à écrire. Un seul mot, lentement.

Elle me tend la feuille et je note la tension dans son regard. Elle refoule ses larmes.

Cinq lettres.

Vicky

Lorsque je reviens dans le couloir, Everett m'attend. Je la voir réagir à l'expression qu'elle lit sur mon visage.

—Elle a dit quelque chose ?

—Non, réponds-je en lui tendant la feuille. Mais on a un nom.

—C'est tout ? Rien d'autre ?

Je suis sur le point de lui rétorquer que c'est quand même bien mieux que ce qu'elle-même a réussi à obtenir jusqu'à présent, mais je me retiens juste à temps. Et je m'en veux aussitôt d'avoir éprouvé une telle irritation. Après tout, Everett n'y est pour rien.

—J'ai bien peur que non. J'ai posé des questions, mais elle s'est mise à angoisser. Ensuite, votre ami le médecin est venu me mettre à la porte. Gentiment, bien sûr.

Je peux me tromper, mais je crois la voir rougir.

—Écoutez, je suis sur le chemin de la maison, mais pouvez-vous joindre Baxter et lui demander de chercher une fille prénommée Vicky dans le fichier des personnes disparues ?

Je regarde autour de moi.

—Et savez-vous où se trouve ma femme ?

—À l'étage en dessous. Elle voulait voir le petit garçon.

Alex n'est pas la seule à détester les hôpitaux. Je me rappelle avoir emmené Jake ici lorsqu'il est tombé d'une balançoire dans l'aire de jeux et qu'il s'est fait une bosse de la taille d'un œuf sur le front. Il devait avoir trois ans, peut-être quatre.

On est restés assis une heure durant dans la salle d'accueil des urgences, et tous les scénarios possibles et imaginables de séquelles cérébrales se bousculaient dans mon esprit jusqu'à ce qu'une infirmière dynamique et débordée vienne jeter un œil à Jake, lui donne un cachet de paracétamol et nous renvoie à la maison. La bosse s'est rapidement résorbée. Le souvenir de la panique, jamais. Et plus tard, bien plus tard, quand il a commencé à s'automutiler, nous sommes revenus ici. Lorsque c'était nécessaire. Les regards de travers des infirmières, les médecins qui nous prennent à part, les explications, les coups de fil au médecin de famille pour vérifier que nous ne racontions pas de mensonges, que cette dernière était au courant et que tout était sous contrôle. Comme si quelque chose d'aussi terrible pouvait être « sous contrôle ». Et, tout le temps, le visage livide de Jake, ses yeux pleins d'anxiété.

« Je suis désolé, papa.

— Tout va bien, murmurait Alex en l'enlaçant doucement, en lui embrassant les cheveux. Tout va bien. »

Avec le recul, je me dis que ceci explique cela. Ces souvenirs qui surgissent lorsque j'ouvre la porte de la salle de jeux des enfants.

La façon dont elle le tient.

Les cheveux châtain foncé.

La tendresse.

Je ne sais pas combien de temps je reste là debout. Assez longtemps pour que l'infirmière me rejoigne et les regarde en silence.

— C'est un miracle, finit-elle par murmurer.

Je me tourne vers elle. Je sais qu'il ne s'agit pas de Jake. Évidemment, *je le sais*. Mais, durant un instant, une fraction de seconde…

— Il est directement allé vers elle. Avec n'importe quelle autre personne, il hurle et se débat comme pas possible. Mais avec votre femme… eh bien, vous voyez par vous-même.

Mon regard croise celui d'Alex et elle sourit. Sa main caresse les longues boucles foncées du petit garçon.

— Tout va bien, murmure-t-elle. Tout va bien.

Et je ne sais pas si elle s'adresse à lui, ou à moi.

* * *

Le monde de Wyrd

(du concept anglo-saxon wyrd, *signifiant « destin » ou « fatalité »)*

Un blog consacré aux ténèbres, au paranormal et aux phénomènes inexpliqués

POSTÉ le 3 mai 2017

La mort et le corbeau – L'énigme de Wittenham se complique

Nombre d'entre vous se souviennent de l'étrange disparition d'Hannah Gardiner en 2015. Si ce n'est pas le cas, vous pouvez lire ma publication originale **ici**. Ça m'avait frappé à l'époque, parce qu'Hannah avait révélé l'information concernant la découverte de restes de sacrifices humains à Wittenham quelques mois plus tôt. Et voilà qu'elle-même disparaissait, tandis que son petit garçon et son oiseau en peluche (notez bien ça) étaient découvert à Money Pit où, selon la légende, un immense corbeau protège un mystérieux trésor (notez ça aussi, j'y reviendrai). Pour ceux d'entre vous qui ne s'y sont jamais rendus, Wittenham est un endroit fascinant, traversé de flux d'énergie, où l'on peut presque sentir la présence de voix ancestrales. Je ne suis donc pas du tout surpris que des sacrifices humains s'y soient déroulés, notamment des femmes ligotées qui ont été jetées dans la fosse avant qu'on leur défonce l'arrière du crâne.

La raison qui me pousse à évoquer cela, c'est que, selon mes sources, il y a des similitudes réellement lugubres entre ces anciens sacrifices et la position dans laquelle on a retrouvé le corps d'Hannah Gardiner. On dit qu'Hannah a également été ligotée et tuée *d'un coup porté à l'arrière du crâne.* Bizarre, non ? Il y avait même *un oiseau noir mort près de son cadavre.* Coïncidence ? Vous y croyez ? La police n'a pas confirmé ces éléments, mais bon, rien d'étonnant à cela. Je vous entends vous demander : qu'est-ce que c'est que cette histoire de corbeau ? Eh bien, l'effroyable déesse irlandaise Morrigan est fortement associée aux corbeaux, surtout en tant que prophétesse de la malédiction et de la mort violente (lisez la publication que je lui ai consacrée **ici**. Vous pouvez également la voir ici sous son autre incarnation, celle des « trois Morrigan » : les trois terrifiantes sœurs Badb [« corbeau »], Macha et Nemain). Quiconque s'y connaît un peu en religion celtique sait que les corbeaux jouent un rôle fondamental dans les rituels. Les cris des corbeaux étaient considérés comme des messages du monde souterrain et ils étaient souvent tués pour faire des offrandes propitiatoires aux dieux, surtout pour appeler la fertilité. Et, sans vouloir me montrer maladroit ou quoi que ce soit, nous savons tous qu'Hannah Gardiner a connu des problèmes de cet ordre. On a également découvert des corbeaux dans les fosses communes de l'âge des Ténèbres : il y avait aussi des squelettes d'oiseaux dans les tombes de Wittenham. Alors, qui sait quels dieux ancestraux Hannah Gardiner a dérangés lorsqu'elle s'est rendue là-bas quelques semaines avant sa mort, quand les sépultures sacrificielles ont été profanées ? Qui sait ce qu'elle a pu voir et pourquoi on a dû la réduire au silence ? Seul son fils peut nous le dire et, à ce jour, son père a refusé qu'il réponde à toute question.

Je pense qu'on en apprendra plus dans les prochains jours. Surveillez ce blog, les amis…

@WorldofWyrdBlog

Laissez vos commentaires **ici**

* * *

— Ce ne serait que pour quelques jours.

— Non. *Hors de question*. C'est absurde, Alex. Et tu le sais. Je ne comprends même pas comment tu peux penser à ça.

Sauf que je le comprends, évidemment. Elle me regarde, à mi-chemin entre la colère et la supplication.

— Adam, ce n'est qu'un petit garçon. Un petit garçon terrifié, seul, bouleversé. Il a traversé quelque chose d'épouvantable dont on ne connaît même pas encore les pires détails et *sa propre mère* le rejette. Est-il étonnant qu'il ne s'adapte pas ? Des années dans les ténèbres et maintenant… (elle fait de grands gestes pour désigner l'aire de jeux, les chariots, les gens) …tout *ça*. Il lui faut juste quelques jours de paix et de calme dans un endroit sain. Loin de toute cette surcharge sensorielle.

— C'est précisément à *ça* que servent les services sociaux. Ce n'est pas notre rôle, pour l'amour de Dieu. Et qu'en sais-tu ? Ils lui ont peut-être déjà trouvé une famille d'accueil.

— Non. Les infirmières me l'ont dit. C'est très difficile pour elles parce qu'il y a trop d'enfants et pas assez de gens désireux de s'en occuper. Et il ne s'agit que d'un placement d'urgence. Juste *quelques jours*…

— Même si c'est vrai, ils ne vont pas le confier au premier venu. Il y a un règlement, il y a des lois. Tu dois être certifiée. Ce genre de procédure peut prendre des mois…

Elle lève une main.

— J'ai parlé à Emma. Elle dit que, en ne suivant pas les règles à la lettre, elle peut faire une exception pour nous. Parce que tu es officier de police et qu'elle me connaît depuis longtemps, elle peut l'enregistrer en tant que « placement privé », puisque ça ne durerait que *quelques jours.* Je sais que tes parents viennent bientôt, mais il ne sera sans doute plus chez nous à ce moment-là. Et quand bien même, ils comprendront, je le sais.

Elle est en train de plaider, là. Et elle sait que je ne le supporte pas. À ce petit jeu, elle est plus forte que moi.

— Et le travail ? Je ne vois pas Harrison donner son accord. Et même si c'est le cas, je ne peux pas prendre de jours de congé. Pas en ce moment. Tu sais que c'est impossible…

— Moi, je peux, répond-elle vivement. Je ne suis pas surchargée et je peux travailler depuis la maison. Exactement comme je le faisais avant.

Lorsque nous avons eu Jake.

Les mots restent en suspens dans l'air.

— On a cette jolie chambre, dit-elle calmement, sans me regarder. Et tout ce dont il peut avoir besoin.

Mais ça ne fait qu'empirer les choses. L'idée d'un autre enfant dans le lit de Jake. Les affaires de Jake.

Je déglutis avec difficulté.

— Je ne veux pas. Je suis désolé, mais je ne veux pas. S'il te plaît, n'insiste pas.

Elle pose sa main sur mon bras et me force à me tourner pour regarder l'enfant. Il est assis sous la table dans le coin de l'aire de jeux, il m'observe en suçant son pouce. Exactement comme le faisait Jake. C'est insupportable.

Alex s'approche. Je sens la chaleur de son corps.

— S'il te plaît, Adam, murmure-t-elle. Si tu ne le fais pas pour lui, fais-le pour moi.

* * *

Quinn ouvre les yeux et regarde le plafond. Puis il glisse une main le long du dos dénudé d'Erica Somer. Il a toujours trouvé qu'elle avait un cul superbe. Elle tourne la tête vers lui et sourit. Elle est superbement décoiffée et il sent de nouveau l'excitation monter en lui. Ça doit venir du contraste entre le contrôle qu'elle exerce sur elle-même lorsqu'elle porte l'uniforme et l'exubérance dont elle fait preuve quand elle l'enlève. Sans parler de l'immense plaisir de la voir passer du premier état au second…

— Je voulais te demander, dit-elle en s'appuyant sur un coude. C'est toi ou Gislingham qui a parlé à cet universitaire de Birmingham ?

Quinn passe un doigt le long de sa colonne vertébrale. Là, maintenant, l'affaire peut bien aller au diable. Il tente de la retourner, mais elle le repousse.

— Non, sérieusement, je voulais te le demander, mais ça m'est sorti de l'esprit.

— Vraiment, ça peut attendre…

— Non, c'est important. C'était toi ou Gis ?

Quinn abandonne et se laisse aller sur le dos.

— C'était Gis. Il a dit que le bonhomme était un vrai connard.

— La première femme de Harper ne venait pas de Birmingham ?

— Ouais, c'est possible. Pourquoi ?

— Selon Mme Gibson, du numéro 7, le type qui venait voir Harper avait un léger accent de Birmingham. Alors je me demandais… Même si elle se trompe en croyant qu'il s'agit de son fils, ça pouvait être quelqu'un de sa famille. Mais la famille de sa femme, pas de Harper. Un neveu ou quelque chose comme ça.

Quinn se redresse.

— Hé, tu es peut-être sur un truc, là. S'il y a un homme de l'âge correspondant dans la famille de sa femme, ça ne devrait pas être difficile de le trouver.

— Tu veux que je m'en occupe ? Tu ne préfères pas que Gis s'en charge ?

Il tend la main et lui saisit une mèche de cheveux. Il l'entortille entre ses doigts et la tire, d'abord doucement, puis de plus en plus fermement, pour qu'elle approche son visage du sien.

— Non, répond-il en baissant la voix. C'est ton idée, c'est donc à toi que doit revenir le mérite si ça aboutit. Mais il y a quelque chose que j'aimerais que tu fasses pour moi. Et ça, Gislingham ne peut absolument pas le faire.

— Eh bien, dit-elle d'un ton espiègle en glissant sa main sous le drap. Si c'est un ordre d'un supérieur direct…

— Oh oui, souffle-t-il dans un râle en sentant sa langue sur sa peau. A-baiser-lument.

* * *

Minuit. Une lumière jaune et le faible murmure des voix émanant du bureau des infirmières.

Vicky est en boule sur son lit. Elle sanglote de tout son être, un poing serré devant sa bouche pour étouffer le bruit de ses pleurs. Elle ne quitte pas des yeux la photo qu'une infirmière a posée sur sa table de chevet.

C'est une photo de son fils.

* * *

Jeudi matin, j'arrive tôt. Mais, lorsque j'entre dans la salle de crise, Quinn est déjà là, à punaiser la liste des tâches à accomplir. En sifflotant. Je le fusille du regard pour qu'il arrête.

— Pardon, chef. Je suis juste de bonne humeur, c'est tout.

Cela fait des mois que je travaille avec lui et je sais parfaitement ce que cela signifie. Mais, au moins, il ne porte pas la même chemise qu'hier. De quelque femme qu'il s'agisse, elle a été invitée à rentrer chez elle.

— La conférence de presse est fixée à midi, déclaré-je. Alors, si je peux leur raconter autre chose que des banalités du style « l'enquête progresse », je veux le savoir, et *pronto*. Surtout les informations concernant l'ADN. Qu'en est-il de Harper ?

— On le contrôle tous les quarts d'heure. Le chef de poste dit qu'il dort la majeure partie du temps. Ou bien il reste assis à parler tout seul. On a discuté avec son médecin et elle a proposé de passer cet après-midi, juste par mesure de sécurité.

— D'accord. Très bien. Je retourne à l'hôpital pour voir la fille. Avec de la chance, elle pourra nous dire ce qui s'est passé. Ou, du moins, identifier Harper. Alors, nous serons en mesure de bâtir une accusation solide. Baxter a trouvé quelque chose dans le fichier des personnes disparues ?

— Pas pour l'instant. Mais encore faudrait-il…

— …qu'elle ait été portée disparue. Oui. J'en ai bien conscience, Quinn. Autre chose ?

— Plusieurs pistes, mais rien de concret. Je vous tiens au courant. Vous revenez ici après avoir vu la fille ?

— Euh, non. Je dois faire un saut chez moi.

Il me regarde. Il sait qu'il y a quelque chose.

— Le garçon. Il va peut-être passer quelques jours à la maison. Jusqu'à ce que Vicky soit sur pied. Les services sociaux font tout pour lui trouver une famille d'accueil.

Sur pied ? Qu'est-ce que c'est que cette expression à la con ? Quinn m'observe.

— Et votre femme, elle est d'accord ?

— En fait, c'est son idée. Elle était avec moi la nuit dernière à John Radcliffe, et le gamin a vraiment accroché avec elle. J'ai réglé la question avec Harrison. Il pense même que ça peut être bénéfique. Si le gamin se met à avoir confiance en Alex, il pourrait se confier à elle. À supposer qu'il sache parler.

La première règle de Fawley pour que tout se passe bien ? Les mensonges éhontés. Et je viens de donner à Quinn trois raisons de penser que c'est une bonne idée.

Merde.

— OK, dit-il en optant exceptionnellement pour la discrétion.

— Si tout va bien, je rentre à la maison pour l'y installer et je serai de retour à midi. En attendant, vous rassemblez toutes les infos possibles ?

Il acquiesce.

— Très bien, chef. Pas de problème.

* * *

Entretien téléphonique avec le détective Jim Nicholls (retraité)
4 mai 2017, 9 h 12
Interlocuteur : inspecteur en chef G. Quinn

JN : Je cherchais à parler à Adam Fawley, mais le standard m'a dit qu'il n'était pas là.

GQ : Pas de souci, vous pouvez me parler. Je sais de quoi il retourne.

JN : C'est au sujet de ces appels à la police pour des demandes d'intervention à Frampton Road, il y a une dizaine d'années…

GQ : Plus précisément, l'un en 2002 et l'autre en 2004.

JN : Bon sang, il y a aussi longtemps que ça ? Faut croire que oui. Ça fait au moins cinq ans que j'ai pris ma retraite, maintenant. Je ne me rappelle même pas la dernière fois où j'ai parlé à quelqu'un de Thames Valley.

GQ : De quoi vous souvenez-vous au sujet de ces appels ? Il n'y a pas grand-chose dans les retranscriptions. Aucun dépôt de plainte mentionné, en tout cas.

JN : Il n'y a pas eu de plainte. Aucun des deux ne le souhaitait. Mais oui, je m'en souviens. Il ne s'agissait pas des problèmes domestiques habituels. Loin de là.

GQ : Je vous écoute.

JN : Eh bien, d'abord, il y avait l'adresse. Frampton Road. On n'est pas dans un quartier sensible comme Blackbird Leys, hein ? De toute ma carrière, je ne me rappelle pas avoir reçu un seul appel pour problèmes conjugaux dans ce coin.

GQ : Aucune idée. Les gens qui habitent là sont peut-être plus discrets que les autres sur le sujet, c'est tout.

JN : Mais ce n'est pas simplement ça. Je veux parler de ce qu'on a découvert en arrivant sur place. La voisine qui nous a téléphoné a dit qu'elle avait entendu des cris durant la soirée, et elle a fini par nous appeler peu après minuit.

GQ : Et ?

JN : C'est la femme qui a ouvert la porte. J'ignore ce qu'il en est pour vous, mais, de mon temps, c'était généralement l'homme qui venait. Généralement, ils faisaient ce qu'ils pouvaient pour se débarrasser de nous sans nous laisser entrer. Toute une histoire pour trois fois rien, vous connaissez la musique. Quoi qu'il en soit, là, c'était différent. Elle avait l'air un peu gênée, mais sinon tout allait bien. Elle portait un négligé en soie. Plutôt belle femme, soit dit en passant.

GQ : Qu'est-ce qu'elle a dit ?

JN : Eh bien, elle était très embarrassée et elle a dit qu'ils avaient sans doute été plus « exubérants » qu'à l'accoutumée dans leur chambre à coucher. Que la vieille voisine était un peu prude et facilement choquée. Elle battait un peu des cils en racontant ça.

GQ : Et le mari, il a dit quoi ?

JN : C'est là que ça devient intéressant. J'étais prêt à laisser tomber, mais l'agent de police qui m'accompagnait était une femme et elle a insisté pour voir le mari. Alors Mme Harper retourne à l'intérieur de la maison et on attend un moment. Finalement, le voilà qui apparaît. Il a un côté du visage couvert de contusions et le début d'un sacré œil au beurre noir.

GQ : Donc, c'était *elle* qui le frappait *lui* ?

JN : Ce n'est pas ce qu'il a dit. En fait, il a prétendu s'être cogné contre une porte dans l'après-midi. Comme si on allait croire ça. Et il a confirmé les propos de sa femme concernant l'origine du bruit. Il a soutenu sa version à cent pour cent. Il est allé

jusqu'à employer les mêmes mots. Cette histoire de voisine trop prude.
GQ : Mais vous ne l'avez pas cru ?
JN : Bien sûr que non. Je ne suis pas né de la dernière pluie. Je n'ai pas cru un seul mot de ce qu'il disait. Encore moins quand la même chose s'est reproduite un ou deux ans plus tard. Cette fois, il a affirmé qu'il avait glissé dans l'escalier, mais on ne peut pas se faire ce genre d'ecchymoses comme ça. Je suppose qu'elle l'avait frappé avec quelque chose. Une poêle à frire, peut-être.
GQ : Ou un marteau ?
JN : Ce n'est pas le premier truc qui m'est venu à l'esprit. Qu'est-ce qui vous fait penser à ça ?
GQ : Rien. Oubliez. Donc, il n'a jamais explicitement dit que sa femme le frappait ?
JN : Non. La seconde fois, je me suis débrouillé pour être seul à seul avec lui, histoire de lui donner une occasion de me parler sans qu'elle écoute à la porte. Mais il s'est borné à répéter la même explication insensée d'une partie de jambes en l'air un peu trop vigoureuse. C'est l'expression qu'il a employée. Partie de jambes en l'air.
GQ : Bon Dieu.
JN : En fait, j'avais pitié de ce pauvre vieux salopard. C'était un sacré morceau de femme, mais, bon sang, je ne l'aurais pas touchée avec des pincettes. Je crois aussi qu'elle baisait à droite et à gauche. Cet accident de voiture ? Je m'en souviens. Priscilla, ce n'est pas le genre de prénom qu'on oublie. Oui, elle avait bien dépassé la limite de vitesse, mais ce que vous ignorez peut-être, c'est qu'il y avait un type avec elle, et il n'y avait aucun doute sur ce qu'ils étaient en train de faire.

Sa petite culotte était sous le siège arrière. Mais bon, il en a eu assez.

GQ : Pardon ?

JN : J'ai vu les infos. C'est le même Harper, hein ? Le type avec la fille dans la cave ? Obligé.

GQ : Oui, c'est lui. On essaie de remplir les blancs.

JN : Il s'est peut-être dit que c'était son tour.

CQ : Son *tour* ?

JN : Vous savez bien. Une revanche. Il ne peut plus s'en prendre à sa femme, alors il s'en prend aux femmes en général. Pas que je veuille me mêler de l'enquête, bien sûr.

GQ : (*Pause.*) Non. Ça nous est vraiment utile. Merci.

JN : Toujours un plaisir d'aider. Saluez Fawley pour moi, voulez-vous ? Au fait, comment va son fils, Jake ? Fawley n'arrêtait pas de le chouchouter, mais on ne pouvait pas lui en vouloir, ils ont eu tellement de mal à avoir un enfant. Adorable, en plus. Il ressemble tellement à sa mère.

* * *

— Comment va Vicky, ce matin ?

Titus Jackson range son stylo dans la poche de sa blouse blanche.

— Les progrès sont lents, inspecteur, mais au moins ça va dans le bon sens. Je suppose que vous voulez la voir ?

— On peut maintenir William Harper en garde à vue un bout de temps avant de l'inculper. Mais, pour ça, je dois savoir avec certitude ce qui s'est passé.

— Je comprends.

Il m'accompagne le long du couloir et, devant la porte, il s'arrête et se tourne vers moi.

— L'infirmière Kingsley a dit que vous et votre femme pourriez adopter le petit ?

— Il ne s'agit pas d'« adoption ».

Il me semble que j'ai dit ça un peu trop vite, parce que je le vois froncer légèrement les sourcils.

— On lui donne juste un endroit où dormir pour quelques jours. Les services sociaux font tout ce qu'ils peuvent pour lui.

— C'est très gentil de votre part.

— Ce n'est pas moi, c'est ma…

Je m'interromps, mais c'est trop tard.

Il m'observe.

— Vous-même, vous n'êtes pas tout à fait sûr que ce soit une bonne idée ?

J'inspire profondément.

— Pour être honnête, non.

Je le fixe droit dans les yeux. Il a un regard plein de gentillesse.

— Il y a juste un peu plus d'un an, nous avons perdu notre fils. Il avait dix ans. Il s'est suicidé. Il souffrait de dépression. On a fait tout ce qu'on a pu, mais…

J'ai une boule dans la gorge.

Jackson me touche le bras, juste un instant.

— Si vous saviez à quel point je suis désolé.

Je me force à parler.

— Ça a été vraiment dur pour ma femme. Pour moi aussi, évidemment. Mais surtout pour elle. Elle veut un autre enfant, mais, à son âge…

Il acquiesce.

— Je comprends.

— Elle essaie de me convaincre d'adopter, mais je ne suis pas sûr de moi. Et, maintenant, il y a ce petit garçon qui n'a nulle part où aller…

Il me considère avec calme. Sans aucun jugement.

— Et vous avez discuté de tout ça avec votre femme ?

— Hier soir, quand on est rentrés à la maison, elle voulait uniquement parler de projets et de dispositions à prendre. Chaque fois que j'avançais un argument, elle répondait que ce n'était que pour quelques jours. Qu'il retournerait rapidement auprès de sa mère.

— Espérons que ce soit le cas.

— Pourquoi ? Vous avez des doutes à ce sujet ?

— Vicky fait des progrès, mais ils sont lents. Et nous devons également penser à l'enfant. Nous le lui avons amené hier encore, mais elle a aussitôt tourné son visage vers le mur.

— Les officiers qui les ont trouvés ont dit que, selon eux, elle lui donnait quasiment toute l'eau et toute la nourriture. Qu'elle se sacrifiait pour lui. Ça signifie bien quelque chose, non ?

— Ne pas vouloir qu'il meure, c'est une chose. Avoir des sentiments maternels normaux en est une autre. Il y a une barrière entre cette femme et cet enfant, inspecteur. Pas de lien. Pas besoin d'être psychiatre pour comprendre pourquoi.

Il saisit la poignée de la porte.

— On entre ?

Cette fois, elle me reconnaît. Elle s'assied sur le lit et je devine l'ombre d'un sourire sur son visage.

— Comment allez-vous, Vicky ?

Un léger hochement de tête.

— J'aimerais vous poser quelques questions, et j'ai aussi certaines choses à vous dire. Vous êtes d'accord ?

Elle hésite, puis désigne la chaise de la main.

Je m'en approche lentement et m'assieds. Elle recule sur le lit, imperceptiblement.

— Êtes-vous en mesure de nous raconter ce qui vous est arrivé ?

Elle détourne le regard avec un geste de dénégation.

— Très bien, je comprends. Mais si vous vous souvenez de quelque chose, vous pouvez me l'écrire sur une feuille, comme hier soir. D'accord ?

Elle me regarde de nouveau.

— L'autre chose que je voulais vous dire, c'est que nous allons publier une photo de vous dans les journaux. Il y a forcément quelqu'un qui vous connaît. Quelqu'un qui vous aime et qui vous cherche depuis tout ce temps. On parle beaucoup de vous dans les journaux et sur Internet…

Je m'interromps parce que j'y suis obligé. Ses yeux sont écarquillés et elle secoue la tête. Lorsque Jackson commence à s'approcher, elle saisit la feuille que j'ai apportée et griffonne d'énormes lettres irrégulières.

NON NON NON

* * *

BBC News

Jeudi 4 mai 2017. Dernière mise à jour à 11 h 34

DERNIÈRE MINUTE – NOUVEL APPEL À TÉMOINS AU SUJET DE LA DISPARITION D'HANNAH GARDINER

La police de Thames Valley a lancé un nouvel appel à témoins au sujet de la disparition d'Hannah Gardiner en juin 2015. Initialement, on croyait qu'Hannah avait disparu à Wittenham Clumps le matin du 24 juin, mais maintenant la police demande à toute personne l'ayant vue à Oxford ce matin-là de se manifester, surtout quelqu'un l'ayant aperçue à proximité de son appartement de Crescent Square, ou l'ayant vue parler

à quelqu'un dans ce quartier. Apparemment, cela corroborerait le fait qu'on ait découvert son corps hier matin dans le jardin d'une maison de Frampton Road.
La police a également demandé à toute jeune femme présente à Wittenham le 24 juin avec un enfant dans une poussette de se faire connaître, si ce n'est déjà fait.
La police de Thames Valley n'a toujours pas révélé l'identité de la jeune femme et du petit garçon découverts dans la cave de la même maison de Frampton Road. Une conférence de presse doit avoir lieu aujourd'hui.
Toute personne possédant des informations sur l'une ou l'autre de ces affaires doit contacter la police de Thames Valley au 01865 0966552.

* * *

— Alors, tout est prêt ?

Je déteste vraiment le son de ma propre voix. Cette gaieté forcée. Comme lorsqu'une infirmière vous demande de « sauter » dans une blouse d'hôpital ou de « faire glisser » votre pantalon. Je n'arrive même pas à croire qu'Alex ne me lance pas un de ses regards en biais. Cela prouve à quel point l'enfant l'absorbe.

Le garçon est debout entre nous deux. Il entoure d'un bras la jambe d'Alex. Dans son autre main, il tient le jouet sale qu'il avait avec lui lorsqu'ils l'ont trouvé dans la cave, et dont il refuse de se séparer. Il porte des vêtements que je reconnais. Des vêtements qu'Alex a gardés depuis des années. Je ne veux pas y penser. Il se contorsionne pour la regarder et elle se baisse pour lui caresser les cheveux.

— On a tout ce qu'il nous faut. Alors oui, je pense que tout est prêt.

Sa voix a l'air aussi peu naturelle que la mienne. Mais pour une raison différente. Elle tremble de joie.

Je tends une main vers le garçon, mais il se rétracte et Alex s'empresse de déclarer :

— Tout va bien. Il a juste besoin d'espace.

Elle s'accroupit.

— Je vais te porter. D'accord ?

Apparemment, ça lui convient, vu qu'il ne résiste pas. Nous marchons tous les trois jusqu'à la voiture, où elle l'attache dans le siège bébé – j'ignorais que nous l'avions encore.

Je m'attendais à ce qu'il réagisse au bruit du moteur, mais il paraît incroyablement calme. En me mêlant à la circulation, je cherche quelque chose à dire. Mais Alex prend la parole en premier.

— J'aimerais tant savoir son prénom, dit-elle. On ne va pas l'appeler « le garçon » ou « l'enfant » toute la semaine.

Je hausse les épaules.

— Avec un peu de chance, Vicky sera en mesure de nous parler d'ici un jour ou deux. Elle nous dira son prénom.

— Si elle lui en a donné un, réplique Alex en se tournant pour regarder le garçon. Si elle est traumatisée au point de tout refouler, elle n'a peut-être jamais créé aucun lien avec lui. Donner un prénom à un enfant, ça en fait partie. C'est le signe d'une relation. Je crois qu'elle est dans un déni profond, même de sa maternité. Et, franchement, qui pourrait l'en blâmer ? Ce doit être compliqué d'essayer d'aimer l'enfant de son violeur

— On ignore ce qui s'est passé, Alex. Ce ne sont que des suppositions. Tu es avocate, tu sais mieux que personne qu'il ne faut jamais tirer de conclusions hâtives.

Je n'avais pas l'intention d'avoir l'air condescendant, mais c'est pourtant le cas. Son regard accroche le mien un instant, mais elle détourne les yeux en premier.

Nous nous arrêtons lorsque la circulation se réduit à une seule voie. Les travaux sur cette portion semblent durer des mois.

— Tu as dit « toute la semaine ».

— Pardon ? demande-t-elle.

— Oui, tu viens de dire qu'on ne va pas l'appeler « le garçon » toute la semaine. Mais je croyais que ce n'était que pour quelques jours.

Elle ne me regarde même pas.

— C'est ça. Probablement. Mais avec tes parents qui vont arriver…

— Ils viennent *le mois prochain*…

— Je pense qu'on devrait les prévenir, juste au cas où.

— Les prévenir ?

— Ne complique pas les choses, Adam. Tu sais très bien ce que je veux dire.

Effectivement. Mais je préférerais ne pas comprendre.

* * *

— En ce qui concerne l'affaire de la jeune femme et de l'enfant retrouvés dans la cave, tout ce que je peux dire à ce stade, c'est que l'enquête progresse.

La conférence de presse fait salle comble et mon niveau de stress et d'irritation n'a fait que croître lorsque je me suis rappelé qu'elle se tenait au centre de presse de Kidlington, où je suis arrivé avec seulement dix minutes d'avance pour me préparer. Je regarde les rangées de visages et je ne reconnais pas grand monde. Les médias nationaux, sans aucun doute. Nous n'avons pas autant suscité leur curiosité depuis l'affaire

Daisy Mason. Ce qui n'est pas très surprenant : une petite fille de huit ans enlevée dans le jardin de sa maison. Mais, maintenant, on tourne à vide. Un type du premier rang murmure qu'il ne comprend pas pourquoi on les a fait venir si c'est tout ce que nous avons à leur dire.

— Et au sujet de l'ADN ? lance une femme depuis le fond de la salle. Je n'arrive pas à croire que vous n'ayez toujours pas déterminé qui est le père de l'enfant. Je pensais que, de nos jours, vous pouviez avoir le résultat en quelques heures.

— Les tests se sont améliorés, en effet, mais ils prennent encore du temps. Et l'ADN ne nous apprendra pas tout. Il faut que nous puissions entendre la jeune femme, et elle n'est pas encore en état de nous parler. Je suis certain que vous pouvez comprendre qu'elle est dans une grande détresse.

— Avez-vous une photo ? demande un journaliste de l'*Oxford Mail*. Les voisins disent que vous en avez une. Que vous l'avez montrée aux gens pour voir s'ils la reconnaissaient.

— Nous ne diffusons pas sa photo pour le moment.

— Eh bien, pourquoi ne pas nous donner son nom, alors ? Une photo de l'enfant ? Quelque chose. *N'importe quoi.*

— L'enquête est dans une phase cruciale. Je suis sûr que vous pouvez…

— Ouais, ouais, j'ai déjà entendu ça des centaines de fois.

— Très bien, déclare la femme au fond de la salle. Qu'en est-il de ce nouvel appel à témoins dans l'affaire Hannah Gardiner ? Cela signifie que vous avez fait un lien entre les deux affaires, n'est-ce pas ?

J'ouvre la bouche, puis la referme. Quel putain d'appel à témoins ?

— Si vous avez un trou de mémoire, inspecteur, j'ai la déclaration ici.

Elle me sourit, puis ouvre un fichier sur sa tablette.

— « La police de Thames Valley demande à toute personne ayant vu Hannah Gardiner le matin du 24 juin dans les environs de Crescent Square, Oxford, de contacter la cellule d'enquête du commissariat de St Aldate, surtout si vous l'avez vue parler à quelqu'un », etc., etc.

Elle exhibe l'écran de sa tablette.

— Ça vient de votre équipe, je suppose ?

— Oui…

— Donc vous faites un *lien* entre les deux affaires. Autrement dit, le corps que vous avez trouvé dans le jardin est celui d'Hannah, et ce Harper est soupçonné de l'avoir tuée. C'est ça, n'est-ce pas ? Ou quelque chose m'a échappé ?

— Je n'ai pas à commenter ce point de vue…

— J'ai lu quelque part qu'il y avait un corbeau mort enterré avec le corps, dit le type du premier rang. Un genre de rituel païen. Vous souhaitez commenter, inspecteur ? Ou bien est-ce que ça aussi, vous ne « communiquez » pas dessus ?

— Oh, je serais ravi de vous en parler. Mais il n'y a jamais eu la moindre trace de satanisme ou de paganisme dans l'affaire Hannah Gardiner. Et il n'y en a toujours pas.

— Mais il y avait bien un de ces foutus oiseaux, ou non ?

La femme intervient :

— Donc vous *rouvrez* le dossier. On peut vous citer sur ce point ?

— Nous ne rouvrons pas le dossier, car nous ne l'avons jamais fermé…

— Je prends cela pour un *oui*.

— …et, à ce stade de l'enquête, nous ne sommes pas en mesure de vous en dire davantage. Nous devons respecter les familles des victimes…

— Et qu'en est-il de la famille de l'homme accusé à tort ? Qu'est-ce que vous lui devez, à elle, inspecteur principal Fawley ?

La voix émane du fond de la salle. Les gens se tournent vers celui qui vient de se lever et un murmure s'élève lorsqu'ils le reconnaissent.

Matthew Shore.

Comment diable est-il entré ici ?

— Vous n'avez aucune réponse à me donner ? Vous avez travaillé sur l'affaire Hannah Gardiner, n'est-ce pas ?

— Ceci est une conférence de presse, monsieur Shore.

— Et il se trouve que je fais partie de la presse.

Il montre un badge.

— Regardez, c'est écrit là. Alors je répète, pour la troisième fois je crois : qu'en est-il de mon père ? Qu'en est-il d'un homme que vous avez harcelé et persécuté alors que vous n'aviez pas de preuves ?

Je sens grimper le niveau de stress de Harrison : nous sommes en direct sur la chaîne d'infos de la BBC et le type de Sky filme la scène avec son portable.

— Écoutez, monsieur Shore, ce n'est ni le lieu ni le moment pour ça.

— Alors, quand est-ce que ce sera le lieu et le moment ? Cela fait des mois que j'essaie de parler à la police de Thames Valley et personne n'a daigné m'écouter.

— Nous n'avons jamais porté d'accusation contre votre père dans l'affaire Hannah Gardiner. Il a été condamné à une peine de prison pour un crime totalement différent.

— Ouais, mais il n'aurait jamais été condamné si son visage ne s'était pas retrouvé dans les journaux pendant des mois, sans parler de ces trois foutues années. En aucune façon il n'a eu un procès équitable…

Harrison s'éclaircit la gorge.

— Ce n'est pas un sujet que nous pouvons commenter, monsieur Shore. Adressez-vous au bureau du procureur.

— Vous croyez que je ne l'ai pas fait ? continue-t-il sur un ton sardonique. Ils ne valent pas mieux que vous. Il n'y a pas de justice dans ce foutu pays. Aucune transparence. Vous vous protégez tous les uns les autres…

Harrison se lève.

— Mesdames et messieurs, je vous remercie. D'autres déclarations seront faites le moment venu. Je vous souhaite un bon après-midi.

La première personne que je vois en sortant de la salle, c'est Quinn. Il devait être dans le fond. Il tire la tronche.

— J'aimerais savoir comment Shore est entré ici. Je vais mettre Gis sur le coup.

— Ce que *moi* j'aimerais savoir, c'est qui a publié ce foutu appel à témoins. C'est vous ?

Il hésite, ne sachant s'il doit s'en vanter ou s'en excuser.

— Les fanatiques des réseaux sociaux allaient lier les deux affaires, quoi que nous fassions. Alors je me suis dit que ça valait la peine de voir si cette nouvelle annonce allait rafraîchir la mémoire de quelqu'un…

Ce qui est, en fait, une très bonne idée. Mais je ne suis pas d'humeur à l'admettre.

— Même si vous savez que j'ai promis à Gardiner que nous prendrions le temps de prévenir les parents d'Hannah ? Même si vous savez pertinemment que, avant de prendre une telle initiative, vous devez m'en parler ?

— Mais vous avez dit…

— J'ai dit de garder un œil ouvert…

— Vous avez dit de « prendre les choses en main »…

— Je n'ai pas dit de prendre des décisions importantes sans ma permission. Je suis juste allé à John Radcliffe, bon sang, pas sur la lune. Vous auriez pu m'appeler, m'envoyer un SMS.

Il a viré au rouge et je me rends compte, trop tard, que Gislingham est juste à quelques mètres de nous. Je ne devrais pas remonter les bretelles à Quinn devant un inférieur hiérarchique. Ça ne se fait pas.

— J'ai pensé que vous préféreriez que je ne vous dérange pas pour ça, dit Quinn en baissant la voix. Vous étiez occupé avec le môme, et votre femme, et tout.

Et tout.

Il s'agit peut-être d'un cas typique de « transfert ». Soit. Mais en avoir conscience et y remédier sont deux choses différentes. Et maintenant – ce n'est pas la première fois –, je me demande si mon vrai problème avec Quinn ne vient pas du fait qu'il me ressemble trop. Sauf, bien sûr, en ce qui concerne son goût pour les vêtements tape-à-l'œil et ses compulsions sexuelles.

— D'accord, finis-je par admettre. Allez voir Gardiner et excusez-vous.

— Je peux me contenter de lui téléphoner ?

— Non. Allez le voir. Et dites à Challow qu'il nous faut les résultats des tests ADN au plus vite.

J'inspire à fond et me tourne.

— Que voulez-vous, Gislingham ?

Il a l'air embarrassé.

— Désolé de vous interrompre, chef, mais la cellule de crise vient de recevoir un appel après la diffusion des infos à la télé. De Beth Dyer.

* * *

Quinn avait vu juste et les résultats ne se sont pas fait attendre. À la pause de midi, Erica Somer avait retrouvé le neveu et la nièce de la première Mme Harper. Mais, lorsqu'elle revient dans la salle de crise pour y rejoindre Quinn, elle tombe sur Fawley. Il est debout en train d'observer le tableau. Les photos. La carte. Les images des deux jeunes femmes et des deux petits garçons. Les vivants et les morts. Il semble perdu dans ses pensées. Absent.

— Excusez-moi, dit-elle d'une voix légèrement hésitante. Je cherchais l'inspecteur en chef…

Il se retourne, mais elle se rend compte qu'il lui faut quelques secondes pour revenir sur terre.

— Agent Somer.

— Oui, chef.

Elle ne pourra jamais le dire à Quinn, mais Fawley est de loin l'homme le plus séduisant du commissariat. Il semble n'en avoir absolument pas conscience, et cela ne fait qu'ajouter à son pouvoir d'attraction. Quinn est exactement l'inverse : il agit comme s'il possédait un système de radar sexuel pareil à celui des chauves-souris, envoyant en permanence des signaux et analysant leur résonance. Au contraire, Fawley est constamment sur la réserve. Elle n'a pas la confiance en soi de Quinn, mais d'habitude elle ne laisse pas les hommes insensibles. Sauf que là, ce n'est pas le cas.

— J'étais en train de penser à Vicky, dit-il. De quel genre de famille elle vient, et pourquoi elle ne veut pas qu'ils sachent qu'elle va bien.

— Elle a peut-être fui de chez elle. Ce qui pourrait expliquer pourquoi personne n'a signalé sa disparition.

Il pivote pour observer de nouveau la photo de la jeune femme.

— Vous avez sans doute raison.

Puis il regarde Somer.

— Pardon, vous n'êtes pas venue ici pour m'écouter réfléchir à voix haute. De quoi s'agit-il ?

Elle lui tend une feuille qui sort de l'imprimante.

— C'est du très bon travail, Somer. Donc, selon votre théorie, ce n'était pas John, mais Don ?

— C'est mon avis, chef. Mme Gibson a pu se tromper de prénom. Je ne pense pas que son ouïe soit des plus fines.

— Et vous avez l'adresse de ce Donald Walsh ?

— Oui, chef. J'ai essayé d'appeler, sans résultat. Je crois que quelqu'un devrait aller chez lui, vu que c'est tout près. Même s'il n'est pas là, on pourrait apprendre quelque chose des voisins. À quelle fréquence il se rend à Oxford. Si lui et Harper sont en contact.

— Et c'est pour cette raison que vous cherchiez l'inspecteur en chef Quinn ? Pour mettre ça au point ?

Elle voudrait ne pas rougir, mais doute du résultat.

— Oui, chef. Pour qu'il envoie quelqu'un.

— Eh bien, il ne sera pas de retour avant une bonne heure. Et l'inspecteur Everett est toujours à l'hôpital. Trouvez donc l'inspecteur Gislingham et dites-lui que j'ai donné mon accord.

— Quoi ? Vous voulez dire que c'est *moi* qui y vais ?

Fawley exprime un soupçon d'irritation.

— Avec Gislingham, oui. Cela vous pose un problème ?

— Non, chef.

— Bien. Tenez-moi au courant.

* * *

Entretien téléphonique avec Beth Dyer
4 mai 2017, 14 h 12
Interlocuteur : inspecteur A. Baxter

AB : Madame Dyer, je suis l'inspecteur de police Andrew Baxter, de Thames Valley. Je crois que vous avez appelé le commissariat après la conférence de presse ?

BD : Ah, oui. Merci de me rappeler.

AB : Vous avez quelque chose à nous dire ?

BD : Oui. C'est… eh bien, c'est un peu difficile.

AB : Si cela peut vous rassurer, nous ferons tout notre possible pour que ce que vous allez nous dire reste confidentiel. Mais cela dépend de ce que vous allez nous apprendre.

BD : Ce policier à la télé, l'inspecteur principal Fawley, il a dit que le corps que vous avez découvert est celui d'Hannah.

AB : Je ne pense pas que cela ait été confirmé de manière officielle…

BD : Mais c'est bien elle, n'est-ce pas ?

AB : (*Pause.*) Oui, madame Dyer. C'est ce que nous croyons. M. Gardiner en a été informé.

BD : Comment a-t-il réagi ?

AB : Je ne suis pas en mesure d'en parler, madame Dyer. Y a-t-il quelque chose d'autre ?

BD : Pardon, mes propos doivent paraître affreusement déplacés. En fait, je suis un peu bouleversée. C'est juste que… Eh bien, c'est pour ça que je vous ai appelé. C'est au sujet de Rob.

AB : Je vois. Je crois savoir que, lorsque Mme Gardiner a été portée disparue, vous nous avez dit que vous soupçonniez son mari d'avoir une liaison ?

BD : Oui, c'est ce que j'ai dit. Mais ce n'est pas tout à fait ça. Pas exactement.

AB : Alors, il avait une liaison ou non ?

BD : Je ne pense pas. Pas à l'époque. Mais ça a commencé peu de temps après. Cette nourrice. Pippa quelque chose. Je les ai vus avec Toby il y a environ trois semaines, à Summertown. Je les soupçonne d'être en couple. Elle était collée contre lui. Les hommes sont si crédules.

AB : Et quel est le rapport avec la disparition de Mme Gardiner ?

BD : J'y viens. Quand tout ça est arrivé, vous avez dit – vous, la police – qu'elle avait disparu à Wittenham. Seulement, maintenant, vous dites qu'elle n'a jamais quitté Oxford.

AB : Cela semble être le cas.

BD : Alors, comment sa voiture s'est-elle retrouvée là-bas ? Comment Toby s'est-il retrouvé là-bas ?

AB : Eh bien, le responsable de la mort de Mme Gardiner doit avoir conduit la voiture à Wittenham, sachant qu'elle était censée s'y rendre ce jour-là. Pour nous faire croire qu'elle y était. Comme un leurre.

BD : Mais combien de personnes le savaient ? Qu'elle devait se rendre à Wittenham ?

AB : Elle avait organisé une interview sur le site. Il y avait une équipe de la BBC. Pas mal de gens étaient au courant.

BD : Mais ce Harper, de Frampton Road. Celui que vous tenez pour le tueur. Comment pouvait-il le savoir ?

AB : Je crains de ne pouvoir commenter ce point de l'enquête en cours.

BD : Mais Rob le savait, n'est-ce pas ? Il savait où elle devait se rendre. Et ça explique mieux la présence de Toby à Wittenham, si c'est Rob.

AB : Je ne suis pas certain de bien comprendre ce que vous essayez de me dire, madame Dyer. Êtes-vous en train de suggérer que M. Gardiner a tué sa femme avant d'abandonner là-bas son fils de deux ans ?

BD (*soudain agitée*) : Écoutez, il y a quelque chose que je ne vous ai pas dit, à l'époque. Quelques semaines avant sa disparition, j'ai vu Hannah. Elle avait une marque au visage. Une ecchymose. Elle avait mis du maquillage dessus, mais c'était quand même visible.

AB : Vous lui avez demandé ce qui lui était arrivé ?

BD : Elle a dit que c'était Toby. Qu'il commençait à lui donner du fil à retordre et qu'il l'avait frappée au visage par accident avec une de ses petites voitures.

AB : Ça vous a paru plausible ?

BD : Je suppose que c'est ce qui a pu se passer. Toby était un peu hyperactif. Je lui ai demandé s'il souffrait d'un léger trouble du déficit de l'attention, mais elle m'a répondu que c'était une idée ridicule. Quoi qu'il en soit, elle était réellement préoccupée ces dernières semaines. Je suis certaine que quelque chose la tracassait. Et elle était très réservée au sujet de Rob, ce jour-là. Je pense qu'ils avaient des problèmes. Je sais qu'elle voulait un autre enfant, mais pas lui.

AB : Pourquoi ne nous l'avez-vous pas dit il y a deux ans, madame Dyer ?

BD : La presse n'arrêtait pas d'affirmer que vous aviez un autre suspect, celui qui se trouvait au camp. Et il y avait tous ces gens qui l'avaient vue là-bas. Alors je me suis dit que ça ne pouvait pas être Rob. Mais quand vous avez renoncé à inculper l'autre homme, j'ai pensé…

AB : Oui ?

BD : Eh bien, pour être franche, j'ai pensé qu'elle avait pu le quitter. Je veux dire, Rob. Mettre en scène sa propre mort pour pouvoir s'en aller. Comme ça, personne ne la chercherait. J'ai vu une émission à la télé comme ça, un jour. Un de ces trucs criminels. Et, comme ses parents vivent en Espagne, je me suis dit qu'elle avait pu les rejoindre.

AB : Cela me paraît hautement improbable, madame Dyer. Abandonner son enfant. Sans passeport, sans papiers…
BD : Je sais. Ça a l'air fou.
AB : Et elle n'aurait pas essayé d'entrer en contact avec vous ? Pas tout de suite, mais quelque temps plus tard, une fois que les choses se seraient calmées ?
BD : (*Silence.*)
AB : Après tout, vous étiez sa meilleure amie, n'est-ce pas ? Ou bien j'ai mal compris ?
BD : (*Silence.*)
AB : Madame Dyer ?
BD : Écoutez, si vous voulez savoir, on ne s'est pas quittées dans les meilleurs termes. Cet épisode dont je vous ai parlé, ce n'est pas la dernière fois qu'on s'est vues. Ensuite, on a eu une dispute. Elle affirmait que je tournais autour de Rob. Que j'avais flirté avec lui lors de leur fête d'anniversaire.
AB : Et c'est le cas ?
BD : C'est *lui* qui *me* tournait autour. Bien sûr, il lui a dit que c'était le contraire. Ce qui est bien compréhensible, n'est-ce pas ? Sauf que c'était faux. Et, dans tous les cas, il ne s'est *rien* passé. Même s'il… même si… (*Pause.*) Écoutez, jamais je n'aurais fait ça à Hannah, OK ? (*pause*)
AB : Je vois.
BD : Et, pendant tout ce temps, vous n'avez pas trouvé le corps. Je suppose que je voulais croire qu'elle était encore en vie, quelque part. Mais, maintenant, tout est fini. Parce que je sais qu'elle est morte, et je ne peux pas me débarrasser de l'idée qu'il a quelque chose à voir avec ça.

* * *

S'il y a bien quelque chose que j'exècre, c'est de me voir à la télé. Même maintenant, après une demi-douzaine d'apparitions, je ne le supporte toujours pas. Alors, quand le reste de l'équipe se rassemble pour regarder les infos, je m'excuse et file me réfugier dans le café de la rue St Aldate. Ça ressemble à la réaction que j'avais face à l'un de ces trucs de programmation linéaire où j'étais si mauvais à l'école. L'endroit est assez vaste pour qu'il y ait toujours de la place, et assez éloigné des quartiers touristiques pour que les chaînes ne mettent pas la main dessus. C'est pourquoi je m'amuse un moment en observant un défilé de touristes chinois sur le trottoir, en train de suivre une femme qui porte une ombrelle rouge vif et les emmène dans la mauvaise direction. Je ne sais quelle merveille architecturale on leur a promise, mais ce n'est pas à Abingdon Road qu'ils la trouveront.

Je suis au comptoir lorsque mon téléphone sonne. Challow.

— Vous voulez les bonnes ou les mauvaises nouvelles ?

Je jure intérieurement en tendant un billet de cinq au serveur. Pas d'humeur à jouer avec Challow.

— Laissez-moi deviner. Les résultats ADN.

— Désolé, on les attend encore.

— Je présume que c'est la mauvaise nouvelle. Et la bonne ?

— Vous n'avez aucune idée ?

— Contentez-vous de me le dire, OK?

Challow a un rire sec.

— Pourquoi vous ne viendriez pas voir vous-même ?

* * *

— Adam ? C'est toi ?

La voix qui sort du haut-parleur tremble, mais je la reconnais immédiatement.

— Une minute, papa, je suis au volant.

Je me gare sur le côté de la route et prends le kit mains libres.

— Je suis là. Il y a quelque chose qui ne va pas ?

Je l'entends pousser un léger soupir.

— Pourquoi penses-tu toujours qu'il y a quelque chose qui ne va pas ?

— Pardon, c'est juste que…

— On t'a vu aux infos à la télé, ta mère et moi.

— Ah, OK. Très bien.

— Tu as été très bon.

D'une manière ou d'une autre, il me prend toujours à rebrousse-poil.

— Ce n'est pas de la « figuration », papa. Et ce n'est pas moi le principal concerné.

— Je le sais, Adam, répond-il.

Il a l'air aussi irritable que moi.

— Ce que je voulais dire, c'est que tu t'en es très bien sorti. Calme, autoritaire.

Et, maintenant, j'ai l'impression d'être une merde. Comme d'habitude.

— Je sais que tu n'en tires pas de fierté, fils, mais nous, si. Nous ne nous attendions pas à ce que tu entres dans la police, mais tu t'es débrouillé pour faire une carrière honorable.

C'est un sale petit mot : « débrouillé ». Puis je me dis que je suis en train de me raconter des histoires, que je dois arrêter avec toutes ces interprétations négatives. Je ne suis même pas sûr que c'était là son intention.

— Écoute, papa. C'était super que tu m'appelles, mais je dois y aller. Je suis en route pour le labo.

— Ta mère te dit bonjour et elle est impatiente de te voir. Et Alex aussi, bien sûr.

Et il raccroche.

* * *

Le ciel devient nuageux et, au milieu de l'après-midi, il est aussi sombre qu'en novembre. Une fine pluie d'été crépite dans les arbres au milieu de Crescent Square. Dans l'herbe, deux écureuils se courent après.

Dans l'appartement, Pippa est lovée sur le canapé, en train de jouer à Candy Crush sur son téléphone. Elle entend Rob parler dans la pièce voisine. Ce sont les parents d'Hannah. Elle ne les a jamais rencontrés, mais elle sait exactement à quoi ils ressemblent. Gervase et Cassandra. Même leurs prénoms parlent pour eux.

La porte du bureau s'ouvre et Rob apparaît sur le seuil. Il est habillé pour aller travailler, mais elle peut peut-être le faire changer d'avis. Elle étire ses jambes et tend ses pieds nus.

— Le bureau a appelé, annonce-t-il sans la regarder. Un genre de crise. Ça ne me dérange pas d'y aller. Ça m'aidera à me changer les idées.

— Comment ça s'est passé ? Au téléphone ?

Il a un geste d'irritation.

— Tu t'attendais à quoi ? Ce n'était pas un appel de courtoisie, que je sache. « Il fait beau, chez vous ? Ah, au fait, ils ont trouvé votre fille enterrée sous le cabanon d'un vieux pervers. »

Il traverse la pièce pour aller prendre ses clés de voiture.

— Je ne sais pas à quelle heure je rentrerai.

— Il faut que je te parle.

— Eh bien, ça attendra, lâche-t-il en se dirigeant vers la porte. J'ai dit que j'y serais pour 16 heures.

— Je suis enceinte.

Il se retourne. La considère. Elle a toujours son téléphone à la main.

— Tu es enceinte. (Sa voix est maussade.) Ce n'est pas possible.

— Bien sûr que si, c'est *possible*, Rob. (Elle rougit un peu.) Je voulais te le dire, mais ce n'était jamais le bon moment.

— Tu disais que tu prenais la pilule.

— Je la prenais. Je la prends. Mais ça arrive parfois. Tu fais de la science, tu devrais le savoir.

— Exact, répond-il d'une voix étrangement calme. Je « fais de la science ». Et c'est justement pour ça que je sais que l'enfant que tu portes n'est pas de moi.

— Mais si, il est de toi. Forcément…

— Pourquoi ? demande-t-il doucement. Parce que tu n'as pas couché avec quelqu'un d'autre ?

— Non ! balbutie-t-elle, terrifiée. Bien sûr que non.

Il se tient devant elle et martèle chaque mot :

— *Tu mens.*

Elle recule devant la violence de sa voix.

— Je ne comprends pas.

Il a un sourire terrible.

— Non ? Tu ne comprends toujours pas ? *Je ne peux pas avoir d'enfant.* C'est assez clair ?

Elle a les joues écarlates. Elle regarde son téléphone, surtout pour ne pas avoir à le regarder lui, mais c'est la pire chose à faire. Il l'attrape et le lance à travers la pièce. Puis il la saisit brutalement par le poignet et le tord au point qu'elle doit se mettre sur la pointe des pieds.

— Regarde-moi quand je te parle.

Son visage est si près du sien qu'il lui postillonne dessus.

— Tu me fais mal…

— Alors, c'était qui ? Avec quel connard tu as baisé ? Un étudiant au hasard ? Le type qui vient relever le compteur d'eau ? *Qui ?*

Il la prend par les épaules et la secoue.

— Tu as fait ça ici, *chez moi* ?

— Non, bien sûr que non, jamais je n'aurais fait ça. Ce n'est arrivé qu'une fois, ça ne veut rien dire…

Il rit. Méchamment.

— Ouais, très bien.

— Je ne l'aime pas. C'est toi que j'aime…

Elle se mord la lèvre jusqu'au sang. Les larmes affluent. Elle l'implore.

Rob rit de nouveau.

— *Aimer* ? Tu ne connais même pas la signification de ce mot.

Il la repousse en arrière sur le canapé et se dirige vers la porte, puis se retourne. Il la regarde renifler un moment.

— À mon retour, je ne veux pas te voir ici.

— Tu ne peux pas, gémit-elle. Pas après tout ce qui s'est passé. Et Toby ? Qui va s'en occuper ?

— Je suis parfaitement capable de m'occuper de mon propre fils. Laisse les clés et va-t'en. Je ne veux plus jamais te revoir.

* * *

29 Lingfield Road, Banbury. Maison jumelée. Allée de gravier soignée. Géraniums.

— Qu'en penses-tu ? demande Gislingham en coupant le moteur.

Somer réfléchit.

— Ça ressemble exactement à ce que c'est censé être. La maison d'un enseignant.

Gislingham acquiesce lentement.

— Je ne la vois pas dans un prochain épisode d'*Unsolved Crimes*, mais tu sais ce que l'on dit à propos de l'eau qui dort.

Devant le portail, elle se tourne vers lui, mais il déclare avec un geste galant :

— Après toi.

Elle a un sourire poli, mais froid. Puis elle se dit que ce n'est pas parce que la plupart des hommes aiment regarder ses fesses que c'est forcément le cas de Gislingham.

Arrivée sur le perron, elle s'arrête un instant et sonne. Une deuxième, puis une troisième fois. Gislingham s'approche d'une fenêtre et jette un œil. Par un interstice entre les rideaux, il aperçoit un canapé et un fauteuil trop grand pour la pièce, une table basse avec des magazines soigneusement empilés.

— Aucun signe de vie, décrète-t-il.

Somer le rejoint et regarde à l'intérieur. Propre, mais sans goût. Austère sans être élégant. D'après leurs recherches, Walsh n'est pas marié ; elle se dit qu'il n'a sans doute pas non plus de petite amie.

— On dirait qu'il aime les bibelots, constate Gislingham en désignant une armoire au fond de la pièce. Ces étranges petites étagères, ce n'est pas pour les livres, hein ?

Somer fronce légèrement les sourcils.

— Je suis sûre d'avoir déjà vu ce genre de truc quelque part. (Elle secoue la tête.) Mais impossible de me souvenir où.

— On devrait essayer l'école, suggère Gislingham. Je croyais qu'on était au milieu du semestre, mais peut-être que ces écoles privées chics ont un calendrier différent des autres ?

Somer hausse les épaules.

— Ce n'est pas à moi qu'il faut demander ça. Mais oui, pourquoi pas. Ce n'est qu'à dix minutes d'ici.

Alors qu'ils se dirigent vers la voiture, une femme sort de la maison d'en face en se débattant avec une poussette et un bambin.

— Je vais juste lui demander si elle connaît Walsh, lance Somer en allant à sa rencontre. J'en ai pour une minute.

Gislingham retourne dans la voiture et extrait son journal de la poche latérale de sa veste. Lorsqu'un portable se met à sonner, il lui faut un moment pour comprendre qu'il ne s'agit pas du sien. Et, quand il ouvre la boîte à gants pour en sortir le téléphone de Somer, il lit sur l'écran : « Gareth ». Il a un rictus narquois et répond à l'appel.

— Allô ? C'est le portable de l'agent Somer ?

Silence. Trois, quatre, cinq.

— *Gislingham ?*

— Oui. Qui est à l'appareil ?

— Quinn. Et tu le sais très bien.

— Désolé, mec, je ne m'attendais pas à ce que ce soit toi.

Encore un silence, très éloquent et qui veut dire : « Comme si tu ne le savais pas. »

— Je passais juste un coup de fil pour voir comment ça se passe, finit par déclarer Quinn. Avec Walsh, je veux dire. Je ne savais pas que tu y étais allé toi aussi.

— Pour le moment, on ne l'a pas encore trouvé. Je dois dire à Somer que tu as appelé ?

Quinn hésite.

— Non. Pas la peine de la déranger pour ça. J'ai ce que je voulais.

Ouais, songe Gislingham en raccrochant. *C'est ça…*

Petersham College est du genre vieille école, du moins à en juger par sa façade. Architecture imitant le style victorien d'Oxford, avec salle à manger, chapelle et vitraux. Gislingham se gare dans la partie désignée par le panneau « visiteurs » et ils se dirigent vers une grande pancarte jaune « loge du concierge ».

— Il est tout seul, donc, remarque Somer. Je me demande ce qu'ils font quand il est malade.

— Excuse-moi, mais je ne te suis pas.

Elle secoue la tête.

— Vanne de grammairienne. Oublie.

Elle a passé deux ans à tenter d'enseigner l'anglais dans une école du centre-ville avant de se dire que, si elle devait passer sa vie à régler des histoires de drogue, de couteaux et de violence aveugle, elle ferait tout aussi bien d'en faire son véritable métier.

Le concierge se révèle être une femme et non un homme. Une femme entre deux âges vêtue d'une veste bordeaux et d'une jupe plissée.

— Puis-je vous aider ? s'enquiert-elle en les regardant par-dessus ses lunettes.

Ils montrent leurs plaques.

— Pourrions-nous voir M. Walsh, s'il vous plaît ? Donald Walsh ?

Elle se penche et leur indique de la main :

— Son bureau se trouve dans l'un des nouveaux bâtiments. Coleridge House. Passez sous l'arcade au fond à gauche. Je peux l'appeler pour le prévenir de votre arrivée, si vous voulez bien me dire de quoi il s'agit ?

Somer lui sourit. La concierge est manifestement avide de scandale.

— Ce n'est vraiment pas la peine, merci.

Ils traversent la cour et croisent quelques garçons, les mains dans les poches. Ils parlent un peu trop fort, leurs blazers sont un peu trop voyants. Les noms des enseignants sont listés sur un tableau en bas de chaque cage d'escalier et une petite pancarte en bois coulisse pour signaler « absent » ou « présent ». Gislingham en déplace quelques-unes, juste pour le plaisir.

— Merde, ils sont bichonnés, ici, dit-il en passant devant les fauteuils en cuir, les étagères de livres, les cheminées surdimensionnées. Pourquoi les gens se saignent-ils aux quatre veines pour envoyer leurs gosses dans des endroits pareils ? Ça me dépasse. L'éducation reste l'éducation, le reste n'est que de l'emballage.

— C'est exactement ça, réplique Somer. C'est pour l'emballage qu'ils paient.

Mais, une fois passé l'arcade, c'est tout autre chose. Un enchevêtrement de constructions préfabriquées empiétant sur le parking du personnel et deux massives extensions des années 1970 incongrûment baptisées de noms de poètes romantiques. *Je parie qu'ils ne font pas visiter cette partie aux parents désireux d'inscrire leurs enfants à Petersham College*, se dit Somer alors que Gislingham ouvre la porte d'entrée de Coleridge House. Échos agressifs et odeur de désinfectant. Le bureau de Walsh se trouve au troisième étage et il n'y a pas d'ascenseur : ils sont tous deux un peu essoufflés lorsqu'ils frappent à sa porte. L'homme qui ouvre est vêtu d'une chemise à carreaux et d'une cravate en laine. Ses chaussures sont impeccablement cirées. Il ressemble trait pour trait à la description qu'en a faite Elspeth Gibson.

— Oui ?

— Inspecteur Chris Gislingham, agent Erica Somer, de la police de Thames Valley. Pouvons-nous nous entretenir un instant avec vous ?

Il cligne des paupières, puis jette un œil derrière lui.

— En fait, je suis en train de donner un cours de rattrapage. Pouvez-vous repasser plus tard ?

— Nous venons d'Oxford, dit Gislingham. Donc, non, nous ne pouvons pas « repasser plus tard ». Peut-on entrer ?

Les deux hommes se dévisagent un instant, puis Walsh fait un pas de côté.

— Bien sûr.

Ça ressemble plutôt à une salle de cours. Pas de fauteuil en cuir, juste un bureau, une rangée de chaises en bois, un vieux tableau et quelques affiches encadrées. *Madame Butterfly* à l'English National Opera, une exposition d'objets japonais à l'Ashmolean Museum d'Oxford. Et, s'agitant un peu à l'une des tables, un rouquin avec un livre d'exercices sur les genoux. Onze ans, peut-être douze.

— Très bien, Joshua, dit Walsh avec un enthousiasme forcé. Il semble qu'un *deus ex machina* inespéré vienne de te libérer prématurément du purgatoire qu'est l'abrogation des lois sur les céréales au XIXe siècle.

Il tient la porte ouverte et fait un geste à l'attention du garçon.

— Allez, allez. Mais je désire voir ce devoir dès demain matin, à la première heure.

Le garçon s'arrête dans le couloir pour regarder Gislingham, puis s'en va. Ils entendent le bruit de ses pas dans l'escalier.

— Alors, dit Walsh en allant se placer derrière son bureau dans un jeu d'autorité qui ne leur échappe pas. En quoi puis-je vous aider ?

— J'imagine que vous savez probablement pourquoi nous sommes là, commence Gislingham.

Walsh le considère, puis se tourne vers Somer.

— Pour être franc, non.

C'est à propos de votre oncle, ou plus précisément du mari de votre tante. William Harper.

— Ah, s'exclame Walsh. Eh bien, je ne peux pas dire que je sois surpris. Quoique je ne comprenne pas pourquoi la police a éprouvé le besoin de vous envoyer ici.

— C'est un sujet très sérieux, monsieur Walsh.

— Bien sûr, je n'ai jamais prétendu le contraire. Enfin, vous voyez. Mettez-le en contact avec moi et je réglerai les choses. Je suppose qu'il n'y a personne d'autre. Pour le moment.

Gislingham l'observe.

— De quoi parlez-vous, monsieur Walsh ?

— Du notaire. Je suppose qu'il en a un. Un cabinet d'Oxford, sans doute pas ?

— Je ne vous suis pas.

— À propos du testament, précise Walsh. C'est pour cela que vous êtes ici, non ? Bill est mort ?

Somer et Gislingham échangent un regard.

— Vous n'avez pas vu les informations ? Lu le journal ?

Walsh sourit d'un air faussement désemparé.

— J'ai bien peur de ne pas avoir le temps de lire la presse. Avez-vous une idée de l'implication que requiert ce travail ?

Somer le sait parfaitement. Mais elle se refuse à abonder dans son sens.

— Écoutez, dit-elle, je pense que vous feriez mieux de vous asseoir.

* * *

— Comme l'un de mes collègues l'a fait remarquer cette semaine, il arrive qu'on ait de la chance, parfois.

Je suis dans le labo, debout à côté de Challow, les yeux sur la table en inox où sont étalées des feuilles couvertes d'une écriture manuelle. Certaines sont intactes, d'autres partiellement humides, quelques-unes réduites en bouillie et illisibles.

— Qu'est-ce que c'est ? Une sorte de journal ?

Challow acquiesce.

— Nina l'a découvert en fouillant dans les caisses qui étaient dans la cave. C'était caché dans un coin, sans doute pour que le vieux ne le trouve pas. Il y avait quelques vieux livres à l'intérieur et la fille a arraché les pages blanches. Il y avait quelques vieux stylos également. Des Bic orange. On dirait que Harper est le genre de type incapable de jeter quoi que ce soit. (Il désigne les feuilles.) On a récupéré ce qu'on a pu, mais il semble y avoir eu des infiltrations d'eau récemment. En fait, je suis étonné que cette fille ne souffre pas d'une sévère pneumonie, enfermée dans cette foutue cave pendant tout ce temps.

Il allume une lampe et l'abaisse pour que l'on puisse mieux voir.

— J'ai retranscrit les feuilles intactes et je vous les ai envoyées sous forme de scans. Je vais faire de mon mieux pour déchiffrer le reste. On ne sait jamais. La technologie permet de faire des trucs surprenants de nos jours.

— Merci, Alan.

— Bonne lecture. Même si, à y réfléchir, ce n'est qu'une façon de parler.

* * *

Quinn est sur le point de laisser tomber lorsque la porte finit par s'ouvrir. Du moins, par s'entrouvrir. Suffisamment tout de même pour qu'il aperçoive de longs cheveux blonds, des jambes encore plus longues et un caraco qui ne couvre qu'une peau nue. Une journée de merde se transforme soudain en une journée pas si pourrie que ça, après tout.

— Est-ce que M. Gardiner est là ?

Elle secoue la tête. Son visage est de ceux qui ont en permanence l'air légèrement meurtris. Ou alors elle vient de pleurer.

Quinn exhibe sa plaque et son sourire le plus suave.

— Inspecteur en chef Gareth Quinn. Quand pensez-vous qu'il rentrera ?

— Il est au travail. Tard, je crois.

Elle va refermer la porte, mais il fait un pas en avant.

— Je pourrais peut-être entrer. Lui laisser un message. Nous souhaitons nous excuser à propos de la façon dont la mort de sa femme a été révélée.

Elle hausse les épaules.

— À votre guise.

Elle se retourne et s'éloigne tandis qu'il ouvre la porte en grand pour la suivre. Elle a un verre de vin à la main. Un grand verre.

La fille a disparu et Quinn se retrouve seul dans le salon. Sur le canapé, il y a un sac à main orné de pompons de différentes couleurs. Sur la table basse, une bouteille de vin blanc – presque vide. Quinn se met à inspecter la pièce. Si elle le surprend, il pourra toujours prétendre qu'il cherchait un papier et un stylo, même s'il a tout ce qu'il faut dans sa poche intérieure. Une télé plutôt haut de gamme, quelques livres – principalement des traités médicaux –, des photos noir et blanc encadrées. Quinn n'a jamais laissé une femme emménager chez lui, mais il n'est pas étonné de trouver surtout des trucs féminins dans le salon. Il retourne vers le couloir.

— Tout va bien ? demande-t-il.

Un silence, puis la fille sort de la chambre. Elle porte une valise ouverte, débordant de vêtements, qu'elle laisse lourdement tomber sur le sol du salon. Elle a revêtu un jean et une paire de bottines à talons hauts. Il y a quelques centimètres de peau entre le haut de ses chaussures et l'ourlet de son pantalon. Elle s'assied sur le canapé et s'efforce de fermer la valise. Ses longs cheveux balaient son visage.

— Une seconde, intervient Quinn. Laissez-moi vous aider.

Elle lève les yeux vers lui, se débat encore un instant avec la fermeture à glissière, puis abandonne.

— Peu importe !

Elle se laisse aller sur le canapé et détourne le regard. Il faut un moment à Quinn pour se rendre compte qu'elle pleure pour de bon.

Il tire la fermeture sur les derniers centimètres qui restent et met la valise debout.

— Vous allez bien ?

Elle acquiesce, essuie ses larmes avec les mains, mais ne le regarde toujours pas.

— Vous voulez que je vous dépose quelque part ?

Elle a un petit hoquet qui ressemble à un sanglot, puis hoche la tête.

— Merci, murmure-t-elle.

Dix minutes plus tard, il place la valise dans le coffre de sa voiture et ils prennent la direction de Banbury Road.

Il jette un œil vers elle.

— Ça ne doit pas être facile pour lui. Vous savez, tout ça...

Elle se tourne dans sa direction.

— Ouais, c'est vrai, répond-elle. Sa femme retrouvée sous le plancher de ce cabanon. Mais c'était *il y a deux ans*.

Ce qui n'est rien, évidemment. Mais peut-être pas à son âge.

— Où allez-vous ? demande-t-il au bout d'un moment.

— Sais pas. Pas à la maison, en tout cas.

— Pourquoi pas ?

Elle le fusille du regard et il décide de ne pas insister.

— Ces derniers jours, ça n'a pas dû être facile pour vous non plus.

— Sans blague ? souffle-t-elle.

Ses yeux sont de nouveau remplis de larmes.

À la station de bus, il se gare et va sortir la valise du coffre. C'est lorsqu'elle tend le bras pour passer le sac à main sur son épaule qu'il voit ce qu'il aurait tout de suite dû remarquer.

— Comment vous êtes-vous fait ça ? demande-t-il doucement.

Elle rougit et tire sur sa manche.

— Ce n'est rien. Je me suis cogné le poignet contre une porte.

Il prend son bras et elle ne résiste pas. C'est une vilaine ecchymose, encore rouge. Les doigts ont laissé des marques bien visibles sur sa peau délicate.

— C'est lui qui a fait ça ?

Elle acquiesce sans le regarder.

— Vous pouvez le signaler, vous savez.

Elle secoue la tête avec véhémence tout en se retenant de pleurer.

— Il n'a pas fait exprès, dit-elle d'une voix si faible qu'il doit se pencher pour l'entendre.

Un bus pour Londres passe devant eux et Quinn se rend compte que les gens les regardent avec curiosité.

— Laissez-moi vous offrir un café.

Elle secoue de nouveau la tête.

— Je dois trouver un endroit où loger.

— Ne vous inquiétez pas pour ça. Je suis sûr qu'on va vous trouver quelque chose.

Il soulève la valise et la remet dans le coffre.

* * *

La femme à la réception de St Aldate a l'air épuisée. Elle vérifie son portable trois fois au cours des cinq minutes qu'il faut au chef de poste pour se traîner du bureau arrière jusqu'au comptoir.

— Oui ? Puis-je vous aider ?

— Je m'appelle Lynda Pearson. Docteur Lynda Pearson. Je viens voir William Harper. C'est l'un de mes patients.

— Ah oui, on vous attendait. Asseyez-vous, ce ne sera pas long.

Elle soupire : ce n'est pas la première fois qu'elle entend ça. Elle s'approche de la rangée de chaises et sort de nouveau son téléphone de son sac en toile. Tant qu'à être coincée ici, autant faire quelque chose d'utile.

— Docteur Pearson ?

Elle lève les yeux vers un homme robuste, vêtu d'un costume un rien trop petit pour lui. Les boutons de sa chemise béent légèrement. Il commence à perdre ses cheveux, est un peu essoufflé. Début d'hypertension. Il a l'air d'avoir la quarantaine, mais il en a sans doute cinq de moins.

— Inspecteur Andrew Baxter, dit-il. Je peux vous conduire en bas dans la cellule de garde à vue.

Elle rassemble ses affaires et le suit dans l'escalier.

— Comment va Bill ?

— Bien, pour autant que je sache. On a fait de notre mieux pour ne pas le mettre en situation de stress : lui donner la nourriture qu'il aime, ce genre de choses.

— Il mange sans doute mieux ici que chez lui. Il a perdu beaucoup de poids au cours des derniers mois. Est-ce que Derek Ross l'a vu ?

— Pas depuis qu'on l'a amené ici. C'est Ross qui a suggéré que l'on vous appelle.

Ils arrivent dans les cellules de garde à vue et Baxter adresse un signe de tête à l'officier de police assis derrière le bureau.

— Le docteur Pearson, pour William Harper.

Tandis qu'ils se dirigent vers la cellule de Harper, Lynda Pearson a soudain le terrible pressentiment qu'ils vont trouver le vieil homme pendu à un barreau de la fenêtre avec une chemise entortillée. Mais c'est sans doute parce que son esprit fatigué est imbibé de toutes les séries policières qu'elle regarde depuis des années, car, lorsque la porte s'ouvre, Harper est tranquillement assis sur son lit, les deux pieds par terre. Il a l'air maigre, mais ses joues ont repris des couleurs depuis la dernière fois qu'elle l'a vu. L'assiette et la tasse posées sur le plateau à côté du lit sont vides.

— Comment allez-vous, Bill ? demande-t-elle en prenant place sur l'unique chaise de la cellule.

Il la regarde en fronçant les sourcils.

— Qu'est-ce que vous faites ici ?

— La police m'a priée de venir. Ils veulent que je vous examine. Pour être sûrs que vous allez bien.

— Quand est-ce que je peux rentrer chez moi ?

Pearson jette un œil à Baxter.

— Pas tout de suite, Bill. La police a encore besoin de vous poser des questions. Vous allez devoir rester ici encore un peu.

— Dans ce cas, dit-il d'une voix soudain claire, je veux voir l'officier responsable. Je tiens à faire une déclaration.

* * *

— Est-ce vraiment nécessaire ?

Walsh est passé de l'incrédulité à l'énervement en l'espace de trois phrases. Incrédule en apprenant les nouvelles, énervé parce que Gislingham lui a demandé de l'accompagner à St Aldate.

— Pourquoi diable avez-vous besoin que j'aille là-bas ? J'ai des engagements, des cours à assurer, des copies à corriger, des activités parascolaires à encadrer. Ça tombe terriblement mal.

— Je comprends tout cela, monsieur, mais il nous faut des échantillons. Empreintes, ADN…

Il les fixe du regard.

— Et pourquoi donc ? Ça fait des années que je ne suis pas allé dans cette maison.

— Vraiment ? réplique Somer. Vous n'étiez pas en bons termes avec votre oncle ?

— Ma bonne dame, ainsi que votre collègue l'a fort justement observé il y a quelques minutes, nous ne sommes pas vraiment de la même *famille*.

Gislingham écarquille les yeux. Si c'était pour figurer dans les petits papiers de Somer, c'est une gigantesque erreur de jugement.

— Monsieur Walsh, répond-elle froidement, nous savons déjà que très peu de personnes se sont rendues dans cette maison au cours des dernières années, et vous êtes sans l'ombre d'un doute l'une d'elles. Nous devons vous éliminer de nos investigations…

Il fronce les sourcils.

— Investigations ? Vous ne pensez pas sérieusement que je puisse être impliqué dans ses agissements ? Je peux vous assurer que je n'avais pas la moindre idée de ce qu'il fabriquait. J'étais aussi choqué que tout un chacun en l'apprenant.

Somer l'observe un instant.

— *Étais* ?

Il a l'air agacé.

— Quoi ?

— Vous venez de dire : « J'*étais* aussi choqué. » Ce qui signifie que vous le saviez. Vous le saviez avant notre arrivée. Vous avez vu les infos comme tout le monde.

— Écoutez, dit-il en prenant une profonde inspiration. Je travaille dans une école. Une école *très chère*. Est-ce que vous savez combien les gens paient annuellement pour envoyer leurs enfants dans un tel endroit ?

Elle en a une idée. Et c'est probablement davantage que son salaire.

— La dernière chose dont j'ai besoin, dans ma position, c'est d'être associé à quelque chose comme… comme *ça.*

Je veux bien le croire, se dit Somer. *D'autant plus que vous êtes si bas dans l'échelle hiérarchique que vous êtes relégué dans une baraque de chantier avec vue imprenable sur les poubelles.*

— Nous ferons de notre mieux pour être discrets, dit-elle, mais le fait est que vous devez nous accompagner à Oxford. Même si vous ne vous êtes pas rendu à Frampton Road depuis un bon moment, nous avons des empreintes digitales non identifiées et qui peuvent avoir été déposées il y a des années. Et, dans tous les cas, je suis certaine qu'un « tel endroit » s'attend à ce que vous fassiez tout votre possible pour aider la police.

Là, elle le tient. Et il le sait.

— Très bien, dit-il gravement. Je suppose que je peux y aller avec ma propre voiture ?

Une fois assis derrière le volant, Gislingham se tourne vers elle.

— Merde, tu l'as sacrément coincé. Net et sans bavure.

— Tu sais, dit-elle d'un air pensif, je suis sûre qu'il y a des règles de conduite dans le secteur public quant au fait qu'un professeur se retrouve seul dans son bureau avec un élève. Je crois qu'il est recommandé de laisser la porte ouverte.

— Quoi, tu sous-entends qu'il se passait quelque chose entre lui et ce gamin ?

— Non, pas automatiquement. Mais je pense qu'on devrait faire quelques investigations. D'après mes souvenirs, c'est la troisième école dans laquelle il enseigne en dix ans. Ça peut vouloir dire quelque chose. Ou pas.

— Bref, ça vaut le coup de vérifier.

Elle acquiesce.

— Il faut tout de même être prudent avec ces trucs-là. Quand tu es enseignant, une simple rumeur peut ruiner ta carrière. Même si tu en sors complètement blanchi.

C'est arrivé à l'une de ses connaissances. Un homme tranquille, inoffensif et désespérément naïf qui s'est fait virer de son poste parce qu'un élève de dixième année avait affirmé qu'il l'avait frappé. Aux dernières nouvelles, il était derrière une caisse dans un Lidl.

Gislingham démarre et, quelques secondes plus tard, ils voient la Mondeo argent de Walsh sortir du parking des employés.

— Au fait, dit-il tandis que Walsh roule vers eux, de quoi est-ce qu'il parlait ? Le sexe machine truc ?

Somer reste perplexe un moment.

— Ah, tu veux dire le *deus ex machina* ? Ça vient de la tragédie grecque. C'est quand un auteur se retrouve avec une intrigue tellement assommante que la seule façon de s'en sortir est de faire intervenir un dieu.

Gislingham sourit.

— Ça m'a l'air d'être une bonne idée. On devrait s'en inspirer.

— Je crois que c'est déjà fait, répond-elle sèchement. Il agit sous le nom d'inspecteur principal Adam Fawley.

Gislingham éclate de rire, puis enclenche la marche avant. Le dos de sa main effleure la sienne.

Juste un instant.

* * *

J'écris ceci parce que je veux que tout le monde sache.
Si je meurs ici, si je ne sors jamais, je veux que les gens sachent ce qu'il m'a fait.

J'étais à la recherche d'une chambre meublée. L'un des étudiants avait abandonné la fac, alors ils avaient une chambre de libre pour quelques mois et ça ne pouvait qu'être mieux que l'endroit où j'étais avant. Seulement, j'ai cassé mon talon en traversant la rue et j'étais assise là, contre le mur, à essayer de le réparer, lorsqu'il est arrivé. Je croyais qu'il allait me dire de dégager de son mur, mais il a simplement regardé ma chaussure avant de déclarer qu'il avait de la Super Glue et qu'il pouvait recoller mon talon. « Ça ne prendra qu'une minute », il a dit. Alors je l'ai regardé et il souriait. Il avait une cravate, je m'en souviens. Il n'avait pas l'air d'un psychopathe. Il avait l'air bien. Gentil. Comme un oncle. Alors j'ai dit OK et je l'ai suivi dans la maison.

Il a dit qu'il devait aller chercher la Super Glue dans le cabanon, et qu'il venait de faire du thé : alors, si j'en voulais... C'est comme ça qu'il a dû faire. Le thé. Je crois qu'il avait un goût un peu bizarre...

...couchée le visage contre le sol. Je me suis mise à crier, mais personne n'est venu. Il n'est jamais venu. Et finalement j'ai eu envie de faire pipi et je me suis mise à pleurer parce que je sentais mon jean tout mouillé et c'était horrible. Je ne sais pas combien de temps il m'a fallu avant de comprendre que je pouvais ramper en m'appuyant sur mes genoux. Je n'arrêtais pas de me cogner contre des trucs dans le noir, mais j'ai trouvé le lit, les toilettes et les boîtes. Tout ça sent la vieille personne. Je pense que cette pièce est souterraine, parce qu'il fait si froid...

(*Une feuille illisible.*)

…l'ai entendu dehors. Il y a eu le bruit d'une clé, puis des pas dans l'escalier, et puis il y a eu de la lumière. Je la voyais sous la porte. Et puis je l'ai entendu juste là, il respirait. Il respirait et il écoutait. Je suis restée immobile et il a fini par partir. Mais il y a encore de la lumière sous la porte.
Il va revenir.
Je ne veux pas qu'il me viole. Je ne l'ai encore jamais fait et je ne veux pas que ce soit lui le premier.
Pourquoi est-ce que personne ne vient ?

(*Deux feuilles illisibles.*)

…encore là. Il avait de l'eau et il m'en a laissée boire un peu, mais la plus grande partie a coulé sur mon haut. J'ai dit que j'avais faim aussi, mais il a dit que j'allais devoir être gentille avec lui d'abord. J'ai essayé de le frapper et il m'a giflée. Il a dit que je finirais par être gentille parce que sinon je ne mangerais pas. Je lui ai craché l'eau dessus et il a dit : « À ta guise. Tu peux boire l'eau des toilettes, je m'en fous. Tu vas te calmer, sale petite pute. Vous finissez toutes par vous calmer. »
Je n'arrête pas de me demander si quelqu'un me cherche. Ces gens de la chambre meublée ne s'inquiéteront pas de ne pas me voir. Maman ne sait pas où je suis et, si elle le savait, elle s'en ficherait sans doute. Elle dirait probablement que ça m'apprendra à me montrer aussi stupide. C'est ce qu'elle dit toujours.
Je pourrais mourir ici et personne ne le saurait.
Je ne veux pas mourir.
S'il vous plaît, ne le laissez pas…

(*Trois feuilles endommagées.*)

Il m'a violée.
Il m'a VIOLÉE.
Je ne sais pas il y a combien de temps parce que je suis juste restée couchée là à pleurer et crier. S'il vous plaît, ne le laissez pas s'en sortir comme ça. Faites-le payer pour ce qu'il a fait.
Il a descendu de l'eau, mais je pense qu'il y avait aussi quelque chose dedans parce que je me suis sentie bizarre. Comme si je savais ce qui se passait, mais que je ne pouvais pas réagir. Il était assis là en train de me sourire et, la seconde suivante, il était en train de m'enlever ma petite culotte et il me touchait avec ses affreuses mains ridées et il mettait ses doigts à l'intérieur de moi et il me demandait si j'aimais ça. Il ne m'avait pas détachée. Je crois qu'il aime que je sois attachée. Il me l'a fait couchée sur le dos, puis il m'a retournée et me l'a fait encore. Et, pendant tout ce temps, j'avais le visage dans la poussière et il me faisait mal comme s'il me déchirait à l'intérieur.
Ensuite, j'ai été malade. Du sang coulait le long de mes jambes.
Mais il a laissé l'eau et un peu de nourriture.
Et la lumière est restée allumée.

(*Plusieurs feuilles manquantes.*)

...combien de temps je suis ici, mais je ne peux pas compter parce qu'il m'a pris ma montre et mon téléphone. Aujourd'hui j'ai eu mes règles, donc ça doit faire au moins trois semaines. Je lui ai dit que j'avais besoin de choses pour ça et il m'a simplement donné un rouleau de papier toilette humide. Il ne m'a même pas rendu ma petite culotte, ce salopard vicieux. Il dit qu'elle est sale. Et, de toute façon, il aime me regarder sans culotte. Il appelle ça mon « vagin ». Il s'assied là et me regarde pendant que j'applique le papier entre mes jambes. Il a un air bizarre. Comme s'il aimait le sang. Comme si c'était encore meilleur dans son cerveau déglingué. Il a dit que c'était dommage qu'on ne puisse pas baiser pendant que je saignais, mais qu'il pouvait le faire par-derrière si je voulais. C'est comme s'il croyait qu'on avait un genre de relation. Je ne pensais pas que le cauchemar pouvait empirer, et pourtant c'est ce qui s'est passé.

(*Plusieurs feuilles endommagées.*)

...plus gentil avec moi, maintenant. Il dit qu'on peut être une famille et qu'il a toujours voulu avoir un enfant et qu'il espère que ce sera un garçon. Il m'a rendu ma petite culotte et il a même essayé de la laver. Il me laisse aussi la lumière. Et davantage de nourriture. Mais, quand j'ai dit qu'il fallait que je voie un docteur, il a ri d'une façon vraiment méchante et a dit que je me trouvais au bon endroit. Ensuite, quand j'ai encore demandé, il a dit qu'au XIXe siècle les femmes accouchaient dans les champs et se remettaient tout de suite au travail. Que j'étais jeune et solide, et qu'il veillerait sur moi. Moi et le bébé.
Mais j'ai dû le mettre en colère parce qu'ensuite il a de nouveau éteint la lumière. Je suis couchée là dans le noir. Je sens cet enfant en moi. Qui me mange de l'intérieur.

(*Une ou plusieurs feuilles manquantes.*)

Maintenant, il est couché là et il me regarde. Lorsqu'il pleure, son visage se fripe et devient rouge. Il m'a dit que je devais le nourrir, mais je lui ai tourné le dos. Il voulait le prendre, il pouvait le nourrir. Il s'est débrouillé pour donner du lait à boire au petit.

Il a enlevé la literie sale et m'a donné des draps propres. Il répétait tout le temps qu'il ferait en sorte que tout soit propre et hygiénique, et j'ai dit que je m'en foutais. Je m'en foutais de mourir. Je ne veux plus de ça. Et il a dit que je devais vivre pour le bébé et j'ai juste tourné mon visage vers le mur pour pleurer.

Il a dit que nous avions de la chance que je sois si jeune et que l'accouchement ait été si facile. Et j'ai dit : « *De la chance ?* La chance d'être prisonnière dans une cave ? La chance d'être violée jour après jour ? » Et il a dit que les choses n'étaient pas comme ça et que je le savais bien, et que je devais me comporter correctement. Qu'il avait été indulgent parce que j'étais enceinte, mais que les choses devaient changer désormais.

Il dit que je dois m'occuper du bébé et que, si je le fais, il me laissera seule et que c'est donc dans mon intérêt. Je lui dis de l'emmener en haut et de s'occuper de lui, mais il refuse. Il dit qu'il est à moi. Il dit qu'il s'appelle Billy.

Je ne veux pas lui donner de prénom.

Pas ici.

Pas dans les ténèbres.

Maintenant, il me regarde. Le bébé. Il a les yeux bleus. Des cheveux châtain foncé comme les miens. J'essaie de me dire que cet enfant est le mien. Juste le mien, et pas celui de cet horrible vieux pervers.

Il ne pleure pas beaucoup. Il reste juste assis sur la couverture et il me regarde. Il a plus de trois mois, maintenant. Le vieil homme est toujours « gentil » avec moi. J'ai de la meilleure nourriture. Des tampons. Il est même venu m'apporter quelques vêtements. Il a dû les avoir dans une œuvre de bienfaisance, mais elles auraient pu être dans un plus mauvais état. Il a trouvé des habits pour l'enfant aussi. Un T-shirt et quelques grenouillères.

Au fond, peut-être qu'avoir le bébé est une bonne chose. Parce qu'il ne pourra pas le laisser éternellement ici en bas, hein ? Et s'il tombe malade ? Il ne le laissera pas mourir. Il se fiche de moi, mais il fera en sorte que le bébé aille bien.

Pas son fils.

Pas son Billy.

(*Une ou plusieurs feuilles manquantes.*)

Il n'y a plus de nourriture et presque plus d'eau, je ne sais pas combien de temps je peux encore tenir.

J'entends les voisins d'à côté. Mais, même si je hurle très fort, personne ne vient.

Personne ne vient.

* * *

À 17 h 30, Baxter m'appelle depuis la cellule de garde à vue. Les idées se bousculent dans mon esprit. Les mots écrits par la jeune femme et les images mentales qui me sont apparues. Je sais ce qu'il lui a fait, mais maintenant c'est différent : j'entends ses mots, je vois les scènes qui se sont déroulées dans cette cave. Je suis plein d'une colère qu'il va me falloir garder sous contrôle. Et d'une incommensurable pitié.

À l'autre bout du fil, Baxter attend.

— Chef ?

— Pardon, j'étais ailleurs. Qu'y a-t-il ?

— C'est Harper. Il est lucide. Et il dit qu'il veut faire une déclaration.

Je prends le temps de compter jusqu'à dix.

— Très bien. Vous avez appelé son avocate ?

— Elle a dit qu'elle serait là dans une heure, minimum, et je ne suis pas sûr qu'on puisse se permettre d'attendre. Pas dans l'état où il est. Le temps qu'elle arrive, il est possible qu'on ait de nouveau perdu le vieux. Mais son médecin est ici. Alors, si vous êtes d'accord, elle est prête à jouer le rôle de témoin.

— Ça me va. Emmenez-le dans la salle d'audition numéro un. Quinn est dans le coin ?

— Pas vu.

— Juste vous, dans ce cas. Je suis là dans dix minutes.

Lorsque j'entre dans la pièce, Harper me regarde droit dans les yeux, ce qui est une première. Il se tient droit et semble conscient de l'environnement immédiat. Le médecin semble être une femme tout à fait compétente avec des cheveux gris et secs, mais des yeux étonnamment jolis. Je m'assieds à côté de Baxter et me tourne vers Harper.

— Je crois que vous voulez faire une déclaration, professeur Harper ?

Je sens sur moi le regard de Baxter. Rien qu'au son de ma voix, il comprend qu'il s'est passé quelque chose.

Harper hésite, puis acquiesce.

— Et vous avez conscience qu'il s'agit d'une audition officielle et que vous êtes toujours mis en examen ?

Nouveau hochement de tête.

— Dans ce cas, pour l'enregistrement de cette audition, je précise que je suis l'inspecteur principal Adam Fawley. En plus du professeur Harper, sont également présents le docteur Lynda Pearson et l'inspecteur Andrew Baxter. Donc, professeur Harper, que voulez-vous nous dire ?

Il me regarde, puis Baxter. Mais il ne dit rien.

— Professeur Harper ?

Il nous regarde tour à tour, plus lentement cette fois.

— C'est elle, hein ? demande-t-il.

— Pardon ?

— Vous voulez que je vous parle d'*elle*.

Baxter ouvre la bouche, mais je lève la main avant qu'il puisse dire un mot. Je veux entendre l'histoire comme Harper veut la raconter. Je connais la version de la fille. Maintenant, je veux écouter la sienne.

Il prend le verre d'eau posé devant lui, puis me fixe. Ses yeux sont humides et striés de petites veines rouges.

— Avez-vous jamais désiré remonter le temps, ne serait-ce que d'une heure ?

Mon cœur bat la chamade et, pendant un moment, j'ai l'impression de ne plus pouvoir respirer. Je ne m'attendais pas à ça. La colère est toujours là, mais la sensation dominante est la perte. Pas celle d'Hannah, pas celle de Vicky, ni même celle de l'enfant. Ma propre perte. Parce que je n'aurais même pas eu besoin d'une heure. Je donnerais tout pour cinq minutes. Les cinq minutes pendant lesquelles j'ai sorti les poubelles, le soir où Jake est mort. Les cinq minutes qui m'ont empêché de le sauver, de couper la corde, d'insuffler de nouveau la vie dans ses poumons. Ça n'a tenu qu'à ça.

Cinq minutes.

Cinq putains de minutes.

— Elle me hante, vous savez, dit-il soudain. Cette robe rouge qui lui donnait l'air d'une pute. Ses petites mains froides qui se refermaient sur ma bite. Je savais que ça ne pouvait pas être elle, qu'elle n'était pas réellement *là*. Mais ça ne s'arrêtait pas. Nuit après nuit. Elle ne me laissait jamais en paix.

Je me penche en avant.

— De qui parlez-vous, professeur Harper ?

— C'était un moment de folie. C'est ce qu'ils disent, n'est-ce pas ? Un « moment de folie ». Mais on ne peut pas revenir en arrière, une fois que c'est fait. On doit vivre avec ce qu'on a fait.

Il se prend le visage dans les mains et se frotte les yeux.

— Ces derniers mois, je sais que je n'étais pas moi-même. Cette putain de picole. Ces trous de mémoire. Ces hallucinations. Se réveiller quelque part sans savoir où on est.

Il se recule sur sa chaise et laisse tomber ses bras.

— Ce connard de Ross qui veut me placer. Il dit que je suis un putain de cinglé. Il a peut-être raison.

Je remarque que Lynda Pearson lui lance un regard et je crois comprendre pourquoi. Les gros mots. Ils sont un signal d'alerte. Le signe qu'il dérape. Que nous sommes en train de le perdre.

J'ouvre rapidement ma chemise cartonnée et en sors une photo de la jeune femme. C'est la première fois que je vois son visage depuis que j'ai lu ce que Challow a trouvé.

— Parlez-vous de cette femme ?

Il me regarde. Ses yeux sont vides. Il cligne des paupières.

— Cette jeune femme s'appelle Vicky. On l'a découverte dans la cave de votre maison. Avec un petit garçon.

Je montre une seconde photo. Il la balaie.

— Priscilla a toujours été une connasse diabolique.

— Ce n'est pas votre femme, professeur Harper. C'est une jeune femme qui s'appelle Hannah Gardiner. On a trouvé son corps sous votre cabanon. Cela faisait deux ans qu'elle était portée disparue.

Je dispose les deux photos l'une à côté de l'autre, face à lui.

— Que pouvez-vous me dire au sujet de ces femmes ?

— Je sais ce que vous pensez, mais vous vous trompez. Je ne suis pas un mauvais homme. *Elle* vous a probablement dit que je l'étais. Elle a sans doute dit que j'étais un pervers. (De la salive coule de ses lèvres.) L'un de ces *pédophiles* que la presse adore. C'est ce qu'elle a dit. Que j'étais un sale tordu de pédophile qu'il fallait enfermer.

— Qui a dit ça, professeur Harper ? demande Baxter. C'est Vicky, n'est-ce pas ? Quand vous lui faisiez toutes ces cochonneries…

Harper se rétracte.

— De quoi est-ce qu'il parle ?

Il se tourne vers Pearson et hausse la voix :

— *De quoi est-ce qu'il parle ?*

Je désigne la photo de Vicky.

— Professeur Harper, nous avons la preuve que vous avez violé cette jeune femme…

Il se balance d'avant en arrière en pleurnichant doucement.

— Ce n'est pas ma faute, ce n'est pas ma faute.

— …vous l'avez violée et enfermée dans votre cave durant presque trois ans…

Il se bouche les oreilles.

— Je ne descends pas là-bas… plus maintenant… il y a quelque chose en bas… je l'entends… la nuit… en train de hurler et de gratter…

Je le force à me regarder.

— Qu'est-ce que vous entendiez là, en bas, professeur Harper ? *Qu'est-ce que vous entendiez ?*

Mais Pearson se tourne vers moi.

— Je suis désolée, inspecteur, mais je ne pense pas que nous puissions continuer.

Dehors, dans le couloir, Pearson m'aborde.

— Je crois qu'il y a quelque chose que vous devriez savoir. Je vous en aurais parlé plus tôt, mais c'est la première fois que je vois cette photo. Elle n'a jamais été publiée dans la presse.

— Veuillez m'excuser, je ne vous suis pas.

Si je suis un peu brusque avec elle, eh bien, ce n'est pas vraiment une surprise.

— Cette fille, dit-elle. Vicky. C'est le portrait craché de Priscilla. Les cheveux, les yeux, tout. Je ne sais pas comment l'interpréter, ni même si cela a un sens, mais c'est quelque chose que vous devez savoir.

— Mme Harper était également votre patiente ?

— Non. Elle allait dans une clinique privée. Mais je l'ai rencontrée à plusieurs occasions. Disons simplement que ce n'était pas quelqu'un de facile.

— Selon nos dossiers, la police a été appelée à deux reprises pour des problèmes conjugaux. À chaque fois, il s'est avéré que c'était elle qui l'agressait. Elle violentait son mari.

Elle acquiesce.

— Je ne peux pas dire que je sois surprise. De toute évidence, elle lui faisait mener une vie de chien. Je me souviens que Bill m'a avoué qu'il était allé passer des tests de fertilité parce qu'ils n'arrivaient pas à avoir d'enfant. Ce n'est que bien plus tard qu'il a découvert qu'elle s'était fait poser un stérilet des années auparavant. Il était furieux. Autant à cause du mensonge que du fait qu'il n'ait pas pu devenir père. Lui et Nancy voulaient des enfants, mais ça n'a jamais marché.

Je hoche lentement la tête.

— N'importe qui serait en colère. Quelle déception.

Elle soupire.

— Je crois qu'il la détestait, même avant cela. À cause des répercussions que leur histoire a eues sur Nancy. J'essayais de lui dire qu'elle aurait eu de toute façon un cancer du sein, mais il ne cessait de s'accuser, affirmant que Priscilla et lui l'avaient tuée. Apparemment, quand il a déclaré à Priscilla qu'il ne quitterait jamais Nancy, elle s'est rendue chez eux pour dire à sa femme ce qui se passait. Nancy est tombée des nues. Elle lui faisait totalement confiance. Il ne lui était jamais venu à l'esprit que Bill puisse être infidèle. Moins d'un an plus tard, on lui a diagnostiqué un cancer et elle n'a survécu que six mois. C'est de là que vient en grande partie son agressivité. Toute cette colère qu'il devait refouler quand Priscilla était en vie. Et son Alzheimer a fait céder le barrage. Et quand vous lui montrez une photo de quelqu'un qui ressemble à sa seconde épouse, eh bien, il n'est pas très étonnant qu'il réagisse ainsi.

— Comment aurait-il réagi s'il l'avait vraiment rencontrée ? S'il avait vu Vicky devant sa maison ?

Pearson pâlit.

— Oh, Seigneur... Vous croyez que c'est ce qui s'est passé ? C'est de cela dont il parle quand il évoque un « moment de folie » ?

— Je ne sais pas.

Elle secoue la tête d'un air triste.

— Cette pauvre, pauvre petite. Et ce pauvre enfant. Savez-vous comment il va ?

Je pourrais dire quelque chose, mais je me tais.

— Il est entre de bonnes mains. Du moins, pour le moment.

* * *

Dans la salle de crise, Somer est devant l'un des ordinateurs et fait défiler les images une par une. Un inspecteur s'arrête derrière elle et se penche pour jeter un œil.

— Si c'est des meubles que vous cherchez, vous devriez essayer Wayfair. Ma petite amie ne jure que par ça. Je le sais bien, vu que je dois régler les factures…

Somer ne quitte pas l'écran des yeux.

— Ce n'est pas pour moi. Je cherche un genre d'armoire bien particulier.

L'inspecteur hausse les épaules.

— À votre guise. Je voulais juste aider. Nous ne pensons pas *tous* qu'à tirer un coup, contrairement à ce que vous croyez.

Elle le regarde s'éloigner, les joues en feu, en se demandant ce qu'elle a dit de mal. Ou si elle a dit quelque chose qu'il ne fallait pas. Puis elle soupire, sachant exactement ce que sa sœur penserait si elle pouvait la voir en ce moment. Mais Kath a toujours été la plus belle fille de l'école et elle a très tôt pris conscience du prix à payer. Somer, au contraire, a passé son enfance à entendre qu'elle était simplement « jolie ». Lorsque les changements se sont produits dans son corps et qu'elle s'est mise à attirer l'attention, elle ne savait absolument pas comment réagir. En certaines occasions, comme à l'instant, elle se rend compte qu'elle n'a pas fait le moindre progrès pour gérer la situation.

Elle se retourne vers l'ordinateur et, quelques minutes plus tard, elle se recule sur sa chaise, les yeux rivés sur l'écran. Puis elle se connecte au serveur central de la police judiciaire et affiche les photos prises à Frampton Road.

— Je te tiens, murmure-t-elle entre ses dents.

* * *

Donald Walsh est assis sur la même chaise qu'occupait William Harper une demi-heure plus tôt – mais il ne s'en doute absolument pas. Dans la pièce voisine, Everett observe l'écran. Il est clair que Walsh est en pleine représentation. Il vérifie ostensiblement sa montre toutes les trente secondes et regarde autour de lui avec une expression de plus en plus agacée. La porte s'ouvre et Gislingham rejoint Everett. Son visage est des plus expressifs.

—Alors, tu as quelque chose ?

—Ouaip. Les empreintes digitales de Walsh correspondent exactement à celles que l'on n'avait pas pu identifier dans la cave et dans la cuisine. Et là où ça devient intéressant, c'est qu'il y a *aussi* une correspondance avec certaines empreintes relevées dans le cabanon. Mais seulement sur les pots de peinture et les outils de jardin.

—Tu vas l'auditionner ?

Gislingham acquiesce.

—Il va être obligé de nous fournir quelques explications.

Sur l'écran, on voit Quinn ouvrir la porte, balayer la pièce des yeux comme s'il croyait y trouver Gislingham.

—Oups, s'exclame ce dernier. Je ferais mieux d'y aller.

Everett le regarde rejoindre Quinn et prendre une chaise.

—Monsieur Walsh, commence-t-il. Je suis l'inspecteur en chef Gareth Quinn. Vous connaissez l'inspecteur Gislingham. Ainsi que la procédure l'exige, je dois stipuler que vous êtes déjà mis en examen…

—Ce qui constitue une réaction bureaucratique excessive et grotesque, si je puis me permettre. Je n'ai absolument *rien* à voir avec cette histoire abracadabrante.

Quinn arque un sourcil.

—Vraiment ? demande-t-il en ouvrant le dossier qu'il a apporté. Nous venons d'avoir la confirmation que certaines des empreintes digitales que nous avons relevées au 33 Frampton Road correspondent aux vôtres.

— Ce n'est guère surprenant, rétorque Walsh. Je lui ai rendu visite plusieurs fois. Quoique pas récemment.

— La dernière fois, quand était-ce précisément ?

— Je ne suis pas tout à fait sûr. Peut-être à l'automne 2014. Je suis venu assister à une conférence à Oxford en octobre et j'ai fait un saut pour voir Bill quelques minutes. Pour tout vous dire, j'ai quasiment cessé d'aller le voir après la mort de Priscilla.

Gislingham tique : ça sonne faux, ça ne colle pas avec tout ce qu'il a entendu au sujet de cette femme.

— Donc, vous vous entendiez bien avec Priscilla ?

— Si vous voulez tout savoir, je pense que c'était une femme insupportable. Une salope vicieuse et une briseuse de couples, même si, je l'admets, cette dernière accusation est un concept plutôt dépassé, de nos jours. Elle a transformé en enfer les dernières années de la vie de mon oncle. Je prenais grand soin d'aller le voir uniquement lorsque je savais qu'elle ne serait pas là.

— Et c'était à quelle fréquence ?

— Lorsque Nancy était encore en vie, j'y allais deux ou trois fois par an. Après que Bill a épousé Priscilla, une fois par an, et encore.

— Alors, pourquoi avez-vous complètement cessé d'aller le voir une fois Priscilla morte ? Les choses auraient dû devenir plus simples, entre vous et le professeur Harper ?

Walsh se rencogne sur sa chaise.

— Je ne sais pas. Ça s'est passé comme ça, c'est tout. Il n'y a là aucune motivation cachée, inspecteur.

Mais Gislingham ne lâche pas prise.

— Permettez-moi d'être direct : vous avez cessé d'aller le voir au moment précis où il avait besoin que quelqu'un veille sur lui ? Il se retrouve seul, il vieillit, il montre des signes de démence…

— Je l'ignorais, réplique promptement Walsh.

— Vous ne pouviez pas le savoir, en effet, puisque vous aviez cessé d'aller le voir.

Walsh détourne le regard.

— Il n'y a pas que ça, n'est-ce pas ? demande Quinn. Vous vous êtes disputés. Une grosse querelle, d'après ce qu'on a entendu.

— C'est absurde.

— Il y a un témoin.

Walsh lui lance un coup d'œil assassin.

— Si vous parlez de cette vieille bique qui habite en bas de la rue, elle ne correspond pas du tout à l'idée que je me fais d'un témoin fiable.

Un silence. Walsh tapote ses doigts sur ses cuisses.

Puis on frappe à la porte et Erica Somer fait son entrée, une liasse de papiers à la main. Elle essaie d'attirer l'attention de Quinn, mais il évite soigneusement de la regarder.

— Inspecteur, pouvons-nous nous entretenir une minute ?

— Nous sommes en pleine audition, agent Somer.

— Je le sais parfaitement, inspecteur.

Gislingham a compris que c'est important, même si Quinn rechigne. Il se lève et se dirige vers la porte. Sur l'écran, Everett voit Quinn s'agacer jusqu'à ce que Gislingham le rejoigne enfin. Et Somer lui a emboîté le pas. Quinn ne les regarde pas. Et, lorsqu'elle prend place sur la chaise en face de lui, il ne croise toujours pas son regard.

Gislingham pose les papiers sur la table, puis fait pivoter une feuille vers Walsh. Il s'agit d'une photo.

— Savez-vous ce que représente cette image, monsieur Walsh ?

Ce dernier se décale légèrement sur sa chaise.

— Non, pas vraiment.

— Je pense au contraire que vous savez très bien ce dont il s'agit. Vous avez la même.

Walsh se recule et croise les bras.

— Et alors ? Ça n'a aucun sens. C'est juste une armoire.

Gislingham hausse un sourcil.

— Précisément. C'est un genre d'armoire très spécial, conçu pour accueillir un type bien particulier de bibelots. Un genre de bibelots que le professeur Harper possède, justement. On le sait, puisqu'ils sont là, sur son assurance mobilière, dit-il en montrant un autre tirage. Sauf que, bizarrement, je ne me rappelle pas les avoir vus chez lui. Mais ce dont je me souviens clairement, cependant, c'est d'avoir vu une armoire identique à celle-ci dans *votre* salon.

Gislingham prend soudain conscience du regard que Quinn fait peser sur lui. Et, s'il y a bien une chose que son supérieur déteste, c'est d'être pris de court.

— Donc, monsieur Walsh, se hâte de poursuivre Gislingham, pourquoi ne feriez-vous pas gagner du temps à tout le monde en nous disant exactement de quoi il retourne ?

Ses lèvres ne forment plus qu'une fine ligne d'agacement.

— Mon grand-père était diplomate et a passé de nombreuses années au Japon après la guerre. Durant cette période, il a constitué une importante collection de *netsuke*.

Quinn pose son stylo et lève les yeux vers Walsh.

— Pardon ?

— Vous n'avez pas la moindre idée de ce dont je parle, n'est-ce pas ? répond Walsh d'un ton sardonique.

Mais le sarcasme n'est pas la meilleure façon de s'en tirer avec Quinn.

— Eh bien, dans ce cas, pourquoi ne m'éclairez-vous pas de vos lumières ?

— Les *netsuke* sont des sculptures miniatures.

C'est la voix de Somer.

— Ils faisaient partie de l'habillement traditionnel japonais. Un peu comme des boutons.

Walsh sourit à Quinn.

— Votre collègue semble mieux informée que vous.

Ce dernier lui décoche un regard venimeux.

— Il s'agit donc de la collection de votre grand-père. Combien cela vaut-il ?

— Oh, sans doute quelques centaines de livres à peine, répond Walsh d'un ton insouciant. C'est davantage une question de principe. De valeur sentimentale. Mon grand-père les avait donnés à Nancy et, lorsqu'elle est morte, j'ai estimé qu'ils devaient revenir dans notre famille.

— Mais le professeur Harper n'était pas de cet avis ?

Un tressaillement de colère traverse le visage de Walsh.

— Exactement. Je lui en ai parlé, mais il a dit que Priscilla y tenait beaucoup. Il m'a très clairement fait comprendre qu'elle n'était pas prête à s'en séparer.

Ça, je m'en doute, se dit Quinn.

— Je vois. Mais, après son décès, vous vous êtes dit qu'il fallait de nouveau tenter le coup ?

— Comme vous l'exprimez avec tant d'élégance, oui. Je suis retourné le voir.

— Et il vous a envoyé paître. Encore une fois. C'est pour ça que vous vous êtes disputés.

Gislingham sourit froidement. Comme il le dit toujours, un crime est motivé par l'amour ou par l'argent. Ou parfois les deux.

Walsh est vraiment hors de lui.

— Il n'avait *aucun droit*. Ces objets font partie de l'histoire de notre famille. Il s'agit de notre héritage.

— Et où sont-ils, maintenant ?

— Que voulez-vous dire ?

— Comme l'inspecteur Gislingham vient de le faire remarquer, il n'y a pas trace de ces jolis objets dans la maison. En revanche, il semble que vous possédiez l'armoire spécialement conçue pour les accueillir.

Walsh vire au rouge.

— Je l'ai achetée quand je croyais que Bill allait se montrer raisonnable.

— Vous affirmez donc que, si nous fouillons votre maison, nous ne trouverons aucun de ces objets listés sur son assurance mobilière ?

— Absolument aucun, réplique-t-il sèchement. S'ils ne sont pas à Frampton Road, je n'ai pas la moindre idée d'où ils sont. Et, comme c'est le cas, je souhaite déclarer leur disparition. De manière officielle.

Quinn tourne une page de son dossier.

— C'est dûment noté. Bien. Peut-être pouvons-nous maintenant passer aux empreintes digitales.

— Quoi ? s'offusque Walsh, livide et inquiet.

— Les empreintes que j'ai mentionnées. Jusqu'ici, nous les avons relevées dans différents endroits de la maison. Il y en a dans la cuisine…

— Ce n'est pas étonnant : c'est dans cette pièce que j'ai passé la plus grande partie de mon temps…

— … et d'autres dans la cave.

Walsh le fixe. Déglutit.

— Comment ça, dans la cave ?

— La cave où on a découvert la jeune femme et l'enfant. Peut-être pourriez-vous nous expliquer comment elles se sont retrouvées là ?

— Je n'en ai pas la moindre idée. Je crois n'être jamais descendu en bas. Et je tiens à ce qu'il soit stipulé que je ne sais absolument et catégoriquement *rien* au sujet de cette jeune femme. Ni de son enfant. (Il les regarde, l'un après l'autre.)

De plus, je ne souhaite pas répondre à d'autres questions avant d'avoir consulté mon avocat.

— C'est évidemment votre droit, dit Quinn. Tout comme nous avons le droit de vous arrêter. Ce que, pour éviter toute ambiguïté, je fais en ce moment même. Il est 18 h 12.

Il se lève et quitte la pièce si rapidement que Gislingham n'a pas le temps d'esquisser un geste. Et, lorsque Somer arrive dans le couloir, il la saisit par le bras. Elle frémit en voyant l'expression de son visage.

— Ne me fais plus *jamais* un coup pareil, grince-t-il. Tu entends ?

Elle s'écarte de lui.

— Tu parles de quoi, au juste ?

— Me faire passer pour un débile devant un suspect. Devant ce putain de Gislingham, bordel de Dieu.

— Je suis désolée. Je voulais aider…

Il approche son visage du sien.

— Si c'est ce que tu appelles aider, alors oublie. En fait, oublie tout. Point final.

— Mais d'où est-ce que ça sort, tout ça ?

Mais il est déjà parti.

* * *

La réunion de l'équipe est à 18 h 30. Et, cette fois, c'est moi qui la dirige. La salle est bondée et étouffante. Mais silencieuse. Le mot est passé.

— Très bien, dis-je pour mettre un terme à leur attente. Vous savez sans doute que l'équipe de Challow a trouvé quelque chose dans l'une des boîtes qui étaient dans la cave de Frampton Road. Il s'agit d'un journal, rédigé par Vicky durant sa captivité.

Je fais un pas en avant pour allumer le projecteur.

— Il manque certaines parties et d'autres sont endommagées, mais il n'y a plus aucun doute sur ce qui lui est arrivé. Voici une retranscription des passages clés. Mais je vous préviens, c'est d'une lecture éprouvante.

Je me tais le temps qu'ils lisent. Il y a des exclamations, des mouvements de dénégation de la tête. Quelques femmes luttent pour ne pas craquer et je remarque le moment précis où Gislingham tombe sur le prénom « Billy ». J'évite de le regarder, mais je le sens se raidir, je l'entends reprendre de l'air.

— Nous allons attendre les résultats ADN en tant que preuve formelle, dis-je, mais je prévois d'accuser William Harper de viol et de séquestration dès aujourd'hui. Nous avons maintenant de quoi monter un dossier contre lui.

Silence.

— Chef, dit timidement Somer. Je sais que je n'appartiens pas à la police judiciaire et tout ça, mais serait-il possible qu'il y ait une autre façon de lire ce journal ? Je n'ai jamais vu Harper, mais je connais Walsh et je crois que c'est de *lui* qu'elle parle dans ces pages. Celui qui ouvre la porte, pour moi, c'est Walsh.

— Elle n'a pas tort, enchérit aussitôt Gislingham. La cravate, le langage affecté, c'est Walsh tout craché. Harper, c'est juste le type qui sort dans la rue en maillot de corps.

— C'était il y a au moins trois ans. Harper était un homme très différent, à l'époque.

Mais, tout en disant cela, je commence à douter.

— Certes, chef. Mais regardez, relance Somer en se levant pour s'approcher de la projection du texte. Il la traite de « salope vicieuse ». Ce sont exactement les mots dont Walsh s'est servi à propos de Priscilla, cet après-midi, quand on l'a auditionné.

Harper qualifiait sa femme de « connasse diabolique », mais c'est Walsh qui emploie les termes « salope vicieuse ».

Les mots ont leur importance. Les nuances aussi. Je m'approche de l'écran. Somer est debout dans la lumière du projecteur et les mots de Vicky sont étrangement plaqués sur son visage.

— Cette référence, ici, ajoute-t-elle avec toujours l'air de s'excuser. Au sujet du docteur. Vicky est soi-disant « au bon endroit ». Il peut s'agir de Harper parlant de lui-même, ou bien de Walsh parlant de Harper. Il est docteur en sciences humaines, mais pas en médecine.

— D'ailleurs, c'est une vraiment une blague de mauvais goût, commente tristement Gislingham. Dire ça à une fille qui s'apprête à accoucher sans assistance médicale…

Il sait de quoi il parle, lui dont le fils n'a survécu que grâce au savoir-faire de toute une équipe de spécialistes en néonatalité.

Je reste debout et relis les mots de Vicky. Je les entends tous derrière moi. Les murmures, les spéculations quant à la direction que je vais prendre.

Je me retourne pour leur faire face.

— Qu'est-ce qu'on a sur Walsh ?

— Pas mal de choses, répond Quinn tandis que la tension monte d'un cran dans la salle. On a ses empreintes sur plusieurs cartons retrouvés dans la cave, ainsi que dans la cuisine et sur quelques outils du cabanon.

— Et comment explique-t-il ça ?

Quinn secoue la tête.

— Il ne l'explique pas pour le moment. Il a insisté sur le fait qu'il n'a jamais mis les pieds dans la cave et a demandé à s'entretenir avec son avocate avant de répondre à d'autres questions. On attend qu'elle arrive. Mais, lorsqu'elle sera là, on questionnera également Walsh sur la collection de *netsuke* que Harper a héritée de sa première femme. Vous savez, des trucs comme ça.

Il exhibe une feuille comportant plusieurs images. Un lièvre en ivoire, deux grenouilles enlacées, un serpent enroulé sur lui-même, un corbeau entourant un crâne. Superbe, minuscule, parfait.

— Walsh voulait les récupérer, poursuit Quinn. Mais Harper refusait. Sauf qu'il n'y a pas trace de ces objets dans la maison. Il y a bien une armoire dans la chambre où Walsh affirme qu'ils se trouvaient, mais elle est vide.

— Donc cette collection a de la valeur ?

Quinn acquiesce.

— Ça se pourrait. Walsh nous a dit qu'elle ne valait que quelques centaines de livres, mais j'ai appris que des exemplaires rares pouvaient atteindre une centaine de milliers de livres, voire davantage. À l'unité.

Je remarque le coup d'œil que lui lance Somer et l'effort qu'il fait pour ne pas la regarder.

— En fait, chef, continue Somer en ignorant manifestement Quinn, j'ai aperçu une armoire contre le mur du salon de la maison de Walsh lorsque nous nous y sommes rendus. Son design est assez particulier. Le genre de meuble que les gens achètent pour leur collection de *netsuke*.

Une chose est sûre : elle prononce bien mieux ce mot que Quinn.

— Vous voulez mon point de vue ? demande ce dernier, ignorant l'intervention de Somer. Je soupçonne que Walsh s'est rendu compte que Harper commençait à perdre la boule et qu'il en a profité pour lui piquer sa collection. Soit tout d'un coup, soit peu à peu, pour que ça passe inaperçu au cas où quelqu'un comme Ross fouinerait dans la maison. Ce qui pourrait signifier qu'il est allé chez Harper bien plus souvent qu'il ne le dit. Il est possible qu'il ait été là le jour où Vicky a été kidnappée.

— Mais des gens l'auraient vu s'il était venu régulièrement, non ? lance Baxter. Il n'y a qu'une seule voisine qui dit l'avoir vu, et ça remonte à un bout de temps.

— Je ne pense pas que cet élément soit probant. Pas dans ce quartier d'Oxford. Et, dans tous les cas, il aurait pu venir la nuit. Je doute que quelqu'un l'aurait remarqué dans le noir.

— Bien, dis-je en m'adressant à toute la salle. Gislingham, organisez une fouille de la maison de Walsh. Ne perdez pas de vue qu'il habite à Banbury. S'il est vraiment un psychopathe sexuel, Frampton Road représente pour lui un endroit bien plus sûr. Assez loin, mais pas trop ; une vieille femme pour toute voisine ; une cave sans fenêtre et aux murs épais...

— Bon Dieu, encore mieux qu'une cellule capitonnée, plaisante Gislingham.

Les rires font baisser la tension. C'est une blague entre nous, depuis que nous regardons *Prime Suspect* à la télé, où tous les serial-killers ont l'air de posséder leur propre salle de torture. Comme Alex l'a une fois fait froidement remarquer, tout ce qu'il faut faire pour attraper chaque serial-killer du pays en activité, c'est fouiller systématiquement tous les ponts ferroviaires.

— Il y a autre chose, reprends-je. Lorsque j'ai interrogé Harper, il a dit qu'il ne descendait plus dans la cave, mais qu'il avait commencé à y entendre des bruits. « Des hurlements et des grattements », selon ses propres termes. Il avait l'air d'avoir vraiment peur. Et ça pourrait faire sens, si Walsh a enfermé Vicky là, en bas, sans que Harper le sache. Le vieil homme souffre de confusion mentale, il boit... Il n'est pas inconcevable que Walsh ait pu faire entrer la fille dans la maison à l'insu de son oncle. Après tout, il a sans doute une clé.

— Ouais, fait Gislingham. Mais est-ce que Harper ne va pas justement affirmer un truc comme ça, même si ce n'est pas vrai ? Il est obligé de dire qu'il n'a jamais été au courant de rien.

— En théorie, oui, mais ce point est apparu vers la fin de l'audition, lorsque Harper a recommencé à perdre les pédales. Je ne pense pas qu'il faisait semblant. Cela pourrait également expliquer autre chose qui me tracasse au sujet de Harper. Enlever cette fille, la garder enfermée : un crime de ce genre ne sort pas de nulle part. Il y a forcément quelque chose qui y mène, une sorte d'escalade au fil des années, même si ça ne paraît évident qu'*a posteriori*. Mais, avec Harper, il n'y a rien. Aucun antécédent, pour autant que nous le sachions.

— Il y avait les magazines pornos dans la maison, dit Baxter.

— Ouais, rétorque Quinn. Mais s'ils appartenaient en fait à Walsh ? Voyons les choses en face : pour un enseignant, c'est bien plus sûr de les planquer là plutôt que chez lui.

— Exact, admets-je. Relevons les empreintes sur ces magazines, pour nous en assurer. Et ce que j'ai dit au sujet de cette escalade vaut pour Walsh tout autant que pour Harper. Si c'est lui, quelque chose l'y a conduit. En nous appliquant, nous pouvons retracer cet itinéraire.

— À l'école, il y avait un gamin dans son bureau, dit Gislingham. Le pauvre petit bougre avait l'air terrifié.

Somer intervient.

— Et c'est la troisième école où il enseigne en dix ans. J'ai étudié les dossiers. Ça vaudrait le coup de vérifier ce qu'il y a derrière tout ça.

Elle est douée. Très douée.

— Très bien, Somer. Vous pouvez suivre la piste Banbury. Travaillez avec Gislingham pour faire la liaison avec la police locale dans la maison et à l'école.

Je vois Quinn qui lui jette un coup d'œil, puis il se tourne vers moi et regarde ailleurs. Il est contrarié, mais je m'en fiche.

— Des nouvelles de la fille ? demande un inspecteur depuis le fond de la salle.

— Elle n'a toujours pas dit un mot, répond Everett. Mais je retourne à l'hôpital demain matin.

— Et l'enfant ?

Everett me lance un regard, puis s'adresse à l'inspecteur :

— Il va mieux.

Je lui fais un léger signe de tête. Un signe de remerciement. Pour sa discrétion.

— Bien, poursuis-je. Maintenant, Hannah Gardiner. Malgré l'appel à témoins, personne ne nous a fourni de nouvelle information sur ses déplacements ce matin-là…

— Sauf les cinglés habituels, murmure un inspecteur dans le fond.

— …mais nous avons pris connaissance de deux nouveaux événements significatifs. Le premier, c'est qu'elle garait souvent sa voiture sur Frampton Road. Donc, si nous faisons désormais de Walsh un suspect possible, il faut vérifier de toute urgence où il se trouvait ce jour-là, et s'il a pu la croiser dans la rue. Les écoles tiennent des emplois du temps assez précis, ce qui pourrait être une chance pour nous.

Le niveau sonore s'élève et je hausse le ton.

— *Mais*, car il y a un *mais* –, nous avons une seconde information qui nous oriente dans une tout autre direction. Baxter s'est entretenu avec Beth Dyer, qui lui a dit quelque chose qui éclaire différemment la relation entre Hannah et Rob. Quelque chose que Mlle Dyer n'a malheureusement pas jugé utile de nous dire il y a deux ans. Et qui pourrait également expliquer pourquoi nous n'avons toujours trouvé aucune trace de meurtre dans la maison de Frampton Road.

Baxter se lève et fait face à l'équipe.

— Beth affirme avoir vu Hannah quelques semaines avant sa disparition. Elle avait des ecchymoses sur le visage.

Hannah a prétendu qu'il s'agissait d'un coup accidentel porté par Toby, mais Beth ne l'a pas crue. Elle pensait que c'était Rob et que le couple avait des problèmes. Elle avait tu cette hypothèse en 2015, mais voilà qu'elle nous révèle ses soupçons. Et elle a dit quelque chose qui m'a frappé : quel que soit le meurtrier d'Hannah, comment savait-il où abandonner sa voiture ? Il n'y avait pas beaucoup de personnes qui étaient au courant de l'endroit où elle devait se rendre ce jour-là. Walsh ne pouvait pas le savoir, et Harper non plus. Mais Rob, oui. C'est pour ça que Beth croit que Rob est le coupable. Ça, et les bleus.

J'acquiesce et me souviens de quelque chose.

— Jill Murphy a fait une déclaration similaire en 2015.

Elle était inspecteur en chef et chargée de l'affaire. Et elle était très douée.

— Elle a toujours cru que Beth avait une dent contre Rob.

— Ouais, bon, dit Baxter. Je pense que c'est toujours le cas. Ce qui, bien sûr, pourrait expliquer qu'elle remette ça sur le tapis. Ce ne serait pas la première fois qu'on verrait un truc pareil.

— Quand bien même, nous devons nous pencher de nouveau sur le cas Rob Gardiner. À première vue, la possibilité qu'il soit le tueur n'est en rien négligeable. C'est de loin l'explication la plus simple pour l'absence d'ADN dans la voiture.

Le rasoir d'Ockham. Toujours se fier à l'explication la plus simple. On avait pris l'habitude de rebaptiser ce principe le *rasoir d'Osbourne* quand il travaillait encore à Thames Valley, tant il s'y référait. C'est une des raisons pour lesquelles on s'est focalisé sur Shore : il représentait l'explication la plus simple.

— On a écarté Gardiner en 2015 parce que des témoins disaient avoir vu Hannah à Wittenham, et le timing le disculpait. Mais, maintenant, nous savons qu'elle n'a jamais quitté Oxford. Nous allons donc devoir mettre de côté la chronologie des faits que nous avons établie, et tout reprendre de zéro.

Je désigne les minutages que Baxter a accrochés au tableau.

— Gardiner a un alibi en béton à partir de 7 h 57, lorsque son train a quitté Oxford. Mais avant cela ? Et le jour précédent ?

— Attendez une minute, intervient Quinn en pointant la première ligne de la chronologie des événements. Hannah était forcément en vie ce matin-là à 6 h 50, puisqu'elle a laissé un message sur le répondeur de…

— Vous l'avez écouté ?

— Ma foi, non.

— Moi, oui. À l'époque. En boucle. Et on l'a fait écouter à ses amis aussi. La qualité n'est pas terrible, mais ils ont tous cru reconnaître sa voix. Mais si ce n'était pas le cas ? Est-il possible que quelqu'un d'autre ait laissé ce message ? Beth Dyer pourrait-elle avoir raison sur toute la ligne ? Y aurait-il une autre femme dans l'histoire ? Une personne que nous ne connaissons pas et qui a fourni un alibi à Gardiner ?

Je sens leur scepticisme, mais je tiens à mettre les choses au clair.

— Tout ce que je dis, c'est qu'il faut réexaminer son cas. Les logiciels de reconnaissance vocale se sont beaucoup perfectionnés, même en l'espace de deux ans. Et faisons venir Pippa Walker pour l'auditionner. Juste au cas où il y aurait quelque chose de bizarre au sujet de cet appel et qu'elle n'aurait pas remarqué à l'époque.

— Ça vaut le coup, concède Gislingham. Surtout maintenant qu'elle s'est disputée avec Gardiner.

Je pose sur lui un regard interrogateur et il fait un geste vers Quinn, qui est un instant pris au dépourvu.

— Je l'ai vue dans l'appartement de Gardiner cet après-midi, explique-t-il aussitôt en jetant un œil vers Gislingham. Elle et Gardiner se sont querellés et il l'a mise à la porte. Elle avait une ecchymose au poignet. Elle a dit que c'était lui qui lui avait fait ça.

— Bien, faites-la venir pour prendre sa déclaration. Je suppose que vous savez où la trouver ?

Quinn ouvre la bouche, puis la referme.

— Et, pendant que nous y sommes, vérifions s'il y a des problèmes de violence dans le passé de Gardiner. Parlez à son ex-femme…

— J'ai essayé, déclare Baxter. Elle ne m'a toujours pas rappelé. Et, quand des officiers sont allés chez elle, personne n'a ouvert la porte.

— Alors, cherchez ses anciennes petites amies, ses camarades d'université. Bon, vous connaissez le truc par cœur.

J'examine de nouveau la chronologie.

— Si on ne tient pas compte du coup de fil passé à 6 h 50, tout l'alibi de Gardiner s'écroule. Il aurait très bien pu tuer Hannah le 23, l'enterrer dans la nuit et abandonner sa voiture à Wittenham suffisamment tôt le lendemain matin pour pouvoir prendre son train.

— Mais, dans ce cas, comment est-il rentré à Oxford ? demande Quinn.

— Il a un vélo, dit Somer sans le regarder. L'un de ceux qui se plient. On le voit avec sur les images de vidéosurveillance de la gare de Reading. Et Wittenham n'est qu'à une quinzaine de kilomètres. Ça lui aurait pris quoi ? Quarante minutes ?

— Et le garçon ? lance quelqu'un. Vous voulez dire qu'il l'a abandonné là en supposant que quelqu'un le trouverait ? Il aurait vraiment pu faire ça à son propre fils ?

C'est une bonne question.

— J'admets que ce n'est guère probable, à première vue. Mais souvenez-vous, l'interview qu'Hannah devait faire à Wittenham était censée avoir lieu bien plus tôt ce matin-là. Rob ne pouvait pas savoir que Jervis serait en retard. Il a dû se dire que l'enfant serait retrouvé plus rapidement qu'il ne l'a été.

— Ce qui signifie qu'il n'avait pas le portable d'Hannah. Qu'il s'en était déjà débarrassé.

— Très juste. Mais ce n'est pas impossible.

— Il faut quand même être un vrai taré, murmure Gislingham, pour faire ça à un enfant.

— C'est tout l'intérêt, dis-je. Peut-être que c'est exactement ce qu'il veut que nous croyions : que seul un psychopathe pourrait faire ça à son propre enfant. Dans tous les cas, nous ne pouvons pas nous permettre de négliger la moindre piste dans cette enquête avant d'avoir la certitude qu'elle ne mène nulle part. Et si ça vous paraît relever du lieu commun, rappelez-vous comment un cliché devient un cliché.

— *Parce qu'il est vrai*, scandent-ils.

Ils ont entendu ça des centaines de fois. Sauf Somer, qui affiche soudain un sourire qu'elle cache aussitôt en prenant note dans son carnet. Elle a un superbe sourire qui illumine tout son visage.

— Et le cadavre, chef? demande Baxter, encore lui. Si Rob l'a tuée, comment a-t-elle fini sous le cabanon de Harper?

— Le fond des deux jardins communique. Celui de Harper et celui de Gardiner. Et la clôture qui les sépare est plutôt délabrée. Il n'est pas très difficile de la franchir.

— Ce serait quand même une sacrée coïncidence, non, chef? intervient Everett. Rob Gardiner qui enterre le corps de sa femme dans le jardin de la maison où on a trouvé une jeune femme dans la cave… Quelles sont les probabilités?

Je jette un œil à Baxter, qui fait semblant de ne rien remarquer.

— C'est un bon point, Ev. Et vous avez raison, je ne crois pas aux coïncidences. D'habitude. Mais, si nous rejetons d'emblée la possibilité d'une coïncidence, on court le risque de tordre les preuves pour qu'elles correspondent aux conclusions que l'on attend. Je ne sais pas pour vous, mais plus on en apprend sur ces deux crimes, plus ils paraissent dissemblables. Alors, enquêtons séparément sur chacun d'eux. Du moins pour le moment.

Les gens commencent à se lever, à rassembler leurs documents, et je fais signe à Everett.

— Pouvez-vous vous pencher sur ce que Vicky a écrit à son propre sujet dans son journal ? Pour voir si cela nous permet de l'identifier ?

— Il n'y a pas grand-chose, chef…

— Elle parle de trouver un nouvel appartement et dit ne pas être en ville depuis longtemps. Alors, demandez à l'agence pour l'emploi s'il y a des filles prénommées Vicky qui étaient dans leurs fiches il y a deux ou trois ans et qui ont subitement cessé de venir signer sans donner d'explication. Voyez également avec les agences de location.

Elle n'est pas convaincue, mais c'est une pro.

— Très bien, chef. Je vais voir ce que je peux faire.

— Qu'y a-t-il ? dis-je.

Car il y a manifestement quelque chose. Quelque chose qu'elle voudrait ajouter, mais qu'elle garde pour elle.

— C'est juste que je viens de me souvenir de sa réaction lorsque vous lui avez dit que vous vouliez publier sa photo dans les journaux. Avez-vous une idée là-dessus ?

Je secoue la tête.

— Dans l'immédiat, pas la moindre.

* * *

Janet Gislingham est endormie sur le canapé lorsque son mari rentre du travail, et c'est seulement lorsqu'elle se réveille pour aller voir son fils qu'elle remarque sa présence. Billy fait la sieste, couché sous sa couverture bleu et blanc, dans sa chambre d'enfant bleu et blanc, entouré de doudous et de piles de vêtements pour bébé d'un an, encore sous leurs emballages en plastique. Janet a pensé à tout ce dont Billy pourrait avoir besoin : elle a acheté ou emprunté toutes sortes de choses, juste au cas où. Et au-dessus du berceau pend un mobile que le frère de Gislingham, lui aussi fan de foot, a fabriqué pour son premier neveu : des portraits des plus célèbres joueurs de Chelsea. Drogba, Ballack, Terry, Lampard tournoient lentement dans l'air chaud.

Gislingham est debout devant le berceau et Janet le regarde qui se penche pour caresser délicatement les cheveux soyeux du bébé. Billy remue doucement au contact de la main de son père ; il babille en dormant, ouvre et ferme ses petits poings. Sur le visage de Gislingham, l'amour produit une expression aussi douloureuse que la perte d'un être cher.

— Chris ? demande-t-elle depuis le seuil de la chambre. Tout va bien ?

Mais il ne répond pas, ne bouge pas. Tout est calme, sauf les gazouillis du bébé. Elle n'est même pas sûre que son mari ait conscience de sa présence.

— Chris ? répète-t-elle un peu plus fort. Tu vas bien ?

Gislingham se tourne vers sa femme.

— Bien sûr, tout va bien, répond-il avec son sourire habituel. Comment pourrait-il en être autrement ?

Mais, lorsqu'il s'approche d'elle et l'enlace, elle sent ses larmes sur son visage.

* * *

Lorsque j'arrive à la maison, il est plus de 21 heures. J'ai passé plus d'une heure avec Walsh et son histoire n'a pas varié : il n'est jamais allé dans la cave, il ne sait rien au sujet d'Hannah et de la fille, il n'a rien volé dans la maison. Sa seule explication pour les empreintes, c'est qu'il a aidé Harper à ranger des vieilleries des années plus tôt, et que les cartons ont ensuite été descendus à la cave. Point mort, en d'autres termes. On l'a placé en cellule de garde à vue pour la nuit, mais il va falloir qu'on le mette en liberté sous caution si on ne trouve rien d'autre contre lui.

Dans ce boulot, il faut savoir composer avec l'imprévu. Déceler les détails insoupçonnés. Mais, lorsque j'ouvre la porte d'entrée à 21 h 15, je n'ai pas besoin de pouvoirs supra-sensibles pour me rendre compte que quelque chose a changé. Des lis dans un grand vase en verre que je n'ai pas vu depuis des mois. Bryan Ferry en musique de fond. Et même une odeur de cuisine – ça, c'est vraiment un choc.

— Hello ? lancé-je en laissant mon sac dans l'entrée.

Alex apparaît dans l'encadrement de la porte de la cuisine. Elle est en train de s'essuyer les mains avec un torchon.

— Ça devrait être prêt dans dix minutes, dit-elle en souriant.

— Tu n'avais pas besoin de m'attendre. J'aurais pu me réchauffer une pizza dans le micro-ondes.

— C'était mon intention. Mais soudain j'ai eu envie de cuisiner quelque chose, pour changer. Un verre de vin ?

Dans la cuisine, il y a une casserole sur la plaque de cuisson. Une recette espagnole qu'elle avait l'habitude de concocter. Souvenir d'un week-end à Valence. Elle verse le merlot et me le tend, puis prend son propre verre. Les deux derniers des six que nous avons reçus en cadeau de mariage.

— Comment s'est passée ta journée ?

Ça aussi, c'est nouveau. Alex n'est pas vraiment du genre à bavarder.

Je bois une gorgée de vin et le sens me monter directement à la tête. Je crois que j'ai oublié de déjeuner.

— Affreuse. Il semblerait que ce soit le neveu de Harper qui ait séquestré et violé cette fille. On a trouvé un journal qu'elle a tenu dans la cave. Elle a vécu quelque chose d'horrible.

Elle hoche la tête. Je ne devrais pas lui raconter ça. C'est juste que nous n'aimons pas le bavardage inutile.

— Je m'attendais au pire. Et Hannah ?

— Ce n'est pas mieux. Sa meilleure amie vient de nous révéler que Rob la frappait sans doute. Il est de retour au centre de l'affaire.

Son visage est sombre. Probablement autant que le mien.

Elle se retourne vers la casserole. Ail, origan, anchois. J'ai l'estomac qui se révulse. Et je reste debout, là, avec mon verre de vin, en essayant de prendre une décision. Est-ce que je lui dis ce que Vicky a écrit au sujet de l'enfant ? Est-ce que je dis à ma femme qu'elle avait raison, et moi tort ? Que la propre mère de ce petit garçon le détestait – et le déteste sans doute encore ? Qu'il a passé toute sa courte vie avec quelqu'un qui n'a jamais voulu de lui ? Et, si je le lui dis, est-ce que les choses vont empirer ? Est-ce que cela renforcera sa détermination à lui procurer l'amour auquel tout enfant a droit – cet amour qu'elle porte en elle sans avoir personne à qui le donner ?

— Il y a encore un peu de temps, dit-elle en s'affairant avec une poêle. Si tu veux monter.

— C'est bon, pas envie de me changer.

— Je ne pensais pas à ça. Je voulais dire : si tu veux aller voir comment il va.

Je savais qu'il était là. Évidemment que je le savais. La cuisine, la musique, le sourire, les fleurs. Tout ça grâce à lui. Mais en avoir conscience et monter le voir…

— Pas de souci, il s'endort vite, dit-elle en se méprenant, sans doute de façon délibérée, sur le sens de mon hésitation. Il s'est amusé comme un petit fou. Je crois qu'il est épuisé.

Elle me regarde. C'est un test. Et je n'ai jamais supporté de décevoir Alex.

Bien qu'il ne fasse pas encore nuit, la lumière du palier est allumée et la porte de la chambre est entrebâillée. Je m'approche lentement jusqu'à pivoter devant la porte et je vois sa tête sur l'oreiller. Les boucles châtain foncé, l'ours en peluche que Jake adorait quand il avait cet âge. Le petit dort comme un loir, le doudou fatigué toujours serré dans une main. Je l'écoute respirer, exactement comme j'écoutais Jake, pile au même endroit.

* * *

Le téléphone sonne six fois avant que Quinn décroche.

— C'est moi, dit Somer. Tu es en voiture ? J'entends la circulation.

— Qu'est-ce que tu veux ?

— Qu'on s'explique. Parler.

— Pas sûr qu'il y ait quelque chose à dire. C'était bien pendant un moment, mais tu sais ce qu'on dit quand tu dois continuer à supporter quelqu'un qui t'a chié dans les bottes.

— Je ne t'ai pas chié dans les bottes…

— Ouais, bien sûr.

— On doit se comporter en professionnels, c'est la moindre des choses, dit-elle. Tu diriges une bonne part de cette enquête, et j'y travaille moi aussi, j'en fais partie.

— *Partie* ? On dirait que tu fais tout ton possible pour la prendre complètement en charge, d'après ce que je peux constater.

— Oh, c'est injuste...

— Tu sais quoi ? Je m'en contrefous. Tout ce qui m'intéresse, c'est de mettre ce salopard de Walsh derrière les barreaux, car c'est là qu'est sa place. Si tu peux m'aider à faire ça, super. Mais si tout ce qui compte pour toi, c'est de bâtir ta petite carrière de merde, alors tu peux aller te faire foutre.

Il raccroche nerveusement. Cinq minutes plus tard, il entre dans le parking souterrain de son immeuble et gare l'Audi. Son appartement est au dernier étage, avec une vue qui justifierait toutes les exagérations d'un agent immobilier. Le soleil passe pile sous l'horizon, l'air est d'un rose laiteux. Sur le balcon, en train de regarder au-delà du canal en direction de Port Meadow, Pippa a une flûte de champagne à la main. Elle se retourne en entendant le bruit de la porte et s'approche de lui. Elle porte l'un de ses peignoirs et ses cheveux sont humides.

— Tu n'as pas cherché un endroit où aller, hein ? demande-t-il en essayant de masquer sa méfiance.

Elle secoue la tête.

— Tu as appelé les numéros que je t'ai donnés ?

Elle hausse les épaules. Ça n'a manifestement pas l'air de figurer parmi ses priorités.

— Tu connais Oxford. La ville est toujours pleine à craquer.

— Écoute, ce que je veux dire, c'est que tu ne peux pas rester ici. Le règlement, tu vois...

— Cet appart est fantastique, l'interrompt elle.

Elle balaie l'espace d'un ample geste de la main.

— Cette pièce, elle est si *grande*.

Quinn abandonne sa veste sur le dossier du canapé.

—Ouais, mais le reste de l'appartement est plutôt petit.

Et il n'y a pas de chambre d'amis. Mais il se garde de le dire. Quoi qu'il en soit, elle a clairement deviné ce qu'il a en tête.

—Bon, j'ai quelques potes à qui je pourrais téléphoner plus tard. Je suis certaine de trouver un endroit. Je ne veux pas te compliquer les choses. Surtout que tu as été si gentil avec moi.

Elle se dirige vers la bouteille de vin, lui sert un verre et le lui apporte.

—Ce n'est que du mousseux. Je l'ai trouvé dans cette drôle de petite boutique de spiritueux sur Walton Street. Mais ça pétille quand même...

Elle est retournée près de la fenêtre.

—Depuis combien de temps tu vis ici ?

—Un an et demi, environ.

—Tout seul ?

Elle n'avait pas vraiment besoin de poser la question, vu qu'elle a eu tout son temps pour fouiller la salle de bains et les placards.

Quinn pose son verre sur la table basse.

—Pourquoi tu ne t'habillerais pas pendant que je m'occupe du dîner ?

Ses yeux s'écarquillent.

—Tu vas *cuisiner* ?

Il a un rictus.

—Pas l'ombre d'une chance. Je vais commander un plat à la con chez le traiteur.

Et ils éclatent de rire.

* * *

Au matin, je quitte la maison avant qu'Alex se réveille. Je ne suis pas certain d'être prêt pour un petit déjeuner à trois. Ni pour la boîte de Cheerios toute neuve qui était sur le plan de travail lorsque je me suis fait un café. Si ma décision paraît lâche, c'est parce qu'elle l'est.

En me dirigeant vers ma voiture, je reçois un appel de Challow.

— La chance m'est offerte de me racheter auprès de la police judiciaire.

— L'ADN ?

— Vous aurez les résultats dans la journée.

— Dieu soit loué.

— Je suis en train d'envoyer les tests des empreintes supplémentaires prises à Frampton Road.

— Et ?

— Celles de Harper se retrouvent dans la plupart des pièces, ce qui n'est pas une surprise. Très peu à l'étage, mais il semble que personne ne soit monté là-haut depuis belle lurette. Mais on a trouvé celles de Walsh sur la rampe d'escalier qui va au premier. Ce qui pourrait être utile. Ou pas. Je veux dire, de votre point de vue. Et cette armoire, eh bien, elle a été nettoyée à fond. Pas la moindre trace. Et on a trouvé autre chose d'intéressant.

— Oui ?

— L'armoire n'est pas le seul objet vierge de toute trace. Il y a également les magazines pornos. Les empreintes de Harper figurent sur la boîte, celles de Derek Ross aussi. Mais les magazines eux-mêmes, rien. Je ne sais pas pour vous, mais ça me semble pour le moins étrange. Très étrange, même.

* * *

Quinn se réveille en retard. Il se frotte les yeux avec les paumes et s'assied ; il éprouve un violent mal de tête à l'avant du crâne. Il enfile son peignoir et se rend dans le salon. Un carton à pizza huileux, un pain à l'ail à moitié mangé, deux bouteilles de vin vides. Il entend le bruit de la douche, s'approche de la porte de la salle de bains et frappe.

— Je dois y aller dans un quart d'heure, mais je reviendrai te chercher pour t'emmener faire cette déposition.

Aucune réponse. Il va dans la cuisine et met en route la machine à café. On dirait qu'elle l'a pris de vitesse, sur ce coup-là. Il y a un mug vide sur le plan de travail et, juste à côté, son téléphone.

Il le regarde un moment. Puis l'allume.

* * *

Entretien téléphonique avec Christine Grantham
5 mai 2017, 10 h 32
Interlocuteur : inspecteur A. Baxter

AB : Madame Grantham, nous essayons de joindre des personnes ayant fréquenté l'université de Bristol à la fin des années 1990. Vous y étiez étudiante à cette époque, si je ne me trompe ?
CG : Oui, c'est exact.
AB : Et je crois que vous étiez également amie avec Robert Gardiner ?
CG : Alors, c'est de ça qu'il s'agit. Je me demandais.
AB : Je crois que vous étiez sa petite amie ?
CG : Pendant un moment, oui.
AB : Comment était-il ?
CG : Ce n'est pas vraiment l'objet de votre appel, n'est-ce pas ? Vous avez découvert le cadavre de

sa femme, et soudain vous me questionnez à son sujet. Il ne peut s'agir d'une coïncidence.

AB : Nous essayons juste de dresser le portrait le plus complet possible, madame Grantham. Remplir les vides.

CG : Eh bien, « vide » est le mot qui convient, au sujet de Rob. J'ai toujours eu l'impression qu'il cachait quelque chose. C'était une personne très réservée, et c'est sans doute toujours le cas.

AB : A-t-il jamais fait quelque chose qui vous ait mise mal à l'aise ?

CG : Vous me demandez s'il me frappait ? Parce que si c'est le cas, la réponse est non. C'était quelqu'un de très attentionné. Bien sûr, il avait des opinions très arrêtées et ne supportait pas les imbéciles, ce qui pouvait parfois le faire passer pour quelqu'un de rugueux. Mais je pense que, la plupart du temps, il ne s'en rendait même pas compte.

AB : Que savez-vous de son passé ?

CG : Il vient de quelque part dans le Norfolk, je crois. Mais pas d'une famille aisée. Il a dû travailler dur pour y arriver. J'ai toujours pensé que cela expliquait une bonne partie de sa personnalité. Cette intensité, vous voyez.

AB : Avez-vous rencontré Hannah ?

CG : Non. Nous ne sommes pas restés en contact.

AB : Et pourquoi votre relation a-t-elle pris fin ?

CG : (*Pause.*) Je ne suis pas certaine d'avoir vraiment envie de vous raconter ça.

AB : Il s'agit d'une enquête pour meurtre, madame Grantham.

CG : (*Pause.*) Eh bien, je voulais une famille…

AB : Et pas lui ?

CG : Non, ce n'est pas ça. Il voulait des enfants. Mais il ne pouvait pas en avoir.

* * *

— Alors, vous ne la reconnaissez pas ?

Everett est à l'agence pour l'emploi du centre-ville. Canapés, terminaux informatiques, bureaux conçus pour ne pas ressembler à des bureaux. Des pancartes brillantes, jaunes et bleues, sont suspendues au plafond. Des photos de modèles souriants avec une belle dentition et des messages enjoués : « À votre service » ou « Prêt à travailler ». Tout cela forme un douloureux contraste avec les gens apathiques qui errent là et qui n'ont pas l'air d'être prêts à grand-chose. La femme assise en face d'Everett a l'air complètement démoralisée.

Elle observe de nouveau la photo sur l'écran du téléphone d'Everett et secoue la tête.

— On voit passer tellement de gens. Je ne la reconnaîtrais sans doute même pas si elle était venue il y a trois semaines. Alors, il y a trois ans…

— Et vos archives ? Pouvez-vous chercher une fille nommée Vicky ou Victoria qui était inscrite ici à l'époque ? Disons, à partir de janvier 2014 ?

— Oui, je peux faire ça.

Elle se tourne vers son ordinateur. Un morceau de carton fatigué est collé sur le bord de l'écran : « Pas besoin de travailler ici pour devenir fou, mais ça aide. » Il y a également un troll en plastique avec de petits yeux ronds et des cheveux brillants en fibre acrylique bleue. Everett n'en a pas vu depuis l'école.

La femme tape sur son clavier, puis se penche en avant.

— J'ai une Vicky et trois Victoria en janvier 2014. Vicky est toujours inscrite et les trois Victoria ont trouvé du travail : une dans le restaurant de poulet grillé Nando's, une autre à l'université Oxford Brookes et la troisième dans une entreprise de nettoyage. Même si cela risque de ne pas durer : travail trop pénible pour la plupart d'entre elles.

— Est-il possible que notre Vicky ait cherché du travail sans être inscrite dans la base de données ?

— Non. Elle serait là, quelque part.

— Peut-être sous un autre nom ?

— J'en doute. Elle a dû nous présenter deux pièces d'identité. Passeport, permis de conduire, etc.

Everett soupire. Comment est-il possible, dans un monde digitalisé, de ne laisser aucune trace ?

* * *

Quinn gravit les dernières marches qui mènent à l'appartement et ouvre la porte.

— Pippa ? Tu es là ?

Il n'entend rien d'autre que le son de sa propre voix. Les restes solidifiés du repas de la veille sont toujours sur la table basse, mais les sacs qui étaient entreposés dans le coin ont disparu. Le seul signe de sa présence est une petite culotte en dentelle accrochée au coin de la télé à écran large.

— Merde ! s'exclame-t-il à voix haute. Merde, merde, merde !

* * *

Lorsque je lève les yeux vers le visage de Baxter, ma première pensée est que je ne l'ai jamais vu aussi animé.

— Pardon de vous déranger, chef, mais j'étais au téléphone avec Christine Gantham et je viens juste de raccrocher. Elle sortait avec Rob Gardiner quand ils étaient à l'université.

— Ah oui ?

— Il y a quelque chose qu'il ne nous a pas dit. Quelque chose d'important.

* * *

À Banbury, l'équipe de la police scientifique locale est à Lingfield Road. Ça leur prend plus d'une heure, mais finalement ils trouvent les *netsuke* enveloppés dans une serviette et cachés sous une lame de parquet. L'officier qui les prélève en observe un en particulier avant de le mettre dans un sac destiné aux preuves. Une loutre qui tient un minuscule poisson entre ses dents. On sent presque l'eau rouler sur sa fourrure.

— Est-ce que ces drôles de petites choses valent vraiment toute cette peine ? demande-t-elle à Somer.

— Oh oui, je pense que ça vaut largement le coup. Walsh les a sans doute cachés après avoir vu Harper aux infos. Il savait que ce n'était qu'une question de temps avant qu'on vienne frapper à sa porte.

La femme arque un sourcil.

— Regardez ça. On dirait un tas de camelote en plastique. Le genre de trucs qu'on trouve dans les boîtes de corn-flakes.

Elle a un rictus en refermant le sac.

— Ce qui en dit long sur mon âge. Vous n'avez probablement pas connu cette époque.

Somer sourit.

— Mais si.

— Très bien, voilà le lot entier. Je vous les ferai photographier.

— Merci. Je vais avoir besoin de quelque chose à envoyer à la compagnie d'assurances. Pour que nous puissions prouver exactement d'où viennent ces objets.

Il y a des bruits de pas dans l'escalier. Gislingham arrive avec un autre officier de la police scientifique. Ils portent un ordinateur enveloppé dans du plastique.

— Chanceux ? demande Somer.

Gislingham grimace.

— On a fouillé l'étage et le grenier. Rien. Même pas de mot de passe sur l'ordinateur. Pas la moindre image douteuse, pas le moindre site porno dans l'historique du moteur de recherche. S'il est pédophile, il a une drôle de façon de satisfaire sa perversion.

— Et c'est le seul outil informatique en sa possession ? Pas d'ordinateur portable ni de tablette ?

Il secoue la tête.

— À en juger par l'état de cette bécane, notre homme n'est pas exactement à la pointe de la technologie. Ce truc doit avoir quinze ans. La scientifique va ratisser la maison, au cas où. Mais, si vous voulez mon avis, c'est une impasse.

Deux heures plus tard, à l'école, Somer est assise dans le bureau de la secrétaire. Elle la regarde bricoler un ordinateur dont elle ne semble pas maîtriser le logiciel, et se demande une fois de plus ce qui fait des employés administratifs des écoles et des cabinets médicaux les paradigmes de l'agressivité passive. Est-ce le travail qui les rend comme ça, ou est-ce ces personnes qui sont attirées par ce type d'emploi ? Dans la dernière école où elle a travaillé, la secrétaire était un clone de celle qu'elle a maintenant sous les yeux. La coiffure stricte, le chemisier, la jupe, le cardigan dans les tons bleus qui ne va pas avec le reste – tout est identique, jusqu'aux lunettes pendues à une chaînette.

— Quelle date était-ce, déjà ? s'enquiert la femme en tapant sur le clavier.

— 24 juin 2015, répète Somer pour la troisième fois, avec le même sourire qu'elle a affiché les deux fois précédentes, même si ses mâchoires commencent à se crisper.

La femme scrute l'écran par-dessus ses lunettes.

— Ah, voilà. Selon l'emploi du temps, M. Walsh avait deux cours avec des élèves de troisième, ce matin-là.

— À quelle heure a-t-il débuté ?

— 10 h 30.

— Et rien avant ?

La femme la regarde.

— Non. Comme je viens de le dire, il avait deux cours. Rien d'autre.

— Et il était bel et bien présent ce jour-là ? Pas en congé maladie ?

La secrétaire soupire bruyamment.

— Pour vous répondre, il faudrait que je vérifie les dossiers d'absence.

Somer dégaine son sourire. Une fois de plus.

— Si cela ne vous dérange pas.

Elle tape encore sur son clavier, puis le téléphone sonne. Elle décroche. Il s'agit manifestement de questions à n'en plus finir sur le processus d'admission à l'école. Alors que Somer, toujours assise, s'exhorte à garder son calme, la porte du bureau du directeur s'ouvre.

Parfois – pas souvent –, l'uniforme peut se révéler utile.

— Puis-je vous aider ? demande l'homme en s'approchant. Richard Geare, je suis le directeur.

En voyant le sourire de Somer (un vrai, cette fois), il sourit en retour.

— Ça ne s'écrit pas de la même façon, au cas où vous vous poseriez la question. Je crois que mes parents ignoraient l'existence de l'acteur. Je me dis que ça me rend plus crédible auprès des gamins, mais je n'en suis pas certain. Eux non plus ne le connaissent vraisemblablement pas. Si je m'appelais Tom Hiddleston[1], ce serait sans doute différent, mais j'aurais une bonne dizaine d'années de trop pour en tirer parti.

— Agent Erica Somer, répond-elle en lui serrant la main. Mme Chapman m'aide à récolter quelques informations.

— À quel sujet ?

— L'un de vos enseignants, Donald Walsh.

Geare a l'air intrigué.

— Et pourquoi, si je puis me permettre ? Y aurait-il un problème ?

Somer jette un œil à la secrétaire, qui est toujours au téléphone, mais qui tente de faire un signe au directeur.

— Peut-être pourrions-nous aller dans votre bureau ?

La pièce est étonnamment moderne pour une école qui déploie tant d'efforts pour se donner un air traditionnel. Des murs gris clair, des pivoines blanches dans un vase, un bureau en acier et bois foncé.

— Vous aimez ? demande-t-il en la voyant détailler l'endroit. C'est mon ami qui s'en est occupé.

— Elle a bon goût, commente Somer en s'asseyant.

Geare fait de même.

— *Il*, en fait. Mais oui, Hamish a le sens de l'aménagement intérieur. Alors, en quoi puis-je vous être utile ?

— Je suis sûre que vous avez vu les infos. La jeune femme et l'enfant retrouvés dans une cave à Oxford ?

Geare fronce les sourcils.

— Mais que diable cela a-t-il à voir avec Donald Walsh ?

— La maison où on les a découverts appartient à son oncle. Au mari de sa tante, pour être précis. Ils ne sont donc pas parents à proprement parler.

---

1. Acteur britannique célèbre pour ses rôles dans les blockbusters de l'univers Marvel, notamment.

Geare joint l'extrémité de ses doigts.

— Et ?

— On a essayé de déterminer qui s'est rendu dans cette maison, et quand. Mme Chapman était en train de m'aider à propos d'une date précise, en 2015. Pour vérifier que M. Walsh était présent à l'école ce jour-là.

— Cette jeune femme a donc été séquestrée tout ce temps ?

Somer hésite. Un instant à peine, mais suffisamment pour que Geare s'en rende compte.

— Nous ne sommes pas sûrs, dit-elle.

Il fronce de nouveau les sourcils.

— J'avoue ne pas bien comprendre. Pourquoi voulez-vous des renseignements à propos d'une journée en particulier si vous ne savez pas quand cette fille a été enlevée ?

Elle rougit imperceptiblement.

— En fait, c'est le jour de la disparition d'Hannah Gardiner. Vous vous souvenez sans doute de cette affaire. Nous pensons que les deux affaires peuvent être liées. Et, si ce n'est pas le cas, nous avons besoin d'éléments pour écarter cette hypothèse.

— Et vous pensez que Donald Walsh pourrait être ce lien ?

— J'en ai bien peur.

Un silence. Elle le voit réfléchir.

— Évidemment, nous ne souhaitons pas que cette information soit rendue publique, précise-t-elle.

Il a un geste de la main.

— Bien sûr. Je suis simplement en train d'essayer de mettre en relation ce que vous venez de me dire et le Donald Walsh que je connais.

— Et que vous décririez comment ?

— Consciencieux, travailleur. Un peu ennuyeux, pour tout dire. Un peu réactionnaire, ce qui peut parfois le faire paraître inamical.

Elle acquiesce en se demandant si le vrai problème n'est pas l'orientation sexuelle de Geare.

— Et au cas où vous poseriez la question, enchaîne-t-il, je n'ai jamais fait mystère de mon homosexualité. Ni aux employés, ni aux parents d'élèves. (Il se penche en avant, soudain très sérieux.) Écoutez, agent Somer. Erica. Cela ne fait que neuf mois que je suis à ce poste et je tiens à mettre en œuvre de nombreux changements. Cette école ressemble à une pièce de musée, mais ce n'est pas de cette façon que j'ai l'intention de la diriger. Ce bureau, dit-il en faisant un geste, illustre mieux ma conception de l'école que les fauteuils craquelés de la salle des professeurs. C'est pourquoi je reçois ici même les parents qui souhaitent inscrire leurs enfants, avant de leur faire visiter le reste des bâtiments.

— Peut-être pourriez-vous les changer, eux aussi.

— Les employés ?

Elle sourit.

— Les fauteuils.

— C'est au programme. Mais, dit-il en retrouvant son sérieux, je ne serais pas surpris qu'il y ait également du changement parmi le personnel.

Somer ne peut s'empêcher de jeter un œil vers la porte. Lorsqu'elle regarde Geare de nouveau, il arbore un sourire froid.

— Mme Chapman avait déjà prévu de prendre sa retraite à la fin de ce semestre. Parfois, mieux vaut ne pas faire trop de changements d'un coup, vous ne croyez pas ? Mais certains enseignants pourraient choisir de s'en aller de leur propre chef. Tout le monde ne partage pas ma vision de la direction à prendre.

— Walsh est l'un de ceux-là ?

— Disons-le comme ça. Je suppose qu'il serait déjà parti s'il avait trouvé un autre poste. Ou assez d'argent pour ne pas s'en faire.

— J'allais vous poser la question. Du moins, indirectement. Je crois que M. Walsh a occupé trois postes différents ces dix dernières années. C'est dans cette école qu'il est resté le plus longtemps. Y a-t-il quelque chose que vous pouvez me dire à ce sujet ? Et pourquoi a-t-il quitté ses deux postes précédents ?

Il fronce les sourcils.

— Je ne sais pas au juste ce que j'ai le droit de vous dire, avec la protection des données…

— Cette loi ne s'applique pas dans une enquête pour meurtre. Mais je vous en prie, si cela peut vous rassurer, prenez le temps de vérifier. En fait, il est dans l'intérêt de M. Walsh que nous rassemblions le plus d'informations possible. S'il s'avère qu'il n'a rien à voir avec tout cela, plus tôt nous l'établirons, mieux ce sera. Je suis sûre que vous comprenez.

Geare reste silencieux.

— Il serait particulièrement important de savoir s'il y a eu des incidents avec des jeunes femmes, ou des indices de harcèlement sexuel, ou…

— Ou des problèmes avec des enfants ?

Il secoue la tête.

— Absolument pas. La seule raison pour laquelle j'ai gardé le silence, c'est que j'essayais de trouver la meilleure façon de le formuler. Donald Walsh n'est pas un homme facile. Parfois brusque, voire antipathique. Je me demande souvent pourquoi il est devenu enseignant, vu qu'à l'évidence il n'aime pas les enfants. Et l'ironie de l'histoire, c'est qu'il ne se doute pas que les élèves le trouvent désagréable. Ils se méfient de lui, donc il s'efforce de créer un lien avec eux. Il a également du mal à s'intégrer dans une équipe. Il n'a rien de « confraternel ».

C'est un mot qu'il emploie lui-même, soit dit en passant. Personnellement, je dirais qu'il n'est pas « amical ».

On frappe à la porte et la secrétaire y passe la tête.

— Monsieur Geare, votre rendez-vous est arrivé.

Somer se lève et lui serre la main.

— Merci. Si quelque chose d'autre vous revient en mémoire et si vous jugez bon de nous en avertir, contactez-moi.

Gislingham attend dans le parking. L'ordinateur du bureau de Walsh est en train d'être chargé dans le van de l'équipe de la police scientifique.

— J'ai parlé à quelques enseignants, déclare-t-il lorsqu'elle monte dans la voiture. Ils ne l'aiment pas, mais ils ne le trouvent pas louche pour autant.

— Richard Geare a dit la même chose. Grosso modo.

Gislingham la fixe.

— Richard Geare ? *Sérieusement ?*

Elle acquiesce.

— Le pauvre. C'est la première chose que tout le monde doit se dire à son sujet.

— Et c'est le cas ?

— Quel cas ?

Il a un rictus.

— Tu sais, *Officier et gentleman*[1].

Elle sourit.

— Tu n'as pas idée.

* * *

Au premier étage du 81 Crescent Square, les rideaux sont ouverts. On peut voir Robert Gardiner faire les cent pas en

1. Film dans lequel joue l'acteur Richard Gere.

parlant au téléphone. Soudain, il s'arrête et prend son enfant sur ses épaules. Quinn reste assis un moment à l'observer, puis sort de sa voiture et traverse la rue.

— Inspecteur en chef Quinn, annonce-t-il lorsque Rob Gardiner ouvre la porte.

Ce dernier fronce les sourcils.

— Que voulez-vous ? Il est arrivé quelque chose ? Vous avez arrêté quelqu'un ?

— Pour le meurtre, non. Pas encore. C'est au sujet de votre nourrice. Pippa ?

Gardiner plisse les paupières.

— Qu'y a-t-il ?

— Savez-vous où elle se trouve ?

— Aucune idée.

— Pouvez-vous me donner son numéro de téléphone, dans ce cas ? Vous devez bien l'avoir enregistré sur le vôtre…

— Effectivement, mais je l'ai effacé. Et non, je ne le connais pas par cœur, désolé.

— L'adresse de sa famille ?

— Je ne la connais pas non plus.

— *Vraiment ?* demande Quinn, ouvertement sceptique. Elle s'occupait de votre fils et vous ne savez rien à son sujet ? Vous n'avez pris aucune référence ?

— C'est Hannah qui l'a engagée, pas moi. Elle l'a rencontrée à Farmers' Market, dans North Parade. À l'un des stands. Poterie ou grains de café artisanal, ce genre de chose. Quoi qu'il en soit, elles se sont revues plusieurs fois. Elle a dit à Hannah avoir suivi une formation de nourrice et être à court d'argent. Hannah l'a prise en pitié et lui a donné sa chance. Elle était comme ça. Toujours voir le meilleur côté des gens.

Il fixe Quinn avec une hostilité non dissimulée.

— Et puis, pourquoi voulez-vous voir Pippa ?
— Ne vous faites pas de souci. Ce n'est rien d'important.

* * *

Everett verrouille sa voiture et remonte à pied vers Iffley Road. Si Vicky vivait dans un meublé, c'est le meilleur endroit où commencer. Elle a établi une liste de propriétés proposant ce type de location et la seule façon d'avancer est d'aller frapper aux portes. Même si elle a la désagréable impression de chercher une aiguille dans une botte de foin qui aurait la taille de la ville.

Elle consulte sa carte. La première maison sur sa liste se trouve de l'autre côté de la rue. Plusieurs vélos dehors, des poubelles à roulettes rangées n'importe comment dans le jardin devant. Elle sonne et attend que la porte s'ouvre.

— Inspecteur Verity Everett, annonce-t-elle en montrant sa plaque. Puis-je vous poser quelques questions ?

* * *

Audition de Robert Gardiner, commissariat de St Aldate, Oxford
5 mai 2017, 14 h 44
En présence de l'inspecteur principal A. Fawley, de l'inspecteur A. Baxter et de P. Rose (avocat)

AF : Monsieur Gardiner, merci d'avoir pris le temps de venir. Je m'excuse de cette convocation si urgente. Nous désirions nous entretenir avec vous parce que nous avons de nouvelles questions en rapport avec la mort de votre femme.
RG : (*Silence.*)

AF : Monsieur Gardiner ?
RG : Je voudrais entendre ce que vous avez à me dire. Je ne vois pas quelle question vous ne m'auriez pas déjà posée plus de cent fois. Les réponses seront les mêmes. Mais je vous en prie, faites.
AF : Comme vous le savez, nous avons établi notre chronologie concernant le jour de la disparition de votre femme en nous fondant sur le fait que plusieurs témoins ont dit l'avoir vue à Wittenham ce matin-là. Nous savons maintenant qu'ils se sont trompés. Cela signifie donc que nous devons réentendre un certain nombre de personnes pour savoir où elles se trouvaient. Y compris vous.
RG : Alors, c'est ça : vous allez essayer de me charger avec cette histoire ? Et ce type ? Harper, ou un nom comme ça ?
AF : En ce qui le concerne, nous nous concentrons sur l'affaire de la jeune femme et de l'enfant retrouvés dans la cave du 33 Frampton Road. Pour l'instant, nous n'avons pas d'élément décisif suggérant qu'il y ait un rapport entre ce crime et la mort de votre femme.
RG : Donc, en l'absence de toute autre hypothèse, vous vous en prenez de nouveau à moi, n'est-ce pas ? Exactement comme l'autre fois.
AF : Nous avons obtenu de nouvelles informations, monsieur Gardiner...
RG : Très bien. Donc, maintenant, vous pensez sérieusement que c'est *moi* qui ai tué Hannah ? Que j'ai abandonné mon propre *fils* ?
AF : Ce n'est pas ce que j'ai dit.
RG : Et vous n'avez sacrément pas intérêt à le faire.
AF : Écoutez, nous essayons de découvrir ce qui s'est passé. Et, pour cela, nous avons besoin de votre aide. De votre coopération.

PR : Mon client est plus que disposé à vous aider dans la limite du possible. Même si je présume que vous l'entendez en tant que témoin et non en tant que suspect, puisque vous ne le lui avez pas signifié.
AF : Pour le moment, oui. Donc, revenons à ce qui s'est passé.
RG : On va faire ça encore combien de fois ? J'ai quitté l'appartement à 7 h 15 et j'ai pris le 7 h 57 pour Reading…
AF : Je ne parle pas de ce matin-là, monsieur Gardiner, mais de la nuit précédente. Celle du 23 juin.
RG : Mais vous savez qu'Hannah était vivante le matin du 24. Vous n'avez même pas besoin de me croire sur parole, puisque vous avez entendu ce message vocal. Qu'est-ce que ça peut faire, ce qui s'est passé la nuit précédente ?
AF : J'aimerais tout de même entendre votre réponse à cette question.
RG : (*Soupir.*) Pour autant que je me souvienne, je suis allé chercher Toby à la crèche en rentrant du travail. Il devait être 17 heures. Donc j'ai dû arriver à la maison à 17 h 30. J'avais eu une réunion avec un investisseur allemand toute la journée, donc j'étais un peu épuisé. On a passé une soirée tranquille à la maison.
AF : Est-ce que quelqu'un peut le confirmer ?
RG : Non. *Comme je viens de le dire*, on n'était que tous les trois. Moi, Hannah et Toby.
AF : Votre nourrice n'était pas avec vous ?
RG : Non. Elle est partie vers 19 heures.
AF : Votre femme était là lorsque vous êtes rentré ?
RG : Non, elle n'est arrivée que vers 20 heures.
AF : Et comment allait-elle ?

RG : Qu'est-ce que ça veut dire ?
AF : Gaie ? Anxieuse ? Fatiguée ?
RG : Elle était un peu préoccupée, je crois. Elle devait penser à plein de choses à la fois. L'interview du lendemain, c'était important pour elle.
AB : L'interview à Wittenham ? Avec Malcolm Jervis ?
RG : Oui. Vous le savez parfaitement. On en a parlé un nombre incalculable de fois. C'était un gros sujet pour elle. Elle travaillait dessus depuis des mois.
AF : Dans l'après-midi, elle est donc allée à Summertown. À la BBC.
RG : Pour autant que je sache, oui.
AF : Pour autant que vous sachiez ?
RG : Bon, qu'est-ce que c'est que ça ? Il y a quelque chose que vous me cachez ?
AF : Nous tentons simplement d'établir les faits, monsieur Gardiner. Y a-t-il un autre endroit où elle aurait pu se rendre ?
RG : Elle m'a *dit* qu'elle était allée à Summertown.
AB : Lorsqu'elle est rentrée ?
RG : Oui.
AB : À 20 heures.
RG : Oui.
AF : Vous seriez donc surpris d'apprendre qu'elle a quitté les bureaux de la BBC à 14 h 45 cet après-midi-là et qu'elle n'y est pas retournée ?
RG : De quoi parlez-vous ? C'est la première fois que j'entends ça.
AF : Auparavant, nous n'avions aucune raison de vérifier. Comme je l'ai dit. Mais maintenant, si.
AB : Nous sommes également certains que la plaque d'immatriculation de la voiture de votre femme a été enregistrée sur Cowley Road juste après 16 h 30.

RG : (*Silence.*)
AF : Savez-vous ce qu'elle faisait là ?
RG : Non, je l'ignore.
AF : Elle ne travaillait pas sur un autre sujet ?
RG : Pas à ma connaissance.
AF : Il y a aussi eu un appel passé depuis un téléphone portable à carte prépayée vers la ligne fixe du bureau de votre femme, cet après-midi-là. Environ une heure avant qu'elle s'en aille. Savez-vous quelque chose à ce sujet ?
RG : Non. Je vous l'ai dit. Et puis, n'importe qui a pu passer cet appel. Quelqu'un qui avait une info à lui donner. N'importe qui. L'un de ces protestataires du camp. Ils ont tous ce genre de téléphone.
AB : Mais pourquoi se rendre à Cowley ?
RG : Comment diable pourrais-je le savoir ?
AF : Je suis désolé d'avoir à aborder ce point, monsieur Gardiner, mais j'ai une question à propos de votre fils. Toby. Ce n'est pas votre enfant biologique, n'est-ce pas ?
AB : Un témoin nous a dit que vous ne pouviez pas avoir d'enfant…
RG : Quoi ? Comment osez-vous… C'est *personnel.* Cela n'a rien à voir avec tout ça.
AF : Je n'en suis pas si sûr, monsieur Gardiner. Si vous n'êtes pas le père de Toby, qui est-ce, alors ?
RG : Je n'en ai aucune idée.
AF : Votre femme a eu une aventure ?
RG : (*Rires.*) Vous êtes tellement à côté de la plaque que c'en est pathétique. C'est votre théorie, hein ? Que j'ai battu ma femme à mort parce que j'ai découvert qu'elle avait rencontré un mystérieux amant à Cowley Road, qui est en fait le père de son enfant ?

Et qu'ensuite, vraisemblablement, j'ai abandonné Toby à Wittenham parce qu'il n'est pas mon fils ?
AB : C'est ce qui est arrivé ? Votre femme avait un amant ?
RG : Non. Évidemment que non. Mais oui, c'est vrai, je ne peux pas avoir d'enfants. Je n'en ai jamais fait un secret, mais je ne vais pas non plus aller le clamer sur Facebook.
AF : Pourquoi ne nous l'avez-vous pas dit en 2015, lorsqu'Hannah a disparu ?
RG : Parce que, *petit a*, ça n'avait rien à voir avec l'affaire et, *petit b*, ça ne vous regardait absolument pas. Et ces deux points sont toujours valables aujourd'hui.
AF : Vous avez donc adopté Toby ?
RG : Non. Il a été conçu par insémination artificielle. Donneur anonyme. Hannah n'a jamais eu le moindre problème avec ça.
AF : Mais ça en a posé avec vos autres relations, n'est-ce pas ?
RG : Vous êtes allé interroger mes *précédentes petites amies* ? (*Se tournant vers M. Rose.*) Ils ont le droit de faire ça ?
PR : Y a-t-il autre chose, inspecteur ? Je crois que M. Gardiner en a eu assez pour aujourd'hui. Il fait face à la découverte du corps de sa femme. Dans des circonstances particulièrement macabres.
AF : Je crains que nous n'en ayons pas encore terminé. Selon les analyses, la couverture qui enveloppait le corps de votre femme porte des traces de votre ADN. Le vôtre, celui de votre femme et celui de votre fils. Et c'est tout. Aucun autre ADN. Pouvez-vous nous expliquer cela ?
RG : (*Silence.*)

AF : Pouvez-vous nous expliquer cela, monsieur Gardiner ?
RG : Je n'en ai pas la moindre idée.
AF : La couverture était vert foncé, en tartan avec des motifs rouges. Histoire de vous rafraîchir la mémoire. (*Silence.*)
RG : Ça me rappelle la couverture dont on se servait pour pique-niquer et qui était dans sa voiture. Je croyais qu'on s'en était débarrassé, mais il est possible qu'elle soit restée dans le coffre.
AB : Et elle ressemblait à quoi ?
RG : Je ne me souviens pas bien. Couleur sombre. Peut-être verte.
AF : Nous avons également relevé des empreintes digitales. Lorsque nous avons découvert le corps de votre femme, il était entravé avec du scotch. Du chatterton.
PR : Inspecteur, est-ce vraiment nécessaire ? Ce genre de détail est extrêmement anxiogène.
AF : Je suis désolé, monsieur Rose, mais je suis obligé de poser ces questions. Il y avait des empreintes sur le chatterton, monsieur Gardiner, mais la plupart d'entre elles étaient trop imprécises pour donner un résultat fiable. Cependant, l'une de ces empreintes présente une correspondance partielle avec les vôtres.
PR : Une correspondance *partielle* ? De combien de points parlons-nous au juste ?
AF : Six, mais comme je l'ai dit…
PR : Au nom du ciel, *mes* empreintes peuvent aussi avoir six points de correspondance. Il en faut *au minimum* huit pour commencer à formuler une hypothèse, inspecteur. *Et vous le savez parfaitement.*
AF : Êtes-vous un homme violent, monsieur Gardiner ?

RG : Quoi ? Ne remettez pas ça sur le tapis. Bien sûr que non, je ne suis pas *violent.*

AF : Quelques semaines avant sa disparition, votre femme avait des hématomes sur le visage.

RG : (*Rires.*) Qui vous a raconté ça ? Cette foutue Beth Dyer ? C'est forcément elle. C'est une véritable emmerdeuse. Beth est son prénom, mais bêtise est sa putain de nature profonde. C'était Toby, si vous voulez tout savoir. Il a frappé Hannah au visage avec l'un de ses jouets. C'était un accident. Les risques du métier. Si l'un de vous a un enfant, vous devez le savoir.

AB : L'inspecteur en chef Quinn a également constaté hier des hématomes sur le poignet de votre nourrice.

RG : Elle a porté plainte ou quoi ?

AB : Nous allons la faire venir pour prendre sa déposition. Il est possible qu'elle souhaite porter les choses plus loin.

RG : (*Silence.*) Je l'ai à peine touchée. Je vous assure. Elle m'a vraiment fait chier, c'est tout. (*Silence.*) Écoutez, elle m'a annoncé qu'elle était enceinte. En affirmant que l'enfant était de moi et en niant avoir couché avec quelqu'un d'autre. Eh bien, même vous, vous êtes capables d'additionner deux et deux et de trouver quatre, sur ce coup-là.

AB : Donc Mme Walker est votre petite amie.

RG : Elle n'est pas ma petite amie. (*Silence.*) On a couché ensemble. *Une fois*. D'accord ? Vous n'avez jamais rien fait de stupide dans un moment de ras-le-bol et de déprime, avant de le regretter ? Non ? Eh bien, dans ce cas, imaginez.

AF : Quand elle a essayé de vous faire croire que vous étiez le père de son enfant, vous avez perdu votre sang-froid ?
RG : J'étais en colère. Même si ça ne m'arrive pas souvent.
AF : Vraiment ? Je suis étonné que vous vous emportiez si facilement.
AB : C'est ce qui s'est passé en 2015 ? Hannah vous a « fait chier » ?
RG : Ne soyez pas ridicule.
AF : Ou s'agissait-il d'autre chose ? Il est arrivé quelque chose à Toby ? Une chose dont vous la teniez responsable ?
RG : (*Silence.*) Je vais vous dire quelque chose. Ensuite, je vais rentrer chez moi m'occuper de mon fils et, à moins que vous ne m'arrêtiez, vous ne pourrez pas m'en empêcher. La dernière fois que j'ai vu ma femme, il était 7 h 15 le matin du 24 juin 2015. Elle était vivante et en bonne santé. Je ne l'ai jamais frappée, j'ignore qui l'a tuée et je ne sais absolument pas comment son corps s'est retrouvé à Frampton Road. Est-ce clair ?
AF : Parfaitement.
PR : Je vous remercie, messieurs. Ce n'est pas la peine de nous raccompagner.

* * *

Lorsque je quitte la salle, Quinn attend dehors. Il suivait l'audition sur la vidéo. Il a l'air agité. Anormalement agité.

— Alors, qu'est-ce que vous en pensez ? demande-t-il tandis que nous regardons Gardiner et Rose disparaître dans le couloir.

— Ce que j'en pense ? Il est en colère, sur la défensive et imprévisible. Mais je ne suis toujours pas convaincu qu'il soit un meurtrier.

— Oui. Je le vois bien tuer sa femme dans un accès de rage, mais abandonner le gosse ? C'est peu concevable.

— Je sais. Walsh ou Harper auraient pu le faire, mais pas Gardiner. Pourtant, lui seul savait où Hannah devait se rendre ce jour-là.

— En fait, chef, je n'en suis pas si sûr, intervient Baxter en sortant de la salle d'audition et en refermant la porte derrière lui. J'ai vérifié l'équipement de la Mini d'Hannah. Elle avait un système de navigation par satellite. Elle aurait très bien pu y enregistrer l'itinéraire vers Wittenham la veille. Auquel cas…

Quinn lève les mains.

— Auquel cas, n'importe quelle personne s'installant au volant aurait su où elle voulait se rendre. Bon Dieu. Retour à la case départ.

— Mais alors, je parierais davantage sur Walsh que sur Harper, poursuit Baxter d'un ton égal. Pour autant que je sache, Harper n'a jamais eu d'ordinateur, sans parler d'une voiture récente équipée d'un système de navigation par satellite. Il ne saurait sans doute même pas la faire démarrer.

— Très bien, dis-je. Allez voir Gislingham et demandez-lui de vérifier si Walsh possède cet équipement sur sa voiture. Et dites-lui de se pencher ensuite sur l'histoire de Cowley Road, pour voir si quelqu'un là-bas reconnaît Hannah. Je sais que ça commence à dater, mais on ne peut pas en faire l'économie.

— D'accord, fait Quinn.

Il s'apprête à nous quitter, mais je le retiens et m'adresse à Baxter :

— Vous pouvez vous en occuper ?

Il acquiesce et s'éloigne dans le couloir, non sans se retourner pour jeter un regard perplexe par-dessus son épaule.

Une fois qu'il ne peut plus nous entendre, je déclare à Quinn :

— Deux choses. D'abord, où diable se trouve Pippa Walker ? Je croyais que vous l'ameniez ici ?

Il cligne des paupières.

— J'y travaille.

— Eh bien, faites vite. Ensuite, réglez votre problème avec Erica Somer, quel qu'il soit. Je ne veux pas savoir ce que vous faites, Quinn, ni avec qui, dans ce cas précis. Mais je ne tolérerai pas que cela interfère avec cette enquête. Et ne me le faites pas répéter deux fois.

— Très bien, répond-il.

Et, si bizarre que cela paraisse, il semble soulagé.

* * *

À 16 heures, Cowley Road entre en effervescence. Des stands pleins de cartons de fruits exotiques, un homme qui balaie le trottoir devant une épicerie polonaise. Des gamins et des vélos, des mères de famille et des poussettes, quelques rastas qui fument assis contre un mur, une vieille femme courbée sur un chariot de supermarché, un terrier galeux qui erre seul. Gislingham repère la caméra qui enregistre les plaques d'immatriculation, puis observe la rue. Trois bureaux de paris, une épicerie ouverte vingt-quatre heures sur vingt-quatre et sept jours sur sept, une demi-douzaine de restaurants – slovaque, vegan, libanais, népalais, vietnamien. Il est prêt à parier que la plupart d'entre eux n'étaient pas ouverts il y a deux ans. Mais l'un des magasins, oui. La boucherie familiale et traditionnelle est là depuis une génération au moins. Tourtes et saucisses en vitrine, une verrière démodée en forme de coquillage et même un boucher en plastique de taille réelle, encore plus ancien, debout devant le magasin, l'air enjoué, une main sur la hanche. Gislingham entre et dépasse les clients qui font la queue pour demander un bref entretien.

— Quel est le problème, mon ami ? s'enquiert l'homme en jetant un œil à la plaque de Gislingham tout en découpant une pièce de bœuf, la retournant et la tranchant d'une main experte.

— Il n'y a aucun problème. Je me demandais juste si vous aviez déjà vu cette femme.

Il déplie une photo d'Hannah Gardiner. Celle dont ils s'étaient servis à l'époque. On la voit debout, appuyée contre une barrière, ses longs cheveux châtain foncé attachés en queue-de-cheval. Elle porte une veste matelassée bleu marine devant un paysage de pâturages, de moutons et de montagnes. Quelque part dans le Lake District.

— Je me souviens d'elle. C'est la femme qui a disparu, hein ?

— Vous vous souvenez d'elle ? Vous l'avez vue dans ce quartier ? Quand ?

L'homme a une expression navrée.

— Non, désolé, mon ami. Je voulais juste dire que je me souvenais de cette photo. Elle était partout dans les journaux.

— Mais pensez-vous l'avoir vue ? Des caméras ont repéré sa voiture dans cette rue, l'après-midi avant sa disparition. C'était une Mini Clubman orange, mais elle aurait aussi bien pu venir ici à pied.

— Mais c'était il y a au moins un an, non ?

— Deux, en fait. Le 23 juin 2015.

L'homme met de côté le gras qu'il a découpé et saisit de la ficelle.

— Désolé, aucune chance. C'était il y a trop longtemps.

— Voyez-vous un endroit de ce quartier où elle aurait pu se rendre ? Elle était journaliste.

Il hausse les épaules.

— Faites votre choix. Ça pourrait être n'importe où. Vous avez regardé le journal de cette semaine-là ? L'*Oxford Mail* ? Ça vous donnerait peut-être une piste.

Mais pourquoi diable n'y ai-je pas pensé ? se dit Gislingham.

— Merci du tuyau, mon ami.

L'homme lève les yeux vers lui.

— Pas de quoi. Toujours un plaisir d'aider la police. Vous voulez quelques saucisses ? Offertes par la maison.

De retour sur le trottoir, Gislingham fourre dans la poche de sa veste le sachet contenant les spécialités de la boucherie et appelle Quinn.

— Ouais, qu'est-ce qu'il y a ?

— Je crois que j'ai peut-être une idée au sujet d'Hannah Gardiner. Je rentre au commissariat pour vérifier.

— D'accord, comme tu veux.

Gislingham fronce les sourcils.

— Tu vas bien ? Tu as l'air bizarre.

Un silence, puis :

— Écoute, pour être franc, je crois que j'ai merdé.

Alors c'est ça, se dit Gislingham. *Ce n'est pas Erica. Ou, disons, pas seulement Erica.* Il attend. Il ne s'agit pas d'avoir l'air trop impatient. Ni trop curieux.

— La nourrice de Gardiner, dit Quinn. Pippa Walker. Tu l'as rencontrée, toi aussi, hein ?

Durant quelques secondes pénibles, Gislingham pense savoir ce que Quinn s'apprête à dire – mais, quand même, il n'aurait pas...

— Tu n'as pas fait ça... Dis-moi que tu n'as pas fait ça.

— Non, bien sûr que non. C'est autre chose. Je lui ai permis de rester.

— Comment ça, « permis de rester » ?

— Gardiner l'avait mise à la porte. Elle n'avait nulle part où aller, et je lui ai permis de rester.

— Dans *ton* appartement ? Bon Dieu, Quinn…

— Je sais, je sais. Il ne s'est rien passé, je le jure…

— Ce n'est pas la question, d'accord ? Tu dois la virer de là, *pronto*.

— Elle est déjà partie. Je suis rentré chez moi et elle n'était plus là.

— Mais elle va quand même venir faire cette déposition ?

— Je ne sais pas.

— Quoi, « je ne sais pas » ? Tu as son numéro, non ? Tu peux l'appeler ?

Quinn soupire.

— Celui qu'elle m'a donné est injoignable.

Gislingham commence vraiment à en avoir ras le bol.

— Oh, mais c'est absolument génial ! Donc on ne sait pas où elle est et on n'a aucun moyen de la contacter, alors qu'elle est peut-être notre seul témoin contre Gardiner.

Quinn prend une profonde inspiration.

— Il y a autre chose. J'ai regardé son téléphone, ses textos et tout le cirque. Juste une minute, pendant qu'elle était sous la douche…

— Merde ! Mec, quand tu es au fond du trou, arrête de creuser, putain ! Il te faut une autorisation pour faire ça, tu le sais très bien. Tu pourrais perdre ton foutu boulot à cause de ça…

— Je le sais parfaitement, d'accord ? le coupe Quinn. Il était juste là, sous mes yeux, et maintenant…

— Et maintenant quoi ?

— Maintenant, je *sais* que Gardiner ment. Pippa lui envoyait des textos au moins une semaine avant la disparition d'Hannah.

— Ouais, eh bien, ce n'est pas un scoop. Elle s'occupait de son fils : elle devait bien être amenée à lui envoyer des textos de temps en temps…

— Pas des messages comme ça, Gis. Fais-moi confiance.

Je te fais pleinement confiance pour nous foutre dans une sacrée merde, se dit Gislingham.

— Alors, qu'est-ce qu'on fait maintenant ? On n'obtiendra sans doute pas de mandat pour son téléphone, même si on avait le bon numéro, parce qu'on ne peut pas prétendre qu'elle est suspecte. Et même si elle baisait avec Gardiner, elle a un alibi en béton pour le matin où Hannah a disparu. Et on ne peut pas avouer ce qu'on cherche vraiment parce que ça te foutrait dans la merde.

— Écoute, tu veux m'aider ou pas ?

Gislingham soupire aussi bruyamment que possible.

— Je n'ai pas tellement le choix, si ?

* * *

Il est un peu plus de 17 heures et je suis avec Baxter dans la société de haute technologie qui effectue pour notre équipe de la police scientifique les travaux de reconnaissance vocale. Nous sommes face à une profusion d'écrans. Je n'ai pas la moindre idée du fonctionnement de la moitié de ces trucs. L'analyste assis à côté de nous a l'air d'avoir une quinzaine d'années.

— Très bien, déclare-t-il au bout d'un moment. Je viens de charger l'audio, alors écoutons-le.

24/06/2015 06:50:34
C'est moi. Où es-tu ? Je dois bientôt partir. Appelle-moi, s'il te plaît.

Il y a un bruit étouffé, quelques cliquetis, puis la communication est coupée. Elle a l'air exaspérée, au bord de la colère. L'analyste repasse le message et la frustration d'Hannah Gardiner est représentée sur l'écran sous forme de pics et de creux. Forte, intense. L'analyste se recule sur sa chaise et se tourne vers moi.

— Le problème, c'est qu'elle parle très peu. À peine quatorze mots, et le son est plutôt distordu. Mais je l'ai nettoyé autant que j'ai pu, et je l'ai comparé à d'autres enregistrements de la voix d'Hannah Gardiner. Des reportages disponibles sur le site de la BBC, ce genre de choses.

Il pivote vers l'écran et affiche d'autres représentations graphiques.

— Vous voyez, tous les trois appartiennent à la même personne. Ça se voit à l'œil nu, sans même recourir à des analyses plus poussées.

Il superpose la représentation du message enregistré sur le répondeur avec les autres échantillons, puis se recule de nouveau.

— Comme je l'ai dit, quatorze mots, c'est assez peu pour établir une correspondance définitive. Mais, personnellement, je parie que c'est bien elle.

— Elle était donc vivante et en bonne santé à Crescent Square à 6 h 50 ce matin-là ?

— Ça m'en a tout l'air.

* * *

— Quinn ? C'est moi.

Gislingham est à bout de souffle, sa voix hoquette. Quinn entend la circulation en bruit de fond.

— Où es-tu ?

— Sur High Street. Je revenais de Cowley et je crois que je viens d'apercevoir Pippa Walker. Si ce n'était pas elle, c'était quelqu'un qui lui ressemble comme deux gouttes d'eau.

Les mains de Quinn se crispent autour du téléphone.

— *Où ?* Où est-ce que tu l'as vue ?

— À l'arrêt de bus de Queen's Lane. J'y suis en ce moment même. J'ai fait demi-jour dès que j'ai pu, mais elle n'est plus là.

— Elle avait des sacs avec elle ? Une valise ?

— Rien vu de tel. Juste un sac en toile, je crois.

— Donc, si on a de la chance, elle est toujours à Oxford.

— Je vais voir si on peut récupérer des images de vidéo-surveillance. Peut-être qu'on peut voir dans quel bus elle est montée.

— Bravo, mon pote. Je t'en dois une.

— Ouais, admet Gislingham d'un ton grave. Je sais.

* * *

De : AllanChallowCSI@ThamesValley.police.uk
À : IPAdamFawley@ThamesValley.police.uk, CID@ThamesValley.police.uk
Date : vendredi 5 mai 2017 à 18 h 05
Objet : Résultats ADN 33 Frampton Road

Je m'apprête à vous appeler à ce sujet, mais, au cas où je ne pourrais vous joindre, voici les points principaux :
Cabanon – On a vérifié deux fois les prélèvements effectués sur la couverture qui a servi à envelopper le corps d'Hannah Gardiner, et il n'y a pas de trace d'ADN de Donald Walsh et de William Harper. À part son ADN à elle, les seuls présents sont ceux de son mari, ainsi que je l'ai dit précédemment, Robert Gardiner, et de leur fils Toby Gardiner.

Cave – Le lit de la jeune femme contient deux ADN masculins : de la salive de Donald Walsh, de la salive et du sperme de William Harper.
Enfant – On a effectué des tests ADN à partir des prélèvements obtenus avec l'aide des services sociaux et on les a comparés avec des taches de sang présentes sur le lit de l'enfant. Le petit garçon retrouvé dans la cave est le fils de William Harper.

J'arrive tout juste à John Radcliffe lorsque je reçois l'appel de Challow, ce qui me vaut un regard réprobateur de l'infirmière.

— Vous êtes censé éteindre ces appareils, inspecteur.

— Je sais, désolé, mais c'est important.

Et c'est bel et bien le cas.

— Vous êtes certain ? Aucun doute possible ? demandé-je en prenant une grande inspiration. Très bien. Je suis à l'hôpital. Je vais lui parler. Voir si elle peut le confirmer.

L'infirmière me regarde avec une impatience manifeste.

— Ça y est, vous êtes prêt ?

— Oui, pardon.

La dernière fois que je l'ai vue remonte à moins de quarante-huit heures, mais Vicky a l'air d'aller beaucoup mieux. On l'a aidée à se laver les cheveux, elle est assise sur la chaise près de la fenêtre, vêtue d'un jean et d'un pull épais. Un magazine est posé sur ses genoux et elle paraît soudain reconnectée au monde. Une jeune femme normale, de nouveau. Intérieurement, je lève mon chapeau aux personnes qui ont permis cette transformation et, lorsque je croise le regard de l'infirmière, je comprends que c'est elle qui s'est occupée de Vicky. Elle sourit.

— Je crois qu'elle se sent un peu mieux aujourd'hui. On a même réussi à la persuader de manger quelque chose.

Je désigne la chaise près du lit.

— Je peux m'asseoir quelques minutes, Vicky ?

Elle me lance un coup d'œil furtif, puis hoche la tête. J'approche un peu la chaise et m'assieds.

— Avez-vous pu nous écrire quelques mots ?

Elle rougit un peu et regarde ailleurs.

— Vicky n'a toujours pas prononcé un mot, explique l'infirmière. On pense qu'il vaut mieux ne pas la forcer. Y aller doucement.

— Ça me paraît une très bonne idée, dis-je en essayant d'avoir l'air rassurant. Mais je viens de recevoir un appel de notre laboratoire de la police scientifique et, si vous vous en sentez capable, je voudrais vous poser quelques questions. Êtes-vous d'accord ?

Elle me regarde et reste immobile.

— Nous avons vraiment besoin de savoir une chose : est-ce une seule personne qui vous a agressée, ou bien étaient-ils deux ? On ne peut pas en être certain avec les résultats des tests effectués sur les traces d'ADN que l'on a retrouvées, et je suis sûr que vous comprenez à quel point c'est important que nous sachions s'il y avait une ou deux personnes. Pouvez-vous me le dire, Vicky ?

Elle me regarde fixement un moment. Ses joues rougissent. Puis elle acquiesce.

Je sors mon téléphone et lui montre une photo.

— C'était cet homme ?

Elle me considère, puis jette un œil à la photo et fait non de la tête.

Je lui en montre une autre.

— Lui ?

Elle hoquette, plaque la main sur sa bouche. Les larmes jaillissent.

— Oui, murmure-t-elle d'une voix éraillée par son long mutisme. Oui.

* * *

Trouvé les images de vidéosurveillance de l'arrêt de bus. Pippa est montée dans le #5 vers Blackbird Leys. J'ai le numéro du bus, donc tu peux retrouver le chauffeur. Il se souvient sans doute d'elle

Bravo, Gis. Comme j'ai dit, je t'en dois une.

J'y pense. Le #5 passe par le centre d'activités. Elle aurait pu aller voir Gardiner ?

Ça vaut le coup de lui demander. Merci, mon pote.

* * *

— Alors, on en est où, Adam ?

Dans le bureau du commissaire. Samedi matin. Il y a peu de bonnes raisons de se trouver là pendant le week-end et, sur une échelle de la déconfiture allant de un à dix, on est aux alentours de cinq. Et, pour être juste, il doit être mis au courant.

— Vicky a identifié Harper comme étant son kidnappeur, chef. Et les résultats de la police scientifique le confirment.

— Et l'ADN de Walsh retrouvé sur la literie de la fille ?

— Il nous a dit avoir passé la nuit chez Harper une fois ou deux et, d'après Challow, la salive peut avoir coulé sur le drap si c'est celui sur lequel il a dormi. Ce n'est pas impossible.

— Donc la séquestration est le fait du seul Harper. Aucune collusion avec Walsh.

— C'est ce qu'il semble. Vicky ne l'a pas reconnu.

— Néanmoins, cet homme ne s'est jamais montré violent. Vous pensez toujours que la démence de Harper a été un facteur important et que la malencontreuse ressemblance entre la jeune fille et sa femme a été un élément déclencheur ?

Je prends une profonde inspiration. J'étais tellement convaincu que c'était Harper, puis le journal de Vicky m'a fait changer d'avis, et depuis je n'ai vu en lui qu'un pauvre vieux type exploité par Donald Walsh pour réaliser ses objectifs tordus. Mais ce n'est pas le cas. Ce n'est pas possible.

— En fait, chef, je crois que c'est beaucoup plus compliqué que ça. Harper manifeste des signes de démence, mais, il y a trois ans, c'était une tout autre histoire. Prenez le journal de Vicky : rien ne suggère que l'homme qui l'a enfermée présentait des troubles psychologiques. Je pense qu'il savait parfaitement ce qu'il faisait. Et oui, la ressemblance entre Vicky et Priscilla a pu être un facteur déclencheur, mais pas dû à la confusion mentale de Harper. Plutôt à son besoin de vengeance. À sa conception perverse de la revanche.

— Mais n'a-t-il pas dit qu'il avait peur de la cave, qu'il entendait des bruits en bas ?

— Je suppose que c'est parce que sa démence s'est aggravée. Il a même pu oublier que la fille était là. Ce qui expliquerait pourquoi elle était quasi à court d'eau et de nourriture.

Harrison se recule sur son fauteuil.

— J'ai beau faire, je ne parviens toujours pas à comprendre. À première vue, tout désigne Walsh.

— Je sais, chef. C'est ce que je croyais, moi aussi.

— Mais l'ADN ne ment pas. Le garçon est le fils de Harper.

— Oui, chef.

— En parlant d'ADN, où en êtes-vous avec Gardiner ?

— On l'a de nouveau auditionné. On a des empreintes digitales partielles sur le chatterton et quelques traces de son ADN sur la couverture qui a servi à envelopper le corps, mais elles sont circonstancielles. Rien de cela ne tiendrait devant un tribunal. Même s'il semble avoir été violent avec la nourrice. Nous essayons de voir si cela fait partie d'un schéma global.

— *Semble avoir été* ? Vous n'en avez pas parlé avec elle ?

— Pas encore, chef. Il se révèle difficile de la retrouver.

Je le vois froncer les sourcils et je maudis Quinn.

— Mais vous n'éliminez pas Harper. Il est toujours possible qu'il ait pu commettre les deux crimes. La fille dans la cave *et* Hannah Gardiner ?

— Oui, chef. C'est possible.

— Et, vu son état de santé, est-ce que le procureur va monter un dossier contre lui ?

— Je l'ignore. Nous n'en sommes pas encore à ce stade.

— En attendant, il est dans un hébergement approprié ?

J'acquiesce.

— Une unité sécurisée de soins aux personnes atteintes de démence, près de Banbury. Quoi qu'il arrive, il ne retournera pas à Frampton Road. La maison va probablement finir par être vendue.

— Eh bien, la police de Thames Valley aura au moins fait un acquéreur heureux.

— Pardon ?

— Ce branleur qui a acheté la maison mitoyenne.

Je commence à avoir la nette impression que Quinn m'évite et, lorsque je le trouve en train de manger un sandwich assis derrière le volant de son Audi, je sais que j'ai raison.

Je tape contre la vitre.

— Quinn ?

Il l'abaisse en se dépêchant de déglutir.

— Ouaip. Qu'y a-t-il, chef ?

— Qu'est-ce que vous faites ici ?

— Vous voyez bien : je déjeune.

Je lui lance un regard qui veut dire : « Ouais, c'est ça », et il a la décence de prendre un air penaud.

— Avez-vous amené Pippa Walker ?

— Ah, il y a un léger problème, chef.

C'est donc ça.

— Quel genre de problème ?

— On ne la retrouve pas.

Je le fixe du regard jusqu'à ce qu'il cesse de mâcher, puis il fourre le reste de son sandwich dans le sachet en papier.

— J'ai entendu parler d'un truc qu'on appelle téléphones portables…

Il rougit.

— Je sais. Mais on n'a pas son numéro. Celui qu'elle m'a donné est injoignable. Désolé, chef.

Quinn ne m'appelle « chef » que lorsqu'il sait qu'il a merdé, et il semble résolu à avaler la pilule jusqu'à la lie. Mélange de métaphores, mais vous voyez ce que je veux dire.

— On a une déclaration qu'elle a faite en 2015. Il doit y avoir une adresse.

Il hoche la tête.

— Arundel Street.

— Eh bien, commencez par là. Ça me paraîtrait logique qu'elle retourne dans un endroit qu'elle connaît.

Très bien, dit Quinn en mettant le moteur en marche. Pas de souci. C'est ma faute, je vais régler ça.

* * *

— Agent Somer ? Je suis Dorothy Simmons, des assurances Holman. Nous nous sommes parlé au sujet de la collection du professeur Harper.

— Ah oui, merci de revenir vers moi, surtout un week-end.

— J'ai regardé les photos que vous m'avez envoyées et je les ai comparées avec ce que nous avons dans le dossier du professeur Harper. Il se trouve que vous avez raison, ce sont indubitablement les mêmes objets.

— Et ils ont de la valeur ?

— Oh, oui. Lorsque le professeur Harper a fait évaluer sa collection en 2008, elle a été estimée autour de soixante-cinq mille livres. En fait, j'ai tenté de le convaincre de mettre à jour l'évaluation, car je m'inquiétais qu'elle ne soit pas suffisamment assurée. Mais on dirait qu'il ne répond pas à nos courriers.

— Cela nous est très utile, madame Simmons. Je vous remercie.

— Il y a encore une chose. M. Walsh ne possède qu'une partie des *netsuke*. Certains semblent manquer.

— Et ils sont particulièrement chers ?

— L'un d'eux, oui. Mais les autres sont probablement les moins précieux de la collection. Je ne sais pas si c'est important.

Sans doute, pense Somer. *Si Quinn a raison, Walsh ne voulait que barboter les pièces les plus chères. Ah, « valeur sentimentale » et « héritage familial », hein ? Mais, en même temps, ça soulève une question intéressante.*

Où sont les autres pièces ?

* * *

Après de vaines recherches dans Arundel Street, la journée de Quinn ne semble pas sur le point de s'améliorer.

Lorsqu'il retourne au commissariat juste après 15 heures, Gislingham est la première personne qu'il croise dans le couloir.

— Tu as retrouvé ce chauffeur de bus ?

Gislingham le regarde. *C'est ta merde*, se dit-il, *alors règle ça toi-même.*

— Non, dit-il d'une voix forte. J'ai des choses à faire. Mes propres trucs.

Quinn se passe une main dans les cheveux. Il en est fier et y consacre pas mal de temps. Ce qui irrite Gislingham au plus haut point, même s'il sait qu'il devrait s'en foutre. Mais peut-être le début de calvitie qu'il s'est découvert dans le miroir de la salle de bains y est-il pour quelque chose.

— D'accord, lâche Quinn. Désolé. C'est juste que j'ai Fawley sur le dos.

Ouais, mais ce serait pire s'il connaissait la vérité, pense Gislingham.

Il se tourne vers la machine à café et fait semblant d'hésiter entre un cappuccino et un latte avant de choisir ce qu'il prend toujours (et qui, de toute façon, a le même goût que le reste). Puis il fait face à son supérieur hiérarchique.

— Écoute, je t'aiderai dès que possible, OK ?

Quinn le considère. Il voudrait engueuler Gis, mais se souvient qu'il lui est redevable. La gratitude l'emporte.

— Très bien, concède-t-il. D'accord. Merci.

* * *

— Alors, vous pensez pouvoir revenir vers eux lundi au plus tard ?

Alex Fawley change son téléphone portable de main. C'est l'un de ses collègues, qui s'enquiert d'une information relative à leur client le plus important et qui aurait dû être envoyée vendredi après-midi. Alex a essayé d'éviter de s'en occuper et de transmettre le dossier à son assistante, mais concilier sa charge de travail et un enfant n'est pas chose facile. C'était déjà assez difficile avec Jake, mais là…

— Alex ?

— Pardon, j'étais en train de vérifier l'agenda. Oui, ça devrait aller.

Elle a dû donner l'impression d'être distraite, car il repose la question. Son doute est perceptible.

— Vous êtes sûre ? Parce que nous pouvons toujours…

— Non, non, vraiment. C'est parfait.

Soudain, un bruit de choc dans l'autre pièce, puis un gémissement qui se mue en hurlement.

— Bon Dieu, Alex, qu'est-ce qu'il se passe ?

— Rien, rien. Il y a des décorateurs à la maison. Ils ont dû faire tomber quelque chose. Écoutez, je suis désolée, Jonathan, mais je vais devoir vous laisser. Je vous promets de vous remettre les documents en temps et en heure.

* * *

Dans la salle d'audition numéro deux, Donald Walsh est officiellement inculpé. Il s'efforce désespérément de le cacher, mais c'est un homme en colère. Everett a tiré la paille la plus courte sur ce coup-là, mais elle est assez endurcie pour supporter un excès d'ironie.

— Monsieur Walsh, vous êtes accusé d'avoir dérobé certains objets appartenant au professeur William Harper, demeurant au 33 Frampton Road à Oxford. Je crois que votre avocat vous a expliqué vos droits ainsi que la suite de la procédure ? Est-ce que vous comprenez ?

— Comme il s'est exprimé par monosyllabes, je crois avoir à peu près compris.

— On vous a notifié la date à laquelle vous devez vous présenter devant le tribunal d'instance, comme nous venons de le dire…

— Oui, oui, vous n'avez pas besoin de tout répéter une fois de plus, inspecteur. Je ne suis pas *attardé*.

Everett termine de remplir le formulaire et le tend à Walsh, qui le lui arrache de la main et le signe avec grandiloquence sans en lire une seule ligne.

— Je ne sais toujours pas à quoi riment toutes ces histoires, déclare-t-il d'un air ombrageux. Je ne faisais que prendre soin de la collection. Toute personne *raisonnable* se rendrait compte au premier coup d'œil que Bill n'est plus en état de le faire. La dernière fois que je suis passé chez lui, une pièce de grande valeur avait disparu. Tel que je le connais, il pourrait très bien l'avoir balancée dans les chiottes. Et, de toute façon, la collection me reviendra à sa mort. Il n'a pas d'enfants, alors qui reste-t-il ? En fait, c'est un vrai miracle que d'autres pièces n'aient pas été volées. N'importe qui aurait pu entrer chez lui, il n'y avait aucune sécurité.

— Je crois que mes collègues ont dû défoncer la porte pour entrer.

— Oui, eh bien, s'ils s'étaient servis de leur *cerveau*, ils seraient passés par-derrière et se seraient rendu compte que la porte de la véranda n'a pas de serrure. La moitié des vitres sont brisées. Même ce satané chat pouvait entrer. Ce truc siamois. Je l'ai entendu à l'étage. Pas étonnant que des pièces aient été volées. D'ailleurs, je vais insister pour que vous enquêtiez là-dessus.

Ce qui est assez gonflé, vu sa situation, se dit Everett. Mais elle a suffisamment de bon sens pour ne pas le faire remarquer.

Walsh lui retourne brusquement le formulaire. Celui-ci glisse sur la table et tombe par terre.

— Très bien, je *suppose* que je peux rentrer chez moi maintenant, si tout est en ordre pour vous ?

* * *

Il est 16 h 30 et Alex ne s'est toujours pas mise au travail. Il pleut violemment et elle est assise dans la cuisine, le garçon à ses pieds. Ce fut un cauchemar de construire cette extension, mais ça a changé toute la maison. Plus d'espace, plus de lumière. Même lorsque le ciel est nuageux, le puits de lumière offre beaucoup de clarté. Elle quitte la chaise pour s'asseoir par terre à côté de l'enfant.

— Si on jouait à un jeu ?

Il la considère avec méfiance. Il tient un ours en peluche dans une main. Celui de Jake. Adam le lui avait acheté avant même sa naissance.

— C'est facile, dit-elle. Regarde.

Elle s'allonge et observe le ciel. Des aiguilles de pluie dorée attrapent la lumière avant de s'étoiler sur la vitre du puits de lumière.

— Tu vois ? On peut voir la pluie tomber. C'est comme de la magie.

Le garçon regarde en l'air, tend le cou. Puis il lève les mains vers la lumière, riant avec une pure joie enfantine.

* * *

Entretien téléphonique avec Terry Hurst, chauffeur de bus, Oxford Bus Company
6 mai 2017, 17 h 21
Interlocuteur : inspecteur en chef G. Quinn

GQ : Monsieur Hurst, nous recherchons une jeune femme qui est montée dans votre bus à l'arrêt de Queen's Lane hier à 16 h 35.

TH : Ah, rien que ça ?

GQ : Il s'agit d'une enquête de la police judiciaire, monsieur Hurst. Vous devriez vous sentir concerné.

TH : Alors, à quoi elle ressemblait, cette fille ?

GQ : Environ un mètre soixante-treize, longs cheveux clairs, yeux verts. Elle portait un short en jean, un haut à mailles et des sandales. Et des lunettes de soleil.

TH : Oh, oui, je m'en souviens très bien.

GQ : Vous souvenez-vous d'où elle est descendue ? On pense que c'est peut-être au parc d'activités.

TH : Non, ce n'était pas là. Sûr. Elle était debout parce qu'il y avait pas mal de monde dans le bus, et je me rappelle que je faisais attention à ce que tous les passagers qui le désiraient aient le temps de descendre. Mais, quand on est arrivés au parc d'activités, elle était déjà descendue.

GQ : Vous avez une caméra de vidéosurveillance dans le bus ?

TH : Pas dans celui-là, non.

CQ : Et vous n'avez aucune idée de l'arrêt où elle est descendue ?

TH : Je n'ai pas dit ça. En fait, je crois que c'était au Tesco de Cowley Road. Ça vous parle ?

CQ : Je suppose que c'est un début. Si c'est tout ce que vous avez.

TH : Je vous en prie. (*Murmures.*) Branleur.

* * *

Il doit être 2 ou 3 heures du matin lorsque je me réveille. Le ciel est bleu profond, pas vraiment noir. Un ciel de début d'été. Le rideau est entrouvert et je sens un léger souffle d'air frais.

Je me redresse sur les coudes, clignant des paupières dans la pénombre. Quand j'entre dans sa chambre, il est là, debout. Dans le lit d'enfant. Dans le silence. L'éclat de ses yeux reflète une lumière argentée qui vient de la fenêtre. Il a un doigt dans la bouche et, dans l'autre main, l'ours en peluche de Jake.

— Qu'y a-t-il ? Tu as fait un mauvais rêve ?

Il m'observe en se balançant doucement, puis hoche la tête.

— Est-ce que tu veux boire un peu de lait ?

Cette fois, il acquiesce.

Je m'approche.

— Je peux te prendre dans mes bras ?

Il me regarde, puis me tend les mains. Je me penche et le soulève contre moi. C'est la première fois que je le fais depuis qu'il est ici. La pénombre aiguise mes sens ; j'ai pleinement conscience de lui, de sa présence physique, avec une acuité inédite. Je sais que je l'ai tenu à distance, pas seulement psychologiquement, mais surtout émotionnellement et, bien sûr, physiquement. Mais maintenant, pour la première fois, sa peau est contre la mienne. Je respire son odeur. Gel douche, lait, pisse, cette douce odeur de biscuit qui semble propre à tous les bébés. Il s'appuie contre ma poitrine et je sens son poids dans mes bras. Alex dit toujours que, si les femmes sans enfants aiment les chats, c'est parce qu'ils sont chauds, vivants, et pèsent le même poids qu'un bébé – on peut les prendre contre soi comme un enfant, et il y a là un profond plaisir psychologique qui va au-delà de la conscience de l'amour. C'est ce que j'éprouve en tenant ce petit garçon contre moi.

Au matin, je suis le premier levé et, lorsque Alex descend, elle nous trouve tous les deux dans la cuisine. Le petit garçon sur sa chaise haute devant un bol de banane écrasée, et moi affairé avec le lave-vaisselle. Ça rend Alex folle de me voir réordonner ce qu'elle y a déjà rangé, et je me dépêche donc de finir rapidement. La radio est allumée et je fredonne – même si je ne m'en rends compte qu'à son arrivée. Elle porte un jean délavé et un T-shirt blanc, ses cheveux ne sont pas attachés. Sans maquillage, elle a l'air plus jeune. Je la vois peut-être trop souvent dans sa tenue d'avocate.

Elle me sourit.

— Tu as l'air joyeuse.

Elle regarde ce que je suis en train de faire avec le lave-vaisselle, mais elle a manifestement décidé de ne faire aucune remarque à ce sujet, pour ne pas gâcher l'ambiance.

— Il n'y a pourtant pas de quoi. Je vais avoir une dure journée.

Elle s'approche du garçon et lui passe gentiment la main dans les cheveux.

— Tu vas devoir travailler tout le week-end ?

Sa voix est légère, plus douce qu'elle ne l'est d'ordinaire dans une telle situation.

— Désolé. Tu sais ce que c'est.

Elle prend la brique de jus de fruits et la secoue.

— Dommage. Je pensais qu'on pourrait faire un truc. Aller quelque part…

Elle se retient, mais j'entends tout de même les mots qu'elle a en tête. *Comme une famille.*

Je me retourne vers le lave-vaisselle et recommence à ranger, déplaçant les tasses, les assiettes. Activité de déplacement, dans tous les sens du terme.

— Écoute, je dois te dire quelque chose.

Elle se sert une tasse de café. Précautionneusement, avec un calme exagéré.

— Oui ?

— On a eu les résultats ADN. Le père du garçon. Ce n'est pas Donald Walsh.

Elle s'appuie contre le plan de travail et porte la tasse à ses lèvres.

— Je vois. C'est donc William Harper, finalement ?

— Oui. Vicky l'a identifié.

Ses yeux s'écarquillent lentement, mais c'est sa seule réaction physique.

— Elle parle ?

— Un peu. Quelques mots. Il ne faut pas la forcer.

— Non, dit-elle. Surtout pas. Ça pourrait produire des dégâts bien plus grands.

Je me redresse, les genoux douloureux.

— Écoute, Alex…

— Je sais ce que tu vas dire, Adam. Que ce n'est que pour quelques jours. Que je ne suis pas sa mère.

Je m'approche d'elle, lui pose une main sur le bras.

— Je veux simplement éviter que tu souffres. Je ne veux pas que tu t'attaches trop à lui. Ou que lui s'attache trop à toi. Ce ne serait pas juste. Ni gentil.

Ses lèvres tremblent.

— Pour lui ? Ou pour moi ?

Ses yeux s'emplissent de larmes et je l'attire contre moi. Nous restons là, mes bras l'enlacent, j'embrasse ses cheveux. Le garçon lève les yeux de son bol et nous regarde, ses yeux immenses braqués sur les miens.

À 7 h 15, Gislingham est déjà levé. Depuis trois heures. Il a finalement renoncé à se rendormir et s'est glissé hors du lit, laissant Janet dans un sommeil si profond que même Billy n'a pas pu l'en tirer. Et, maintenant, son fils est calfeutré dans le porte-bébé qu'il porte contre sa poitrine. Il met de l'ordre dans la cuisine, chauffe du lait, chante une chanson de Johnny Cash.

— Qui a dit que les hommes n'étaient pas multitâches, hein, Billy ? demande-t-il en souriant au bébé qui gazouille. Mais c'est notre secret, d'accord ? Parce que, si maman l'apprend, elle va nous donner une liste de corvées longue comme ton bras. Non, aussi longue que *mon* bras. Hé, dit-il en saisissant un pied dodu, c'est une sacrée jambe gauche que tu as là, mon gars. Il faut qu'on te fasse jouer dans l'équipe de Stamford Bridge sans tarder.

— Oh, sûrement pas, déclare Janet en entrant dans la cuisine vêtue d'un peignoir et pieds nus. Pas sans mon accord.

Elle s'assied lourdement sur l'une des chaises.

— Tu as l'air fatiguée, dit gentiment Gislingham. Pourquoi est-ce que tu ne retournes pas te coucher un peu ?

Elle secoue la tête.

— Trop de choses à faire.

Gislingham regarde la cuisine.

— Je crois que j'ai fait l'essentiel. J'ai nettoyé, lavé les assiettes. Billy a pris son petit déjeuner.

Elle soupire, puis fait l'effort de se lever et sort Billy du porte-bébé. Le petit garçon se met à donner des coups de pied et à pleurer ; son visage rougit et se plisse en gémissant.

— Il était bien, dit Gislingham. Vraiment.

— Il faut le changer, répond-elle en se penchant pour extraire un paquet de couches du sac de courses que Gislingham a rapporté, avant de sortir lentement la cuisine et de monter à l'étage.

— Eh bien, selon moi, il n'avait pas besoin d'être changé, dit Gislingham pour lui-même.

Il détache le porte-bébé et vide le sac de courses. Il le froisse pour le mettre dans la poubelle des déchets recyclables, et se fige. Il s'assied devant la table et sort son téléphone.

Viens juste d'avoir une idée. Le sac que Pippa avait avec elle à l'arrêt de bus. Je crois qu'il vient de Friday's Child. La vidéosurveillance est un peu floue, mais je crois avoir reconnu le logo. C'est ce magasin à Corn Market.

Il appuie sur la touche « Envoi » et remet la bouilloire en route. À l'étage, Billy est toujours en train de gémir. Il met un sachet de thé dans un mug et son téléphone émet un bip.

Si elle a payé par carte de crédit, ça va nous être utile.

Gislingham grimace et soupire. *Est-ce que je dois absolument m'occuper de ce bordel tout seul?*

C'est là que j'ai acheté le cadeau d'anniv' de J. Ils avaient une liste au comptoir où on peut s'inscrire pour des promos. Il faut laisser son nom et son numéro. Les chances sont minces, mais ça vaut le coup d'essayer, non ?

Cette fois, la réponse est quasi instantanée.

Génial ! Merci, mec, je te tiens au jus. Je te dois une bière.

Gislingham grimace de nouveau en regardant le téléphone, puis le jette sur la table et se lève pour enfin le préparer, ce fameux thé.

* * *

— Le nom est Walker. Pippa Walker. Vous êtes sûre qu'il n'y a rien ?

La fille au comptoir roule des yeux.

— J'ai *vérifié*, vous savez.

À l'extérieur, l'enseigne dit : FRIDAY'S CHILD… IS LOVING AND GIVING[1] ! Mais la vendeuse ne paraît guère briller par la générosité, en tout cas lorsqu'il s'agit de donner des informations. Elle mâche un chewing-gum, son nez et sa lèvre supérieure sont percés de clous en métal. Ça jure un peu avec les présentoirs pleins de bijoux dorés et d'accessoires pour filles rose pailleté. Quinn prend une profonde inspiration. Normalement, il s'en sort plutôt bien avec la gent féminine, mais cette fille semble totalement immunisée. *Une gouine*, se dit-il. *Et il fallait que je tombe sur elle.*

— Pouvez-vous vérifier de nouveau ? Ou, encore mieux, pouvez-vous me laisser le faire ?

Elle le regarde d'un air soupçonneux.

— Il n'y a pas des règles pour ça ? Protection des données, ou ce genre de chose ?

Il sourit.

— Je suis *officier de police*.

Ce qui est la stricte vérité. En l'état actuel des choses.

Soudain, un groupe d'écolières japonaises s'extasie devant un rayon de porte-monnaie à paillettes et de serre-tête fleuris.

Se retrouvant seul au comptoir, Quinn se penche et tourne la liste vers lui. Il la parcourt jusqu'à trouver « Walker », mais l'initiale du prénom ressemble plus à un T qu'à un P. Pourtant,

1. Comptine du XIXe siècle qui égrène les jours de la semaine : « L'enfant né un vendredi est pétri d'amour et de générosité. »

le numéro est très proche de celui qu'elle lui a donné : elle n'a modifié que deux chiffres. Méprise facile.

Il sort son téléphone et appelle. Tombe directement sur le répondeur. Mais c'est elle. C'est la voix de Pippa. Il attend la tonalité :

— C'est moi, Gareth. La déclaration dont nous avons parlé. Tu peux passer à St Aldate ? (Il marque une pause.) Écoute, pour tout te dire, je suis vraiment dans la merde à cause de ça. Alors j'apprécierais vraiment ta collaboration, d'accord ?

* * *

Devant son ordinateur, avec une migraine et la gorge comme du gravier, Gislingham étudie les pages de l'*Oxford Mail* de juin 2015, à la recherche de ce qui aurait pu intéresser Hannah Gardiner sur Cowley Road. Il y a de tout. Fêtes d'école, matches de football des moins de dix ans, un nouvel itinéraire de circulation. Mais rien de très captivant. Au bout de vingt minutes, il abandonne et essaie une autre méthode. Il tape « Hannah Gardiner » et « Cowley Road » sur Google, et tombe sur plusieurs sujets qu'elle a réalisés pour la BBC, accompagnés de photos. L'un d'eux est un reportage sur une controverse concernant une demande de permis de construction. Il y a également un selfie qu'elle a pris lors du carnaval de Cowley Road en 2014 et qu'elle a posté sur Facebook. On y voit des danseurs harnachés de plumes, un dragon chinois, un homme sur des échasses. Et, au premier plan, la famille : Rob, Hannah, Toby.

Il imprime la photo et l'apporte à la salle de crise, où il trouve Erica Somer debout devant le tableau. À l'aide d'un marqueur rouge, elle entoure certains *netsuke* sur la planche où figure la collection.

— Qu'est-ce qu'ils ont de spécial ? demande-t-il en s'approchant pour mieux voir.

Elle se tourne vers lui et lui adresse un bref sourire.

— Les pièces manquantes. Et, apparemment, quelques-unes sont vraiment rares. Celle-ci, par exemple, dit-elle en lisant un document : « *netsuke* en ivoire en forme de coquille de nautile, sculpté par Masanao, l'un des grands maîtres de la période de Kyoto. Hauteur, cinq centimètres ; longueur, six centimètres. Valeur, vingt mille livres ».

Gislingham siffle.

— Qui s'en douterait ?

Somer s'écarte du tableau.

— Des flics font circuler ces images parmi les marchands d'art et les magasins d'antiquités. On ne sait jamais, quelqu'un pourrait les reconnaître. Et toi, qu'est-ce que tu as ? s'enquiert-elle en désignant la feuille qu'il tient à la main.

— Ça ? C'est une photo qu'Hannah Gardiner a postée sur sa page Facebook en août 2014. Elle, Rob et Toby au carnaval de Cowley Road. Je cherchais des liens qu'elle pourrait avoir avec cet endroit et je suis tombé là-dessus.

Ils entendent un bruit derrière eux : c'est Everett qui referme bruyamment la porte. Elle a l'air fatiguée.

— Banbury Road est bloquée jusqu'à Summertown. Un *dimanche*, dit-elle en jetant son sac sur la table.

Elle remarque la photo que Gislingham vient de punaiser.

— Qu'est-ce que c'est ?

— Une photo d'Hannah, répond-il. Regarde.

Elle s'approche.

— Je me demande si elle est réellement aussi heureuse qu'elle en a l'air ou si c'est juste pour la photo, déclare Somer en se tournant vers Everett. Qu'en penses-tu ?

Mais elle regarde autre chose.

Ou, plutôt, quelqu'un d'autre.

* * *

Lorsque Quinn descend à la réception, la fille est devant la fenêtre en train de contempler la rue. Elle se retourne et s'avance vers lui, mais il la ramène promptement vers la fenêtre, hors de portée des oreilles du bureau.

— Mais où diable étais-tu passée ?

— J'ai reçu un SMS d'une amie disant que je pouvais dormir sur son canapé pendant quelques jours.

Elle le fixe en souriant avec ses yeux bleus qui disent : « Allez, ça va… »

— Tu m'as rapporté ma petite culotte ?

Quinn jette un œil derrière lui. Le chef de poste regarde dans leur direction, manifestement intrigué.

— Ne dis pas des choses comme ça, grince-t-il. Pas ici. Tu vas me faire virer.

Elle hausse les épaules.

— OK. Dans ce cas, j'y vais.

Il la retient par un bras.

— Non, ne fais pas ça. On a besoin que tu fasses cette déclaration. *J'ai* besoin que tu la fasses.

Elle l'étudie, la tête penchée.

— D'accord, finit-elle par concéder.

— Il faudra que je te demande aussi d'autres trucs. Comme ce qui s'est passé le jour où Hannah a disparu. Et avant, également. C'est important que tu dises la vérité.

— OK, dit-elle en fronçant légèrement les sourcils.

— Je suis sérieux. *Toute* la vérité. Et il y a autre chose encore. (Il déglutit.) Donne l'adresse de l'amie chez qui tu habites. Ne dis rien au sujet de la nuit passée chez moi.

Elle le considère un long moment, décèle l'anxiété qu'il s'efforce de masquer, puis sourit.

— Bien sûr. Tu voulais juste me rendre service, n'est-ce pas ? En fait, il ne s'est *rien* passé.

— Non, s'empresse-t-il de répondre. Évidemment que non.

* * *

Je suis dans la pièce contiguë à la salle d'audition numéro deux, en train de regarder la vidéo de Quinn interrogeant Pippa Walker. Elle semble indifférente au milieu environnant comme à la chaleur. Quinn, au contraire, transpire dans sa chemise Thomas Pink.

— Reprenons depuis le début, déclare-t-il. Lorsque je vous ai vue dans l'appartement de M. Gardiner, vous avez dit que vous vous étiez disputés et qu'il vous avait fait cet hématome au poignet. C'est bien ça ?

— Eh bien, oui. Mais je ne pense pas qu'il l'ait fait exprès. Pas de la façon dont *vous* le sous-entendez, en tout cas.

Quinn bouge sur sa chaise.

— C'est tout de même une agression, mademoiselle Walker.

Elle fait la moue.

— Si vous le dites.

— Et vous entreteniez une relation, vous et M. Gardiner ? Elle se recule et croise les jambes.

— Ouais. Pendant un moment.

— Cela a commencé avant la disparition de Mme Gardiner ?

La jeune femme a l'air abasourdie.

— Non. Je pense que je l'attirais, mais il ne s'est rien *passé*.

Elle fixe Quinn, un infime sourire aux lèvres, et il évite aussitôt son regard, fouillant inutilement ses documents.

— Vous êtes absolument certaine qu'il n'y avait *rien* entre vous avant la disparition d'Hannah ? demande-t-il sans la regarder.

Elle est livide.

— Non. Je viens de vous le dire.

Il se concentre de nouveau sur ses papiers.

— Le jour de la disparition d'Hannah, elle vous a appelée tôt le matin.

— Ouais, mais je n'ai eu le message que plus tard. Écoutez, j'ai déjà raconté ça à la police.

Mais Quinn ne lâche pas l'affaire.

— Lorsque vous l'avez entendu, rien ne vous a paru bizarre ?

Elle hausse de nouveau les épaules.

— Hannah avait l'air contrariée. Pourquoi donc ?

Elle roule des yeux, comme si elle n'en revenait pas qu'il se montre si insistant.

— Je n'étais pas venue, d'accord ? J'étais en train de vomir. Alors, elle allait devoir emmener Toby avec elle pour cette interview. Elle avait horreur de faire ça. Elle pensait que ce n'était pas professionnel.

— M. Gardiner n'aurait pas pu le prendre ?

— Sur son vélo ? Je ne crois pas.

— Et plus tard, après que vous avez appris la disparition d'Hannah, rien ne vous a paru étrange à propos de son coup de téléphone ?

Elle fronce les sourcils.

— Mais tout ça est arrivé ensuite. Elle était OK ce matin-là, non ?

Quinn reste assis un moment, puis rassemble ses papiers et quitte la salle. La fille se penche et sort son portable de son sac.

La porte s'ouvre à la volée. Quinn entre et jette sa veste sur une chaise.

Je l'observe.

— Que se passe-t-il ?

Il desserre sa cravate.

— Ils ne pourraient pas régler cette foutue température dans cette pièce ?

— Quinn, je vous ai demandé ce qu'il se passait. Entre vous et cette fille.

Il pose ses documents.

— Rien, chef. Il ne se passe rien, je le jure. Je crois juste qu'elle ne nous dit pas tout. Je pense qu'elle cache quelque chose.

— En fait, chef, je crois qu'il a raison.

C'est Gislingham, sur le seuil de la porte.

— Vous devriez voir ça, tous les deux.

Il pose une photo sur la table devant nous.

— Je l'ai trouvée en cherchant une raison pour laquelle Hannah aurait pu se rendre à Cowley Road. C'est elle et Rob au carnaval de 2014.

Je scrute l'image. Hannah sourit en tenant l'appareil photo d'une main, Toby dans l'autre bras. Rob est derrière eux. Il regarde au loin, mais il a une main sur l'épaule de sa femme. Ça ressemble à de l'amour, mais, comme je ne le sais que trop bien, les photos n'ont pas besoin de Photoshop pour mentir. Il est si facile de faire semblant.

— Là, dit Gislingham. Au fond à gauche.

— La fille aux cheveux blonds ?

— On ne peut pas être vraiment sûr avec cette ombre sur son visage, mais je crois que c'est elle. Pippa Walker.

Quinn siffle.

— Merde. À tous les coups, tu as raison.

— Et Rob Gardiner regarde droit vers elle.

J'observe l'image, puis me tourne vers Gislingham.

— Quand nous a-t-elle dit qu'elle avait rencontré les Gardiner pour la première fois ?

— Je viens de vérifier sa première déclaration, répond-il d'une voix vibrante de triomphe. Elle a dit que c'était en octobre 2014. Deux mois *après* que cette photo a été prise.

— Très bien, déclare Quinn.

Il s'apprête à sortir de la pièce et je le retiens. Sur l'écran vidéo, la fille est en train de s'examiner dans son miroir.

— Je veux qu'une femme vous accompagne, cette fois.

— Quoi ? s'exclame-t-il. Pourquoi ?

— Emmenez Ev avec vous. Et si elle n'est pas dans le coin, allez chercher Somer.

Il me regarde brièvement, mais ne fait aucun commentaire. Quant à Gislingham, il affiche un visage de joueur de poker.

— Compris, Quinn ?

— Compris, chef.

* * *

— Mais j'ai besoin de toi ici.

— Désolée, répond Everett. (Le signal est mauvais : elle est en voiture.) J'ai toute une liste de magasins d'antiquités à visiter. Pour essayer de retrouver ces *netsuke* manquants.

Quinn peine à cacher son irritation.

— Mais c'est un boulot de simple flic. Du vulgaire cambriolage.

— Fawley m'a dit de…

— Ouais, ouais, je sais.

— Pourquoi est-ce un problème ? Gislingham devrait être dans les parages, et Baxter…

— Bon, oublie ça, OK ?

Sauf que ce n'est pas « OK » du tout, et Everett raccroche sans comprendre pourquoi. Quinn fait contre mauvaise fortune bon cœur. Somer n'est pas à son bureau et son supérieur lui suggère d'aller voir à la cantine. Non sans un sourire narquois, Quinn décide de l'ignorer.

Elle est dans le coin, avec un café et un livre. Un gros livre, genre Penguin Classic. Il avait oublié qu'elle a été professeur d'anglais. Lorsqu'il s'approche de la table, elle voit son ombre projetée sur la page qu'elle est en train de lire et lève les yeux. Elle s'arrange pour sourire. Artificiel, mais un sourire quand même.

— Ça parle d'une jeune femme kidnappée et violée, dit-elle en désignant le livre. Il a été publié en 1747, mais certaines choses ne changent jamais, n'est-ce pas ?

Quinn fourre ses mains dans les poches. Il évite autant que possible le contact visuel.

— Je vais de nouveau interroger Pippa Walker. Fawley veut que tu m'accompagnes.

— Moi ? Et pourquoi pas…

— Il veut la présence d'une femme, et Everett n'est pas là.

C'est donc l'idée de Fawley, pas la tienne. Sa pensée se lit sur son visage.

— Alors, tu es disponible, ou non ?

Elle se redresse et ferme le livre.

— Bien sûr. À vos ordres, inspecteur en chef.

Il lui jette un coup d'œil comme pour voir si elle se moque de lui. Mais non, pas la moindre trace d'ironie sur son visage.

— Tu veux dix minutes pour lire les notes de l'audition ?

— Déjà fait. J'ai essayé de me tenir à jour, même si je ne suis qu'une « simple flic en uniforme ».

Elle s'attend à ce qu'il fasse une remarque acerbe sur le fait qu'elle se serve de cette enquête pour faire avancer sa carrière, mais rien ne vient. Elle rassemble ses affaires et le suit dans le couloir jusqu'à la salle d'audition numéro deux, où il s'arrête devant la porte. Ils voient la fille à travers la vitre. Elle joue sur son téléphone et ne lève pas les yeux lorsqu'ils prennent place, puis soupire bruyamment quand Quinn la prie de poser son portable. Elle jette un regard méfiant à Somer.

—Qui est-ce?

—Agent Somer. Elle va assister à notre entretien.

Pippa se recule sur sa chaise.

—Combien de temps vais-je *encore* rester coincée ici? demandet-elle avec cet accent chantant et distingué qu'affectent les gens d'Oxford.

—Nous avons encore quelques questions.

—Mais je vous ai dit tout ce que je savais.

Elle se recule de nouveau.

—Je me suis montrée *vraiment* coopérative, n'est-ce pas? Vous l'avez dit vous-même.

Elle roule des yeux.

—Vous avez rencontré Hannah Gardiner en octobre 2014, sur un stand de North Parade.

Elle cligne des paupières.

—Quel rapport?

Il pose la photo du carnaval de Cowley Road au milieu de la table.

—Au moment où cette photo a été prise, soit en août 2014, vous étiez censée n'avoir jamais rencontré ni Rob Gardiner, ni sa femme.

Elle regarde l'image, puis hausse les épaules.

—Il y avait des centaines de personnes. Des milliers.

—Alors, c'était juste une coïncidence.

Elle lui adresse un bref sourire.

—Ouais. Si vous voulez.

—Et le fait qu'il regarde droit vers vous, c'est également une coïncidence?

Elle incline la tête d'un côté et entortille une mèche de ses cheveux.

— Beaucoup de types me regardent. Même *vous* l'avez fait.

Quinn rougit, de façon plus marquée cette fois.

— Donc, au moment de cette photo, vous et Rob Gardiner ne vous étiez pas encore rencontrés ?

— Non…

— Vous n'aviez pas une relation ?

Elle sourit.

— Non, nous n'avions pas une « relation ». (Elle lui lance un coup d'œil.) Même s'il m'arrive de préférer les hommes mûrs…

C'est sans doute pour cela que Fawley tenait à ce qu'une femme soit présente, se dit Somer. *Parce que je ne crois pas une seconde à toutes ces billevesées.*

Elle tire à elle le dossier de Quinn et en sort une feuille.

— Vous venez de déclarer nous avoir tout dit. Eh bien, vous ne nous avez certainement pas dit que vous étiez enceinte. Qui est le père ? Car ce n'est pas Rob Gardiner, n'est-ce pas ?

Pippa la considère.

— Qui vous a dit ça ? Ça ne vous regarde pas.

— Vous ne saviez pas qu'il ne pouvait pas avoir d'enfant ?

Elle grimace, mais ne répond pas.

— Et ces marques sur votre poignet, c'est arrivé lorsqu'il a appris que vous étiez enceinte ? Il vous a frappée comme il frappait sa femme ?

Pippa tire sur ses manches.

— Je ne parlerai plus de ça.

Mais son ton a changé. La bravade n'est plus de mise.

— Êtes-vous consciente que vous pouvez finir devant un juge si vous mentez à la police ? demande tranquillement Somer.

Pippa écarquille les yeux et se tourne vers Quinn.

— De quoi parle-t-elle ?

— Eh bien…, commence-t-il avant que Somer l'interrompe.

— Nous enquêtons en ce moment sur Robert Gardiner en tant que suspect potentiel du meurtre de sa femme. Ce qui veut dire que nous passons toute sa vie au peigne fin. Son téléphone, ses SMS. Où il était et quand. *Et avec qui*. Vous comprenez ?

Pippa acquiesce. Ses joues sont rouges.

— Et si nous nous apercevons que vous nous avez menti, vous pourrez vous retrouver accusée d'infraction pénale.

Quinn la fixe, mais Somer n'en a cure. Il se doute qu'elle bluffe, mais la jeune femme l'ignore.

Pippa a pâli. Elle s'adresse à Quinn.

— Vous m'avez dit que c'était *moi* qui devais réfléchir à porter plainte contre *lui*. Vous n'avez jamais parlé de m'arrêter.

— Vous tenez vraiment à accoucher en prison ? poursuit Somer. En fait, voulez-vous vraiment un bébé ? Parce que je suppose que les services sociaux vont estimer qu'il vaudrait mieux qu'il soit adopté. Entraver le cours de la justice est passible d'une peine de prison, vous le savez ?

— *Non*, dit Pippa, maintenant réellement effrayée. S'il vous plaît, ne m'envoyez pas en prison.

— Dans ce cas, répond Somer en se reculant, les bras croisés, vous feriez mieux de vous mettre à parler. Et, cette fois, nous aimerions entendre la vérité.

Pour l'amour du ciel, ne dis rien ! Somer implore Quinn intérieurement. La forcer à tout dévoiler, la forcer à se décider.

— OK, finit par lâcher Pippa, les joues en feu. Je vais tout vous dire. Mais seulement si vous me protégez. De lui. De ce qu'il voudra me faire lorsqu'il l'apprendra.

Une heure plus tard, en sortant de la pièce, Quinn se tourne vers Somer.

— Merde, tu peux être une sacrée salope quand tu veux.

Elle arque un sourcil.

— Tout ce qui compte, c'est le résultat. Mettre le bon salopard derrière les barreaux. Ce n'est pas ce que tu disais ?

Elle s'éloigne, mais il la rappelle.

— C'était censé être un compliment. Je suis désolé si tu ne l'as pas pris comme ça.

Somer le toise. Son assurance semble s'être mystérieusement évaporée. En fait, il est resté silencieux tout le temps qu'il leur a fallu pour prendre sa déclaration.

— Franchement, dans un cas comme dans l'autre, je m'en fiche, déclare-t-elle.

Et, en le plantant là, elle arbore un petit sourire de satisfaction.

* * *

Déclaration de Pippa Walker
7 mai 2017
Date de naissance : 3 février 1995
Adresse : Appartement numéro 3, 98 Belford Street, Oxford

Cette déclaration, consistant en deux pages signées de ma main, est absolument véridique au regard de mes connaissances et convictions. J'ai parfaitement conscience que, si elle est produite en tant que preuve, je suis susceptible de faire l'objet de poursuites au cas où il s'avérerait que j'ai volontairement déclaré un fait que je savais faux ou dont je n'étais pas convaincue de la véracité.

J'ai commencé à travailler pour les Gardiner en octobre 2014. Je ne les avais jamais rencontrés avant cela. La photo prise au carnaval est réellement une coïncidence.

Je voyais surtout Rob. Sa femme était souvent absente, alors nous avions l'occasion de passer beaucoup de temps ensemble. Il était évident que je l'attirais, et ce n'était vraiment qu'une question de temps. Il m'a dit qu'il n'était pas heureux avec sa femme et qu'il voulait la quitter pour vivre avec moi. Il disait qu'il allait le lui annoncer, mais il ne cessait de repousser le moment.

Ce qui s'est passé le 23 juin 2015, c'est qu'Hannah nous a surpris au lit. Elle avait dit à Rob qu'elle rentrerait tard, mais en fait elle est arrivée juste après 18 heures. Elle a complètement pété les plombs, elle s'est mise à lui hurler dessus, à l'insulter, à déchirer mes vêtements. Rob a dit que Toby était dans la chambre à côté et qu'il pouvait tout entendre, mais elle n'y a pas prêté attention. Elle l'a tiré du lit et s'est mise à le frapper. Il a essayé de la repousser, mais elle était devenue folle, elle hurlait que je l'avais trahie, que j'étais une salope et une pute, et qu'elle n'aurait jamais dû me faire confiance. Il m'a dit de prendre mes affaires et de m'en aller, que tout irait bien et qu'il gérerait la situation. C'est donc ce que j'ai fait. La dernière fois que je les ai vus, ils étaient dans la cuisine. Je persistais à croire que Rob allait m'appeler, mais il ne l'a pas fait. Lorsque je lui ai envoyé un SMS, je n'ai pas eu de réponse. Alors, vers minuit, j'y suis retournée. Dès qu'il a ouvert la porte, j'ai compris que quelque chose de grave était arrivé. Il avait l'air vraiment bizarre et il n'a pas voulu me laisser entrer. Il a dit que tout allait bien, qu'ils s'étaient expliqués et que je ferais mieux de rentrer chez moi. Quand je me suis réveillée le lendemain matin, j'étais vraiment malade, comme je l'ai déjà dit. C'est pour ça que je n'ai entendu le message vocal d'Hannah que le soir. Et, à ce moment-là, ils disaient à la télé qu'elle avait disparu. Cela n'avait aucun sens, parce qu'elle voulait toujours que je garde Toby le lendemain de la soirée où elle m'avait dit toutes ces choses horribles. Mais je savais que le message était d'elle : c'était incontestablement sa voix, même si elle avait l'air un peu bizarre. Aiguë. Pas comme elle me parlait d'habitude.

Ma colocataire a dit que je devrais aller voir la police, mais j'avais vraiment peur. Je n'imaginais pas que Rob ait pu la tuer. Alors, si la police pensait que c'était moi ? Et s'il leur avait dit que c'était moi ? Mon ADN était dans tout l'appartement, et il est scientifique : il pouvait se montrer plus malin que la police et fabriquer de fausses preuves. C'est pour ça que je n'ai jamais dit à la police que nous avions une liaison. J'avais peur qu'ils ne croient que j'étais la coupable. Que cela aurait pu être un motif pour moi. Et qui allait-on croire : lui ou moi ? Et, de toute façon, je l'aimais. Il aurait pu me faire faire ce qu'il voulait. Je sais qu'il n'a jamais eu l'intention de me faire du mal. Et, ensuite, il s'en est toujours voulu.

Pippa Walker

Cette déclaration a été consignée par mes soins au commissariat de police de St Aldate, de 17 h 15 à 18 h 06. L'agent de police Erica Somer était également présente. Pippa Walker l'a relue et signée en ma présence.

Inspecteur en chef Gareth Quinn

* * *

Dans la salle de crise, Quinn a droit à une salve d'applaudissements, mais il est très loin de parader comme je m'y attendais. Il a même l'élégance (inhabituelle) d'insister sur l'intervention décisive de Somer. Mais, vu l'impression de malaise qui se dégage de lui lorsqu'il le fait, je me demande pourquoi il prend cette peine.

Au bout de quelques instants, je coupe court aux félicitations.

— Très bien, tout le monde. Mettons les choses en perspective. La déclaration de Pippa constitue un grand pas en avant, mais ce n'est pas suffisant. Il nous faut davantage. Cela ne prouve pas que Gardiner a tué sa femme : cela prouve seulement qu'il nous a menti, et cela lui donne aussi un mobile. Deux choses que nous ne possédions pas avant. Mais nous avons toujours une chronologie qui ne colle pas. Si Hannah Gardiner est morte la nuit du 23 juin, comment a-t-elle pu passer un coup de fil à 6 h 50 le lendemain matin ?

Baxter lève la main.

— J'ai une idée là-dessus. Si vous voulez bien me laisser m'en charger…

— D'accord.

Je balaie la salle du regard. Cela fait six jours que nous travaillons sur cette affaire. Tout le monde est à plat.

— Reprenons demain matin. Rob Gardiner ne va pas disparaître. Rentrez chez vous et reposez-vous. Y compris vous, Gislingham. Vous avez l'air épuisé.

Il se masse la nuque.

— Ouais, les bébés… vous savez ce que c'est.

Une heure plus tard, je me gare dans l'allée et reste là un moment à regarder la maison. À l'étage, les fenêtres sont ouvertes et le vent agite les rideaux. Le soleil approche de l'horizon et frappe la maison d'en face, qui se découpe sur fond de ciel bleu. À Oxford, on appelle ça l'*heure dorée*. Ce bref moment où le soleil déclinant semble illuminer les pierres de l'intérieur.

Je coupe le moteur et me rappelle. Comment c'était. Avant. Alex cuisinait. Un verre de vin blanc frais. Jake qui jouait à ses pieds, sur le sol, ou, plus tard, qui shootait dans un ballon au jardin. Paix. Calme. Heure dorée.

La première chose que j'entends en ouvrant la porte, ce sont les gémissements. Alex n'a pas préparé le repas. La cuisine ressemble à un champ de bataille.

— Tout va bien ? demandé-je en jetant mon sac dans le couloir.

— Oui, tout va bien. C'est juste qu'il ne veut pas prendre son bain, c'est tout.

Lorsque j'ouvre la porte de la salle de bains, je comprends ce qu'elle veut dire. Le garçon est sur le dos, il hurle et le sol est couvert d'eau. Les vêtements d'Alex aussi sont trempés. Elle se tourne vers moi, le visage mouillé.

— Désolée, je crois que j'ai perdu le coup de main. Jusqu'ici, tout allait bien, vraiment. Mais j'ai dû mettre son jouet dans la machine à laver et, depuis, il est impossible.

— Tu veux que je prenne la relève ?

— Tu n'es pas fatigué ?

— Je crois que je peux encore m'occuper d'un enfant.

— D'accord, dit-elle en se relevant, visiblement soulagée. Comme ça, je peux préparer le dîner.

Une fois la porte refermée, le garçon cesse aussitôt de crier et se contorsionne pour me regarder. Il a des traces de larmes sur les joues.

— Salut, mon gars. Alors, qu'est-ce qui t'arrive ?

Une demi-heure plus tard, Alex me rejoint dans le jardin, où je suis en train de fumer une cigarette. L'air est frais, l'herbe humide de rosée. Le ciel rougeoie encore. Quand Alex s'apprête à allumer les lumières, je l'arrête. Certaines choses doivent être dites dans la pénombre.

Elle me tend un verre de vin et s'assied à côté de moi.

— Il dort. Enfin.

Elle contemple le jardin.

— Regarde la lavande qu'on a plantée l'an dernier. Il y a plein d'abeilles. Il faut que je l'emmène dehors pour lui montrer.

Je tire une bouffée sur ma cigarette, laisse la pause durer un peu.

— Dure journée ? demande-t-elle doucement en me laissant la possibilité de répondre, ou pas.

— Chaque fois que je pense avoir bouclé cette affaire, elle se transforme en quelque chose d'autre. De plus horrible encore.

— Comment cela peut-il devenir pire que ça ne l'est déjà ? Cette pauvre fille kidnappée et violée. Hannah Gardiner battue à mort…

— Demain matin, on va arrêter son mari. La nourrice a signé une déclaration qui l'incrimine.

Alex porte une main devant sa bouche.

— Oh, mon Dieu…

Puis elle s'interrompt.

— Il y a autre chose, n'est-ce pas ?

J'écrase la cigarette.

— Oui. Mais pas au sujet de cette affaire. À propos de nous. Du garçon.

— Ah ?

— Quand je l'avais sur mes genoux dans la salle de bains, il s'est mis à pousser des cris, à se débattre… comme… eh bien…

Je lis sur son visage qu'elle sait exactement ce que je veux dire.

— Tu savais ?

Elle acquiesce.

— Cette gentille infirmière. Elle m'a prévenue. Elle m'a dit qu'il l'avait déjà fait une fois et que je ne devais pas m'alarmer. Qu'il a dû être exposé à toutes sortes d'horreurs dans cette cave, qu'il est bien trop jeune pour comprendre. Sa mère subissant… bon, tu sais. Elle m'a conseillé de lire ce livre d'Emma Donoghue. *Room* ? Je l'ai sur mon Kindle depuis des lustres, mais je ne l'avais pas encore lu.

— Et ça t'aide ?

Elle se tourne vers moi dans la pénombre.

— Ça me fait pleurer.

Lundi matin. Pendant le petit déjeuner, Alex me raconte tout ce qu'elle a prévu de faire avec le garçon. Aller nourrir les canards, faire de la balançoire, se promener au bord de la rivière. C'est comme si elle déroulait mentalement une liste et cochait tout ce que nous avions l'habitude de faire avec Jake. Je n'en suis pas capable. C'est trop récent. Et puis, est-ce une bonne chose pour cet enfant ? Le forcer à entrer dans l'environnement conçu pour un autre ? Ou peut-être que c'est juste moi qui cherche des excuses. Même si je n'en ai pas besoin. Du moins, pas dans l'immédiat.

Lorsque j'entre dans la salle de crise, l'analyste en reconnaissance vocale est déjà là, parmi tous les autres ou presque. Une information a dû circuler, car l'attente électrise les lieux.

— Alors, qu'est-ce qu'on a ?

L'analyste remonte ses lunettes sur son nez. Visiblement, il n'a pas l'habitude de s'adresser à autant de monde.

— J'ai étudié la suggestion de l'inspecteur Baxter. Eh bien, son hypothèse est probable. Je ne peux pas le *prouver*, mais le schéma d'interférence spectrale peut effectivement indiquer…

— Une seconde, parlez dans notre langue, s'il vous plaît.

Il rougit.

— Le bruit de fond. La qualité du son. Il est possible que la voix sur le répondeur soit elle-même un enregistrement.

En cet instant, il n'y a aucun bruit de fond dans la salle. On entend presque les gens retenir leur respiration.

— Bien. Donc, en clair, dis-je, vous pensez qu'il est possible que Gardiner ait fait enregistrer un ancien message vocal sur le répondeur. Quelque chose qu'il avait déjà dans la mémoire de son propre téléphone ?

L'analyste hoche la tête.

— Je ne peux pas l'affirmer à cent pour cent. Mais oui, c'est possible. Et ça expliquerait ce son légèrement creux.

— Et souvenez-vous, intervient aussitôt Baxter, désireux de capitaliser son intuition, Hannah ne cite pas le nom de la personne à laquelle elle s'adresse dans son message, pas plus qu'elle ne fait mention de l'heure. Rien ne relie ce message à cette journée en particulier.

Je consulte la chronologie.

— D'accord. Partons de l'hypothèse que ça s'est effectivement passé comme ça. Gardiner tue Hannah la nuit précédente, après qu'elle l'a surpris au lit avec Pippa Walker. Il enterre le corps sous le cabanon de Harper et, lorsque Pippa revient à minuit, il ne la laisse pas entrer, sans doute parce qu'il est en train de nettoyer le sang. Ensuite, le lendemain matin, il trafique l'appel passé à Pippa à 6 h 50 pour faire croire que sa femme est toujours en vie. Mais il reste un problème, n'est-ce pas ?

Je me retourne pour leur faire face.

— Cet appel a été passé depuis la ligne fixe de Crescent Square à 6 h 50, ce qui veut dire que Rob Gardiner devait y être. Nous l'avions écarté de la liste des suspects parce qu'il n'avait pas le temps d'aller à Wittenham et de revenir pour prendre le train de 7 h 57. Et c'est encore le cas. La chronologie ne colle toujours pas.

— Ce serait possible, chef.

C'est Somer qui vient de parler. Depuis le fond de la salle. Elle se lève et s'approche.

— Et s'il n'était pas dans ce train ?

Baxter fronce les sourcils.

— On sait qu'il y était. On a des images de son arrivée à Reading.

Somer secoue la tête.

— On sait où il est descendu. Mais on ignore où il est *monté*.

Elle regarde Gislingham, qui acquiesce.

— Tu as raison. La vidéosurveillance d'Oxford était en panne ce jour-là.

Elle pivote vers la carte et désigne Wittenham, Oxford, Reading.

— Et s'il était monté ici ?

Didcot Parkway. À mi-chemin de Reading et à seulement sept kilomètres de Wittenham en voiture.

Gislingham vérifie sur son téléphone.

— Le 7 h 57 d'Oxford s'arrête à Didcot à 8 h 15.

— Très bien, dis-je en saisissant le stylo pour noter une deuxième chronologie à côté de la première. Étudions ça. S'il a quitté Oxford juste avant 7 heures, juste après ce faux message téléphonique, quand est-il arrivé à Wittenham ?

Gislingham réfléchit.

— En voiture, à ce moment de la matinée, je dirais que ça demande à peine une demi-heure.

— Ce qui le ferait arriver à Wittenham à 7 h 30. Peut-être 7 h 25. Et il doit en repartir vers 7 h 50 pour prendre le train de Didcot à 8 h 15. La question est : cela lui laisse-t-il assez de temps ? Abandonner la voiture, emmener la poussette en haut de la colline, y laisser son fils et s'en aller, tout ça en moins d'une demi-heure ?

— Je pense que oui, chef, déclare Somer. C'est serré, mais possible. Il peut l'avoir fait.

Gislingham opine du chef. Tout comme Baxter. Il y a une seule personne qui n'a pas prononcé un mot.

Quinn.

* * *

Hors de la salle de crise, Gislingham attrape Quinn et l'entraîne dans le bureau vide situé juste à côté.

— Qu'est-ce qui se passe, bordel ? Tu es en proie à un désir de mort, ou quoi ? J'ai vu Fawley te regarder bizarrement. Il ne lui faudra pas longtemps pour te souffler dans les bronches si tu continues comme ça.

Quinn est debout, de dos. Il pivote lentement pour lui faire face. Gislingham ne l'a jamais vu aussi hagard.

— Qu'est-ce qu'il y a ? Parce qu'il se passe quelque chose, hein ?

Quinn s'assied lourdement.

— Elle a menti. Pippa. Dans sa déclaration. Peut-être seulement en partie, mais je sais qu'elle a menti.

Gislingham tire une chaise.

— Le SMS, c'est ça ?

— Oui. Elle a dit avoir envoyé un SMS à Gardiner cette nuit-là, mais je sais que ce n'est pas vrai. J'ai vu tous les textos qu'elle lui a envoyés. Il n'y en a eu aucun cette nuit-là.

— Peut-être qu'elle l'a effacé ?

— Elle a le même téléphone que moi. Si tu en effaces un, tout le fil de la discussion disparaît. Il n'y a eu aucun SMS. (Il se prend la tête dans les mains.) C'est comme un putain de cauchemar. Plus j'essaie d'en sortir, plus ça devient horrible. Fawley va arrêter Gardiner sur la base de la déclaration d'un témoin que je *sais* ne pas être fiable, et pourtant je ne peux rien dire, à moins de me retrouver dans une merde invraisemblable.

— D'accord, dit Gislingham, décidé à prendre les choses en main. On va tout simplement se débrouiller pour obtenir un mandat afin d'avoir accès à l'historique de son téléphone, OK ? Comme ça, tu restes dans les clous. De toute façon, on aurait été obligés de vérifier sa déclaration point par point.

— Mais le juge va tiquer : pourquoi ne lui a-t-on pas tout simplement demandé de regarder son foutu téléphone ? Et pourquoi a-t-on besoin d'un mandat si elle n'est que simple témoin ?

— Ouais, bon, répond Gislingham. Il faut que tu trouves une justification à ça.

— Mais tu sais ce qui se passera à la minute où nous mettrons la pression sur Pippa. Elle va tout dire, non ? Qu'elle a dormi chez moi… Que nous… tu sais…

— Parce que tu l'as *fait* ?

— Non, je te l'ai dit. Non.

Mais il transpire comme un homme qui ment.

— Écoute, déclare Gislingham. Si c'est ce qu'elle affirme, tu vas devoir jouer cartes sur table. Dis à Fawley que tu t'es conduit comme un con et prie pour qu'il ne veuille pas aller plus loin. Et, dans le même temps, concentre-toi sur quelque chose d'utile. Comme tenter d'obtenir ce fichu mandat.

— C'est juste, admet Quinn d'une voix aiguë.

— Et, pendant que tu y es, tâche de te comporter un peu plus comme le connard arrogant que tu es d'habitude. Ton cinéma du genre : « Tout le mérite revient à mes collègues », ça me fout les jetons.

Quinn a un sourire sombre.

— Je vais essayer, dit-il.

* * *

Audition de Robert Gardiner, commissariat de St Aldate, Oxford
8 mai 2017, 11 h 03
En présence de l'inspecteur principal A. Fawley, de l'inspecteur V. Everett et de P. Rose (avocat)

PR : Je dois dire, inspecteur, que l'on s'approche dangereusement du harcèlement. Avez-vous des bases solides pour arrêter mon client ? Pour le *meurtre de sa femme* ? J'ai du mal à imaginer quelle nouvelle « preuve » vous pourriez avoir. Et cela est extrêmement gênant parce que, pour le moment, il n'a pas de nourrice permanente pour son fils.
AF : Hier après-midi, mes inspecteurs ont interrogé Mlle Pippa Walker. J'imagine, monsieur Gardiner, que vous pensiez qu'elle avait quitté la ville. Ou, du moins, que vous l'espériez.
RG : (*Silence.*)

AF : Mais elle est toujours là.
RG : (*Silence.*)
AF : Elle a signé une déclaration complète en ce qui concerne la disparition de votre femme.
RG : C'est ridicule. Elle ne peut pas vous avoir dit quoi que ce soit, parce qu'elle ne sait *rien*.
VE : Notre médecin a également examiné cet hématome qu'elle a au poignet. Celui que *vous* lui avez fait.
RG : Ça ne s'est pas passé comme ça. Je vous l'ai déjà dit. J'ai découvert qu'elle a voulu faire passer pour mien l'enfant que lui a fait un autre. Qu'elle baisait à droite et à gauche…
VE : Et ça vous donne le droit de la frapper ?
RG : Je ne l'ai pas *frappée*. Je vous l'ai *dit*. Je l'ai juste saisie par le poignet, sans doute plus fort que je ne le voulais. Si elle vous dit autre chose, alors elle ment.
AF : (*Silence.*) J'imagine que ça ne se passerait pas très bien, n'est-ce pas ?
RG : De quoi parlez-vous ?
AF : Avec vos employeurs. Je ne pense pas qu'ils seraient ravis d'apprendre que l'un de leurs cadres supérieurs est poursuivi pour violences conjugales.
RG : Encore combien de fois… Il ne s'agissait pas de *violences conjugales*. C'était une *dispute*. C'est très différent.
AF : Je n'ai pas à vous donner de conseils, évidemment. Mais, à votre place, ce n'est pas avec cet argument que je me défendrais.
PR : Écoutez, inspecteur…
AF : Mais avançons. Quand a commencé votre liaison avec Mlle Walker ?
RG : Pardon ?

AF : C'est pourtant une question simple, monsieur Gardiner.
RG : Quel est le rapport ?
AF : Si vous pouviez vous contenter de répondre à la question.
RG : Il n'y a pas de *liaison*. Je vous l'ai dit. On a juste couché ensemble quelques fois. Et c'était *après* la disparition d'Hannah. Des mois plus tard.
VE : Vous avez dit que c'était une aventure d'un soir ?
RG : Une, deux, trois fois : quelle différence ? Ce n'était pas une liaison. Juste du sexe.
AF : Donc, toute affirmation selon laquelle vous aviez une relation ayant débuté bien avant la mort de votre femme serait résolument fausse ? Selon vous.
RG : Évidemment. C'est ce qu'elle a dit ?
AF : Quand a-t-elle emménagé chez vous, exactement ?
RG : Eh bien, elle restait dormir de temps en temps. Écoutez, j'étais complètement chamboulé après la disparition d'Hannah. Je ne mangeais plus, j'étais incapable de m'organiser pour tenir la maison en ordre, et je devais m'occuper de Toby. Un jour, Pippa est arrivée en disant qu'elle s'inquiétait pour moi. Elle m'a demandé si j'avais besoin d'aide. J'étais sur le point de partir au travail et, à mon retour, la maison était propre, il y avait de la nourriture dans le réfrigérateur et le repas était prêt. Ensuite, elle a dormi sur le canapé plusieurs fois et, lorsqu'elle m'a dit qu'elle devait quitter sa chambre meublée, je lui ai répondu qu'elle pouvait rester là quelques semaines.
VE : Et c'était quand ?
RG : Je ne sais pas. Il y a trois mois. Peut-être un peu plus. Elle n'avait pas trouvé où se loger.
VE : Ça, je veux bien le croire.

RG : Qu'est-ce que vous sous-entendez ?
AF : Monsieur Gardiner, vous devez savoir que, après avoir entendu Mlle Walker, nous avons complètement revu notre théorie sur la mort de votre femme.
RG *regarde les inspecteurs les uns après les autres, sans rien dire.*
AF : Les grandes lignes de l'histoire sont les suivantes. En juin 2015, vous et Pippa Walker couchiez ensemble depuis au moins six mois. Le fait qu'elle soit la nourrice de votre fils fournissait une couverture parfaite pour votre liaison. Mais, le mardi 23 juin, votre femme rentre à la maison plus tôt que prévu. À l'improviste. Et elle vous surprend au lit avec Mlle Walker.
RG : C'est ce qu'elle vous a dit ? Qu'on était en train de faire l'amour ?
AF : Elle affirme qu'il y a eu une violente dispute, que votre femme vous a frappé et que vous avez demandé à Mlle Walker de s'en aller, disant que vous alliez « gérer la situation ». Elle vous a envoyé un texto auquel vous n'avez pas répondu et, lorsqu'elle est revenue plusieurs heures après, vous ne l'avez pas laissée entrer.
RG : Absolument *rien* de tout ça n'est arrivé…
AF : Nous pensons que, au cours de cette dispute, votre femme a reçu un violent coup à la tête. Sans doute un accident, peut-être de l'autodéfense. Quoi qu'il en soit, vous vous êtes retrouvé avec un sacré problème. Vous êtes allé chercher le plaid dans la voiture de votre femme pour y envelopper son corps en l'attachant avec du chatterton. Puis, la nuit tombée, vous avez sorti le corps par l'arrière du bâtiment et vous êtes passé à travers la clôture déglinguée pour l'emporter dans le jardin de William Harper. Comme vous l'aviez observé depuis votre appartement depuis des mois,

vous saviez que quasi personne n'allait dans ce jardin. En cherchant quelque chose pour creuser une tombe, vous êtes entré dans le cabanon et avez remarqué cette trappe par terre. Croyant à peine en votre chance, vous avez mis le corps sous le plancher. Impossible de se montrer plus malin. Le lendemain matin, vous avez enregistré sur le répondeur de Pippa Walker un message que votre femme avait déjà laissé sur votre boîte vocale. Puis vous avez roulé jusqu'à Wittenham, où vous avez laissé la voiture et votre fils dans sa poussette en pensant, à tort, qu'il serait découvert au bout de quelques minutes. Ensuite, vous êtes allé à vélo jusqu'à Didcot, où vous êtes monté dans le train pour Reading. C'était presque le crime parfait. Mais seulement *presque.*

RG : (*Silence.*)

PR : Attendez une minute. J'ai cru comprendre que vous parliez d'un accident ? D'autodéfense ?

AF : Le premier coup a pu être porté par accident, mais cela ne l'a pas tuée, comme votre client le sait parfaitement. Que s'est-il passé, monsieur Gardiner ? A-t-elle bougé ? Poussé un cri de douleur ? C'est à ce moment que vous vous êtes rendu compte que vous n'aviez pas fini le boulot ? C'était pendant que vous l'attachiez ? C'est à ce moment que vous lui avez *défoncé le crâne* ?

RG *se lève précipitamment pour aller vomir dans un coin de la salle.*

PR : Ça suffit, inspecteur. Pour lever tout soupçon, M. Gardiner réfute absolument et catégoriquement cette nouvelle version des faits. C'est une invention de toutes pièces et vous n'avez pas la moindre preuve pour l'étayer, pour autant que je sache.

AF : Les techniciens de la police scientifique vont procéder à une analyse complète de l'appartement de M. Gardiner…
RG (*se penchant en avant*) : Eh bien, vous ne trouverez rien. Je peux vous dire que pour rien…
PR (*coupant Gardiner*) : Ne dites rien de plus, Rob. (*S'adressant à Fawley.*) Mon client n'a rien à voir avec la mort de sa femme, et il n'avait pas de *liaison* avec Mlle Walker au moment où sa femme a disparu. Ce n'est pas à moi de vous donner des conseils, évidemment, mais j'ose suggérer qu'il y a beaucoup de choses au sujet desquelles cette jeune femme devrait s'expliquer.
AF : Je vous remercie, monsieur Rose, je prends note de vos commentaires. Audition terminée à 11 h 34.

* * *

BBC News
Lundi 8 mai 2017. Dernière mise à jour à 12 h 39

DERNIÈRE MINUTE – LE MARI D'HANNAH GARDINER ARRÊTÉ POUR LE MEURTRE DE SA FEMME

La BBC a appris que Robert Gardiner a été arrêté. Il est soupçonné d'avoir tué sa femme, Hannah, qui a disparu en juin 2015. La police croit maintenant que Mme Gardiner est morte durant la soirée du 23 juin, après une dispute dans leur appartement de Crescent Square à Oxford. Le fils de M. Gardiner, Toby, a été pris en charge par les services sociaux.

La police de Thames Valley a confirmé qu'un homme de trente-deux ans a été arrêté en relation avec l'affaire, mais a refusé de révéler son identité. Elle a également insisté sur le fait qu'il n'y a aucune preuve permettant de relier la mort de Mme Gardiner avec la découverte de la jeune femme et de l'enfant dans la cave de la maison où le corps de Mme Gardiner a été retrouvé, bien que les enquêtes soient toujours en cours.

Ce sujet sera mis à jour et davantage de détails seront bientôt publiés. Veuillez rafraîchir la page pour la version complète.

* * *

— Fawley ? C'est Challow.

Il y a de l'écho sur la ligne, on dirait qu'il se trouve dans les égouts.

— Où êtes-vous ?

— Crescent Square, répond-il. Dans l'appartement de Gardiner. Je crois que vous feriez mieux de venir.

Lorsque j'arrive à l'appartement, l'équipe de la police scientifique est dans la cuisine et Erica Somer dans le salon, en train de fouiller les tiroirs, les étagères, derrière les livres. La cuisine est de la marque Shaker. Bois pâle, finitions crème Farrow and Ball. Surfaces en granit. Beaucoup de chromes. Et propre. Très propre.

— Alors, qu'y a-t-il ? Qu'avez-vous trouvé ?

Challow a un visage sinistre.

— Il s'agit plutôt de ce que nous *n*'avons *pas* trouvé.

Il fait un signe à la femme officier de son équipe, qui ferme les stores et éteint la lumière.

— Qu'est-ce que je suis censé regarder ?

Challow grimace.

— Juste ça. Il n'y a *rien*. On a passé tout le sol au Luminol et il n'y a pas une goutte de sang, nulle part.

— Gardiner est un scientifique. Il sait quel javellisant utiliser…

Mais ça ne suffit pas à Challow et, pour être honnête, moi-même je ne suis pas convaincu.

— Le sol est en bois, dit-il. Même avec le bon produit chimique et beaucoup de temps, il est impossible de tout faire disparaître des fibres. En tout cas, pas avec la quantité de sang qu'elle a dû perdre.

— Est-ce que ça a pu se passer ailleurs dans l'appartement ?

Ça n'a pas l'air de lui paraître plus convaincant.

— Le sol est le même dans tout l'appartement, sauf dans la salle de bains. Et nous n'y avons rien trouvé.

Je retourne dans le salon.

— Somer, dans quelle chambre dormait Pippa ?

— Celle-ci, chef.

C'est la chambre de Toby. Elle ressemble à celle de Jake. Pas celle d'avant, celle de maintenant. Du bordel, de la vie, une odeur de garçon. Des jouets par terre, des vêtements en vrac sur le dossier d'une chaise. Et, le long d'un mur, un canapé-lit. Donc, Rob Gardiner tenait Pippa à distance. Il couchait avec elle, mais il lui envoyait un message en même temps.

De retour au salon, je trouve Somer en train de fouiller dans la corbeille à papiers.

— Des photos, dit-elle en me les montrant. On dirait que M. Gardiner a voulu effacer de sa vie toute trace de Mlle Walker.

Elle me passe les photos une par une. Pippa soulevant Toby, Toby jouant sur ses genoux avec son pendentif, Toby lui souriant dans ses bras, frappant dans ses petites mains.

— Alors ? demande-t-elle. Est-ce que ça disculpe Rob ?

Je secoue la tête.

— Pas nécessairement. Ce n'est pas parce qu'elle n'est pas morte ici qu'il ne l'a pas tuée. Il nous faut juste trouver où.

— Mais, en même temps…

Sa voix dérape.

— Quoi ?

— Rien. Je me trompe sans doute…

— Jusqu'à présent, votre instinct ne vous a pas trompée. Alors, dites-moi.

— Si Rob Gardiner est vraiment arrivé à Wittenham vers 7 h 30 ce matin-là, pourquoi a-t-il fallu deux heures avant que quelqu'un trouve Toby ? On a toutes ces déclarations de témoins. Quelqu'un aurait sans doute remarqué cette poussette…

Et cela s'ajoute à d'autres choses qui me perturbent. La ligoter, pour commencer. Je ne comprends toujours pas pourquoi il a dû faire ça. Même si elle bougeait encore après le premier coup, je doute qu'elle ait été en état de se débattre. Et j'ai vu personnellement Gardiner le jour de la disparition d'Hannah. Il ne portait aucune marque. Ni griffures ni égratignures, rien. S'ils avaient réellement eu une dispute aussi violente, je crois que je l'aurais remarqué.

C'est alors que je reçois un appel. C'est le chef de poste.

— Il y a un message pour vous, chef. De Vicky. Ils l'ont placée à Vine Lodge. Elle veut vous voir. Elle dit que c'est important.

— Dites-lui que je suis en route.

Vine Lodge est une grande bâtisse victorienne de quatre étages qui vaudrait aussi cher que la maison de William Harper si elle était située dans le nord d'Oxford et non ici, dans le coin de Bodley Road, aux abords de la zone industrielle, avec vue sur un magasin de tapis. Ils lui ont attribué une chambre individuelle, ce qui signifie qu'elle doit être exiguë ; mais au moins n'est-elle pas, Dieu merci, au sous-sol. Les trois étages d'escalier me rappellent à quel point j'ai négligé ma condition physique, depuis quelque temps.

— Ne vous en faites pas, nous n'avons dit à aucun des autres résidents qui elle est, annonce le gérant tandis que nous montons.

C'est un type enjoué au crâne rasé, avec une boucle d'oreille et des tatouages sur la nuque. Peut-être que ça lui permet de ressembler aux gens qu'il doit surveiller.

— Et on essaie de la tenir à l'écart des journaux et des infos, comme vous l'avez demandé. Mais je ne sais pas à quel point nous y réussissons.

— Comment est-elle, de manière générale ?

Il s'arrête un moment et réfléchit.

— Mieux que ce à quoi je m'attendais. Très calme. (Il hausse les épaules.) J'imagine que ce n'est pas surprenant. Je pense qu'elle a vu un paquet de psys, ces derniers temps.

J'acquiesce.

— A-t-elle parlé du garçon ?

— Pas à moi, en tout cas. Mais, quand elle est arrivée, la télé était allumée au rez-de-chaussée et il y avait une pub pour bébés. Des couches ou quelque chose comme ça. Elle n'a pas pu la regarder.

On grimpe les dernières marches en silence. De la musique vient de quelque part et, en passant devant les fenêtres du palier, j'aperçois des enfants dehors. Certains fument. Deux types shootent dans un ballon.

Le gérant frappe à la porte du dernier étage avant de l'ouvrir. Vicky est assise près de la fenêtre ; elle observe les gamins dehors. Je me demande depuis combien de temps elle n'a pas passé de temps avec des gens de son âge.

— Bonjour, Vicky. Vous avez dit que vous vouliez me voir ?

Elle a un sourire hésitant. Elle a toujours l'air terriblement maigre, et les vêtements trop amples ne font que le souligner.

Je désigne la chaise ; elle fait un signe affirmatif.

— Vous avez tout ce qu'il vous faut ? J'ai entendu dire que la nourriture n'est pas mauvaise. Bon, peut-être « pas aussi mauvaise qu'elle pourrait l'être » serait-il plus juste.

Elle a un petit rire.

Je m'assieds au bord de la chaise.

— Alors, de quoi voulez-vous me parler ?

Elle me regarde. En silence.

— Vous avez dit que c'était important. Peut-être voulez-vous nous donner votre nom complet ? Pour que l'on puisse trouver votre famille ?

Elle entortille le bas de son pull-over, qui lui tombe sur les cuisses. Et elle se met à parler. C'est la première fois qu'elle émet plus qu'un simple murmure. La première fois que j'entends vraiment sa voix. Elle est plus grave que je ne croyais. Et douce.

— J'ai vu les infos. À la télé.

J'attends. Une idée tourne en boucle dans mon esprit.

Elle pleure, maintenant.

— Lorsque j'ai vu ça, je me suis souvenue. Il a dit qu'il avait une autre fille et qu'il l'avait enterrée dans son jardin. Le vieil homme. Je croyais qu'il me disait ça pour me faire peur.

— Il a dit autre chose ? Son nom ? Ce qu'il lui a fait ?

Elle secoue la tête.

— Vous ne vous souvenez de rien d'autre ?

De nouveau, elle fait non de la tête.

C'est assez. Pas le choix.

Je me lève et, lorsque je m'arrête sur le seuil, elle est de nouveau en train de regarder par la fenêtre. Comme si je n'étais jamais venu.

* * *

Entretien téléphonique avec Rebecca Heath
8 mai 2017, 16 h 12
Interlocuteur : inspecteur A. Baxter

RH : Êtes-vous l'inspecteur Baxter ?
AB : Lui-même. En quoi puis-je vous aider ?
RH : Je m'appelle Rebecca Heath. Je crois que vous avez tenté de me joindre. Je suis l'ex-femme de Rob Gardiner.
AB : Ah oui, madame Heath, nous vous avons laissé plusieurs messages.
RH : Je ne vous ai pas contacté, car je ne souhaitais pas être impliquée dans cette affaire. J'essaie d'aller de l'avant. Mais je viens de voir les infos. Ils disent que vous avez arrêté Rob. Pour le meurtre d'Hannah.
AB : On a procédé à une arrestation, mais je crains de ne pouvoir en évoquer les détails.
RH : Eh bien, si c'est Rob que vous avez arrêté, vous vous êtes trompé de personne. Je suis allé chez lui cette nuit-là. Celle du 23.
AB : Vous avez parlé à M. et Mme Gardiner la veille de sa disparition ?
RH : Non, pas exactement. Ma mère venait de tomber très malade et je pensais que Rob désirerait peut-être la voir. Ils ont toujours été très proches.
AB : Dans votre première déclaration, vous avez dit que vous étiez à Manchester le jour de la disparition d'Hannah. Ce qui, je crois, a été vérifié.

RH : C'était bien le cas. C'est là que vit ma mère. J'ai pris le premier train pour Manchester Piccadilly le 24 juin. C'était vraiment tôt : 6 h 30 ou quelque chose comme ça. Mais j'étais encore à Oxford la veille au soir.

AB : Ainsi, vous êtes allée à Crescent Square ?

RH : Je ne voulais pas téléphoner et courir le risque que ce soit Hannah qui décroche, alors j'y suis allée. J'espérais voir Rob seul. Mais elle est arrivée au moment où je m'engageais dans la rue.

AB : Quelle heure était-il ?

RH : Juste avant 20 heures. Rob est sorti pour l'aider à porter des sacs de courses. Elle devait s'être garée ailleurs, parce que je n'ai pas vu la voiture.

AB : De quoi avaient-ils l'air ?

RH : Heureux. Il a passé un bras autour de ses épaules. Elle souriait. Franchement, ils avaient l'air de s'entendre à merveille. C'en était pénible.

AB : Et qu'avez-vous fait ?

RH : J'ai attendu un peu. Je me suis assise sur un banc. Les rideaux étaient ouverts et je pouvais les voir. Je crois qu'ils préparaient le dîner. À un moment, j'ai vu Rob porter Toby sur ses épaules.

AB : Mais vous n'avez pas frappé à la porte ?

RH : Non. Je suis partie au bout d'un quart d'heure.

AB : Pourquoi ne l'avez-vous pas dit à la police, à l'époque ?

RH : Vous ne m'avez jamais posé la question. Et, de toute façon, tout le monde disait l'avoir vue à Wittenham le lendemain. Je ne voyais pas l'intérêt de savoir où elle était la veille au soir.

AB : À tout hasard, avez-vous vu la nourrice ?

RH : Eh bien, je peux vous dire une chose : elle n'était sûrement pas dans l'appartement ce soir-là.

AB : Comment pouvez-vous en être si sûre ?

RH : Parce que je l'ai vue dans Banbury Road sur le chemin du retour. Je savais qui elle était parce que je l'avais vue avec Toby en ville, une fois ou deux. Elle était adossée à un mur avec des types. Des étudiants, sans doute. Ils avaient l'air de s'emmerder profondément.

AB : Merci, madame Heath. Pourriez-vous venir faire une déclaration officielle ?

RH : Si je dois le faire, oui. Franchement, je ne supportais pas Hannah. Mais ce n'est pas Rob qui l'a tuée. Ça, je le sais.

* * *

De retour dans la voiture, je prends mon téléphone.

— Quinn ? C'est Fawley.

— Où êtes-vous ? J'ai essayé de vous joindre.

— Vine Lodge. Vicky voulait me voir.

— Écoutez, l'ex-femme de Gardiner a appelé. Elle a vu Rob et Pippa ce soir-là. Dans deux endroits différents. Et si elle dit la vérité, je ne vois pas comment il a pu tuer Hannah.

— Je sais. Vicky s'est souvenue de quelque chose. Elle a dit que Harper avait fanfaronné au sujet d'une autre fille. Il prétendait avoir tué une autre fille avant de l'enterrer dans son jardin. Ces deux affaires sont liées depuis le début. Et ce lien, c'est William Harper. Il nous faut juste trouver un moyen de le prouver.

— D'accord…, commence-t-il avant que je l'interrompe.

— Quinn, faites revenir la nounou, Pippa. On dirait qu'elle a complètement inventé cette histoire à propos de Gardiner, et je ne suis pas près de laisser passer ça.

Un silence.

— Vous êtes sûr ? finit-il par demander. Quand même, ce n'est qu'une gamine. Et elle ne l'a jamais réellement *accusé*. Elle voulait peut-être juste se…

La loi de Fawley. Trois mensonges et vous êtes hors-jeu. Ou, dans ce cas précis, démasqué.

— Depuis quand êtes-vous devenu indulgent, Quinn ? Elle a *menti* dans une *déclaration officielle*. Amenez-la et collez-lui une accusation bien corsée.

Je peux presque entendre son anxiété.

— Pour quel motif ?

— Bêtise indécrottable, pour commencer.

Et quelque chose me dit qu'elle n'est pas la seule coupable.

Une heure et demie plus tard, je suis assis devant la maison. Dans la voiture, prisonnier de mes propres pensées. Puis un rideau bouge et je me rends compte que je suis là depuis trop longtemps. Elle doit s'inquiéter. Je sors de la voiture et saisis ma veste sur le siège passager. Au moment où j'arrive devant la porte, elle l'a déjà ouverte et se tient debout dans un rayon de lumière jaune pâle. Ma superbe femme, pieds nus.

Une fois à l'intérieur, elle me sert un verre de vin et se tourne vers moi, prenant soudain conscience que mon silence n'a rien à voir avec de la tranquillité.

— Tu vas bien ?

— J'ai vu Vicky aujourd'hui. Elle a affirmé que Harper lui avait dit qu'il avait déjà tué. Qu'il avait kidnappé une autre fille et l'avait enterrée dans son jardin.

J'entends sa respiration s'accélérer.

— Hannah Gardiner ?

J'acquiesce.

— Donc Gardiner n'est pas coupable.

— Non, ce n'est pas lui.

Je bois une gorgée de vin et sens la chaleur se répandre dans mes veines.

— Alors, pourquoi cette fille a-t-elle menti ? Celle qui vous a fait cette déclaration ?

— Gardiner venait de la mettre à la porte parce qu'elle est enceinte d'un enfant dont il n'est pas le père. C'était peut-être une minable tentative de revanche.

Alex regarde vers le jardin.

— *Dommage qu'elle soit une putain*[1].

— Pardon ?

Elle secoue la tête.

— Toute cette affaire, ça devient une tragédie élisabéthaine.

— Quelle était cette pièce qu'on est allés voir… C'était où ?

— Stratford. Et, en fait, c'était *Women Beware Women*[2]. Mais toutes ces pièces se ressemblent : vengeance, violence, erreurs d'identité. Et du sang. Beaucoup de sang.

Je me souviens de cette représentation, maintenant. J'en suis sorti éclaboussé de sang. Sauf que, pour une fois, ce n'était pas du vrai.

Plus tard, lorsque je vais chercher quelque chose dans la voiture, je remarque un mouvement derrière la fenêtre

1. Pièce de théâtre du dramaturge anglais John Ford datant du début du XVIIe siècle.

2. Tragédie élisabéthaine du dramaturge britannique Thomas Middleton écrite en 1621.

de l'étage et, en levant les yeux, j'aperçois le garçon qui m'observe. L'enfant qui vit dans la chambre de mon fils.

* * *

Rob Gardiner ouvre la porte de son appartement et la referme sans bruit derrière lui. Son fils dort dans ses bras et il traverse le salon pour aller l'allonger délicatement sur le canapé. Toby remue un peu et se retourne, le pouce dans la bouche. Gardiner lui caresse doucement les cheveux, puis se redresse. La pièce est assombrie par le crépuscule, mais il n'allume aucune lumière.

Il s'approche de la fenêtre arrière et contemple le jardin. Puis il tire les rideaux et s'assied lourdement sur un fauteuil. En face de lui, sur le manteau de la cheminée, les cadres argentés des photos accrochent ce qui reste de lumière. Il ne peut les distinguer, mais elles sont gravées dans sa mémoire. Toby et Hannah. Tous les trois. Hannah seule. Sa vie de jadis.

Il a un sanglot et plaque une main sur sa bouche pour ne pas réveiller son fils. Et les larmes qui se mettent à couler sont silencieuses tandis qu'il demeure là, dans le noir, seul avec ses souvenirs.

Ses souvenirs.

* * *

La première chose que je fais le lendemain matin, c'est de résumer à l'équipe où nous en sommes. Ce qu'a dit Vicky, les inventions de Pippa, l'innocence de Rob Gardiner.

— Ce qui signifie, conclus-je, que nous revenons à notre chronologie initiale : Hannah était vivante à 6 h 50 lorsqu'elle a appelé Pippa et a quitté l'appartement pour se rendre à Wittenham vers 7 h 30 en emmenant Toby avec elle.

Notre hypothèse de travail, c'est qu'elle a rencontré Harper dans la rue quelques minutes plus tard, quand elle est allée chercher sa voiture. Il l'a attirée chez lui. Tout comme il l'a fait avec Vicky.

Des semelles raclent le sol. L'impression de retourner à la case départ, sans avoir appris grand-chose. Parce que nous n'avons toujours ni preuve, ni scène de crime.

— Alors, quelle est la suite ? demande Baxter.

Je perçois l'épuisement dans sa voix.

— Je veux que vous retourniez à Frampton Road et que vous travailliez avec l'équipe de Challow sur une nouvelle fouille de la maison.

— Mais on a déjà vérifié partout, la police scientifique a analysé chaque pièce…

— Peu importe. Quelque chose nous a échappé.

Lorsque j'arrive dans le couloir, je tombe sur le chef de poste.

— Ce profileur vous attend à la réception, inspecteur. Bryan Gow.

— Vraiment ? Je croyais qu'il était à Aberdeen, ou quelque chose comme ça.

— Il semble que non. Voulez-vous que je lui dise de revenir plus tard ?

— Non, il ne se serait pas donné la peine de se déplacer si ce n'était pas important. Faites-le venir. Et dites à quelqu'un de nous apporter du café, voulez-vous ? Quelque chose de buvable, pas cette lavasse du distributeur.

Je me fais accaparer par le commissaire sur le chemin de mon bureau ; Gow s'y trouve donc déjà lorsque j'y entre. Et, maintenant, je comprends ce qu'il fait là : une photocopie du journal de Vicky est sur la table, devant lui. Ainsi qu'un gobelet de café à emporter du magasin du coin de la rue.

— Où vous êtes-vous procuré ça ?

Il hausse un sourcil.

— Le latte ?

— Le journal.

Il se recule sur sa chaise et croise les jambes. Le pied posé sur son genou remue un peu.

— Alan Challow me l'a envoyé. Il pensait que je trouverais quelque chose d'intéressant. Ce qui, évidemment, a été le cas.

Je m'assieds sur la chaise en face de la sienne.

— Alors ?

— J'ai des conclusions préliminaires.

— Que vous accepteriez de partager avec un simple flic ?

Il a un léger sourire.

— Bien sûr. Mais j'aimerais également voir la fille. Est-ce possible ?

— J'ai prié Vicky de venir faire une déclaration officielle. C'était censé avoir lieu demain, mais nous pouvons appeler et voir si elle peut venir plus tôt.

Gow se penche pour attraper sa tasse.

— Parfait.

Je sors demander à Everett de contacter Vine Lodge et, à mon retour dans le bureau, Gow est en train de parcourir les pages du journal.

— C'est l'enfant qui me laisse perplexe, lance-t-il. Ou, plutôt, la relation de la jeune femme avec lui. J'ai entendu dire qu'ils ont voulu les réunir à l'hôpital, mais que ça n'a pas été un franc succès ?

— Elle a tellement hurlé en le voyant qu'ils ont dû l'emmener. Ils ont dit qu'insister ne ferait qu'aggraver les choses.

— Et depuis ? Quels contacts ont-ils eus ?

— Aucun.

Il fronce les sourcils.

— Vous êtes sûr ? Vous n'êtes pas forcément au courant…

Je serre les dents.

— En fait, je le sais parfaitement. Le garçon est chez nous.

Je sens le sang affluer sur mon visage.

— Juste pour quelques jours. En attendant qu'ils lui trouvent un placement permanent.

La ferme, Fawley. Tais-toi.

Gow m'observe.

— Eh bien, ce n'est pas exactement le protocole standard…

— Harrison a donné son accord. Au cas où vous poseriez la question.

Un long silence, puis il hoche la tête.

— Je vois. Est-ce que la fille a demandé de ses nouvelles, pour autant que vous le sachiez ?

— Non. Tout ce que je sais, c'est qu'elle a très mal réagi en voyant une pub avec des bébés à la télé.

Gow se recule de nouveau et joint l'extrémité de ses doigts.

— Quelque chose d'autre ?

— Le psy de John Radcliffe a dit qu'il pouvait s'agir de stress post-traumatique. Qu'elle rejette en bloc tout ce qui lui est arrivé, et l'enfant en fait partie.

Gow acquiesce lentement.

— Si le garçon est le fruit d'un viol, il sera un incessant rappel de ce viol. Si elle n'a pas réussi à créer de lien avec lui, c'est aussi simple que cela.

S'il y a une chose que je sais au sujet de Bryan Gow, c'est qu'il choisit toujours soigneusement ses mots.

— *Si ?*

Il se penche sur le journal et fait défiler quelques pages.

— Ce que nous avons là, c'est une trajectoire psychologique très claire, en relation avec l'enfant. Nous allons de l'horreur des agressions sexuelles de Harper au rejet du bébé une fois né, puis à une acceptation graduelle du fait que l'enfant est le sien. Ici, par exemple : « J'essaie de me dire que cet enfant est le mien. Juste le mien, et pas celui de cet horrible vieux pervers. »

— Donc ?

— Le problème, c'est que c'est en désaccord total avec la façon dont la fille se comporte maintenant. Le violent rejet de l'enfant, sa volonté de l'effacer. C'est en porte-à-faux avec ce que nous lisons dans le journal.

— D'accord, très bien. Mais l'extrait que vous venez de lire a été écrit avant que l'eau et la nourriture viennent à manquer. Peut-être que ses sentiments ont changé à cause de ce traumatisme supplémentaire ?

Gow secoue la tête.

— D'après ce qu'on m'a dit, elle donnait ses maigres provisions à l'enfant. Ce qui signifie qu'elle ressentait un lien *fort* avec lui à ce moment. Et non le contraire.

— Comment expliquez-vous cela ?

— Peut-être y a-t-il eu une sorte de collusion. Une collusion psychologique, je veux dire. Une version du syndrome de Stockholm. C'est pour cela que je souhaite la voir de mes propres yeux. (Il se recule.) Lorsque vous lui parlerez, posez-lui des questions sur l'enfant. Mais commencez de façon neutre. Employez le mot « naissance » et non « bébé », par exemple. Évitez le terrain émotionnel. Puis creusez peu à peu. Nous verrons sa réaction.

* * *

— Comment vous sentez-vous, Vicky ?

— Je vais bien.

Et c'est effectivement le cas : jamais je ne l'ai vue en si bonne forme. Bien qu'elle ait encore des cernes noirs sous les yeux. Le gérant de Vine Lodge est venu avec elle, elle le regarde et il lui adresse un sourire encourageant.

— Je tiens à vous remercier d'être venue, Vicky. Vous allez nous être d'une aide précieuse.

Everett et moi nous asseyons et je pose mes documents sur la table.

— Monter un dossier contre l'homme qui vous a kidnappée est un processus très complexe, et nous devons rassembler beaucoup de preuves circonstanciées. Nous aurons probablement besoin de vous parler plusieurs fois au cours des semaines à venir. Et, si vous êtes d'accord, cela se passera ici, pour que nous puissions enregistrer nos entretiens et nous en servir au tribunal, si nécessaire.

Et aussi pour que Bryan Gow puisse y assister depuis la pièce contiguë. Mais cela, je le passe évidemment sous silence.

— Je sais que ce n'est pas très joli, ici, mais c'est bien plus pratique pour nous. Est-ce que cela vous convient ?

Elle me fixe.

— Oui, ça me va.

— Et M. Wilcox ici présent a accepté de tenir le rôle d'« adulte responsable ». Cela signifie qu'il sera particulièrement attentif à votre point de vue.

Elle jette un œil à Wilcox et sourit.

— Et n'hésitez pas à me dire si vous avez besoin de faire une pause ou si ça devient trop difficile pour vous.

J'ouvre mon dossier.

— Bien. Pouvez-vous commencer par nous dire votre nom, pour notre information ?

— Vicky. Vicky Neale.

— Et votre adresse ?

— Je n'en ai pas. Ou plus.

— Le dernier endroit où vous avez habité ?

— Une chambre meublée à l'est d'Oxford. Je ne l'aimais pas beaucoup.

— Quelle rue ?

— Clifton Street. Numéro 52.

— Quel était le nom du bailleur ?

Elle hausse les épaules.

— Je ne sais pas. Il était asiatique. Rajid ou quelque chose comme ça. Je n'y suis restée que quelques semaines.

— Et avant cela ? demande Everett en levant les yeux de son carnet de notes. Où se trouve votre maison ?

— Harlow. Mais ce n'est pas ma *maison*.

— Ça nous aiderait vraiment d'avoir une adresse.

Hésitante, elle consulte Wilcox du regard.

— Vous ne voulez pas que vos parents sachent que vous êtes ici ? Vous avez disparu pendant un long moment…

— Mon père est mort. Et ma mère s'en fiche complètement. Elle dit que je suis assez grande pour me débrouiller toute seule et qu'elle doit s'occuper de sa nouvelle famille. De toute façon, elle a probablement déménagé depuis… Ils pensaient aller s'installer dans le Nord. Elle et son nouveau type.

Je sais que j'applique trop scrupuleusement la loi de Fawley ; mais, d'après mon expérience, trois réponses à une seule question, ce n'est jamais bon signe. Cependant, la douleur dans ses yeux a l'air bien réelle.

— Je pense que nous serions tout de même en mesure de la retrouver, dit Everett. Vous verriez un inconvénient à ce qu'on lui passe un coup de téléphone ?

Vicky ouvre la bouche, puis la referme.

— Faites comme vous voulez. Mais, comme je l'ai dit, elle s'en fiche.

— Même si elle apprend ce qui vous est arrivé ? Le calvaire que vous avez subi ? Toute mère…

— Pas la mienne. Elle va dire que c'était ma faute. Que je n'avais pas à être aussi stupide.

Elle cligne des paupières pour refouler ses larmes, se retient de pleurer. Soudain, je vois la petite fille qu'elle a dû être.

— Vous pouvez nous dire comment c'est arrivé ? demandé-je doucement. Comment le professeur Harper vous a kidnappée ? Je suis désolé, je sais que c'est très désagréable, mais nous avons besoin que vous nous racontiez tout.

Elle essuie ses yeux avec ses paumes.

— J'étais en chemin pour aller voir une autre chambre meublée. Seulement, j'ai cassé le talon de ma chaussure. J'étais assise contre le mur de sa maison lorsqu'il est sorti et m'a dit qu'il pouvait me le réparer. Il n'avait pas l'air bizarre ni rien. Il me rappelait papa. Alors je l'ai suivi.

Everett lève les yeux vers elle.

— C'était quand, exactement ?

— Juillet 2014. Le 5. Je m'en souviens parce qu'il y avait eu des feux d'artifice la veille, et quelqu'un avait dit que ça devait être des Américains.

— Et quel âge aviez-vous alors ?

— Seize. J'avais seize ans.

Everett montre une photo de Harper.

— Pouvez-vous confirmer que c'est de cet homme que vous parlez, Vicky ?

Elle regarde la photo, puis détourne la tête en la hochant.

— Et il vous a donné du thé, dis-je. C'est exact, n'est-ce pas ?

— Oui. C'était une journée vraiment chaude et il n'avait rien de frais. Mais il a dû mettre quelque chose dedans, parce que j'étais assise dans cette affreuse cuisine puante et, ensuite, je me suis réveillée dans cette cave.

— Et il vous a gardée enfermée là ? Et il vous a violée ?

— Oui, murmure-t-elle.

— Je n'imagine pas à quel point ça a dû être horrible.

Ses lèvres tremblent.

Je tourne une page de mon dossier.

— Pouvez-vous me parler de la nourriture et de l'eau ?

Elle cligne des paupières, troublée.

— Comment ça, la nourriture et l'eau ?

— Je suis désolé, je sais que c'est difficile, mais le procureur va devoir expliquer ce genre de choses au jury.

Elle acquiesce.

— D'accord, je comprends. Il laissait des bouteilles d'eau. De la nourriture dans des boîtes de conserve. C'étaient des trucs pour vieux. Des pêches. Du ragoût qui sentait mauvais. J'avais une cuillère en plastique. Mes poignets étaient attachés, mais devant moi. Je pouvais tout juste me débrouiller pour manger.

— Et écrire, dis-je en lui souriant. C'est impressionnant. Peu de gens auraient la présence d'esprit de faire ça.

Elle lève un peu le menton.

— Je voulais que tout le monde sache ce qui s'était passé. Si je mourais là, en bas, je voulais que les gens sachent ce qu'il avait fait.

— La même chose qu'il a faite à l'autre fille.

— Il s'en vantait. Il disait qu'il l'avait enterrée dans son jardin. Je ne pensais pas que c'était vrai. Je croyais qu'il voulait juste me faire peur. Pour que je fasse tout ce qu'il voulait.

— Vous a-t-il dit comment il est censé l'avoir tuée ? Ou bien quand ça s'est passé ?

Ses yeux s'écarquillent.

— Non. Juste qu'elle était morte. Morte, et dans le jardin.

— Et vous êtes restée dans la cave du professeur Harper pendant presque trois ans ?

— Je ne sais pas combien de temps ça a duré. Pas avant de sortir.

Elle a un petit hoquet qui est presque un sanglot.

— Et il vous a toujours gardée là, en bas, même quand vous étiez enceinte ?

Elle acquiesce de nouveau.

— Et lorsque les contractions ont commencé ? Il vous a sûrement laissée sortir ?

Elle baisse la tête. Ses yeux sont pleins de larmes.

On frappe à la porte et un inspecteur entre. Je me lève et vais vers lui.

— Désolé, chef, dit-il à voix basse. Mais on vous demande. *Dans la pièce à côté.*

Il me lance un regard entendu.

Lorsque je retourne dans la salle, Vicky est penchée contre Wilcox et pleure en silence.

— Je suis vraiment désolé, Vicky. Je ne voulais pas vous faire de la peine. Peut-être devrions-nous nous arrêter ?

— Je crois que c'est mieux, intervient Wilcox. Elle en a eu assez pour aujourd'hui.

— Demain, alors ? Vers 10 heures ?

Il hoche la tête et aide la jeune femme à se relever.

Je les vois s'éloigner dans le couloir et passer les portes battantes. À un moment, Wilcox pose doucement sa main sur l'épaule de Vicky.

Lorsque j'ouvre la porte pour rejoindre Gow, il est en train d'examiner l'enregistrement vidéo.

— Ici, déclare-t-il sans quitter l'écran des yeux. C'est quand vous l'avez interrogée sur la nourriture et l'eau. Elle baisse les yeux, puis regarde vers la droite. Si vous croyez en la programmation neurolinguistique – ce qui est mon cas, soit dit en passant –, c'est le drapeau rouge qui signale un mensonge. Mais ce n'est pas tout. Lorsque vous lui avez posé cette question, elle l'a répétée. Et c'est la seule et unique fois qu'elle l'a fait. Elle essayait de gagner du temps. (Il se penche en avant pour désigner quelque chose sur l'écran.) Et elle porte ses mains à la bouche en répondant. Regardez.

— Donc elle ne disait pas la vérité ?

— Certainement pas toute la vérité et rien que la vérité.

Il se recule sur sa chaise et se tourne vers moi.

— Je crois que j'avais vu juste au sujet de la collusion. Je pense qu'elle en était arrivée à une sorte d'accommodation avec Harper. Quelque chose qu'elle a fini par accepter à force de désespoir à l'époque, mais qu'elle trouve maintenant extrêmement honteux. La honte est un sentiment plutôt désuet de nos jours : le monde moderne ne cesse de nous répéter que nous n'avons pas à être embarrassé par ce que nous faisons ou pensons. Mais la réaction de honte est toujours présente dans la psyché : dégoût de soi, regret, répulsion. Ce sont des émotions incroyablement puissantes, d'autant plus que le sujet est dans le déni. Quoi qu'ait fait cette fille, elle ne veut pas l'admettre. Certainement pas devant vous et, d'après ce que je viens de voir, pas devant elle-même non plus.

Il essuie ses lunettes. Ce qui est son propre signal de programmation neurolinguistique, bien que je n'aie jamais eu le courage de le lui dire.

— Mais cela n'infirme pas l'ensemble de son histoire, n'est-ce pas ?

Il remet ses lunettes.

— Bien sûr que non. Cela veut juste dire que, pour le moment, nous ignorons tout d'une partie des événements qui se sont déroulés dans cette maison.

— Alors, comment fait-on pour découvrir la vérité ? On ne peut pas demander à Harper. Il affirme toujours qu'il n'était au courant de rien. Et encore, seulement pendant ses phases de lucidité.

Il lit l'exaspération sur mon visage. Il vérifie sa montre et se lève.

— C'est vous l'inspecteur, Fawley. Je suis sûr que vous allez trouver.

Mon téléphone émet une sonnerie. Un SMS de Baxter :

À Frampton Road. Somer pense avoir peut-être trouvé quelque chose.

Gow s'est arrêté sur le seuil de la porte.

— Ça vaudrait sans doute le coup de regarder encore une fois le journal. Je ne songe à rien en particulier, mais il y a quelque chose qui sonne faux.

* * *

À Frampton Road, il y a un inspecteur en uniforme à la porte, et le bruit de choses qu'on déplace. Ça se passe à l'étage. Dans la salle de bains du premier, le plancher est à nu. L'ancien linoléum est roulé dans un coin. Le tapis de la chambre a également été enlevé. Et dans l'air flotte cette légère odeur de Luminol qu'on ne remarque pas si on ne l'a déjà sentie.

Ils sont au dernier étage. Baxter, les techniciens de la police scientifique, Nina Mukerjee, Erica Somer et un autre flic en uniforme dont je ne me rappelle pas le nom.

— Alors, qu'est-ce qu'on a ?

Baxter désigne Somer d'un geste qui veut dire : « À mon avis, c'est complètement absurde. Alors, si ça ne donne rien, c'est sa faute, pas la mienne. »

— Là, chef, dit-elle.

La pièce de devant. C'était sans doute une chambre de bonne, jadis, avec sa fenêtre basse encastrée dans le toit et son petit fourneau en fonte. Elle se tourne vers moi avec un air navré.

— Vous allez dire que c'est une idée saugrenue…

— Non. Allez-y. Nous sommes à court d'hypothèses. Tout ce qu'il nous reste, ce sont les idées saugrenues.

Elle rougit un peu, ce qui lui va plutôt bien.

— D'accord. Si on part du principe qu'Hannah est morte dans cette maison…

— Je crois que c'est le cas. Je *sais* qu'elle est morte ici.

— OK. Et, pourtant, la police scientifique n'a absolument rien trouvé. Ce qui n'est pas possible.

— En effet.

— Non, dit-elle avec insistance cette fois. Ce n'est pas *possible.* Il *doit* y avoir une preuve. Mais nous ne l'avons pas trouvée.

— Ainsi que Challow ne cesse de me le répéter, ils ont passé chaque étage au Luminol…

— Exactement. Et si ce n'étaient pas les sols qu'il fallait analyser ?

— Je ne vous suis pas…

Elle désigne un endroit du plafond.

— Regardez.

Une tache brun pâle, plus sombre à la périphérie, avec une curieuse forme de cœur. Le reste du plafond porte des traces d'humidité et de vieillissement, mais là, c'est différent. Plus profond. Plus marqué.

— C'est sec, dit-elle. J'ai vérifié. Et je sais que c'est fou : comment aurait-elle pu mourir là-haut ? Ça n'a aucun sens, mais il y a cette scène dans *Tess*…

Je n'écoute plus : je suis déjà hors de la pièce, sur le palier. La trappe du grenier se trouve juste au-dessus de l'escalier.

À l'époque victorienne, ils ne se souciaient guère de questions oiseuses comme la santé et la sécurité.

— Quelqu'un a vérifié, là-haut ?

Baxter grimace.

— Un flic en uniforme était censé le faire, mais on dirait que l'ordre s'est perdu en route. Désolé, chef.

— Bien. Alors on ferait mieux de vérifier par nous-mêmes, hein ?

Baxter prend une chaise dans la pièce d'à côté et je grimpe dessus. La trappe est grippée et je dois forcer pour l'ouvrir. Mais impossible de monter dans le grenier depuis la chaise.

— Vous avez une lampe torche, Baxter ?

— Dans la voiture, chef. Et il y a un escabeau dans la véranda. Je me rappelle l'avoir vu.

— OK. Allez chercher la lampe, je m'occupe du reste.

Lorsqu'il revient, je suis en train de caler l'escabeau sous la trappe.

— Je vais le tenir, chef, s'empresse de déclarer Somer. Vous vous rompriez le cou si vous tombiez de là-haut.

Je grimpe et pousse la trappe du grenier jusqu'à ce qu'elle bascule et claque contre le sol. Je sens un courant d'air froid ; de la poussière et des gravillons me dégringolent sur le visage. Une fois sur la dernière marche de l'escabeau, je me hisse jusqu'à m'asseoir sur le sol. Je préfère ne pas penser à ce que je suis en train de faire subir à mon pantalon. Somer me tend la lampe torche. Je l'allume et balaie les alentours du faisceau lumineux. Des cartons, des ordures, des vieilleries. Le même bazar que dans la cave. Au mur, le câblage pour l'ancienne cloche de la bonne. Je parviens à lire les étiquettes. « Salle du petit déjeuner ». « Salon ». « Bureau ». De l'autre côté, il y a un trou dans les tuiles de la taille de mon poing.

Je me mets lentement sur mes jambes, voûté sous les poutres, et marche prudemment sur le plancher. La plupart des lames ne sont pas clouées et elles oscillent un peu sous mon poids. Soudain, sorti de nulle part, quelque chose se met à bouger. Quelque chose qui surgit des ténèbres. Des ailes, une sensation rugueuse sur mon visage…

Ils ont dû m'entendre crier.

— Tout va bien, chef? lance Baxter.

Mon cœur bat la chamade.

— Oui. C'était juste une chauve-souris. Elle m'a surpris, c'est tout.

J'inspire profondément et trouve mes repères. J'essaie de localiser la marque sur le plafond, juste en dessous. Et, effectivement, il y a quelque chose, là. Informe, un peu arrondi. Je demande à Nina de monter et lui éclaire le chemin avec la lampe torche. Puis je dirige le faisceau sur ma trouvaille pendant qu'elle enfile des gants en latex. Elle déplace prudemment l'objet et nous découvrons une tache sombre, diffuse et depuis longtemps desséchée.

* * *

Il faut un moment pour l'ouvrir. Le plastique est si vieux et pétrifié qu'il craque et refuse de s'aplatir sur la table du labo. Le stagiaire ironise en disant que c'est comme dérouler le manuscrit de la mer Morte. C'est un peu déplacé, vu les circonstances, et je me tais. Ils travaillent en silence jusqu'à ce que l'ensemble soit étalé devant eux sous la lumière vive de la lampe.

Nina Mukerjee prend son téléphone et appelle Challow.

— Alors, dit-il quelques minutes plus tard en approchant de la table tout en enfilant sa blouse. Est-ce bien ce que l'on croyait ?

Nina acquiesce.

— Une housse de voiture. Sans doute des années 1970 et venant de la Cortina garée dans l'allée.

Ils restent debout, là, à l'observer. Pas besoin de Luminol, cette fois.

— Bon Dieu, murmure Nina. Il n'a même pas pris la peine de la passer au jet d'eau.

* * *

Botley Road, 19 heures. Les seuls bruits à Vine Lodge viennent de la cuisine. Des voix étouffées, la porte du frigo qui s'ouvre et se ferme, des rires.

La chambre de la jeune fille est silencieuse. Mais ce n'est pas le silence du sommeil.

Vicky est assise dans son lit, les bras autour des genoux. Elle se balance légèrement. Puis il y a un bruit sur le palier et elle lève la tête. Elle s'approche rapidement de la porte et essaie d'actionner la poignée. Celle-ci s'abaisse et elle reste un moment là, debout, le souffle court, les poings serrés si fort que ses phalanges blanchissent sous sa peau qui bleuit.

* * *

De : AlanChallowCSI@ThamesValley.police.uk
À : DIAdamFawley@TahmesValley.police.uk
Date : 9 mai 2017 à 19 h 35
Importance : Élevée
Objet : Urgent – Frampton Road

Juste pour vous dire que je pense avoir trouvé un moyen de tester votre théorie au sujet du journal. Et le labo a procédé aux autres tests que vous avez demandés. Une première série de résultats sonne faux, alors nous recommençons. Mais il n'y avait pas d'erreur. La pièce à l'arrière du dernier étage : il y a des traces de méconium sur le sol. Je n'ai pas besoin de vous expliquer ce que cela signifie.

* * *

— C'est quoi, cette odeur ?

Gislingham se retourne pour regarder sa femme à la porte de la cuisine. Il est aux fourneaux, en tablier, un torchon sur l'épaule, une spatule à la main. Et il éprouve un plaisir incroyable. Près de la table, Billy est dans sa chaise haute, nettement plus intéressé par ce que son père est en train de cuisiner que par la bouillie insipide qui se trouve dans son bol en plastique.

— Un brunch, répond-il. J'ai le temps avant d'y aller, alors je me suis dit que je pouvais m'en occuper.

Janet s'approche de la cuisinière et jette un œil dans la poêle.

— Des saucisses ?

Gislingham sourit.

— Un témoignage de gratitude offert par un citoyen reconnaissant. Qui se révèle être un boucher.

— Fais attention, on pourrait t'accuser de toucher des pots-de-vin.

Gislingham lève les mains, mimant l'air terrifié d'un cockney :

— C'est un flic honnête, officier. Vous m'avez pris la main dans le sac.

Janet arque un sourcil.

— C'est plutôt là-dessus que je mettrais bien la main.

Gislingham s'esclaffe, puis se tourne vers la poêle pour couper un morceau de saucisse.

— Voilà… Goûte.

Janet hésite un moment, mais l'odeur est si alléchante. Elle saisit le morceau planté au bout du couteau.

— Eh ! C'est brûlant ! glapit-elle en agitant sa main devant la bouche.

— Fabuleux, non ?

Elle acquiesce.

— Où les as-tu trouvées ?

— À Cowley Road. Finest Old English.

— Je ne me souviens même pas de la dernière fois que j'ai cuisiné des saucisses.

Gislingham ne se souvient pas de la dernière fois qu'elle a cuisiné, tout simplement. Mais peu importe. Elle sourit.

— Tu as de la graisse qui a coulé sur ton menton.

Il s'approche et l'essuie avec son doigt, puis pose la spatule dans la poêle et enlace sa femme. Billy se met à gazouiller et Gislingham lui fait un clin d'œil.

Ça va aller. Tout va aller très bien.

* * *

Dans la cafétéria, Quinn en est au sixième jour de son cauchemar personnel. Il dégage tant d'énergie négative que les gens évitent de s'asseoir à côté de lui, même si l'endroit est bondé à cette heure de la journée. En venant, il est passé par Belford Street, où Pippa a prétendu habiter, mais il n'a obtenu aucune réponse. Il pose nerveusement son téléphone à droite de son assiette d'œufs et de bacon, à laquelle il a à peine touchée. Elle reconnaît son numéro, désormais ; il n'est donc pas étonnant qu'elle ne décroche pas. Il faut que quelqu'un d'autre essaie à sa place et, dans l'immédiat, il ne peut le demander qu'à une seule personne.

Il balaie la cafétéria du regard. Merde, où est Gislingham ?

* * *

Juste avant 10 heures, Vicky et le gérant de Vine Lodge sont de retour dans la salle d'audition numéro un. Gow et moi les regardons sur l'écran vidéo. Je prends Wilcox à part et le questionne pour vérifier : elle n'a toujours pas demandé de nouvelles du garçon.

Gow jette un œil sur les papiers que j'ai en main.

— C'était une bonne idée de demander à Challow de faire ces analyses sur le journal.

— C'est parce que vous avez dit que quelque chose sonnait faux. Juste une intuition.

— C'est pour ça que vous êtes bon dans votre boulot. Cependant, ça vous pose un problème, maintenant, non ? (Je me tourne vers lui.) Parce que vous allez devoir révéler ces tests à la défense de Harper.

Je grimace.

— Je sais. Et nous savons tous ce qu'ils vont en faire.

On frappe à la porte. Everett.

— Vous êtes prêt, chef?

* * *

Lorsque Gislingham arrive enfin dans les locaux, il va voir Quinn. Il s'assied sur le bord de son bureau – ce que Quinn déteste, habituellement. Mais, lorsque le chat est dans la niche du chien, les souris prennent leurs aises.

— On a reçu ces historiques de téléphone portable ? demande-t-il.

Quinn secoue la tête.

— Le procureur a répondu exactement ce que tu avais prévu. (Il a l'air encore plus abattu que la veille.) Et, maintenant, Fawley veut que je la fasse venir pour l'accuser de fausse déclaration. Mais l'adresse qu'elle m'a donnée… il n'y a personne là-bas. Et elle ne répond pas au téléphone.

— Elle reconnaît sans doute ton numéro. Laisse-moi essayer.

Gislingham tape sur les touches de son portable et attend.

— Rien, finit-il par dire.

Même son indéfectible optimisme en prend un coup. À moins que… Car Quinn est maintenant au téléphone et fait des gestes empressés à Gislingham.

— Vous êtes sûr ? demande-t-il. Elle s'est vraiment identifiée comme étant Pippa Walker ?

Il serre le poing.

— Woods, déclare-t-il, vous êtes une sacrée bénédiction.

* * *

— Merci d'être revenue, Vicky, dis-je lorsque nous nous asseyons. L'inspecteur Everett est de nouveau avec moi, si cela ne vous dérange pas. Juste au cas où quelque chose m'échapperait.

Elle a un léger sourire. Elle joue encore avec l'extrémité du pull qui lui tombe sur les cuisses.

— Je voudrais commencer par vous remercier, Vicky. Après ce que vous nous avez dit sur l'autre fille, on a fouillé la maison une nouvelle fois. Et nous avons trouvé quelque chose. Une bâche en plastique.

Elle lève les yeux vers les miens. Ses lèvres bougent, mais aucun mot n'en sort.

— Il y a du sang dessus. Nous croyons que c'est celui de l'autre fille, celle qui a disparu. Donc nous pensons que vous avez raison. Il a tué quelqu'un d'autre.

Elle ferme les yeux un moment. Puis baisse la tête.

Je lance un coup d'œil à Everett. Elle acquiesce subrepticement.

Je prends une profonde inspiration.

— Mais je crains que ce ne soit pas la seule chose que nous ayons trouvée, Vicky. Au dernier étage de la maison, il y a trois pièces vides. On dirait que personne n'y est entré depuis des années. Mais on les a quand même testées. Juste histoire d'être sûrs. Et dans l'une d'entre elles, la plus petite, à l'arrière, nous avons relevé des traces d'une substance peu commune. Des traces infimes, mais qu'on ne parvient jamais à effacer complètement, même en nettoyant vraiment à fond. Surtout avec les appareils que nous avons aujourd'hui. Savez-vous ce qu'était cette substance ?

Elle ne réagit pas.

— Ça s'appelle du méconium. C'est la matière résiduelle que les bébés ont dans leurs intestins lorsqu'ils sont dans le ventre de leur mère. Il n'y a pas d'erreur possible. Et elle est éjectée durant les heures qui suivent la naissance. Il n'y a qu'une explication, Vicky. Un bébé était dans cette pièce. En fait, un bébé est sans doute *né là*.

Elle lève son visage vers le mien avec un air de défi.

— Pourquoi ne nous l'avez-vous pas dit ?

— Parce que je savais que vous commenceriez à m'accuser. Comme vous le faites maintenant.

— Vous accuser de quoi, Vicky ?

— De ne pas m'être échappée, de ne pas être sortie de là.

— Pourquoi ne l'avez-vous pas fait ? Pourquoi n'avez-vous pas essayé de vous échapper ?

— Écoutez, dit-elle. Il m'a laissée sortir seulement lorsque j'ai perdu les eaux. Et il ne m'a jamais laissée seule là-haut. Pas une seule fois. Impossible de m'échapper. *Impossible.*

Everett quitte sa tablette des yeux.

— Combien de temps êtes-vous restée en haut, à peu près ?

Elle hausse les épaules.

— Quelques heures, peut-être. Il faisait nuit. Il faisait tout le temps noir, dehors. Est-ce que vous m'accusez de quelque chose ? Ce salopard m'a violée, m'a fait subir les choses les plus *dégoûtantes*…

— Nous le savons, Vicky, dis-je calmement.

— Alors, pourquoi est-ce que vous me parlez comme si j'étais une criminelle ?

— Je comprends, Vicky. Nous comprenons *tous*. Vous étiez juste en train d'essayer de survivre. Et si cela impliquait certains compromis avec l'homme qui vous avait séquestrée, eh bien, il n'y a aucune honte à cela…

— Je n'ai pas *honte*, dit-elle en me regardant droit dans les yeux, les mains posées à plat sur la table, parce que je n'ai jamais fait de compromis avec cet ignoble vieux pervers. C'est clair ?

Des marques d'une étrange couleur apparaissent sur ses joues.

— D'accord, dis-je promptement. Passons à autre chose. (Je fouille dans mes documents.) Hier, vous avez déclaré que le professeur Harper vous apportait de la nourriture en boîte de conserve, n'est-ce pas ?

Elle roule des yeux.

— On va *encore* devoir recommencer tout ça ?

Wilcox me lance un regard. Un regard qui dit : « Mais enfin, à quoi vous jouez ? Vous ne voyez pas qu'elle est bouleversée ? »

Ce qui est le cas. Mais pas pour les raisons qu'il imagine.

— Et votre bébé, Vicky ? Le professeur Harper lui apportait de la nourriture ? À votre petit garçon ?

Ces mots ne la font pas réagir.

— Je lui donnais le sein. Je ne voulais pas, mais le vieux me forçait. Il me libérait les mains pendant ce temps et me rattachait ensuite.

— Oui, je me souviens, maintenant. Mais il y a une chose qui m'intrigue.

— Ah ouais ? demande-t-elle en se reculant, les bras croisés.

Gow parle toujours des nuances du langage corporel, mais là je n'ai pas besoin de son aide pour l'interpréter.

— Ce sac d'ordures dans la cave. Il contenait des conserves d'aliments pour bébé. Donc il n'était pas seulement nourri au sein, n'est-ce pas ?

Elle examine ses ongles.

— Ouais, il a apporté des trucs pour le petit. Mais seulement depuis peu. Quand il est devenu plus grand.

— Et où le professeur Harper se procurait-il cette nourriture ?

— Ce n'est pas à *moi* qu'il faut le demander, rétorque-t-elle sèchement. Je n'étais pas là, d'accord ? Ça pouvait venir de n'importe où. Il y a plein de magasins dans ce quartier.

— En fait, il y en a étonnamment peu. Et même très peu à proximité immédiate de sa maison. Depuis au moins un an, le professeur Harper ne peut plus conduire et, avec son arthrite, il ne peut guère se déplacer. Il n'y a que deux magasins où il peut aller à pied. Hier après-midi, l'inspecteur Everett s'y est rendue pour parler aux employés.

— Et, lorsque je leur ai montré la photo du professeur Harper, ils l'ont tous reconnu, intervient Everett. Ils l'ont servi de nombreuses fois. Surtout de la bière, apparemment. Mais aucun d'eux ne lui a jamais vendu des produits pour bébé.

— Comme vous pouvez l'imaginer, poursuis-je, ça les aurait étonnés. Un vieil homme qui achète ce genre de chose.

— Ah, dit soudain Everett, mais il y avait aussi les commandes au supermarché, n'est-ce pas, chef ? C'est peut-être là qu'il les achetait ?

Vicky la regarde. Et tombe dans le piège.

— Ah oui, je me souviens, maintenant.

Je jette un œil à mon dossier.

— Vous avez raison. Certains déchets que nous avons trouvés proviennent effectivement des commandes que le professeur Harper a passées au supermarché. Le problème, c'est qu'elles ne contiennent aucun aliment pour bébé. On a vérifié. C'est l'assistant social qui passait les commandes pour lui, et elles étaient toutes identiques.

Elle me considère.

— Écoutez, j'étais *dans la cave*. Je n'ai pas la moindre idée de la façon dont il se les est procurés.

— On a également relevé les empreintes digitales sur les boîtes d'aliments pour bébé. Il y a les vôtres, Vicky, ainsi que d'autres, pour la plupart imprécises. Mais aucune n'appartient au professeur Harper. Certaines boîtes de conserve portent ses empreintes, mais pas celles contenant les aliments pour bébé. Pouvez-vous m'expliquer ça, Vicky ?

Elle hausse de nouveau les épaules.

— C'est à lui qu'il faut poser la question, pas à moi.

— Oh, on le fera. Mais, pour tout vous dire, il ne va pas très bien…

— *Super*, déclare-t-elle. J'espère qu'il pourrira en enfer pour ce qu'il m'a fait. Avons-nous terminé ? Je suis fatiguée…

— Ça ne va plus être long, je vous le promets. Mais, au tribunal, on va vous interroger sur tous ces détails, donc nous avons besoin de savoir ce que vous allez dire. Au sujet du journal, par exemple.

Elle fronce les sourcils.

— Qu'est-ce qu'il y a avec le journal ?

— J'ai demandé à notre expert de la police scientifique de l'examiner de nouveau. Il a découvert quelque chose qu'il n'avait pas remarqué avant. Quelque chose qu'il n'avait pas pensé à vérifier.

Elle ne dit rien, mais plisse les paupières. Elle est sur ses gardes.

— Il s'est servi d'un outil spécial appelé appareil de détection électrostatique. C'est un truc assez démodé, de nos jours.

Si vieux, en fait, que l'outil en question a passé les quinze dernières années au fond d'une armoire. C'est la première fois que je bénis Alan Challow d'être un collectionneur compulsif.

— Mais il a toujours une fonction très utile, continué-je. Il peut nous donner une idée assez précise de la pression exercée sur le papier. En d'autres termes, la force avec laquelle celui ou celle qui a écrit a tenu le stylo. Ou bien quand il a fait une pause, quand il a recommencé à rédiger. Dans votre journal, la pression est étonnamment uniforme.

— Ouais. Et ?

— C'est très inhabituel. Du moins, sur un journal tenu durant plus de deux ans. Normalement, on ne constate pas cela. On dirait plutôt que toutes les pages ont été écrites d'une seule traite.

Wilcox remue un peu sur sa chaise. Je n'ai pas la moindre idée de ce qu'il pense.

— La seule page qui est différente des autres, c'est la dernière. Lorsque vous parlez de l'eau qui commence à manquer, et que vous désespérez de voir venir quelqu'un…

Elle plaque ses paumes sur la table.

— C'est parce que je croyais que j'allais *mourir.* Vous comprenez ?

— Oh oui, Vicky, je comprends.

Wilcox lui décoche un regard.

— Peut-être pouvons-nous faire une pause ? lance-t-il. Tout ça est plutôt stressant.

— D'accord. On va commander du café et reprendre dans une demi-heure.

La salle de crise est bondée. Même Gow est présent. Seuls manquent Quinn et Gislingham. Je me demande ce qu'ils fabriquent au juste, parce qu'il y a forcément anguille sous roche. Et, maintenant, Gislingham se retrouve embarqué dans je ne sais quoi.

— Donc, Harper *la laissait sortir* ? s'exclame Baxter dès qu'il nous voit. Pourquoi diable n'a-t-elle pas essayé de s'enfuir ?

— Elle venait de mettre un enfant au monde…

— Ouais, d'accord, mais ça ne veut pas dire qu'elle était dans un état d'incapacité totale, n'est-ce pas ? Elle n'aurait pas pu briser une vitre, appeler à l'aide ? Elle aurait pu faire *quelque chose.*

Everett a l'air pensive.

— Qu'y a-t-il, Ev ?

— Pendant son audition, Donald Walsh a parlé de bruits à l'étage de la maison. Il a pensé que c'était le chat du quartier. Un siamois. Ma tante en avait un. Quelle plaie, cette bestiole. Mais vous savez quoi ? Il miaulait comme un bébé, c'était insupportable.

Baxter la fixe.

— Qu'est-ce que tu dis ?

Everett hausse les épaules.

—Qui nous garantit qu'elle n'était en haut que pour l'accouchement ? Peut-être l'a-t-il laissée sortir plus d'une fois. Peut-être est-elle allée acheter *elle-même* les aliments pour bébé.

Je m'adresse à Gow.

—Est-ce possible ? Vous avez dit qu'il pourrait y avoir eu une espèce de collusion entre eux.

Il ne répond pas tout de suite, car il ne rate jamais l'occasion de faire une pause théâtrale.

—Oui, c'est possible, finit-il par déclarer. C'est peut-être le marché qu'elle a passé avec Harper. Il la laisse sortir de la cave pendant un certain temps, en échange de quelques concessions de sa part.

—Vous parlez de sexe ? demande Everett.

—C'est le plus probable. Mais un genre de sexualité différent des viols. Elle a pu accepter de se comporter avec lui comme s'ils avaient une véritable relation. Une famille, même. C'est ce qu'elle évoque dans son journal.

—Je ne comprends toujours pas pourquoi elle n'a pas pu s'échapper s'il la laissait sortir de la cave, dit Baxter. Surtout si, en plus, il la laissait aller dehors.

Gow balaie la salle du regard.

—Il n'est pas inhabituel, dans ce type de situation, que le ravisseur sépare la mère et l'enfant durant d'assez longues périodes. Afin d'affaiblir leur attachement mutuel. Il se peut que Harper ait occasionnellement permis à la fille de sortir, mais en gardant le garçon enfermé. L'enfant était alors un otage, véritablement. La fille ne pouvait pas s'échapper en l'abandonnant.

Baxter secoue la tête avec véhémence.

—Je n'y crois pas une seconde. Elle aurait abandonné l'enfant à n'importe quel moment, et bon vent à lui.

Gow a un léger sourire.

— Je ne fais qu'exposer les diverses possibilités, inspecteur. Le profilage n'est pas une machine à faire des saucisses. Il ne suffit pas d'appuyer sur un bouton, et paf! la réponse tombe. C'est à la police judiciaire de déterminer ce qui s'est réellement passé.

La porte s'ouvre en grand. C'est un officier en uniforme. Il porte un plateau de gobelets de café et de canettes de Coca. Son regard s'arrête sur moi.

— Votre femme est là, chef. Elle dit que c'est urgent.

— Ma *femme*?

Alex ne vient jamais ici. *Jamais*. Elle déteste cet endroit. Elle prétend qu'il pue le mensonge. Le mensonge et les toilettes.

Il a l'air un peu embarrassé.

— Oui, chef. Elle est à la réception.

Alex est assise sur l'une des chaises en plastique gris alignées contre le mur. Le garçon est à côté d'elle, debout sur le siège. Il regarde par la fenêtre. Elle a une main posée sur le creux de son dos pour s'assurer qu'il ne tombe pas.

Je marche vers elle à grands pas.

— Tu ne devrais vraiment pas venir ici, dis-je à voix basse.

— Je suis désolée, je sais que tu es très occupé…

— Ce n'est pas ça. Vicky est là. Dans ce bâtiment. Ce serait embarrassant… si elle voyait le garçon.

Celui-ci se met à frapper contre la vitre et Alex se penche pour retenir ses mains.

— Qu'y a-t-il, Alex? Pourquoi n'as-tu pas téléphoné?

— J'ai terminé de lire ce roman, *Room*.

Il me faut un moment pour me souvenir.

— D'accord. OK. Mais je dois vraiment y retourner. Tu ne préfères pas m'en parler ce soir?

— Il y a un passage à la fin… après que la fille est libérée. Son petit garçon doit s'adapter à un monde qu'il n'a jamais vu auparavant.

— Je ne te suis pas.

— Il doit apprendre de nouvelles choses. Des choses qu'il n'a jamais faites avant parce qu'il a passé toute sa vie dans une seule pièce. Une pièce de plain-pied. Sans *escalier*.

Je regarde le garçon. Il frappe de nouveau contre la vitre avec un rire strident. J'essaie de me souvenir, de le voir…

— Il est capable de le faire, dit-elle en lisant dans mes pensées. Je l'ai vu. Plusieurs fois.

— Et il l'a fait sans hésitation ?

Elle acquiesce.

— Il n'a aucun problème pour grimper les escaliers. Parce que, c'est évident, il l'a *déjà fait auparavant*.

* * *

Quinn gare l'Audi dans le quartier de la vieille prison, désormais reconvertie en hôtel chic avec une cour intérieure pavée, bordée de bars et de pizzerias. Des gens sont assis dehors, buvant un café, discutant, souriant au soleil.

— La gérante du magasin est censée la retenir jusqu'à notre arrivée, dit-il en coupant le moteur.

— Tu as été sacrément chanceux que Woods ait entendu la transmission radio concernant ce vol à l'étalage, commente Gislingham.

Il est un peu amer, tout de même, que le destin ait ainsi tendu à Quinn une carte « sortie de prison ». À moins qu'il n'ait voulu rafler tous les bons points disponibles.

— Il savait que j'étais à sa recherche, dit Quinn, donc le nom a dû lui faire tilt.

— Et c'est vraiment la même Pippa Walker ?

— J'en suis presque sûr. Apparemment, cette fille a piqué un sac à main à pompons. Un truc de designer qui coûte un bras. J'ai vu ses affaires, elle en a plein.

— Et un sac à pompons… mais pour quoi foutre ? murmure Gislingham.

Il suit Quinn vers Carfax, en se débattant dans la cohue. Des gens qui ne regardent pas où ils marchent, des enfants qui font des embardées imprévues, les chalands, les paresseux, les perdus.

Le magasin de mode haut de gamme est situé sur High Street. Derrière la vitrine, des cubes en chrome exposent des bijoux, des chaussures, des sacs, des lunettes de soleil.

Lorsqu'ils entrent, Quinn désigne l'un des présentoirs.

— Très bien, dit Gislingham. Alors c'est donc ça, un sac à pompons. Qui l'aurait deviné, franchement ?

La gérante, qui guettait manifestement leur arrivée, s'empresse de les entraîner à l'écart de deux vieilles Américaines extrêmement maigres qui s'intéressent de près à des foulards à motif léopard.

— Alors, demande Quinn en regardant autour de lui, où est-elle ?

— Je l'ai priée d'attendre dans le bureau, répond la gérante à voix basse. Elle devenait un peu… *bruyante*.

Ça, je veux bien le croire, se dit Gislingham.

— Pouvez-vous nous y conduire ? insiste Quinn, visiblement impatient.

Ils la suivent vers le fond du magasin, qui est plus sombre, encombré et exigu que l'espace de vente, vaste et lumineux. La gérante pousse du pied un carton de brochures promotionnelles et ouvre la porte du bureau. Mais il n'y a personne à l'intérieur. Juste une chaise en plastique, un ordinateur et des étagères pleines de paperasses. Quinn se tourne vers elle.

— Vous deviez la garder ici. *Où diable est-elle ?*

La gérante devient livide.

— Elle ne peut pas être sortie par l'avant, je l'aurais vue. Et Chloe a passé la matinée à faire l'inventaire. Ou, du moins, elle était censée le faire…

C'est alors que retentit un bruit de chasse d'eau et que s'ouvre une autre porte. Une femme sort des toilettes, les voit et rougit.

— Chloe, ne deviez-vous pas garder un œil sur Mlle Walker ? lance sèchement la gérante.

La femme a l'air perturbée, une main posée sur l'estomac.

— Elle est dans le bureau, n'est-ce pas ? Elle y était il y a une seconde. Honnêtement, je ne suis restée aux toilettes qu'une minute. Je me suis retenue autant que j'ai pu, mais vous savez ce que c'est, quand on est enceinte…

Quinn en a les bras qui tombent.

— Merde. Elle a dû nous entendre.

— Il y a une autre sortie ? demande Gislingham.

La gérante fait un geste.

— Il y a la sortie du fond sur Covered Market, mais nous ne nous en servons que pour les poubelles…

Les deux hommes sont déjà partis.

Quinn ouvre brutalement la porte arrière et vérifie chaque magasin devant lequel il passe. Sandwicherie, plats thaïs à emporter, boutique, boulangerie. L'endroit semble soudain rempli de filles aux cheveux longs. Même voix, mêmes vêtements, même chevelure blonde. Des visages se tournent vers lui, surpris, irrités, stupéfaits. Une personne lui sourit. Il se retrouve dans le centre et voit Gislingham foncer vers lui depuis le côté opposé. Tous deux restent là à scruter les ruelles. Encadreur, pâtisserie, cordonnier. Les rangées de plantes devant la boutique du fleuriste, le panneau pour les affiches de concerts, les expositions et les spectacles dans les jardins des universités. Des avenues qui mènent dans toutes les directions. Autant chercher un rat dans un labyrinthe.

— Tu la vois ?

— Nan, lâche Gislingham, les yeux braqués sur la foule. On ne peut pas couvrir ce quartier tout seuls. Elle pourrait être n'importe où.

Quinn a le souffle court.

— Si tu essayais de te cacher ici, tu irais où ?

— Un endroit avec des étages ?

— Pas mal. Comment s'appelle ce café ?

— Georgina's, répond Gislingham, mais je n'arrive jamais à le trouver…

Quinn est déjà en route et, cette fois, il court.

— *Par ici.*

Il tourne au coin et gravit les marches en bois qui mènent au café, fait une pause une fois en haut et manque de renverser une serveuse portant un plateau rempli de tasses. La moitié des clients pivotent vers lui. Mais aucun d'eux n'est Pippa Walker.

— Pardon, dit-il.

Il redescend, plus lentement. Où diable est passé Gis ?

Son téléphone bipe.

— Je l'ai repérée, annonce Gislingham. Market Street. Magne-toi.

Lorsque Quinn retrouve la rue, il comprend où elle est allée, et pourquoi.

— Elle est à l'intérieur ?

Gislingham acquiesce.

— Elle est entrée il y a deux minutes. Il n'y a que cette sortie. Tout ce que nous avons à faire, c'est de l'attendre.

— Merde, allons-y.

— C'est pour les dames, tu ne peux pas…

Mais Quinn est déjà en train de doubler la queue de femmes d'âge moyen en exhibant sa plaque.

— Police. Mettez-vous de côté, s'il vous plaît. Mettez-vous de côté.

Les femmes s'écartent et murmurent, offusquées. Quinn se met à frapper aux portes.

— Police, ouvrez !

Une par une, les portes s'ouvrent. Une femme asiatique avec un voile se précipite en portant un enfant, les yeux rivés au sol, évitant de le regarder. Une vieille dame suit, marchant avec difficulté. Puis une femme robuste vêtue de tweed se plaint et menace de « signaler ces agissements à votre supérieur ». Il ne reste plus qu'une seule porte fermée, tout au fond. Quinn se place devant.

— Mademoiselle Walker, dit-il en haussant la voix. Il faut qu'on vous parle. Je vous prie d'ouvrir la porte, sans quoi je vais la défoncer.

Son cœur bat vite parce qu'il a couru. Ou bien c'est l'adrénaline. Difficile à dire.

Un silence, puis le bruit du verrou qu'on ouvre.

* * *

Quand j'étais enfant, j'étais attiré par les images d'Escher. Vous savez, celles en noir et blanc, pleines de formes géométriques. À l'époque, il n'y avait pas de sites web bien agencés et tout ce que nous avions, c'était le papier ; mais j'aimais les illusions d'optique, et celles d'Escher étaient les meilleures. J'en avais une sur le mur de ma chambre, *Day and Night*. Vous l'avez déjà vue, c'est celle où il est impossible de dire si l'on voit des oiseaux blancs de nuit ou des oiseaux noirs de jour. Et c'est exactement ce que je ressens lorsque je pousse la porte de la salle de crise. Ce n'est pas ce que vous regardez, mais d'où vous le regardez, qui détermine ce que vous voyez.

L'équipe lève les yeux sur moi. Le silence tombe.

Et je leur raconte ce que ma femme m'a dit.

Il y a une longue pause pendant qu'ils enregistrent l'information, et soudain nous sommes tous en train de regarder Gow.

— Il est possible qu'Harper ait aussi laissé sortir l'enfant, finit-il par dire en enlevant ses lunettes pour les essuyer avec son mouchoir. Que la fille ait réussi à négocier ça.

— Mais ?

Parce qu'il y a un *mais*. Et un grand. Je le lis sur son visage.

— Lorsqu'elle a nié avoir honte d'avoir fait des compromis avec Harper, tout dans son langage corporel suggérait qu'elle disait la vérité. J'ignore contre quoi elle lutte, mais ce n'est pas ça. Alors, comment expliquer le fait que cet enfant *n'*ait *pas*, ainsi que Mlle Neale le soutient, passé l'intégralité de sa courte vie enfermé dans cette cave ? Personnellement, dit-il en remettant ses lunettes et en me regardant, je tendrais vers l'explication la plus simple.

Le principe du rasoir d'Ockham. La réponse la plus simple est invariablement la bonne.

Une vague d'incrédulité parcourt la salle lorsque les gens comprennent où Gow veut en venir.

Sûrement pas, elle n'a pas pu…

Mais je pense que si.

— Elle a tout inventé, dis-je. L'enlèvement, l'enfermement, tout. Tout est faux.

J'entends leurs respirations. Gow consulte sa montre et se lève.

— J'ai un séminaire à donner dans exactement trente-cinq minutes. Mais vous pouvez m'appeler plus tard, si vous avez besoin de moi.

Lorsque la porte se referme sur lui, les gens bougent, changent de position. On a le sentiment que le temps fait soudain un bond en avant, après des jours à tourner en rond.

— Ça devient complètement cohérent pour moi, déclare Baxter en croisant les bras, l'air profondément convaincu. Il n'y a aucune raison de s'échapper quand on *n'est pas prisonnier*. Cette fille a habité là pendant tout ce temps. Elle vivait dans la maison de Harper, elle mangeait la nourriture de Harper. Pas étonnant que ce pauvre vieux ait perdu du poids.

Somer s'adresse à moi.

— Vous pensez vraiment qu'elle a pu vivre là pendant presque *trois ans* ? Je sais qu'elle cherchait un endroit pas cher où habiter, mais c'est quand même absurde. Et, en tout cas, *quelqu'un* aurait dû s'en apercevoir.

Je désigne la photo.

— Je n'en suis pas si sûr. Regardez cette maison. Personne ne s'est servi des étages pendant des années. L'unique voisine était cette vieille femme qui ne devait pas entendre grand-chose à travers les murs. La seule personne qui rendait visite à Harper ne restait pas plus de quinze minutes. Et il n'est jamais monté en haut…

— Mais Walsh, si, intervient Baxter. Pour aller voler ces *netsuke*.

— Exactement, confirme Everett. Et, lorsqu'il a entendu quelque chose, il a cru que c'était un chat. Mais je vous parie tout ce que vous voulez qu'il s'agissait du bébé de Vicky.

— Et Harper ? demande l'un des inspecteurs. Quand ils étaient bébés, mes deux enfants ont retourné la baraque avec leurs cris. Harper aurait dû entendre *quelque chose* durant tous ces mois, même s'il perdait la boule…

Un silence. Auquel Everett met un terme :

— Souvenez-vous de ces somnifères que la police scientifique a trouvés à l'étage. Et si Vicky s'en était servie ? Elle aurait pu droguer le vieil homme pour qu'il se tienne tranquille.

— Pas seulement lui, ajoute Somer d'un ton égal. Il n'était pas le seul à devoir être réduit au silence.

— Je vais appeler Challow, déclare sombrement Baxter. Pour qu'il fasse des tests à partir des échantillons prélevés sur le garçon. Si c'est bien ce qu'elle a fait, ils pourront le prouver.

Somer hoche la tête.

— Même une petite dose serait terriblement dangereuse pour un enfant aussi jeune. Elle aurait pu le tuer.

Everett hausse les épaules.

— D'après ce qu'on a vu, je ne crois pas qu'elle s'en préoccupait. Il n'y a absolument *aucun* lien entre eux. On voit pas mal de relations dysfonctionnelles dans ce métier, mais c'est la première fois que je rencontre une mère et un fils qui n'ont aucune relation *du tout*.

— C'est là que réside la véritable question, n'est-ce pas ? demande calmement Somer. L'enfant. Pas la relation entre eux. Le fait même qu'il existe…

Baxter se tourne vers elle, sujet à une soudaine révélation.

— Parce que, s'il n'y a pas eu enlèvement, il n'y a pas eu viol non plus, n'est-ce pas ? Et la seule chose dont nous soyons *certains*, c'est que Harper est le père de l'enfant. Donc, s'il ne l'a pas violée, alors quoi ? Elle *voulait* avoir des relations sexuelles avec lui ? C'est vraiment immonde. Pourquoi diable ferait-elle cela ?

Cette fois, je ne pense pas au rasoir d'Ockham. Mais à Gislingham. Gislingham, qui n'est toujours pas là. Gislingham, qui dit toujours que si ce n'est pas une question de sexe, alors c'est une question d'argent.

Je me tourne vers le tableau. Et la voilà, la réponse. Elle était sous nos yeux depuis le premier jour : 33 Frampton Road. Même avec une estimation prudente, on est au-delà des trois millions de livres.

— Elle va poursuivre Harper, dis-je. L'accuser de viol et de séquestration, réclamer une compensation financière. Cet enfant lui donnera droit à une partie de tous les biens que possède William Harper. Ce n'est pas du tout un « enfant », c'est un outil d'escroquerie financière.

Je regarde la salle. Bizarrement, les femmes ont l'air d'accepter cette hypothèse plus facilement que les hommes. Quelque part dans le fond, Somer fronce les sourcils.

— Mais est-ce qu'une fille comme elle pourrait *vraiment* faire ça ? demande un inspecteur en se tournant vers Everett. Je veux dire : vous le feriez ?

Everett a une moue.

— Ça représente beaucoup d'argent. Elle aurait très bien pu se dire que quelques baises rapides valaient le coup pour obtenir cette somme. Ferme les yeux et pense à l'Angleterre[1].

Baxter émet un léger sifflement.

— Bon Dieu, dit-il. Ce pauvre vieux salaud…

— D'accord, l'interrompt Somer. Résumons tout cela. D'une façon ou d'une autre, Vicky découvre que Harper vit seul et s'aperçoit que quasi personne ne lui rend visite. Elle s'installe chez lui et vit au dernier étage sans qu'il remarque rien. Elle se débrouille pour tomber enceinte, également, sans que Harper s'en rende compte – s'il dit la vérité…

— Je parie sur l'utilisation d'une poire à jus, s'amuse un inspecteur, provoquant de légers rires embarrassés.

1. Phrase devenue célèbre, tirée du journal de Lady Hillingdon (1912) : « Lorsque je l'entends approcher de ma chambre, je m'allonge sur mon lit, ouvre mes jambes et pense à l'Angleterre. »

— …et, ensuite, elle met en scène son enlèvement et son viol en rédigeant un faux journal de sa captivité, et s'enferme dans la cave.

Tout le monde a les yeux rivés sur elle.

— Sauf qu'elle ne l'a pas fait, n'est-ce pas ? S'enfermer toute seule. La porte était verrouillée *de l'extérieur*.

Elle balaie la salle du regard.

— Alors, qui a fermé cette porte ?

Je fais un signe de tête à Baxter.

— On a des empreintes digitales sur cette serrure ?

Il consulte son écran, clique sur un rapport de la police scientifique et le fait défiler.

— Nan. Uniquement celles de Quinn. Quand il l'a ouverte.

Donc, quelqu'un les a effacées. *A forcément dû* les effacer.

— Si vous voulez mon avis, dit Baxter, ce doit être Harper. Il a bien dit qu'il avait peur parce qu'il entendait des bruits en bas. Il a dû descendre un jour, se rendre compte qu'il y avait quelqu'un dans cette pièce, et fermer la porte. Vicky s'est retrouvée prise à son propre piège. Ce qui serait sacrément ironique, quand on y pense.

Somer acquiesce lentement.

— Ça me paraît possible, même s'il ne se souvient pas de l'avoir fait…

— Il ne se souvient pas de grand-chose, intervient Everett.

Ce qui ne lui ressemble pas. Je lis la même pensée sur le visage de Somer, puis Everett rougit lorsqu'elle croise mon regard.

— Qu'il s'en souvienne ou non, c'est une théorie plausible, dis-je. Alors, voyons si nous pouvons la confirmer, voulez-vous ? Et, dans l'immédiat, renvoyez Vicky à Vine Lodge. Il nous faut vérifier les faits avant que je lui parle de nouveau.

* * *

De : AllanChallowCSI@ThamesValley.police.uk
À : DIAdamFawley@ThamesValley.police.uk
Date : 10 mai 2017 à 11 h 50
Importance : Élevée
Objet : Urgent – Frampton Road

Je vous confirme que le sang, les cheveux et les particules de matière cérébrale prélevés sur la housse de voiture appartiennent sans aucun doute possible à Hannah Gardiner. Le tueur s'en est servi pour éviter l'écoulement de fluides corporels sur le sol, ce qui explique pourquoi nous n'avons pas été en mesure de découvrir une scène de crime ailleurs dans la maison. La victime était probablement inconsciente lorsqu'elle a été placée sur la housse avant de recevoir le coup fatal. Il y a des éraflures qui l'attestent. Les seules empreintes digitales présentes sont celles de William Harper, ce qui n'est pas étonnant, vu qu'il s'agit de sa housse de voiture. Si une autre personne l'a manipulée, elle devait porter des gants.

* * *

Audition de Pippa Walker, commissariat de St Aldate, Oxford
10 mai 2017, 12 h 10
En présence de l'inspecteur en chef G. Quinn et de l'inspecteur C. Gislingham

GQ : Pour information, cette audition a été précédée d'un avertissement pour la commission d'une infraction pénale. Mlle Walker a été informée de ses droits, y compris celui d'être assistée par un avocat. Elle a confirmé qu'elle n'en voulait pas.

PW : Je n'en ai pas besoin. C'est Rob le coupable, pas moi. Je n'ai rien fait.

GQ : Ce n'est pas vrai. Vous avez menti. Un mensonge très grave. Et nous pouvons le prouver.

PW : Je ne vois pas de quoi vous voulez parler.

GQ : Il y a trois jours, vous avez signé une déclaration où vous affirmiez qu'Hannah Gardiner vous avait surprise au lit avec Rob et qu'il y avait eu une terrible dispute.

PW : Et ?

GQ : La police scientifique a procédé à une analyse approfondie de l'appartement de Crescent Square. Rien ne suggère qu'Hannah Gardiner y soit morte. Absolument aucun élément. Pourquoi avez-vous menti ?

PW : Je n'ai pas menti. C'était il y a *deux ans*. Depuis, il a refait la décoration deux fois.

GQ : Ça ne change rien. Il resterait tout de même des traces. Il faudrait un javellisant spécial et, même dans ce cas…

PW : Ouais, mais il est scientifique, n'est-ce pas ? Il sait quoi faire.

GQ : Le problème, mademoiselle Walker, c'est que maintenant nous avons des raisons de croire qu'Hannah est morte au 33 Frampton Road, où l'on a découvert son corps. Nous avons des preuves scientifiques liant son meurtre à cette maison.

PW : (*Silence.*)

CG : Qu'avez-vous à répondre à cela ?

PW : Quel rapport avec moi ? Je ne suis jamais allée là-bas. (*Elle se lève.*) Bon, je peux y aller ?

GQ : Non. Rasseyez-vous, je vous prie, mademoiselle Walker. Vous n'avez toujours pas répondu à notre question. Pourquoi avez-vous menti au sujet de ce qui s'est passé dans l'appartement ?
PW : Je n'ai pas *menti*.
GQ : Un témoin a signalé vous avoir vue la nuit du 23 juin. Vous étiez avec deux jeunes types à un arrêt de bus de Banbury Road. Au moment même où Hannah et Rob Gardiner passaient une soirée calme et tranquille dans leur appartement.
PW : (*Silence.*) J'avais peur de lui. Il me frappait…
CG : Donc, vous l'admettez : il ne s'est rien passé dans l'appartement ?
PW : (*Silence.*) Non.
CG : Hannah Gardiner vous a-t-elle trouvée au lit avec son mari en rentrant à la maison ce soir-là ?
PW : Non.
GQ : Donc, vous avez menti. Pire, vous avez tenté de faire passer un homme innocent pour le meurtrier de sa femme.
PW : Il n'est pas innocent. C'est un salopard…
GQ : Vous vous rendez compte à quel point c'est grave ? Dans quelle situation vous vous trouvez ?
PW (*se tournant vers l'inspecteur en chef Quinn*) : Vous vous rendez compte dans quelle situation *vous* vous trouvez ? Lorsque je leur dirai ce que vous avez fait… Me laisser dormir dans votre appartement, avoir des relations *sexuelles* avec moi…
GQ : Vous savez très bien que ce n'est pas ce qui s'est passé…
PW : Ouais, eh bien, ça va être votre parole contre la mienne, hein ?

CG : Vous ne pensez pas qu'un jury va plutôt croire l'inspecteur en chef Quinn ?
PW (*sortant son téléphone et montrant une photo à Quinn*) : Ce sont *mes* sous-vêtements sur *votre* lit. Alors, qui va-t-il croire, maintenant ?
GQ : C'est une mise en scène. Sûrement lorsque j'étais sorti... (*Se tournant vers Gislingham.*) Elle ment de bout en bout...
PW : Je veux un avocat. Je peux en avoir un si je veux, non ?
CG : Oui, comme nous vous l'avons...
PW : Dans ce cas, j'en veux un. Tout de suite. Et je ne parlerai plus tant qu'il ne sera pas là.
CG : Pippa Walker, je vous arrête pour entrave au déroulement de la justice. Vous n'êtes pas obligée de parler, mais cela peut nuire à votre défense si vous omettez de mentionner des faits lorsque l'on vous pose des questions, surtout si vous vous en servez par la suite devant le tribunal. Tout ce que vous dites pourra être retenu comme preuve. Maintenant, vous allez être placée en cellule en attendant l'arrivée de votre représentant légal. Nous allons également vous demander de nous remettre votre téléphone portable. Audition suspendue à 12 h 32.

* * *

— J'ai toujours des réserves à ce sujet, inspecteur.

Je suis sur le seuil de la porte de la cuisine de Frampton Road avec l'avocate de William Harper. Par le couloir, j'aperçois le médecin de Harper qui l'aide à sortir d'une voiture de police. Il a l'air racorni. Ratatiné. Il jette un œil terrorisé à deux ou trois passants qui se sont arrêtés pour le regarder depuis l'autre côté de la rue. C'est nous qui l'avons rendu comme ça. Je le sais. Ce n'était pas notre intention, et nous l'avons fait en toute bonne foi. Mais c'est tout de même nous.

Erica Somer ouvre la portière côté conducteur et sort de la voiture. Avec Lynda Pearson, elle aide Harper à marcher lentement vers la maison. Il trébuche sur une marche, courbé en deux, les mains tendues devant lui comme s'il ne pouvait plus se fier à sa vue.

Je me tourne vers l'avocate. Elle sait ce que nous essayons de prouver, mais ne comprend pas pourquoi nous le faisons maintenant.

— C'est dans l'intérêt de votre client. Je suis désolé que cela se passe ainsi, mais nous avons besoin de preuves matérielles. Je suis sûr que vous comprenez.

— Ce que je *comprends*, inspecteur, répond-elle d'un ton aigre tandis que Somer et Pearson aident un Harper courbaturé à s'asseoir sur l'une des chaises de la cuisine, c'est que vous auriez pu trouver cette soi-disant « preuve » depuis le début, et ainsi épargner un stress considérable et inutile à un vieil homme vulnérable et malade, sans parler de son incarcération. J'ai la ferme intention de déposer une plainte en bonne et due forme.

Somer me lance un regard, mais je ne vais pas m'énerver à cause de cette femme. Elle a raison. Ou, du moins, en partie.

— Libre à vous de le faire, évidemment. Mais je suis certain que vous comprenez que nous n'avions pas d'autre choix que d'arrêter le professeur Harper. D'ailleurs, nous aurions commis une faute professionnelle si nous ne l'avions pas fait. Et, quels que soient les résultats de ce test, cela ne change rien à l'état physique dans lequel se trouvait votre client il y a trois ans, à l'époque de la prétendue séquestration.

Elle a un petit soupir vexé et plonge la main dans sa poche à la recherche de son téléphone.

— Finissons-en avec ça, voulez-vous ?

Je me tourne vers Baxter, qui se tient derrière moi avec une caméra vidéo : l'avocate n'est pas la seule à filmer cette scène.

— Très bien, professeur Harper. Êtes-vous prêt, maintenant ?

Il lève les yeux vers moi, puis se protège le visage d'une main tremblante, comme s'il craignait de recevoir un coup.

— Il n'y a aucune raison d'avoir peur, Bill, dit le médecin. C'est un officier de police. Il ne va pas vous faire de mal.

Les yeux mouillés de Harper fixent les miens. Il n'a pas l'air de me reconnaître.

Pearson s'accroupit et pose une main sur son bras.

— Nous avons juste besoin d'aller dans la cave une minute…

Les yeux du vieil homme s'écarquillent.

— Non… Il y a quelque chose, là, en bas…

— Tout va bien, Bill. Maintenant, il n'y a plus rien en bas, je vous le promets. Et je serai tout le temps avec vous. Ainsi que cette dame de la police.

Elle se raidit et échange un regard avec Somer, qui sourit faiblement.

Baxter se dirige vers la porte et tire le verrou, puis se penche et allume la lumière. Somer aide Harper à se mettre debout et, avec Pearson, elles le guident vers le haut des marches.

— J'y vais en premier, déclare Somer. Juste au cas où.

— Il doit descendre seul, sans aide, précisé-je calmement. C'est tout l'enjeu.

— Je sais, chef, répond-elle en rougissant, c'est juste que…

Sa voix s'éteint, mais je sais ce qu'elle veut dire.

— La vidéo tourne, annonce Baxter derrière moi.

— Allez-y, Bill, dit doucement Pearson. Prenez votre temps. Tenez-vous à la rampe si vous en avez besoin.

Finalement, cela prend vingt minutes, et il doit descendre à reculons en se tenant à la rampe à deux mains, marmonnant et tremblant à chaque marche. Une fois ou deux, il manque de glisser, mais au bout du compte nous nous retrouvons tous dans la cave vide. Sous la lumière terne et vacillante, dans l'humidité, l'odeur de moisi.

L'avocate s'adresse à moi.

— Alors, qu'est-ce que cela prouve, inspecteur ?

— Cela prouve que le professeur Harper est capable d'accéder seul à la cave, bien que son arthrite se soit nettement aggravée au cours des derniers mois.

Je croise le regard de Baxter et je sais ce qu'il pense : Harper est venu ici et, sous le coup de la peur et de la confusion mentale, il a enfermé Vicky, condamnant une jeune femme et un petit enfant à une mort lente et horrible que seule une pure coïncidence a empêchée. Mais il n'avait aucune idée de ce qu'il faisait. Il imaginait probablement qu'il s'agissait de rats. Ce n'est même pas une tentative d'homicide, encore moins un meurtre.

— Pouvons-nous maintenant faire remonter Bill, inspecteur ? demande Pearson. Il commence à s'angoisser.

— D'accord. Mais il doit le faire seul, s'il vous plaît.

— Attendez une minute, chef.

C'est Somer, de l'autre côté de la pièce, près de la porte intérieure. Elle observe le verrou du haut et tend le bras pour l'atteindre.

Elle se tourne vers moi.

— Je n'ai pas assez de prise pour le bouger. Pas sans monter sur quelque chose.

La déduction est aisée et, cette fois, l'avocate se montre plus enthousiaste.

— Quelle taille faites-vous, agent ?

— Un mètre soixante-sept.

— Et mon client ne fait pas plus d'un mètre soixante-dix, même en se tenant droit. De plus, sa mobilité est *très* réduite et ses mains sont percluses d'arthrite.

« Percluses » est un peu théâtral, selon moi, mais j'apprécie le fait qu'elle tente de marquer un point.

Je m'adresse à Baxter.

— Avez-vous les images de la cave, là-dessus ?

— Pas sur cette caméra. Mais j'en ai sur mon téléphone.

— Parfait, regardons-les.

Il se met à les chercher. La pièce intérieure, la literie crasseuse, le sac plein de conserves vides, les toilettes puantes. Et puis la pièce où nous nous trouvons. Meubles brisés, cartons, sacs en plastique noir, vieille baignoire remplie d'ordures. Rien d'assez solide pour que l'on monte dessus.

— Et l'escabeau ? demandé-je dans un souffle. Celui de la véranda ?

Il secoue la tête.

— Pas possible. Il était couvert de toiles d'araignée. Personne n'y avait touché depuis des mois. Et Vicky n'est pas restée plus de trois semaines, maximum, dans cette cave.

Il a raison. Évidemment. Ç'aurait été un miracle si la nourriture et l'eau que nous avons trouvées avaient tenu aussi longtemps.

— Pourriez-vous apporter une chaise de la cuisine ?

Il jette un œil à Harper.

— Eh bien, je pourrais, chef, mais lui, je ne crois pas, si vous voyez ce que je veux dire.

— Je ne pense pas qu'il soit nécessaire de soumettre mon client à d'autres humiliations filmées, dit l'avocate d'une voix forte. Si vous n'avez pas d'objections, je vais le ramener à la maison de soins où vos agissements l'ont condamné.

Nous les regardons, elle et le médecin, aider Harper à remonter l'escalier, puis nous écoutons leurs pas le long du couloir. La porte finit par se refermer sur eux.

— Je continue à croire qu'il était de toute façon sur le point d'être placé en maison de retraite, murmure Somer en se mordant la lèvre.

Je comprends ce qu'elle veut dire.

— Si ce n'est pas Harper qui l'a enfermée, finit par déclarer Baxter, la seule autre possibilité, c'est Walsh. D'accord, nous savons qu'il n'a pas violé Vicky, mais il a facilement pu se rendre compte de sa présence. Il a admis avoir entendu des bruits à l'étage, n'est-ce pas ? Il *affirme* qu'il pensait que c'était un chat. Mais s'il s'agissait d'un mensonge ? Et s'il avait compris ce que manigançait Vicky, et décidé de se débarrasser définitivement d'elle ? Il s'en serait sans doute tiré. L'ADN du garçon, l'état de santé du vieux : tout aurait désigné Harper.

— Votre avis, Somer ?

Elle sort un mouchoir de sa poche et essuie la crasse que le verrou a laissée sur sa main.

— Si Walsh a réellement compris ce que Vicky voulait faire, il avait un sacré bon motif pour se débarrasser d'elle. D'elle *et* de l'enfant. Il l'a dit lui-même : lui et sa sœur attendaient la mort de Harper pour récupérer son argent. Je ne le vois pas partager avec une sordide petite magouilleuse. (Elle grimace.) C'est d'ailleurs comme ça qu'il la décrirait, au passage.

— Et vous pensez qu'il aurait été capable de les enfermer ? En sachant pertinemment ce que cela impliquait ?

Elle fourre le mouchoir dans sa poche.

— Oui, chef. Il y a quelque chose de très froid chez lui. Je ne crois pas qu'il vive seul par hasard.

Baxter est manifestement ravi qu'elle partage son point de vue.

— Et Walsh est assez sournois pour penser à essuyer le verrou.

Je ne vais pas le contredire sur ce point.

— Dans tous les cas, continue-t-il, si ce n'est pas Walsh, alors qui ? Il n'y a *personne* d'autre. Personne d'autre n'a l'ombre d'un mobile. Sans parler de la possibilité de le faire.

Je prends une profonde inspiration.

— D'accord. Allez à Vine Lodge et arrêtez Vicky. Tentative de fraude.

Baxter acquiesce.

— Et Walsh ?

— On sait quand on a découvert Vicky et on sait qu'elle n'est pas restée plus de trois semaines dans la cave. Déterminons où se trouvait Walsh à ce moment-là.

* * *

— Où est Fawley ?

Somer lève les yeux de son bureau, surprise que Quinn ait choisi de lui poser la question à elle, vu le nombre de gens capables de lui répondre.

— Dans le bureau du commissaire. Je crois qu'il se demandait où *toi*, tu étais.

Parce que tu t'es absenté sans rien dire le plus clair de ces deux derniers jours. Et parce que tu as l'air d'avoir merdé. Mais elle garde ça pour elle.

Quinn se frotte la nuque.

— Ouais, eh bien, c'est une affaire délicate.

La porte s'ouvre brusquement et Woods, le chef de poste, balaie la salle du regard jusqu'à ce qu'il repère Quinn. Il lui fait signe de venir. Somer les voit discuter, puis Quinn rejoint précipitamment Gislingham. Elle sait d'après leurs visages qu'il se passe quelque chose. *Quel que soit le merdier dans lequel tu t'es fourré*, se dit-elle, *j'espère que tu ne vas pas y attirer Gislingham*. Elle l'apprécie et il ne mérite pas de payer pour les erreurs de Quinn.

Elle se lève et se dirige vers eux, puis fait semblant de chercher quelque chose sur un bureau. Ils parlent à voix basse, mais elle entend leur conversation.

— Elle a forcément quelque chose, dit Gislingham. Une carte de crédit ? Un passeport ? Un permis de conduire ? On sait qu'elle conduit.

— Woods ne l'a pas précisé, répond Quinn. Il devrait le savoir.

Gislingham se tourne vers son ordinateur.

— D'accord, faisons une vérification du permis de conduire.

Il tape sur son clavier, puis fixe l'écran en mâchonnant le bout de son stylo. Il fronce les sourcils et essaie quelque chose d'autre.

Et il pivote vers Quinn.

— Merde, dit-il.

* * *

Après avoir informé Harrison de nos avancées, je retourne à la salle de crise. L'endroit bourdonne d'activité. Baxter est devant ; il parle tout en écrivant sur le tableau blanc.

DONALD WALSH

VICKY NEALE	HANNAH GARDINER
Mobile	*Mobile*
Argent – héritage de Harper ?	Prédateur sexuel ?

Sexe ?

Ressources
Capable de déplacer un corps / monter dans le grenier sans aide

Occasion
Visiteur connu de la maison ayant accès à la cave

Alibi ?

Ressources
Accès à :
- housse de voiture, etc.
- armes potentiellement mortelles

Capable de commettre un crime / d'atteindre le verrou

Occasion
Visiteur connu de la maison ayant accès au grenier / au cabanon
Pourrait avoir rencontré Hannah dans la rue

Alibi ?

— Pour ses allées et venues au cours des trois semaines en question, on a eu de la chance ? demande Baxter.

— On vérifie la vidéosurveillance et les caméras sur la route entre Frampton Road et Banbury, répond l'un des inspecteurs. Mais c'est un gros boulot. Ça va prendre du temps.

— Et pour le 24 juin 2015 ?

— J'attends toujours, dit Somer depuis son bureau. Selon la chronologie, il a donné cours à partir de 10 h 30 ce matin-là, ce qui rend quasi impossible un aller-retour à Wittenham. Je les ai priés de vérifier s'il a pu être en congé maladie ; mais, quand on a commencé à se concentrer sur Gardiner, je n'ai pas donné suite. Désolée.

— Mais la police judiciaire de Banbury le surveille ?

— Oui, ils sont sur l'affaire. Ils savent que nous viendrons dès que nous aurons assez de preuves.

Baxter se détourne du tableau et s'aperçoit de ma présence.

— D'accord, chef ?

— Que faites-vous ?

— Je travaille sur le cas Walsh. Comme vous me l'avez demandé.

— J'ai demandé de vérifier son alibi pour Vicky. Je n'ai jamais parlé d'Hannah.

Somer jette un œil à Baxter, puis à moi.

— Ça me paraissait être l'étape suivante, chef. Si Harper ne pouvait pas grimper sur une chaise pour ouvrir la porte de la cave, il n'y a aucune chance qu'il ait pu monter cette housse de voiture dans le grenier, même si c'était il y a deux ans. Vous-même avez eu du mal, et vous avez trente ans de moins. Et quelqu'un vous tenait l'échelle.

Elle rougit un peu.

— Et comme je l'ai dit, ajoute Baxter, qui d'autre cela pourrait-il être ? Walsh est le seul à avoir à la fois la capacité et l'occasion de le faire.

Je m'approche du tableau et regarde ce qu'il vient d'écrire sous le mot « Mobile ».

— Nous en avons déjà parlé, dit-il. Walsh a pu se servir de cette maison pour y piéger des femmes. Il y a ces magazines pornos. On n'a pas encore élucidé ça, hein ?

— Il a raison, chef, intervient Everett. Si ce n'est pas Harper, ça ne peut être que Walsh.

— Le meurtrier d'Hannah a très bien pu avoir un mobile sexuel, chef.

C'est de nouveau Somer.

— On n'a aucun moyen de savoir combien de temps elle est restée dans la maison. Il a pu la garder des jours. Elle était nue. Et ligotée.

Je me retourne pour les regarder.

— Et, pendant tout ce temps, Vicky était au dernier étage et n'en savait rien ?

Une part de moi veut y croire, mais on se trouverait si loin dans les territoires sauvages de la coïncidence qu'il devrait y avoir des pancartes disant : « Attention, dragons ! »

Ils s'observent mutuellement. Personne ne sait où cela va nous mener.

— Écoutez, déclaré-je. Je pense que c'est Walsh qui a enfermé Vicky. Ça colle. C'est le crime parfait : pas de sang, aucun contact. Il n'a même pas eu besoin de regarder ses victimes. Juste tirer le verrou et s'en aller, avec quasi aucune chance de jamais se faire prendre. Mais Hannah, non. C'est différent. Il s'agit d'un meurtre violent et désordonné. Et incroyablement risqué, cela va sans dire.

— Où voulez-vous en venir ?

Je me tourne de nouveau vers le tableau. La carte, la chronologie, les photos. J'ai une image en tête que je tente d'éclaircir.

— Selon moi, ce crime a été prémédité, articulé-je lentement. Planifié dans ses moindres détails par quelqu'un qu'Hannah connaissait. Quelqu'un qui l'a piégée dans un lieu préparé à cet effet, avec tout ce qu'il fallait pour commettre un meurtre et s'en tirer. L'arme, le chatterton, la couverture, la housse de voiture. Quelqu'un qui a même pensé à l'endroit où cacher ensuite cette housse de voiture. En d'autres termes, quelqu'un qui non seulement souhaitait sa mort, mais encore *connaissait la maison*.

Le visage de Somer est devenu pâle.

— Mais, pour faire une chose pareille, il faut être…

— Un psychopathe ? Vous avez raison. Je crois que la personne qui a tué Hannah Gardiner est un psychopathe.

— Chef ?

C'est Quinn. À la porte. Avec Gislingham.

— Que c'est aimable à vous deux de vous joindre à nous !

Oui, mes paroles sont aussi sarcastiques qu'elles en ont l'air.

— Allez-vous vous expliquer sur ce qui se passe depuis quelques jours ?

Quinn a l'air penaud.

— Tout est ma faute, chef. Gis a juste essayé de m'aider.

Tous deux échangent un regard.

— Peut-on aller dans votre bureau ? demande Quinn.

Je le fixe du regard, puis Gislingham.

— Ça a intérêt à valoir le coup.

Et c'est effectivement le cas. Mais pas pour Quinn.

Une demi-heure plus tard, tous ceux qui sont présents dans la salle interrompent ce qu'ils sont en train de faire tandis que, tous les trois, nous nous avançons.

Je m'adresse à Quinn.

— Allez-y.

Il déglutit. Il vient de se prendre la soufflante de sa vie, et il n'est toujours pas sorti du merdier dans lequel il s'est fourré. Loin de là.

— Il y a quelques heures, nous avons amené ici Pippa Walker afin de l'arrêter pour entrave à l'exercice de la justice. Mais, lorsque le chef de poste l'a mise en cellule, elle n'avait pas de papiers d'identité. Elle a affirmé n'en posséder aucun. Ce qui, bien sûr, est forcément faux. Alors nous avons essayé de la trouver dans la base de données des permis de conduire. Mais… (Il prend une profonde inspiration.) …il n'y figure aucune Pippa Walker avec une date de naissance correspondant à la sienne.

— Vous avez essayé avec le prénom Philippa ? demande Everett.

Quinn secoue la tête.

— Rien non plus. On a cherché avec tous les prénoms dont Pippa pourrait être le diminutif. Penelope, Patricia…

L'un des inspecteurs lève les yeux de son téléphone avec un rictus espiègle.

— Ils disent que Pippa signifie « fellation » en italien. Ça pourrait faire sens, inspecteur en chef ?

Il y a des gloussements étouffés. Je remarque que Gis regarde ailleurs pour masquer un sourire narquois. Le visage de Quinn est écarlate comme je ne l'ai jamais vu. Somer l'observe depuis le fond de la salle, entre ironie et compassion. J'espère que c'est l'ironie qui va l'emporter. Elle est beaucoup trop bien pour lui. Et, sur ce coup, Quinn a creusé sa propre tombe. Dans tous les sens du terme.

— Et un compte en banque ? lance quelqu'un dans le fond après que les rires se sont tus.

— On n'en a pas encore trouvé, répond Quinn, toujours écarlate.

— Contrat de téléphone portable ?

Gislingham hausse les épaules.

— Prépayé.

— Donc elle se sert d'un faux nom ? demande Everett, visiblement confuse. Pourquoi diable a-t-elle besoin de faire ça ?

Et, soudain, je sais ce que je dois faire. Je me lève et saisis ma veste posée sur le dossier de ma chaise.

— Où allez-vous ? s'enquiert Gislingham tandis que je quitte la salle.

— Je vais trouver la réponse à cette question.

* * *

— Question suivante : quel lien entre Mary Ann Nichols, Elizabeth Stride, Catherine Eddowes et Mary Jane Kelly ?

Des rires bruyants retentissent dans la salle et quelques joyeux lurons scandent : « Réponse ! Réponse ! »

À sa table près de la cheminée, Bryan Gow a un rictus et écrit la réponse de son équipe sur un morceau de papier. Les quiz organisés dans les pubs sont l'une de ses obsessions, avec le minutage des horaires de train et les équations du second degré. Vous pensez que je plaisante, mais non. Les autres membres de cette singulière assemblée sont d'anciens techniciens de labo et des professeurs de médecine légale à la retraite. Ils se surnomment les « Esprits criminels », ce que je trouvais assez pertinent jusqu'à ce qu'Alex me fasse remarquer un peu fielleusement qu'ils avaient copié le titre de la série télé.

Gow se rend dans ce pub tous les mercredis après-midi. C'était un bouge minable, plein de crachats et de sciure pour les ouvriers qui déchargeaient le charbon sur les quais ; mais, depuis quelques années, c'est devenu un pub-restaurant chic. Des bûches crépitent l'hiver, les murs sont dans les tons gris et bleu sarcelle, le carrelage noir et blanc a été soigneusement restauré. Alex aime cet endroit et la bière y est bonne. Je fais signe à Gow pour lui demander s'il en veut une. Il acquiesce et, lorsque la série de questions en cours prend fin, que toutes les feuilles sont rassemblées, alors il se lève et manœuvre entre les tables pour me rejoindre.

— Qu'ai-je fait pour mériter ça ? s'enquiert-il ironiquement en prenant sa bière.

— Parlez-moi des psychopathes. Des sociopathes et des psychopathes.

Il arque un sourcil comme pour dire : « Alors, vous en êtes là ? » Il lèche la mousse sur sa lèvre supérieure.

— Eh bien, les signes extérieurs sont étonnamment similaires. Tous deux sont manipulateurs et narcissiques, ont l'habitude de mentir, sont incapables d'assumer la responsabilité de leurs actes et sont démunis d'empathie. Seuls comptent leurs propres besoins.

— Et comment faire la différence entre les deux ?

— Les psychopathes sont bien plus organisés et patients. Les sociopathes ont tendance à agir de façon impulsive, ce qui veut dire qu'ils commettent des erreurs et que vous pouvez les coincer plus facilement. Dans leur cas, il y a généralement eu un événement traumatisant durant leur enfance. Viol, violence, abandon. Les suspects habituels.

— Et les psychopathes ?

Il grimace.

— C'est une déviance innée, pas acquise. (Il m'observe.) Ça vous éclaire ?

Derrière lui, l'animateur du quiz rappelle les joueurs pour la session suivante.

— Oui, je crois.

Il prend son verre pour s'en aller, mais je le retiens.

— Encore une chose.

— Je ne vous savais pas fan de *Columbo*, Fawley, dit-il avec un sourire sec.

Mais, lorsqu'il entend la question que je tenais à lui poser, son visage s'assombrit.

* * *

Lorsqu'il déverrouille la porte et m'aperçoit, son expression devient aussitôt méfiante.

— Que voulez-vous ? demande-t-il sans chercher à dissimuler son hostilité. Vous êtes venu vous excuser ? Parce que j'y compte bien.

— Puis-je entrer ? C'est important.

Il hésite, puis ouvre la porte en grand. Toby est endormi sur le canapé devant un dessin animé, un chien en peluche serré contre sa poitrine.

Gardiner éteint la télé.

— Laissez-moi coucher Toby et je suis à vous.

Rien n'a changé dans l'appartement depuis ma première visite. Il y a une odeur de cuisine et il a dû faire un sacré ménage, car il n'y a aucune trace du passage de la police scientifique. Le seul désordre est celui produit par un petit garçon heureux. À l'évidence, Gardiner fait tout ce qu'il peut pour que son fils ait une vie normale. Tout comme je le ferais, à sa place.

Il revient et s'assied sur le canapé.

— Alors ?

— Je suis venu m'excuser. Pour ce que vous avez traversé ces derniers jours. Je n'ose imaginer à quel point cela a dû être difficile.

Il me lance un regard peu amène.

— À qui la faute, hein ?

— Je suis désolé. Mais nous n'avions pas le choix. Nous devons vérifier et écarter toutes les hypothèses. Traquer la moindre preuve.

— Ouais, eh bien, c'est justement le problème, non ? Vous n'aviez aucune « preuve ». Contre moi. Juste des mensonges sournois.

— C'est l'autre raison de ma venue. Je voudrais vous parler de Pippa Walker.

Son visage se durcit.

— Pourquoi ?

— La déclaration qu'elle nous a faite. Nous savons qu'elle a inventé.

— Ah, là, vous avez sacrément raison.

Il a élevé la voix et se reprend.

Je me penche légèrement en avant.

—Mais a-t-elle *tout* inventé ? Je vous crois lorsque vous dites qu'il n'y a pas eu de dispute ce soir-là, mais couchiez-vous réellement ensemble avant la mort de votre femme ? Écoutez, je n'essaie pas de vous piéger, et c'est bien pour cela que je suis venu vous parler ici plutôt qu'au commissariat. Nous savons maintenant qu'elle vous a envoyé un certain nombre de SMS dans la semaine précédant la disparition d'Hannah. Des messages explicites. Vous devez savoir de quoi je parle.

Gardiner se passe une main dans les cheveux, puis prend une grande inspiration.

—D'accord, pour tout vous dire, on l'a fait une fois. Ce que j'ai dit au sujet d'une chose que l'on regrette d'avoir faite dans un moment de ras-le-bol et de déprime, eh bien, c'était ça. Elle m'avait bien fait comprendre qu'elle était intéressée et, une nuit où Hannah n'était pas là, j'ai bu un verre de trop et… c'est arrivé.

—Et c'était juste avant la disparition de votre femme ?

—Environ quinze jours avant. Hannah était à Nuneaton. Elle faisait des recherches sur les autres projets immobiliers de Malcolm Jervis.

—Et c'est à partir de ce moment que Pippa s'est mise à vous envoyer des textos ?

Il a un regard piteux.

—Elle ne voulait plus me lâcher. Elle semblait croire que cela *signifiait* quelque chose. Que nous avions un avenir ensemble, que je l'aimais vraiment. C'était dingue. J'ai effacé chaque message sans répondre à *aucun* d'entre eux…

—Je sais, murmuré-je calmement.

—Donc je lui ai dit qu'elle allait devoir trouver un autre boulot, que tout ça allait devenir trop difficile.

— Et comment a-t-elle pris ça ?

— Elle a paru très responsable. Elle est restée calme un moment, puis elle a dit qu'elle était désolée d'avoir mal interprété la situation. Que nous pouvions continuer comme s'il ne s'était rien passé. Seulement, au bout de quelques jours, j'ai compris que ça n'allait pas marcher, alors je l'ai informée qu'elle devait trouver un autre job.

— Qu'a-t-elle répondu ?

— Elle l'a bien pris. Elle a dit qu'il n'y avait pas de problème, qu'elle allait se mettre à chercher.

— Comment avez-vous expliqué tout cela à Hannah ?

— Je lui ai simplement dit que le temps d'un changement était sans doute arrivé. Elle a tout de suite accepté.

— Et quand cela s'est-il passé ?

— Quelques jours avant la disparition d'Hannah. Je crois avoir parlé à Pippa le vendredi.

Si les signaux d'alarme ne résonnaient pas jusque-là sous mon crâne, maintenant ils se déchaînent.

— Et pourquoi ne nous avez-vous pas parlé de tout cela auparavant, monsieur Gardiner ?

Il a l'air exaspéré.

— Parce que je m'étais dit que ça ferait de moi le coupable idéal. Et c'est exactement ce qui a fini par arriver, n'est-ce pas ? Dès que vous avez cru que je baisais Pippa, vous avez additionné deux et deux et vous avez conclu que j'avais tué ma femme.

— Vous auriez quand même dû nous le dire. Ça aurait mieux valu pour vous sur le long terme. Et pour nous aussi.

— Désolé, fait-il en se penchant en avant, les bras sur les genoux. Je sais. Désolé.

Nous restons assis en silence un moment.

— D'après vous, Pippa connaît-elle quelqu'un à Frampton Road ?

Il secoue la tête.

— Elle ne m'a jamais parlé de personne.

— Vous ne voyez aucune raison pour laquelle elle se serait rendue au numéro 33 ?

Il fronce les sourcils.

— Non. Je suis sûr qu'elle n'y est pas allée. Quand j'ai vu les infos... au sujet de cette fille dans la cave... elle m'a demandé de quelle maison il s'agissait. Pourquoi posez-vous cette question ?

J'essaie de trouver la meilleure formulation. Mais c'est un scientifique, ainsi qu'un père et un veuf. Il peut supporter la franchise.

— Vous n'avez jamais pensé que Pippa puisse être impliquée dans la disparition d'Hannah ?

Il me fixe.

— *Pippa ?*

— Ça ne vous a jamais traversé l'esprit ?

Il est visiblement stupéfait.

— Bien sûr que non. Vous croyez que je lui aurais permis de vivre ici, de prendre soin de Toby, si j'avais pensé qu'elle avait tué ma *femme* ? Comme je vous l'ai dit, après la disparition d'Hannah, c'était le chaos. J'avais besoin que quelqu'un m'aide. Elle était douée pour ça, et Toby l'aimait beaucoup...

Sa voix dérape. Il déglutit.

— Oui, elle s'est montrée un peu excessive à un moment, mais c'était un simple engouement. Un béguin. Elle est passée outre. Vous savez ce que c'est, quand on a son âge. Soudain, c'est la fin du monde et, la minute suivante, vous ne vous souvenez même plus pourquoi. C'était une adolescente, bon Dieu. Pas une foutue psychopathe.

* * *

— Sauf qu'il se trompait.

J'observe la salle. S'ils se demandaient où je suis allé et pourquoi, ils ont désormais la réponse à ces questions.

— Je crois que c'est exactement ce qu'elle est. Je crois que Pippa Walker a tué Hannah, intentionnellement.

Je vois à leurs visages qu'ils ne me suivent pas. Du moins, pas encore. Et je ne peux leur en vouloir : elle est avenante, distinguée, et elle n'a que vingt-deux ans. Serait-elle vraiment capable de perpétrer le carnage qui a eu lieu dans cette maison il y a deux ans ? Alors je leur répète les paroles de Gow. Au sujet des psychopathes dont la déviance est innée, et non acquise. Et comment, d'après son expérience, les femmes de ce genre sont encore plus narcissiques que les hommes, encore plus égoïstes, encore plus vindicatives lorsqu'elles sont contrariées.

— Gow a précisément employé les mots « furie de l'Enfer ».

— Et je vous parie qu'il vous a aussi dit d'où venait la citation, murmure Gislingham[1].

— Le point essentiel, c'est que, pour un individu doté de ce type de personnalité, tout tourne autour de lui. Les autres sont de simples obstacles à éliminer. Si elle a décidé qu'elle voulait Gardiner, alors sa femme n'était qu'un détail qui ne pouvait pas l'arrêter.

Il y a une séquence que j'ai vue dans une série policière de la BBC, *Waking the Dead* – l'une de celles que je regarde régulièrement, en fait. Ce qui m'est resté à l'esprit, c'est la femme profileuse expliquant pourquoi les gens deviennent des meurtriers. Selon elle, les hommes tuent par colère ou pour l'argent, ou quelque chose de ce genre. Mais les femmes

1. De *L'Épouse en deuil* (1697), du dramaturge britannique William Congreve. La citation complète est : « L'Enfer ne génère pas autant de furie qu'une femme bafouée. »

sont différentes : elles tuent parce qu'il y a quelqu'un en travers de leur chemin.

— Et elle a eu ce qu'elle voulait, n'est-ce pas ? intervient Everett, la mine sombre. Elle a fini par emménager chez lui. Et si elle n'avait pas tout foutu en l'air en tombant enceinte, Gardiner aurait même pu l'épouser.

— Une fille comme elle est-elle assez forte pour défoncer le crâne de quelqu'un ? demande Baxter, toujours aussi pragmatique.

— Elle, oui, répond Quinn, le visage fermé.

Un peu de l'ancien Quinn revient à la surface.

— Et n'oubliez pas qu'Hannah a été frappée par-derrière. Ça n'exige peut-être pas tant de force que ça.

— Et pour déplacer le corps ? Pippa a-t-elle pu le transporter toute seule dans ce cabanon ?

— Selon moi, oui, dit Quinn. Hannah n'était pas si grande. Et Pippa est jeune, en pleine forme…

Dans son dos, un inspecteur fait une mimique qui signifie : « Ça, je ne te le fais pas dire. »

— …Je pense qu'elle peut le faire, avec suffisamment de temps.

— Et ensuite, enchaîne Gislingham, tout a pu se passer comme on l'a dit. Pippa a pu conduire jusqu'à Wittenham, abandonner la voiture et rentrer en bus. Et ça ne l'aurait pas gênée d'abandonner l'enfant aussi, si son unique but était d'avoir Gardiner exclusivement pour elle. J'avais bien dit que seul un psychopathe était capable de faire ça à un tout-petit. Il semble que j'aie vu juste.

— Et ils ont trouvé son ADN dans la voiture, ajoute Everett. Seulement, ça ne nous a pas alertés parce que nous savions qu'elle la conduisait de temps en temps.

— Alors, sommes-nous en train de dire que c'est Pippa que ces gens ont vue avec la poussette ? demande Somer. Mais la couleur des cheveux ne correspond pas : Pippa est blonde, Hannah était châtain foncé.

Gislingham hausse les épaules.

— Pas difficile de se procurer une perruque. Surtout si elle avait tout planifié, comme l'a dit le chef.

— Attendez une minute, intervient Baxter. Avant de nous laisser emporter. Le meurtre a eu lieu à Frampton Road, n'est-ce pas ? On savait que Walsh avait accès à cette maison à peu près quand il voulait, mais Pippa ? Comment diable y est-elle entrée ?

On a tous besoin que quelqu'un joue l'avocat du diable, et Baxter a un brevet signé par Old Nick[1] en personne.

— En fait, dit Quinn, je ne pense pas que cela aurait été un si grand problème. Même depuis l'extérieur, on peut deviner l'état de l'endroit. Elle a pu traîner là, fureter à l'arrière, s'apercevoir que la serrure de la véranda était brisée…

— Sans que Harper s'en aperçoive ?

— Il était à côté de ses pompes, il buvait, il prenait ces somnifères… Il devait être dans les vapes la plupart du temps.

— D'accord, concède Everett, disons que ça s'est passé comme ça. Juste pour la démonstration. Question suivante : comment Pippa a-t-elle attiré Hannah à l'intérieur ?

Gislingham lève les mains.

— Oh, c'est facile : elle l'a attendue à Frampton Road ce matin-là. Elle savait qu'Hannah se garait là, donc elle a saisi le bon moment. Et elle savait qu'Hannah allait à Wittenham. En fait, elle était l'une des rares personnes qui le savaient. Alors elle l'attend, puis la persuade de la suivre. Je ne sais pas : elle a vu un chat blessé, ou n'importe quoi d'autre. Ensuite, dès qu'elles sont hors de vue…

1. Surnom donné au diable en Angleterre.

— C'est possible, admet Baxter. Mais rien de tout cela ne *prouve* qu'elle était dans cette maison. Tout cela n'est que circonstanciel. Le procureur exigera bien davantage. Et si on ne peut pas l'arrêter pour meurtre, son avocat la fera libérer pour l'accusation actuelle, et ce sera la dernière fois que nous la verrons.

Un silence. Les photos nous fixent. Hannah. Pippa. Toby. Toby qui ne peut rien nous dire au sujet du vilain bonhomme qui a blessé maman parce qu'il n'y a jamais eu de vilain bonhomme. Juste sa nourrice habituelle qui l'a emmené faire une belle promenade en voiture. J'ai dû regarder ces photos une centaine de fois. Seulement, maintenant, pour la première fois, quelque chose me dérange. Au sujet de Pippa.

Je m'adresse à Baxter.

— Cette photo au carnaval de Cowley Road. On en a une version électronique, hein ?

— Oui, chef, répond-il en se dirigeant vers son bureau pour l'afficher sur son ordinateur.

Je le rejoins et me penche sur l'écran. Puis je désigne un point précis.

— Le pendentif. Vous pouvez zoomer dessus ?

Il y a des murmures dans la salle et les gens commencent à s'approcher. Ils pensent que j'ai trouvé quelque chose. Et, lorsque Baxter agrandit l'image, ils comprennent que c'est bien le cas.

La chaîne est longue et argentée, et il y pend un objet sculpté en forme de coquille. Petit, superbe, hors de prix.

C'est le *netsuke* manquant.

Le niveau sonore s'élève avec l'adrénaline engendrée par la découverte, par le fait que les pièces du puzzle s'assemblent soudain. Une seule personne ne s'est pas agglutinée devant l'écran : Somer. Elle est debout devant le tableau blanc et regarde ce que Baxter y a écrit.

Je la rejoins.

— À quoi pensez-vous ?

— À ce que vous avez dit au sujet de Walsh, chef. Qu'il n'aurait pas pu tuer Hannah dans cette maison sans que Vicky le remarque.

J'attends.

— Et ?

— La même chose ne s'applique-t-elle pas à Pippa ? J'ai bien compris qu'elle avait dû tout planifier très soigneusement, mais, si organisée soit-elle, Vicky a sûrement dû entendre *quelque chose*. Et, en aucune façon, Pippa n'aurait pu entreposer cette housse de voiture dans le grenier sans que Vicky s'en aperçoive. Du moins, si Vicky s'était installée au dernier étage.

Je me retourne et annonce à voix haute :

— Du calme, tout le monde. Il faut que vous écoutiez ça. Allez-y, Somer, répétez ce que vous venez de me dire.

Ce qu'elle fait. Mais en rougissant.

— Alors… quelle est ta théorie ? demande Quinn. Vicky entend un bruit, descend au rez-de-chaussée et tombe sur un bain de sang ?

— Pourquoi pas ? dit Somer. Sauf qu'elle ne peut pas aller voir la police sans dévoiler sa propre petite escroquerie. Après tout ce qu'elle a dû faire pour capter cet argent. Avoir un bébé, se cacher dans cette maison… Elle risquait de tout perdre.

Quinn fronce les sourcils. Mais ce froncement exprime la réflexion, pas la réticence.

— Donc elles se seraient couvertes mutuellement ? Destruction mutuelle garantie ?

Somer a désormais le couteau entre les dents et je vois sa pensée se propager dans la salle.

— Réfléchissez. La *dernière* chose que Vicky aurait souhaitée, c'est que la police vienne mettre son nez là-dedans.

Ces *deux* filles devaient faire tout ce qu'elles pouvaient pour détourner l'attention de la maison de Frampton Road. Alors elles ont conclu un pacte : Pippa accepte de taire la présence de Vicky si cette dernière aide Pippa à couvrir son crime. C'est *Vicky* qui a aidé à déplacer le corps, cacher la housse de la voiture, nettoyer le bordel…

— Holà, holà ! s'exclame Gislingham en bondissant sur ses jambes tout en faisant défiler une liasse de feuilles. Merde ! Pourquoi n'y ai-je pas pensé plus tôt ?

Il trouve la page qu'il cherche et l'examine de près.

— Cette colocataire qui a fourni un alibi à Pippa en 2015… Celle qui a dit que Pippa avait vomi toute la matinée… Son nom était *Nicki Veale*.

Il regarde autour de lui, martelant chacun de ses mots.

— Vicky Neale et la colocataire de Pippa… sont *une seule et même personne*.

* * *

Une heure plus tard, Everett est en train de chercher une place où se garer dans Iffley Road. Lorsqu'ils se sont réparti les tâches, elle a persuadé Quinn de la laisser aller vérifier l'endroit où Pippa vivait en 2015. Il considérait que c'était la plus ingrate des missions et a accepté, mais Everett avait l'intuition que ça pourrait être la meilleure façon de découvrir le véritable nom de cette fille. Toutefois, elle n'a pas osé le dire en public, surtout pas devant Fawley. Ou Somer. Elle n'est pas jalouse de Somer, du moins pas exactement, mais elle prend un peu trop de place, surtout pour un simple agent en uniforme, dans une enquête de la police judiciaire. Et, avec son allure, il faudrait être un sac de patates pour ne pas sentir qu'elle vous fait de l'ombre. Everett s'efforce de ne pas penser que c'est comme ça que son père la décrivait lorsqu'elle était enfant, et se concentre pour garer la Fiat sur une place à peine plus grande que la voiture. Deux années passées à vivre à Summertown procurent quelques avantages.

Elle verrouille les portières et se dirige vers l'agence immobilière. Le jeune homme à l'intérieur est sur le point de fermer boutique, mais il consent à ouvrir la porte lorsqu'elle lui montre sa plaque. Il porte un T-shirt Manchester United et un large pantalon en coton.

— Vous êtes venue la semaine dernière, n'est-ce pas ? demande-t-il. Vous cherchez toujours cette Vicky quelque chose ?

— Il s'agit d'une autre fille, cette fois. Avez-vous les archives de l'été 2015 pour le 27 Arundel Street ?

Le jeune homme ouvre son ordinateur portable et fait défiler plusieurs fichiers.

— Ouaip, que voulez-vous savoir ?

— À cette époque, aviez-vous comme locataire une certaine Pippa Walker ?

Il examine la liste.

— Oui, nous avons une Walker. Elle est partie en octobre.

— Pippa Walker ?

Il grimace.

— Je ne sais pas. C'est mon père qui était le gérant à l'époque, et il ne notait que les noms de famille. C'est pour ça que nous n'avons rien trouvé quand vous êtes venue la dernière fois : il n'y avait pas assez d'infos pour faire des recherches.

— Mais les gens vous donnent une pièce d'identité lorsqu'ils prennent une location ?

Il lui adresse un grand sourire.

— Bien sûr, inspecteur. On fait les choses dans les règles, ici.

— À tout hasard, avez-vous une copie de celle qu'elle vous a présentée ?

Son visage se ferme.

— Probablement pas. Pas après si longtemps. Je peux regarder, mais ça peut prendre un moment. Mon père n'était pas vraiment à la pointe de la technologie. Lui et le scanner, c'était la guerre permanente.

Elle sourit.

— Pas de souci, je peux attendre.

Il désigne le distributeur.

— Prenez un café à la machine.

Everett jette un œil et secoue vivement la tête.

— Ça va, merci.

Il a un rictus.

— Sage décision. De mon point de vue, ce café est du jus de chaussette.

Tandis qu'il cherche dans ses fichiers, Everett fait les cent pas dans le bureau. Elle consulte les informations relatives aux différents biens immobiliers punaisées sur les murs, et s'étonne du prix exigé pour de minuscules chambres meublées dans ce quartier de la ville. Exigé et obtenu, à en croire les grands autocollants rouges « LOUÉ » qui barrent la plupart des annonces. Au bout d'un moment, elle s'arrête devant une affichette, puis sort son carnet de notes et le feuillette. Quinn a peut-être une tablette, mais les simples inspecteurs travaillent toujours sur papier. Ce qui ne cesse d'énerver Gislingham.

— Cette maison, là, dit-elle soudain en se retournant. 52 Clifton Street. Elle est à vous également ?

C'est là que Vicky leur a dit qu'elle habitait avant de prétendre avoir été kidnappée.

Il jette un œil.

— Ouaip.

— Pouvez-vous en vérifier les informations, s'il vous plaît ?

— Toujours en 2015 ?

— Non. L'année précédente. 2014. Printemps 2014. Avant juillet.

— OK, dit-il. Et voilà. À qui vous intéressez-vous ?

— Y a-t-il une Neale sur la liste ?

— Oui.

Donc Vicky disait la vérité. Au moins sur ce point.

Mais le type lève les yeux de l'écran.

— Je crois que vous devriez voir ça, inspecteur.

Everett contourne le bureau pour se placer à côté de lui. Il montre du doigt l'écran et pointe la liste des autres locataires du 52 Clifton Street durant la période où Vicky Neale y habitait.

Anwar, Bailey, Drajewics, Kowalczyk.

Et Walker.

— Laissez tomber la pièce d'identité, lance Everett. J'ai ce que je cherchais.

* * *

— J'ai reçu un message me demandant de venir ici.

Le chef de poste de St Aldate lève les yeux sur une femme vêtue d'une veste denim et d'un jean filiforme. Elle a des cheveux blonds et un sac à lanières avec une breloque rose pâle en forme de singe. D'après son accoutrement, elle ferait vingt ans, vue de dos. Mais, de face, au moins le double.

— Excusez-moi, madame. Vous êtes ?

— J'ai reçu un message au sujet de ma fille. D'une femme, l'inspecteur Everton…

— Everett.

Elle arque un sourcil.

— Si vous le dites. Alors, je peux la voir ? Vicky. Car je *suppose* qu'elle est ici.

Le chef de poste décroche le téléphone.

— Laissez-moi appeler la salle de crise. Quelqu'un va venir vous chercher. Si vous voulez vous asseoir, madame Neale…

— C'est Moran, maintenant. Si ça ne vous dérange pas.

— Madame Moran. Je suis sûr que cela ne prendra pas longtemps.

La femme le détaille de haut en bas.

— J'espère bien. Parce que je suis venue exprès de Chester.

Puis elle tourne les talons, va s'asseoir sur le siège le plus éloigné et sort son téléphone.

* * *

Audition de Pippa Walker, commissariat de police de St Aldate, Oxford
10 mai 2017, 18 h 17
En présence de l'inspecteur principal A. Fawley, de l'inspecteur C. Gislingham, de Mme T. York (avocate)

TY : Je dois vous informer, inspecteur principal, que ma cliente va déposer une plainte au sujet du comportement de l'inspecteur en chef Gareth Quinn.

AF : C'est son droit, évidemment.

TY : Je dois également vous dire qu'elle a décidé de ne répondre à aucune question tant qu'elle n'aura pas reçu un gage d'immunité la mettant à l'abri de poursuites judiciaires.

AF : Immunité pour quelles poursuites, au juste ? Elle est déjà accusée d'entrave à l'exercice de la justice. Nous n'abandonnerons pas ces charges.

TY : Ma cliente craint d'être injustement accusée du meurtre de Mme Hannah Gardiner.

AF : Qu'est-ce qui vous fait dire cela ?

TY : Mlle Walker possède d'importantes informations relatives à cette enquête, qu'elle n'est pas prête à dévoiler sans les garanties que je viens de mentionner. J'ai discuté avec elle de la pertinence de cette position, ainsi que de la probabilité que cette immunité lui soit accordée, mais elle est inflexible.

AF : Les investigations concernant la mort de Mme Gardiner sont toujours en cours. Nous ne sommes pas, pour l'instant, en mesure de produire des accusations…

PW : Foutaises. Je ne vais pas m'y laisser prendre.

TY (*modérant sa cliente*) : Je présume que vous n'avez pas trouvé d'empreintes digitales appartenant à ma cliente dans la maison de Frampton Road ?

AF (*hésitant*) : Non, nous n'en avons pas trouvé.

TY : Ni aucun autre indice médico-légal la liant à ce crime ?

AF (*hésitant*) : Nous n'avons pas encore reçu toutes les analyses de la scène de crime.

TY : Dans ce cas…

PW (*repoussant la main de l'avocate*) : Vous voulez savoir qui l'a tuée ? Alors, donnez-moi mon immunité. Parce que je ne dirai *rien* tant que je ne l'aurai pas.

* * *

— Elle a des couilles, je dois le reconnaître, dit Quinn lorsque je retourne dans la salle de crise.

Il a regardé l'audition sur la vidéo.

— Au fait, vous avez remarqué, ce n'est pas seulement son nom qui est faux. Cet accent de classe moyenne supérieure qu'elle affecte a dérapé une fois ou deux.

Il a raison. Le masque est tombé. C'est la même fille, mais avec une autre personnalité. Oiseaux blancs dans la nuit, oiseaux noirs en plein jour.

La porte s'ouvre en grand derrière lui, et une femme est là avec un inspecteur. Une femme que je ne reconnais pas, mais qui me paraît tout de même familière. Une femme qui marche droit vers moi, puis s'arrête. Elle jette un œil au tableau, et se tourne vers moi.

— Qu'est-ce que c'est que ce cirque ? Ils ont dit sur mon téléphone que c'était au sujet de Vicky.

L'inspecteur intervient aussitôt.

— C'est Mme Moran, chef. La mère de Vicky.

Elle le considère, puis s'adresse à moi.

— Exact, dit-elle en s'approchant du tableau, qu'elle tapote d'un ongle fuchsia éclatant. Je suis la maman de *Vicky*. Alors, quelqu'un pourrait-il m'expliquer ce que vous faites avec la photo de ma Tricia ?

* * *

— Tricia, dit l'Asiatique en regardant Everett. Tricia Walker, c'était le nom de la locataire. Tenez.

Il tend une photocopie de passeport. Le visage, l'expression : il s'agit indéniablement d'elle, même si les cheveux sont différents. Et pas seulement ça : le maquillage, l'expression, tout en elle est maintenant plus fin, plus précis, plus luxueux.

— Ça vous est utile ? demande-t-il.

Everett lui sourit.

— C'est tout bonnement inespéré. Pouvez-vous me l'imprimer ?

Elle prend son téléphone et appelle la salle de crise.

— Quinn ? C'est moi. Everett. Écoute. Je connais le véritable nom de Pippa Walker. C'est *Tricia*. Elle et Vicky ne se sont pas rencontrées à Frampton Road, comme on l'a cru. *Elles se connaissaient déjà avant*. Elles étaient colocataires en 2014. Et ce n'est pas tout. Elles ont donné *la même adresse précédente* lorsqu'elles se sont inscrites à l'agence immobilière. Ces deux filles, je pense qu'elles peuvent être…

— Sœurs. Ouais, Ev. On est au courant.

* * *

— Tout ça ne me plaît pas trop, chef.

Le chef de poste n'a pas l'air à son aise. Ce n'est pas très souvent qu'il voit débarquer un inspecteur principal à 20 heures.

— Elle devrait avoir son avocate avec elle, ça devrait être enregistré…

— Je sais. Je le lui dirai et, si elle ne veut pas me parler, je n'insisterai pas.

Il ne semble toujours pas convaincu, mais il se lève et prend ses clés, puis nous nous dirigeons vers les cellules. Il ouvre la trappe d'observation, vérifie à l'intérieur et déverrouille la porte.

— Je serai à la réception, dit-il.

Elle est assise sur le lit étroit, les genoux repliés sur la poitrine. La faible luminosité lui donne l'air pâle.

— Qu'est-ce que vous voulez ? lance-t-elle d'un ton méfiant.

— Je ne devrais pas vraiment être là.

— Alors, pourquoi y êtes-vous ?

— Parce que je veux vous parler. Mais vous pouvez demander la présence de votre avocate, si vous le souhaitez.

Elle m'observe un moment. Je ne saurais dire si elle est intriguée ou simplement trop fatiguée pour argumenter.

—Peu importe.

—Ils m'ont dit que vous ne vouliez pas voir votre mère.

Ses paupières clignent et je m'approche un peu.

—Je savais que vous seriez surprise de savoir qu'on l'a retrouvée. Elle a déménagé deux fois au cours des deux dernières années. Sans parler de ses mariages.

Un haussement d'épaules.

—Je vous l'ai dit. Elle ne se soucie que de son nouveau mec. Elle se fiche de moi.

—Je lui ai parlé, et j'ai bien peur que vous n'ayez raison.

Elle réagit plus nettement, mais souhaiterait que je ne le remarque pas.

—Je lui ai expliqué que c'était vous, la fille qui est dans tous les journaux depuis une semaine, mais je crains que ça ne l'ait pas beaucoup touchée. Elle semble penser que vous n'avez qu'à vous en prendre à vous-même.

Vicky pose son menton sur les genoux.

—Je vous l'avais dit.

Mais il y a un tremblement dans sa voix que je n'avais jamais entendu auparavant.

—Je lui ai également appris qu'elle avait un petit-fils, mais elle ne s'en est pas davantage souciée. Voulez-vous savoir ce qu'elle a dit ?

Silence.

—Elle a dit : « Si elle croit qu'elle peut compter sur moi pour m'en occuper, elle n'est pas au bout de ses surprises. »

Ses bras entourent ses genoux. Mais ses phalanges sont blanches.

—En fait, elle vient d'avoir un bébé et doit s'en occuper.

Vicky lève les yeux.

— Je ne vous l'avais pas dit ? C'est une fille. Megan. Votre sœur. Ou demi-sœur, pour être précis.

Je m'assieds sur l'extrémité du lit et ouvre le dossier que j'ai apporté.

— Mais vous avez déjà une demi-sœur, n'est-ce pas ? Tricia Janine Walker. Née le 8 janvier 1995. Son certificat de naissance est au nom de son père, mais votre mère et Howard Walker ne se sont jamais mariés, n'est-ce pas ? Et, au bout de trois ans, ils se sont séparés et votre mère a épousé Arnold Neale. Et vous êtes née.

Je laisse le silence durer. Épais. Et, lorsque je reprends la parole, j'entends l'écho de ma voix contre les murs froids et humides.

— Pourquoi ne nous avez-vous pas parlé de Tricia, Vicky ? Pourquoi ne nous avez-vous pas dit que vous aviez une sœur qui vivait à Oxford ?

Elle hausse les épaules, mais ne répond pas.

— Elle aurait pu venir vous voir à l'hôpital. Vous auriez pu habiter chez elle au lieu d'aller à Vine Lodge.

— Je ne savais pas qu'elle était ici, finit-elle par murmurer.

— J'ai bien peur de ne pas vous croire, Vicky. Je pense que vous saviez exactement où elle habitait. Dans l'appartement de Rob Gardiner. Un appartement que vous *voyiez* depuis la maison de William Harper.

Je penche la tête pour la forcer à me regarder.

— C'est là qu'elle l'a vu pour la première fois ? Depuis le dernier étage de Frampton Road ? Parce que vous étiez toutes les deux là, n'est-ce pas ? Du moins, au début.

Elle fronce les sourcils.

— Ça, vous ne pouvez pas le prouver.

— Si. Parce que Tricia a volé un objet appartenant au professeur Harper. Elle le porte sur une photo prise lors du carnaval de Cowley Road en août 2014. Donc nous savons que, à cette époque, elle était dans cette maison. On n'a trouvé ses empreintes nulle part, parce que vous avez toutes les deux passé un temps fou à les nettoyer, mais Tricia n'a pas pu s'empêcher de prendre ce *netsuke*. Elle l'a choisi par hasard ou elle savait combien il valait ? Elle savait qu'elle pouvait en tirer plus de vingt mille livres ?

Vicky me regarde soudain.

— Je pense qu'elle le savait, Vicky. Parce qu'elle est intelligente, n'est-ce pas ? Bien plus qu'elle ne le laisse paraître. Plus intelligente que vous, pour commencer. Elle se sert du sexe pour obtenir ce qu'elle veut des hommes qui sont trop stupides pour se rendre compte qu'ils sont manipulés. Argent, sécurité, attention, contrôle. Le sexe n'est qu'un moyen pour atteindre son but. Et si le sexe ne marche pas, elle n'est pas particulièrement inquiète. Parce qu'elle a beaucoup d'autres ressources. Je le sais. Je l'ai vue à l'œuvre, et je dois admettre qu'elle est douée. Elle a berné Rob Gardiner et mon inspecteur en chef. Elle m'a même berné, moi. Mais, surtout, elle vous a bernées, vous et Hannah Gardiner.

Les femmes se méfient des femmes[1].

Comme le dit Alex.

— Vous avez mis ça au point ensemble, hein ? Vous installer dans cette maison, avoir l'enfant, mettre la main sur l'argent de Harper. Elle était dans l'escroquerie depuis le début. Et tout allait très bien, jusqu'au jour où elle a vu Rob Gardiner. Il est devenu une obsession pour elle. Dommage que vous ayez alors été déjà enceinte de l'enfant de Harper. Dommage que, contrairement à elle, vous ayez été piégée dans cette maison. Comment cela était-il censé se passer, Vicky ?

1. *Women Beware Women* : titre d'une tragédie élisabéthaine du dramaturge britannique Thomas Middleton (v. 1621), satire cinglante des droits des femmes qui tourne à la tragicomédie.

Vous deviez pioncer dans la cave pendant quelques jours pour que ça ait l'air crédible, avant de tituber dans l'escalier pendant que Derek Ross serait dans la maison ? Comment aviez-vous prévu d'expliquer votre évasion ? En racontant que le vieux avait perdu la boule ? Qu'il avait oublié de refermer le verrou ?

Vicky s'assied soudain et s'adosse contre le mur.

— Je ne suis pas aussi *stupide* que vous semblez le croire. Et tout ce que vous venez de dire, c'est des foutaises. Je ne m'y laisserai pas prendre.

Je souris.

— C'est drôle, votre sœur a employé exactement les mêmes mots. S'il y a une chose que m'a apprise le travail dans la police, c'est que le sang est vraiment plus fort que l'eau, comme le dit le proverbe.

On frappe à la porte et Woods passe la tête.

— Juste pour vérifier que tout se passe bien, chef.

Je regarde la fille, mais elle ne dit rien.

— Tout va bien. Peut-être que Vicky voudrait du thé ?

Elle acquiesce et Woods referme la porte. On l'entend ouvrir la trappe d'observation d'une autre cellule. Puis des voix retentissent. La sienne. Celle d'une fille. Puis ses clés cliquettent tandis qu'il longe le couloir.

Vicky s'est raidie. Elle a reconnu la voix en question. Son visage revêt une étrange expression qui, en d'autres circonstances, ressemblerait à de la peur.

— Ah, je ne vous l'avais pas dit ? Tricia est là. Dans une autre cellule. Elle est formellement mise en accusation.

Le visage de Vicky s'est de nouveau refermé. Elle voudrait me demander de quelle accusation il s'agit, mais ne me fera pas ce plaisir. Ce qui ne me gêne pas. De toute façon, je n'ai aucune intention de le lui dire.

— Il y a trois jours, elle a signé une déclaration. Au sujet de la mort d'Hannah Gardiner. Elle nous a affirmé que Rob

Gardiner avait tué sa femme au cours d'une violente dispute après qu'Hannah a trouvé son mari au lit avec votre sœur.

Et voilà : dans ses yeux, une once de doute et de surprise que je remarque uniquement parce que c'est ce que je cherche. Elle ne s'attendait pas à entendre ça. Ce n'est pas ce qu'elles avaient prévu.

— Mais, ensuite, *vous* nous avez dit que William Harper était le coupable. Qu'il avait tué une autre fille, l'avait enterrée dans son jardin et s'en vantait.

Elle hausse les épaules. Peu importe.

— Et c'était le plan initial de Tricia, n'est-ce pas ? Elle voulait être certaine que, lorsque le corps d'Hannah serait découvert, la police croirait aussitôt que c'était Harper qui l'avait tuée. C'était sa maison, alors qui d'autre pouvait être le coupable ? Avec de la chance, nous n'aurions même pas soupçonné quelqu'un d'autre. Et vous savez quoi ? Ça a presque marché. Alors je me demande pourquoi Tricia prend soudain le risque de faire échouer toute cette préparation minutieuse en nous racontant quelque chose de complètement différent. Quelque chose que nous identifierions immédiatement comme étant un mensonge…

Elle me jette de nouveau un regard. Elle ne parvient pas à déterminer si c'est la vérité ou un piège.

Je m'approche encore un peu.

— Il y a deux nuits de cela, ma femme m'a rappelé une pièce de théâtre que nous avons vue il y a des années. C'était plutôt son idée que la mienne. Elle m'emmène toujours voir des trucs où je n'irais jamais tout seul.

Elle me scrute, se méfiant de ce qui va suivre.

— Ce type de pièce, ça s'appelle une tragédie de la revanche. Et je crois que c'est pour cela que Tricia a changé son histoire. La revanche. Elle a essayé d'accuser Rob du meurtre de sa femme parce qu'il l'avait mise à la porte lorsqu'elle lui a dit qu'elle était enceinte…

Vicky est sur le point de parler, mais s'empresse de baisser la tête. Pas assez vite pour me tromper, cependant : elle ne savait pas que sa sœur était enceinte.

— Elle n'a pas pu pardonner à Rob de l'avoir abandonnée, hein ? Elle voulait sa revanche. Même si cela signifiait le faire accuser de meurtre. Même si cela signifiait mettre en péril tout votre plan. Elle vous a trahie, Vicky. Tout comme elle l'a fait en vous laissant à la merci de cet antipathique Donald Walsh.

Elle relève la tête.

— Qui est-ce ?

Il me vient alors à l'esprit – j'aurais dû y penser avant – qu'elle ignore peut-être qui a tiré le verrou pour l'enfermer. Elle croyait sans doute que c'était le vieux.

— C'est le neveu de William Harper. On pense qu'il a compris ce que vous vouliez faire. Lui aussi volait des *netsuke*. Décidément, on dirait que vous êtes de la même trempe.

Elle baisse de nouveau la tête et, un instant plus tard, je m'aperçois qu'elle pleure.

— Vous avez parlé à Tricia, Vicky ? Lui avez-vous demandé pourquoi elle n'est pas revenue ? Pourquoi elle n'a pas remarqué que quelque chose allait complètement de travers ? Ces ouvriers qui vous ont trouvée, c'était du pur hasard. La dernière page de ce journal, c'est bien la seule chose de vrai. Vous croyiez que vous alliez mourir. En bas dans cette cave, seule. Dans les ténèbres.

— C'était une méprise, dit-elle d'un ton boudeur. Forcément. Elle n'aurait pas pu toucher l'argent sans moi.

— Vous en êtes sûre ?

Je sors un autre document de mon dossier.

— On a regardé l'historique de navigation Internet de votre sœur. Les sites qu'elle a consultés sur son téléphone.

Je lui tends la feuille et elle la lit. Elle étouffe un cri de surprise et porte une main à sa bouche. Puis je vois la férocité dans ses yeux tandis qu'elle froisse le papier.

Il y a soudain de l'agitation à l'extérieur et la porte s'ouvre brusquement. Le chef de poste est là, haletant.

— *Bon Dieu…*

— Vous feriez mieux de venir, chef. L'autre fille, Tricia, Pippa ou je ne sais trop quoi, je crois qu'elle fait une fausse couche.

Je bondis sur mes jambes.

— Vous avez appelé une ambulance ?

— Elle est en route. L'inspecteur Everett va l'accompagner.

— Vous avez le numéro de sa mère ?

— Je le lui ai demandé, mais elle ne veut pas qu'on la contacte.

— D'accord. Il nous faut tout de même deux officiers. Voyez si vous pouvez joindre l'agent Somer. Priez-la de rejoindre Everett à John Radcliffe.

Je suis sur le seuil de la porte lorsque Vicky me rappelle.

— Vous êtes sûr de ça ? lance-t-elle en agitant la feuille. C'est vraiment vrai ?

— Oui. Elle a même envoyé un e-mail en demandant de parler à quelqu'un.

Je sors une autre feuille et la lui tends.

— Regardez. Je suis désolé, Vicky, mais il n'y a aucun doute possible. Elle n'a peut-être pas planifié les choses de la sorte dès le départ, mais la mort d'Hannah a tout changé. Parce que vous étiez la seule à savoir ce qu'elle avait fait. La seule qui connaissait son secret.

* * *

La fille hésite sur le seuil. Après tous ces mois, c'est maintenant le moment et elle n'est plus très sûre. L'endroit est si exigu. Si sale. Et il pue.

— J'ai changé d'avis. Je ne veux plus le faire.

— Ah, merde alors, Vicky ! Pourquoi tu as eu ce foutu môme si c'est pour te dégonfler maintenant ?

Vicky se mord la lèvre.

— Tout ça, c'était ton *idée.*

— Ouais, et tu sais bien pourquoi. Tu ne toucheras pas un sou si tu te dégonfles maintenant. On a attendu assez longtemps. Tu *as attendu assez longtemps…*

— Et par la faute de qui ? rétorque Vicky. On aurait pu faire ça depuis une éternité si tu n'étais pas partie et si tu n'avais pas tout foutu en l'air. Faire venir ces putains d'étudiants par-derrière. Tu sais très bien, n'est-ce pas, que le môme t'a vue baiser avec ce Danny ?

Tricia rit.

— Je sais, Dan a levé les yeux et s'est aperçu qu'il le regardait. Ça l'a complètement fait flipper. C'était à se tordre de rire.

Vicky ne dit rien.

— Écoute, continue Tricia d'un ton conciliant. Je suis désolée si ça n'a pas été drôle pour toi ces derniers temps, mais maintenant il faut qu'on aille de l'avant. On doit le faire. Tu as entendu cet assistant social. Il va coller le vieux con dans une maison de retraite.

Elle tend la main et la met sous le menton de sa sœur.

— J'ai nettoyé les étages et tu as tout ce qu'il te faut. Je t'ai apporté de la nourriture, de l'eau, une lampe torche. Ce journal qu'ils doivent trouver. Et c'est seulement pour quelques jours. Juste pour que ça ait l'air réel.

Elle se tourne vers le petit garçon, qui donne des coups de pied contre un sac d'ordures et le soulève. Ses cheveux sombres font des boucles sur ses épaules. Elles ont soigneusement évité de les lui couper.

— Et c'est une aventure, non ? dit-elle avec ardeur.

Le garçon tend la main et lui touche le visage.

— Tu vois ? Il pense pareil.

Vicky prend son fils dans ses bras et le serre contre elle. Elle hésite un moment, puis franchit le seuil.

Derrière elle, la porte se referme en claquant. Il y a le bruit d'une chaise que l'on traîne sur le sol, puis celui de la serrure que l'on fait coulisser.

Vicky se précipite vers la porte et frappe du poing, le cœur battant.

— Tricia ! Qu'est-ce que tu fais ?

— Je fais en sorte que ça ait l'air vrai, idiote. Tu crois que je fais quoi ?

— Mais tu n'avais jamais parlé de ça…

— Parce que je savais que tu refuserais, voilà pourquoi. Mais c'est la seule solution… La seule façon de convaincre les gens que tu étais réellement enfermée ici.

— S'il te plaît, ne fais pas ça. Ouvre la porte…

— Écoute, c'est seulement pour quelques jours, compris ? Ensuite, j'appelle la police de manière anonyme, je leur dis que j'ai entendu quelque chose et ils viendront te libérer. Et nous aurons l'argent. Concentre toi là-dessus. Trois millions de putains de livres. Ça vaut bien quelques jours dans ce merdier, non ?

— Non… Je ne veux pas… Je ne peux pas… S'il te plaît…

Mais l'écho des pas de Tricia s'éloigne. Elle remonte l'escalier, la lumière s'éteint.

L'enfant se raidit contre Vicky, il se contorsionne et se met à hurler.

* * *

Somer attend déjà devant l'entrée des urgences lorsque l'ambulance se gare. Deux infirmières se précipitent vers elle.

— Fausse couche probable, déclare l'une des ambulancières en ouvrant la porte arrière. Elle a déjà perdu beaucoup de sang.

Tandis qu'ils sortent le lit roulant, Somer remarque que la fille est pâle, tremble et serre ses mains sur son ventre.

— Tout va bien, ma petite, dit l'infirmière. Tricia, c'est ça ? On va vous emmener à l'intérieur pour s'occuper de vous.

* * *

Audition de Vicky Neale, commissariat de St Aldate, Oxford
10 mai 2017, 21 heures
En présence de l'inspecteur principal A. Fawley, de l'inspecteur en chef G. Quinn, et de M. Godden (avocat commis d'office)

AF : Pour information, Mlle Neale a été arrêtée pour faux témoignage avant d'être mise en liberté provisoire. Elle a maintenant été arrêtée relativement à l'enquête sur le meurtre d'Hannah Gardiner qui a eu lieu en 2015 et a décidé, de sa propre volonté, d'aider la police en faisant une déclaration explicitant son implication dans cette affaire. Est-ce bien exact, Vicky ?
VN *acquiesce.*
AF : Très bien. Dites-nous donc ce qui s'est passé. Avec vos propres mots.
VN : Où voulez-vous que je commence ?
AF : Au début. Lorsque vous êtes arrivée à Oxford. Quand était-ce ?

VN : En 2014. Avril 2014. Je suis arrivée seule et j'ai trouvé cet endroit à Clifton Street. Puis, un jour, Tricia a débarqué.
AF : Votre sœur, Tricia Walker. La jeune femme qui se fait maintenant appeler Pippa.
VN *acquiesce.*
AF : Mais ce n'était pas prévu ? Vous ne l'attendiez pas ?
VN : Cela faisait des mois que je ne l'avais pas vue. On avait eu une grosse dispute et j'étais partie.
AF : De la maison de votre mère ?
VN : De toute façon, j'en avais assez de vivre là. Maman était toujours à s'occuper de son nouveau type et j'en avais marre de Tricia, qui me disait tout le temps ce que je devais faire.
AF : Quel était le sujet de votre dispute ?
VN : (*Silence.*) Il y avait un garçon que j'aimais bien. Seulement, vous voyez…
AF : Il préférait Tricia ?
VN : C'est *elle* qui me l'a piqué. Elle ne l'aimait même pas tant que ça. Elle l'a juste fait parce qu'elle pouvait le faire. C'était pareil avec les petits amis de maman. Tricia se baladait toujours à moitié à poil chaque fois qu'ils étaient là. C'était comme si elle les défiait de venir à elle.
AF : Et c'est arrivé ?
VN : Une fois. Un gars du nom de Tony. (*Silence.*) Maman les a surpris au lit tous les deux. Tricia a affirmé que c'était l'idée de Tony. Qu'il avait « abusé de son statut d'adulte » pour la forcer, ou une connerie de cet acabit. Évidemment, il a nié, mais maman l'a quand même foutu dehors.
AF : Selon vous, que s'est-il passé ? Vous avez cru Tony ?

VN : Tricia ne fait jamais quelque chose dont elle n'a pas envie, d'accord ? Mais elle n'avait pas le béguin pour Tony. Elle voulait juste prouver qu'elle pouvait l'avoir si elle en avait envie.

AF : Quel âge avait-elle à l'époque ?

VN : Sais pas. Quinze ans, peut-être.

AF : Et que s'est-il passé lorsqu'elle est arrivée à Oxford ?

VN : Elle a habité avec moi. Elle a signé les papiers et j'avais un peu d'argent de mon père quand il est mort, mais ce n'était pas grand-chose. Trish détestait être fauchée. C'est pour ça qu'elle m'a parlé de cette idée. Tout ce qui s'est passé, c'était son idée.

AF : C'est-à-dire, précisément ?

VN : Vous savez. Tout.

AF : Vous devez nous le dire, Vicky. On doit l'entendre de votre bouche.

VN : Elle avait vu une émission à la télé sur cette femme dans une cave en Allemagne. Celle qui a eu tous ces enfants. Elle a dit qu'elle pouvait faire quelque chose de ce genre et avoir plein d'argent. Il fallait juste trouver la bonne personne. Un vieux type qui vivait seul. Quelqu'un avec Alzheimer : ça, elle y tenait vraiment.

AF : Vous ne pouviez pas trouver du boulot, comme tout le monde ?

VN : Moi, j'aurais voulu, mais Tricia disait qu'elle ne voulait pas perdre son temps à faire un travail de merde pour un salaire de misère.

AF : Et comment avez-vous choisi le professeur Harper ?

VN : On est allées dans le nord d'Oxford en bus. Tout le monde disait que c'était un quartier de riches, qu'il y avait plein de gens qui vivaient dans d'immenses maisons là-bas. La deuxième fois où on y est allées, on l'a vu. Il était tout seul dans la rue. Il était en pyjama et tenait une canette de bière à la main. Tricia a dit qu'il était parfait, alors on l'a suivi jusque chez lui. On est revenues plus tard, quand il faisait nuit, et on est entrées. À l'arrière, il y avait une serrure brisée. Il était dans la pièce de devant, il ronflait. Il s'était branlé sur cette photo de femme en robe rouge. C'était vraiment dégoûtant.

AF : Et vous vous êtes rendu compte que le reste de la maison était vide ?

VN : Il y avait plein de trucs dans une chambre du premier étage, mais Trish a dit qu'on pouvait vivre au dernier et que personne ne le remarquerait. Alors on a surveillé la maison un moment et on a constaté que le seul type qui venait était cet assistant social, et qu'il ne restait qu'une dizaine de minutes. C'est ensuite que je me suis installée.

AF : Juste vous, pas Tricia ?

VN : Elle est restée dans l'appartement. Mais elle venait me voir de temps en temps.

AF : Et quand a-t-elle rencontré Robert Gardiner pour la première fois ?

VN : Je crois que c'était quelques mois plus tard. Elle l'a vu dans le jardin avec le petit garçon. Elle était dingue de lui. De Rob, je veux dire.

AF : Alors elle s'est mise à le traquer. Au carnaval de Cowley Road, par exemple.

VN : Ce n'était pas difficile. On savait quand ils sortaient, on voyait directement dans leur appartement depuis le dernier étage. Un jour, on les a même vus faire l'amour. Ça a rendu Tricia complètement dingue. C'est là qu'elle a décidé de devenir leur nounou.

AF : Comment s'y est-elle prise ?

VN : Elle a fait en sorte de rencontrer la femme au marché, vous savez, « par hasard » (*signe des guillemets avec les doigts*). Elle voulait que la femme pense que l'idée venait d'elle. Tricia est vraiment douée pour ce genre de choses. Obliger les gens à faire ce qu'elle veut sans qu'ils s'en rendent compte. Comme j'ai dit, elle peut vraiment obtenir tout ce qu'elle veut quand elle est motivée. Surtout avec les mecs.
AF (*jetant un regard à Quinn*) : Et c'est à ce moment qu'elle a commencé à se faire appeler Pippa ?
VN : Elle pensait que Pippa faisait plus classe. Elle disait que ce genre de chose était important pour des gens comme les Gardiner. Qu'ils n'aimaient que les gens de leur milieu social.
AF : C'était la seule raison ?
VN (*hésitante*) : Non. Quand on était à l'école, elle a planté une fourchette dans la joue d'une fille. Une dispute stupide parce qu'elle s'était assise à la place de Tricia. C'était toujours comme ça. Elle devenait dingue quand quelqu'un lui disait quoi faire. Ça faisait longtemps que maman avait lâché l'affaire. Ça ne valait pas le coup de se prendre la tête avec elle. Et, à l'école, elle pétait complètement les plombs. Elle s'est fait exclure et on l'a envoyée voir un de ces thérapeutes. Elle avait peur que, si les Gardiner faisaient des recherches sur elle, ils n'apprennent ça et ne refusent qu'elle s'occupe de leur fils.
AF : Lorsqu'elle a obtenu cet emploi de nourrice, vous étiez enceinte, n'est-ce pas ? C'était également l'idée de Tricia, je suppose ?
VN (*remuant sur sa chaise*) : Elle disait qu'on aurait encore plus d'argent comme ça. Que l'ADN prouverait que le vieux m'avait violée.

GQ : Et le journal ?

VN : (*Pause.*) Elle a dit que les gens seraient plus enclins à me croire si on faisait ça. Que ça ferait bien au tribunal. Elle m'a dit quoi écrire.

AF : Elle vous a dicté le journal ?

VN : Elle a inventé et j'ai écrit. Ensuite, elle l'a un peu bousillé avec de l'eau pour que ça ait l'air plus vrai.

GQ : Et tout ça, c'était pendant que vous viviez au dernier étage ?

VN *acquiesce.*

AF : Mais si le bébé était une idée de Tricia, pourquoi ne l'a-t-elle pas fait elle-même ? Comme ça, c'était elle qui aurait eu l'argent.

VN : Elle disait que je ferais une meilleure victime.

GQ : Elle a vraiment dit ça ? Que vous feriez une *meilleure victime* ?

VN : Elle a dit que les gens auraient plus pitié de moi que d'elle. Que personne ne pourrait croire qu'elle se comporte de façon aussi stupide.

AF : Mais que, dans votre cas, ils croiraient à votre histoire ?

VN *se mord la lèvre, mais ne dit rien.*

AF : Et l'argent ?

VN : Elle m'a fait promettre de le partager avec elle. (*Soudain angoissée.*) Elle a dit que je lui devais ça, après tout ce qu'elle avait fait pour moi.

* * *

— T'es carrément sublime. Exactement comme elle.

Tricia se recule et admire son œuvre. La robe rouge, le rouge à lèvres, les cheveux. Tout est parfait.

— Qu'est-ce que t'en penses ?

Vicky se contemple dans le miroir. Tricia a raison. La ressemblance est effrayante. Elle frissonne. Elle n'est pas sûre d'aimer ressembler à quelqu'un de mort.

— Alors, prête ?

Tricia est à la porte, qu'elle tient ouverte.

— Je viens de regarder, il était allongé sur le dos. Pété à la bière. Espérons qu'il puisse encore bander.

— Je ne vais pas baiser avec lui, Tricia. Pas du vrai *sexe.*

Tricia grimace.

— Combien de fois je vais devoir le répéter ? Pas besoin de faire ça. *Tu n'as qu'à le branler. On récupère son foutre et on te le fourre à l'intérieur.*

— Et si jamais il s'en souvient ? Et s'il le dit à quelqu'un ?

Tricia rit.

— Ouais, c'est ça. Il est taré, Vicky. Il ne raconte que des conneries la plupart du temps. Personne ne va le croire. Et, de toute façon, c'est à ça que sert tout ce putain d'accoutrement. Il croira que tu es sa femme. C'est pour ça que c'est une idée géniale. S'il dit quelque chose, les gens croiront juste qu'il est devenu encore plus cinglé. Plus ils croient qu'il débloque, mieux c'est pour nous. *Tu te souviens ?*

Vicky tremble. Il fait toujours froid dans cette foutue maison.

— Tiens, dit Tricia en lui tendant une bouteille de Smirnoff. Je l'ai achetée au coin de la rue. Ça peut aider.

La vodka brûle la gorge de Vicky.

— OK, fait-elle.

Au rez-de-chaussée, dans le salon, William Harper est sur son lit pliant. Il ronfle. Vicky hésite sur le seuil de la porte, mais Tricia la pousse en avant. Elle reste debout à côté du lit un moment, puis retire l'édredon. Harper ne porte qu'une veste de pyjama. Et des chaussettes. Ses parties génitales ratatinées pendent entre ses cuisses.

— Vas-y, murmure Tricia.

— C'est dégoûtant. Pas question que je touche à ça.

— Mets-toi au boulot, tu veux. Il va sans doute jouir en une nanoseconde, de toute façon.

Vicky se penche et prend la bite de Harper dans sa main. Il ouvre les yeux et, un instant, ils restent figés sur place à s'observer mutuellement. Il bouge les lèvres, mais aucun mot n'en sort.

— Bordel de merde, Vicky, souffle Tricia.

Vicky exerce une pression sur le sexe de Harper, dont les yeux s'écarquillent.

— Priscilla ? murmure-t-il en reculant. Ne me fais pas de mal. Je n'ai rien fait. S'il te plaît, ne me frappe pas.

Vicky lâche sa bite.

— Je ne peux pas faire ça.

Tricia s'approche et la pousse violemment de côté.

— Bordel de merde, je dois faire ce putain de truc moi-même ?

Vicky recule vers la porte tandis que Tricia grimpe sur le lit et s'accroupit entre les genoux de Harper. Elle a un sac en plastique dans une main.

— Très bien, dit-elle. Sale vieux pédophile. Voyons de quoi tu es capable.

Vicky bat en retraite dans le couloir.

Elle entend le vieux s'exclamer tandis qu'elle gravit les marches.

* * *

AF : D'accord, Vicky. Passons au mois de Juin 2015. Vous vivez dans la maison de Frampton Road, vous êtes enceinte et Tricia travaille en tant que nourrice de Toby. Parlez-nous d'Hannah. Comment est-elle morte ?

VN : Ce n'était pas censé se passer comme ça. Pas du tout.
GQ : N'essayez pas de nous raconter des conneries du genre « c'était un accident », parce que je ne marcherai pas. Il y a encore des morceaux de son crâne sur cette foutue housse de voiture…
MG : Cette intervention est inutile, inspecteur en chef. Ma cliente est exceptionnellement coopérative.
VN : Je ne vous raconte pas de conneries. Je dis la vérité.
AF : D'accord. Donc, quel était le plan ? Parce que vous en aviez un, n'est-ce pas ? Vous et Tricia. Hannah n'a pas débarqué dans cette maison par le fait du hasard.
VN : Une nuit, quand sa femme n'était pas là, Tricia a baisé avec Rob et elle s'est mise à me raconter qu'il vivrait avec elle s'il n'y avait pas sa femme, mais qu'il était trop courtois pour l'abandonner. Des trucs comme ça. Je ne savais pas quoi faire. J'avais peur de ce qui pouvait arriver…
AF : Que voulez-vous dire ?
VN : Je la connais bien. Si elle veut quelque chose, elle finit par l'obtenir. Et peu importe qui elle blesse au passage.
AF : Vous vous êtes inquiétée au point d'avertir Hannah ?
VN (*acquiesçant*) : Mais j'étais terrifiée à l'idée de ce que Tricia ferait si elle l'apprenait. À moi, je veux dire.
GQ : Attendez une minute. Ce coup de fil qu'Hannah a reçu la veille de sa mort, celui passé par un portable prépayé, c'était vous, non ?
VN (*acquiesçant*) : Je n'ai pas dit qui j'étais. Je ne lui ai pas dit mon nom.
AF : Alors, que lui avez-vous dit ?

VN : Je n'ai pas parlé de Rob. J'ai juste dit que Pippa ne s'appelait pas réellement Pippa. Je lui ai dit qu'elle habitait Clifton Street et qu'il y avait des gens là-bas qui connaissaient son vrai nom, et qu'elle devrait faire des vérifications à son sujet. J'espérais qu'elle découvrirait ce que Tricia avait fait à cette fille à l'école, et qu'ils la vireraient.
AF : C'est donc pour cela qu'Hannah est allée à Cowley Road cet après-midi-là. Pour trouver « Pippa ».
VN (*acquiesçant*) : Mais je crois qu'elle n'a trouvé personne à qui parler.
AF : Et que s'est-il passé le lendemain ? Quel était votre plan ?
VN : Je vous l'ai dit, il n'y avait pas de plan. Je n'étais au courant de rien. J'étais à l'étage, j'ai entendu du bruit et je suis descendue. Et alors… là…

* * *

—Bon Dieu, Tricia, qu'est-ce que t'as fait ?

Tricia est debout devant la fenêtre de la véranda. Elle a un marteau à la main et, à ses pieds, une jeune femme est allongée face contre terre. Du sang épaissit ses cheveux châtain foncé et elle émet un terrible râle d'agonie. Ses mains bougent, griffent le sol ; elle essaie de se relever.

Vicky s'approche.

—Oh, mon Dieu, c'est Hannah…

—Je le sais, pauvre conne. Qui d'autre ça pourrait être ?

—Mais qu'est-ce qu'elle fait ici ? Qu'est-ce qui s'est passé ?

Tricia regarde sa sœur d'un air exaspéré.

—Je te l'ai dit, idiote. Tu as oublié ?

— Tu m'as dit que tu voulais vivre avec Rob, pas que tu voulais la tuer.

—Eh bien, tu sais comment sont les hommes. Ils disent toujours qu'ils vont quitter leur femme et ils ne le font jamais. Maintenant, elle ne pourra plus être entre nous. Point final.

Elle se tourne vers l'étagère derrière elle et prend une paire de gants en plastique. Il y a une seconde paire, un rouleau de chatterton, un bidon de javellisant industriel, une perruque foncée. Rien de tout cela n'était là hier.

—Mon Dieu, Tricia, tu as planifié *ça ?*

—Bien sûr que je l'ai planifié. Pas moyen qu'on en sorte autrement.

—Qu'est-ce que tu veux dire ? Je n'ai rien à voir avec ça. Tu ne peux pas me forcer…

—Oh si, je peux. Parce que, si tu ne m'aides pas, je raconterai à tout le monde ta sale petite manigance. Ce gosse que tu portes. Comment tu as abusé de ce pauvre vieux branleur sans défense. Tu vas être condamnée à trois ou quatre ans minimum.

Les larmes montent aux yeux de Vicky.

—Mais tout ça, c'était ton idée…

—Ouais, répond-elle d'un ton sardonique. Mais ça, personne *ne le sait. Alors, arrête de pleurnicher et aide-moi.*

La femme allongée au sol grogne soudain et essaie de lever une main. Tricia se penche aussitôt et lui tire la tête en arrière en l'agrippant par les cheveux. Du sang coule de sa bouche et elle regarde droit dans les yeux de Vicky.

—Bien, déclare Tricia en la lâchant. Elle t'a vue, maintenant. Donc tu n'as plus le choix. Alors, magne-toi un peu.

—Qu'est-ce que tu veux que je fasse ? demande Vicky, la gorge nouée.

Hannah gémit doucement. Elle appelle son fils.

Tricia saisit la seconde paire de gants et les lui jette.

—Va dans la voiture et prends la couverture dans le coffre. Et ramène le gosse avec toi.

— Il est là-bas ? Tout seul ? Et s'il se met à hurler ? Et si le vieux l'entend ?

Tricia rit.

— Ce vieux connard est dans les vapes. Comme d'habitude. J'ai mis encore plus de somnifères dans sa bière. Je vais aussi en donner au gosse, juste au cas où.

— Tu ne peux pas faire ça, il est trop petit…

— Oh, arrête de faire des histoires, OK ? Je le fais tout le temps. C'est la seule façon de le faire tenir tranquille.

— Mais…

Tricia la fixe.

— Alors, on s'y met ou quoi ?

* * *

AF : Vous avez également fourni un alibi à Tricia, n'est-ce pas ? Vous avez appelé Rob Gardiner et vous lui avez laissé un message disant qu'elle était malade. Et plus tard, lorsque la police vous a appelée pour le confirmer, vous avez déclaré vous appeler Nicki Veale.

VN (*se mordant la lèvre*) : Tricia était vraiment en colère à cause de ça. Elle a dit que j'aurais dû choisir quelque chose de différent, un nom qui ne ressemblait pas au mien. Que c'était la seule chose qu'elle m'avait laissée faire seule, et que j'avais été incapable de le faire correctement.

AF : C'est justement le problème, n'est-ce pas, Vicky ? Tricia est une bien meilleure menteuse que vous. Alors, que s'est-il passé lorsqu'elle nous a donné sa version de la mort, version d'Hannah qui était nettement plus convaincante que la vôtre ? Ensuite ?

VN : C'est *moi* qui dis la vérité. Je n'avais aucune raison de la tuer, hein ?
MG : C'est juste, inspecteur. Ma cliente n'avait aucune raison de tuer Mme Gardiner. Contrairement à sa sœur.
AF : Je n'en suis pas certain, monsieur Godden. Tricia est pleine de ressources. Je suis sûr qu'elle nous racontera une histoire très plausible. Je l'entends déjà : elle dira qu'Hannah avait vu quelque chose depuis la fenêtre de son appartement, qu'elle est venue fureter ce jour-là et qu'elle a découvert une jeune femme enceinte de sept ou huit mois, vivant dans une maison censée être habitée par un vieil homme seul. Hannah était journaliste : dès que Vicky aurait été dans les journaux avec cette histoire d'enfermement dans la cave, Hannah l'aurait reconnue. Il me semble que c'était un mobile suffisant pour que Vicky la tue.
VN : Mais ce n'est pas ce qui s'est passé…
AF : Comment pouvons-nous le savoir ? Vous ne pouvez pas le prouver. Et tout ce que l'avocat de votre sœur a à faire, c'est de créer un doute raisonnable…
(*Interruption – le chef de poste demande à parler d'urgence à l'inspecteur principal A. Fawley.*)
GQ : Audition suspendue à 21 h 42.

* * *

— Qu'y a-t-il donc, Woods ?
— Je suis désolé, chef.
Il me guide jusqu'aux cellules de garde à vue. La porte est toujours ouverte, il y a du sang sur le lit et dans la cuvette des toilettes.
Je me tourne vers Woods.

— Et alors ?

Il désigne le lit. Au milieu des draps froissés, il y a un petit blister de la taille de deux pilules. Il est vide.

— Avant que vous posiez la question, elle *ne* les avait *pas* sur elle quand on l'a bouclée, déclare Woods, écarlate.

— Vous l'avez bien fouillée ?

— Bien sûr. Quel que soit le médicament, c'est le médecin qui les donne. Je connais la procédure. Ça fait suffisamment longtemps que je fais ce foutu métier.

Et je le crois. Mais vous seriez stupéfait de constater à quel point les gens peuvent être sournois. Les trucs qu'ils se débrouillent pour faire entrer clandestinement ici. Ces deux pilules sont un jeu d'enfant, en comparaison.

Woods prend le blister et me le tend. Je le retourne, lit le nom du médicament sur l'aluminium et inspire profondément.

— La seule façon dont elle a pu se procurer ça, c'est sur Internet. Aucun médecin ne le lui aurait prescrit.

— C'est quoi ? s'enquiert Quinn.

Je le regarde.

— Du Misoprostol. Pour provoquer un avortement.

— Merde, lâche-t-il.

Le visage de Woods passe du rouge au blanc et il s'assied lourdement sur le lit.

— Trouvez Everett, dis-je à Quinn. Demandez-lui de ne pas quitter cette fille des yeux.

Mais il a été plus rapide que moi. Il est déjà en train de téléphoner.

— Ev ? Quinn. Surveille Pippa, ou…

Il lève les yeux vers moi, écoute, puis grimace.

— D'accord, lui réponds-je. Appelle-moi si tu as du nouveau.

— Trop tard, dit-il en raccrochant. Elle est partie. Elle était dans une de ces cabines fermées avec des rideaux, et elle a dû réussir à sortir par-derrière…

— Bon Dieu, personne n'était avec elle ?

— Apparemment, Somer était juste devant. Elle pensait que l'infirmière était en train de l'examiner, mais en fait elle n'était pas encore arrivée. C'est une connerie. On en a tous fait.

Bien sûr que oui. Lui, sans aucun doute. Moi aussi. Mais pas quand c'était aussi important.

— Ils sont en train de fouiller l'hôpital ?

Quinn acquiesce.

— Mais elle a dix minutes d'avance. Et vous savez à quoi ressemble cet endroit. C'est un vrai dédale.

— Elle ne pourra sans doute pas aller très loin. Pas dans l'état où elle est.

Quinn a un rictus.

— Elle est bien capable de disparaître. Après tout, la connaissant, elle a sans doute planifié tout ça.

J'en ai conscience. Et c'est bien ce qui m'inquiète.

* * *

BBC Midlands Today
Samedi 11 mars 2017 – Dernière mise à jour à 17 h 34

DERNIÈRE MINUTE – LE SUSPECT DU KIDNAPPING DANS LA CAVE LIBÉRÉ : AUCUNE CHARGE RETENUE CONTRE LUI

La police de Thames Valley a publié une déclaration confirmant que le propriétaire de la maison de Frampton Road à Oxford, qui était soupçonné d'avoir enlevé et séquestré une jeune femme, est blanchi de tout soupçon. La police n'a pour l'instant pas révélé son identité, mais il est connu dans le quartier sous le nom de William Harper, un septuagénaire, professeur d'université à la retraite. On parle désormais d'une terrible escroquerie dont le professeur Harper, qui souffre de la maladie d'Alzheimer, aurait été la victime.

L'inspecteur principal Adam Fawley a refusé de commenter les rumeurs selon lesquelles la soi-disant séquestration serait liée au meurtre d'Hannah Gardiner en 2015, comme il a refusé de parler des nouvelles accusations qui auront lieu dans cette affaire. « Nous avons un suspect, a-t-il dit. « Mais nous n'avons pour le moment procédé à aucune arrestation. »

* * *

Everett éteint les infos. Elles ont tourné en boucle toute la journée. Télé, journaux, Internet. « "Escroquerie Fritzl" : la jeune femme a simulé une séquestration pour de l'argent ; l'affaire d'Oxford soulève des questions sur la vulnérabilité des personnes âgées vivant seules. » Les journalistes ont appelé les officiers de police et ont fait le pied de grue devant chez eux, pour recueillir une déclaration, tenter d'entrer dans la maison de Harper ou obtenir une photo de Vicky. Fawley les a tous virés.

Elle regarde son chat, lové sur ses genoux.

— Il va falloir que tu bouges, Hector. Il faut que je prépare le dîner.

Le gros chat tigré cligne des paupières, visiblement peu convaincu que ce soit une raison suffisante pour le déranger. C'est alors qu'on frappe à la porte.

— Allez, bouge, Hector, dit-elle en le déplaçant sur le fauteuil à côté d'elle.

Elle se lève et se dirige vers la porte.

— Oh, s'exclame-t-elle en apercevant qui est là.

Erica Somer sourit timidement, une bouteille de Prosecco à la main. Elle est en civil : jean clair, T-shirt noir, queue-de-cheval.

— Pardon de venir à l'improviste. Ton voisin sortait et il m'a laissée entrer.

Everett tient toujours la porte.

— Écoute, je me suis dit que peut-être, toi et moi… on n'était pas parties du bon pied.

Elle tend la bouteille.

— Ça te dirait, un verre ?

Everett n'a toujours rien dit, et soudain Somer s'exclame :

— Oh, c'est ton chat ?

Elle s'accroupit, prend l'animal dans ses bras et se met à le caresser entre les oreilles. Il ferme les yeux et ronronne de félicité.

— Attention, il va devenir ton ami pour la vie si tu continues comme ça, dit Everett avec un sourire ironique.

Somer lui sourit.

— Je veux un chat, mais on n'a pas le droit d'avoir des animaux dans mon immeuble.

Everett a un rire sec.

— J'ai choisi cet appartement uniquement parce qu'il a un escalier de secours. Comme ça, il peut sortir à sa guise. Il était moitié plus cher que les autres que j'ai visités. Tout le monde pensait que c'était une folie. Et, maintenant, ce bougre de paresseux ne s'en sert presque jamais.

Les deux femmes se regardent un moment, puis Everett fait un pas en arrière et ouvre la porte en grand.

— Tu n'avais pas parlé d'un verre ?

* * *

Trois semaines plus tard.

Le jardin.

Mes parents portent des vêtements guindés qui leur paraissent appropriés pour un déjeuner dominical avec leur fils et leur belle-fille. Des habits qui retourneront sans doute directement dans le dressing lorsqu'ils rentreront chez eux. Une table couverte de nourriture qu'ils toucheront probablement à peine. Du poulet fumé, de la roquette, des figues, des framboises, du pecorino. Alex est en contrebas avec ma mère et le garçon, qui parle au chat des voisins – un animal doux, roux et blanc, avec une queue très fournie. De temps en temps, il tend la main pour essayer de la saisir, et Alex le retient avec prévenance.

Mon père me rejoint.

— Vous dressez toujours une belle table.

Je souris.

— C'est Alex, pas moi. Je crois qu'elle a acheté tout le magasin.

Un silence. Aucun de nous deux ne sait trop quoi dire.

— Alors, tu as trouvé cette fille que vous cherchiez ? Celle qui a tué cette pauvre jeune femme ?

Je secoue la tête.

— Non, pas encore. On a mis sous surveillance les ports et les aéroports, mais il est possible qu'elle se soit débrouillée pour quitter le pays.

— Et le garçon ? demande-t-il en se servant une autre bière à faible teneur en alcool.

— Toby ? Il va bien. Son père le protège de toute cette agitation.

— Non, je parle de ce garçon-là, dit-il en faisant un geste vers le jardin. Est-ce vraiment une bonne idée de le garder chez vous ?

— Écoute, papa…

— Je me fais juste du souci pour vous. Après ce qui est arrivé à Jake… Ça n'a pas été facile, n'est-ce pas ? Pour Alex, je veux dire. Et pour toi aussi, bien sûr, s'empresse-t-il d'ajouter.

— On va bien. Je t'assure.

C'est ce que je dis. C'est ce que je dis toujours.

— Que va-t-il devenir ? poursuit-il.

Le garçon s'est mis à pleurer et Alex le réconforte dans ses bras. Je remarque que ma mère a l'air inquiète.

— Je ne sais pas. Les services sociaux vont décider.

Alex s'est assise sur le banc avec le garçon. Il pleure toujours et ma mère hésite, ne sachant trop quoi faire.

— Ça ne va pas être simple pour lui, relance mon père en les regardant tous les trois. Un jour, il faudra dire la vérité à cet enfant. Qui il est. Qui est son père, ce que sa mère a fait. Ça ne va pas être facile de vivre avec ça.

Je pense à William Harper, qui a toujours voulu avoir un fils. Sait-il seulement qu'il en a un, maintenant ? Souhaite-t-il le rencontrer ? Ou bien le stress des semaines passées l'a-t-il définitivement plongé dans les ténèbres ? La dernière fois que je suis allé à Frampton Road, il y avait une pancarte « À vendre » devant la maison. J'essaie de me dire que, de toute façon, il était sur le point d'aller en maison de retraite, mais c'est un aspect de l'affaire qui ne va pas s'oublier comme ça.

— Parfois, il est plus facile de ne pas affronter ce genre de choses, dis-je en me forçant à revenir dans le présent. Parfois, le silence est préférable.

Il me regarde et, l'espace d'un instant – juste un instant –, je crois qu'il va dire quelque chose. Que le moment est enfin venu où il va me dire la vérité. À mon sujet. À leur sujet. Me dire qui je suis.

Mais alors ma mère nous appelle du jardin. Mon père me touche doucement l'épaule et se dirige vers la porte.

— Je suis certain que tu as raison, fils, murmure-t-il.

* * *

Fin octobre. Il ne cesse de pleuvoir. Cette pluie fine et froide qui pénètre jusqu'aux os. Rivières, canaux, étangs : cette ville est pleine d'eau. En hiver, la pierre est détrempée. Sur Frampton Road, les fenêtres de quelques maisons sont ornées de décorations d'Halloween – des maisons familiales, forcément. Des goules au regard torve, des Dracula, des sorcières aux cheveux verts. Sur un ou deux perrons, des citrouilles ont été découpées pour figurer des yeux et des dents.

Mark Sexton est debout sous un parapluie sur le trottoir du 31. Il regarde le toit. Aucune chance que tout soit prêt pour Noël. Mais, au moins, les ouvriers sont de retour sur le chantier. Ou devraient l'être. Il consulte sa montre pour la quatrième fois. *Bordel, où sont-ils ?*

Un camion à plate-forme surgit alors au coin de la rue et s'arrête devant la maison. Deux hommes en sortent. L'un d'eux est Trevor Owens, le contremaître. L'autre est un jeune type qui se dirige à l'arrière du camion pour décharger les outils.

— Il n'y a que vous deux ? demande Sexton, méfiant. Vous n'aviez pas dit qu'ils seraient tous de retour aujourd'hui ?

Owens s'approche de la porte.

— Pas d'inquiétude, monsieur Sexton. Ils arrivent. Ils sont juste passés au magasin pour prendre du matériel. Je suis venu avant pour revoir le petit problème qu'il y a à la cave.

— Ça ne m'a pas l'air d'un *petit* problème, réplique Sexton avant de déverrouiller la porte d'entrée.

À l'intérieur, la maison pue l'humidité. Encore une raison pour laquelle il tenait à ce que les travaux soient faits durant l'été.

Owens traverse le couloir, se rend dans la cuisine et ouvre en grand la porte de la cave. Il actionne l'interrupteur, mais il ne se passe rien.

— Kenny ! appelle-t-il. Tu as la lampe ?

Le jeune homme le rejoint avec une grande torche en plastique jaune. Owens l'allume et éclaire la douille. Il n'y a pas d'ampoule.

— OK, dit-il, voyons donc ce que nous avons là.

Il se met à descendre l'escalier, mais il y a soudain un craquement, puis un cri, puis un grand bruit.

— Eh ! s'exclame Sexton en se penchant en avant. C'était quoi, ce bordel ?

Depuis le seuil, il regarde en bas. Owens est au milieu des marches, couché sur le dos, accroché à ce qui reste de l'escalier en bois.

— *Merde*, dit-il, le cœur battant. *Merde*, là, en bas !

La torche est tombée tout en bas et le cône de lumière éclaire le sol. Une dizaine de petits yeux ronds brillent dans les ténèbres. On entend des pattes gratter le sol.

Des rats.

Mais ce n'est pas de ça qu'Owens veut parler.

Elle est allongée en bas de ce qui fut jadis l'escalier. Une jambe est tordue dans un angle impossible. Cheveux longs qui ont pris une couleur verdâtre, bras maigres, vernis à ongles noir. Elle est jeune. Et elle fut sans doute jolie, mais c'est impossible à dire.

Car elle n'a plus de visage.

* * *

Daily Mail
21 décembre 2017

VERDICT DANS L'AFFAIRE DES « SŒURS MALÉFIQUES »
Vicky Neale condamnée pour escroquerie « cruelle et inhabituelle »
Toujours aucune accusation pour le meurtre d'Hannah Gardiner
par Peter Croxford

L'« arnaqueuse de la cave », Vicky Neale, a été condamnée hier à six ans de prison par le tribunal d'Oxford, après avoir plaidé coupable pour tentative d'escroquerie sur la personne de William Harper, en l'accusant de fausse séquestration et de viol. La cour a entendu comment Neale et sa sœur aînée, Tricia Walker, ont torturé et humilié le vieil homme en le brûlant à plusieurs reprises sur la cuisinière et en plaçant dans sa maison du matériel pornographique pour l'incriminer. Pour fixer la peine, le juge Theobald Wotton a qualifié le comportement de l'adolescente de dix-neuf ans de « cruel et inhabituel » dans cette « tentative inhumaine et égoïste de s'en prendre à une personne âgée, fragile et vulnérable, qui ne leur avait rien fait ».

S'exprimant après le verdict, le commissaire John Harrison de la police de Thames Valley s'est déclaré satisfait que justice ait été rendue, et a confirmé que la police était en train de monter un dossier en relation avec le meurtre en 2015 de la journaliste de la BBC Hannah Gardiner, qu'elle soumettra au procureur. Même si de nombreux commentateurs doutent qu'il soit possible d'établir précisément l'implication de Neale dans ce crime après la découverte, il y a deux mois, du corps partiellement décomposé de Tricia Walker dans la cave de la maison mitoyenne de William Harper. Les restes macabres ont été trouvés par le propriétaire de cette maison en travaux, et la police pense que Walker s'y cachait après s'être échappée de garde à vue en se provoquant une fausse couche. Les analyses *post mortem* ont montré que, souffrant de vertiges après avoir perdu beaucoup de sang, elle était tombée et s'était brisé la jambe dans le dangereux escalier menant à la cave. Le médecin légiste a conclu à une mort accidentelle due à la déshydratation. Seul un mystère demeure : qu'est devenu l'objet d'art japonais hors de prix que Walker a volé chez William Harper et qu'elle portait autour du cou ? La chaîne d'argent gisait cassée sur le sol, mais la police n'a trouvé aucune trace dudit objet, et une recherche extensive menée par l'Unité des œuvres d'art et des antiquités de la police métropolitaine n'a donné aucun résultat.

Quoique aucune charge n'ait été prononcée en relation avec le meurtre d'Hannah Gardiner, certains détails des circonstances horribles de sa mort se sont depuis fait jour. Tricia Walker est soupçonnée d'avoir méticuleusement préparé ce meurtre, ligotant le corps de Mme Gardiner pour donner l'impression qu'il s'agissait du crime d'un prédateur sexuel. Vicky Neale a apparemment nié toute implication directe dans la mort de Mme Gardiner, affirmant qu'elle s'était limitée à aider Walker à couvrir le meurtre parce qu'elle était entièrement sous son contrôle et craignait pour sa propre vie si elle ne lui obéissait pas.

Le psychologue criminel Laurence Finch, consultant pour la célèbre émission télévisée *Crimes That Shook Britain*, déclare qu'il s'agit d'un exemple classique de crime généré par une *folie à deux* *, commis par deux personnes travaillant ensemble : « Dans une affaire de ce genre, il y a presque toujours un partenaire dominant ; mais, dans la plupart des cas, il s'agit d'un homme imposant sa volonté à une femme, souvent son épouse ou sa petite amie. Prenez les Tueurs des Landes, par exemple. Ce qui rend cette affaire si particulière, c'est que ce meurtre implique deux femmes, deux sœurs qui plus est. »

Le professeur Finch croit aussi que Tricia Walker est un rare exemple de femme psychopathe : « On est habitué à ce que des hommes commettent ce genre de crime, mais certaines femmes en sont également capables si les éléments déclencheurs décisifs sont réunis. De nombreux psychopathes potentiels passent leur vie sans commettre le moindre crime parce qu'ils ne se trouvent jamais dans une situation où ils ne peuvent pas obtenir ce qu'ils veulent. Tant qu'ils ne sont pas contrecarrés

* En français dans le texte.

ou frustrés, ces gens peuvent paraître parfaitement normaux – sans doute plutôt manipulateurs, mais bien souvent extrêmement charmants. Comme l'un des experts en ce domaine l'a déclaré : un psychopathe vous fera passer un bon moment, mais vous le paierez très cher. »

389 commentaires

Danielaking07

À mon avis, le mari et le fils d'Hannah Gardiner sont les véritables victimes de ces deux salopes vicieuses. Ce petit garçon grandit sans sa mère, c'est lui qui « le paie très cher ».

Sandra_the_sandra

J'ai pitié du vieil homme. Combien de personnes âgées vont encore être abandonnées dans leur maison avant que l'on débloque suffisamment d'argent pour que les assistants sociaux puissent faire correctement leur travail ?

GloriousGloria

Ce que je voudrais savoir, c'est comment deux jeunes filles issues de bonne famille peuvent se transformer en de tels monstres. Pour autant que je sache, elles n'ont pas été abusées ou quoi que ce soit ?

Otter_mindy1776

D'après moi, Internet a beaucoup à voir avec ça. Je parie qu'elles ont aussi pris des selfies en torturant ce pauvre vieux.

FireSalamander33
Au moins, maintenant, le petit garçon de Vicky aura une chance de prendre un bon départ dans la vie. J'ai entendu dire qu'il va être adopté et que les services sociaux l'ont appelé Brandon à cause de ses cheveux foncés. Ça veut dire « Petit corbeau ». Joli, non ?

ÉPILOGUE

L'immeuble est froid, malgré le soleil d'été. Il y règne l'atmosphère d'un lieu inhabité. L'humidité caractéristique de l'absence de chaleur humaine, de respiration. Mais c'est une illusion, parce que dans un coin, au milieu de canettes de Coca vides, de burgers à moitié mangés et d'un sac de serviettes hygiéniques, une fille est assise. Elle est adossée au mur, une veste posée sur elle comme une couverture. Une veste bleu marine. Matelassée.

La porte s'ouvre doucement et quelqu'un entre, le visage dans l'ombre, à contre-jour des rayons du soleil.

Tricia essaie de se relever, mais grimace. Elle souffre, visiblement.

Vicky la regarde.

— Ils disent que tu as perdu le bébé.

— Ouais. Eh ben, plus tôt je m'en débarrassais, mieux c'était. Je suis tombée enceinte uniquement parce que je voulais Rob. Je ne voulais pas d'un putain d'*enfant*. Ça a vraiment été ma chance que ce pauvre connard tire à blanc.

Vicky garde le silence.

— Qu'est-ce que tu leur as dit ? demande Tricia. À la police ?

— Rien. Ils ne savent pas que je suis là. J'ai obtenu une liberté provisoire.

— Comment tu as su où me trouver ?

— Je connais ta façon de penser. Je te connais. La véritable *toi*. Mieux que personne.

Tricia ricane.

— Mais tous ces gens, ils ne *te* connaissent pas, hein, Vicky ? Tu leur as menti.

— Comme toi. Et tu m'as menti, à *moi*. J'ai failli mourir à cause de toi.

Vicky referme violemment la porte derrière elle. Par terre, des feuilles de journal s'envolent.

— Cet inspecteur, Fawley, m'a montré ce qu'ils ont trouvé sur ton téléphone. Ces sites Internet que tu as consultés. Sur la manière de réclamer de l'argent.

Tricia modifie un peu sa position.

— Il fallait qu'on réfléchisse à ce qu'on allait faire, non ?

— Mais il n'était pas question de *nous*, n'est-ce pas ?

Les lèvres de Vicky tremblent, mais il y a dans son regard quelque chose de féroce et d'implacable.

— Il n'était question que de *toi*. Et il n'y avait pas que ces recherches sur Internet. Tu as également envoyé un e-mail à un avocat. Demandant combien tu pouvais obtenir si tu attaquais quelqu'un qui avait *tué ta sœur*.

Un silence.

— Ce n'était pas une erreur, Tricia. Tu voulais que je meure. Et tu voulais accuser Harper de ma mort.

Elles s'observent. Ouvertement hostiles.

— Où est-il ? lance Vicky d'une voix dure.

— De quoi tu parles ?

— Tu sais très bien de quoi je parle. Donne-le-moi.

Tricia fronce les sourcils.

— Et pourquoi je devrais faire ça ?

— Donne-le-moi et je te laisse tranquille. Sinon…

— *Sinon ?*

La question reste en suspens.

Sans réponse.

Remerciements

Il y a maintenant beaucoup de personnes merveilleuses dans l'« équipe Fawley », qui toutes m'ont aidée à écrire, construire et parfaire ce roman. Principalement mon agent Anna Power, fabuleuse, patiente et encourageante, ainsi que mes deux éditeurs chez Penguin : les délicieuses et perspicaces Katy Loftus et Sarah Stein. Je tiens également à remercier mes fantastiques attachées de presse, à la fois au Royaume-Uni, Poppy North, Rose Poole et Annie Hollands, et aux États-Unis, Ben Petrone et Shannon Kelly.

Je voudrais dire un grand merci à mes conseillers expérimentés : Joey Giddings, membre extraordinaire de la police judiciaire qui a conçu la scène de crime des pages 50-51, l'avocat Nicholas Syfret, qui m'a donné de nombreux conseils concernant l'aspect légal, et l'inspecteur principal Andy Thompson, qui m'a fourni une aide inappréciable sur les procédures de la police. Ainsi que le professeur Ann Robinson, Nikki Ralph et Martin Deahl. Je me suis efforcée de rendre l'histoire aussi précise que possible, mais, comme dans toute œuvre de fiction, je me suis autorisé une licence artistique ici et là. Par exemple, les procédures concernant l'audition de personnes vulnérables sont très complexes et je ne prétends pas avoir rendu l'intégralité de ces détails. Inutile de le dire, les éventuelles erreurs et inexactitudes ne peuvent qu'être de mon fait.

Merci également à mes « premiers lecteurs » : mon mari Simon et mes chers amis Stephen, Elizabeth, Sarah et Peter. Ainsi qu'à ma formidable relectrice, Karen Whitlock.

Finalement, il peut paraître étrange de remercier une ville, mais je n'aurais pu écrire ce livre sans le « génie du lieu » d'Oxford. C'est une ville infiniment inspirante et surprenante où j'ai la très grande chance de vivre. Cependant, il va de soi que mes personnages sont le pur fruit de mon imagination et ne sont pas basés sur des personnes existantes. Beaucoup d'endroits sont également de mon invention, mais d'autres non. Wittenham Clumps est bien réel, ainsi que le Cuckoo Pen, le Money Pit et la légende du corbeau. Il y a quelques années, on a découvert dans les Clumps les restes d'un homme, d'un enfant et d'une femme démembrée, datant de l'âge du fer. Selon une théorie, la femme a fait l'objet d'un sacrifice humain. Mais, à ma connaissance, il n'y a jamais eu de projet immobilier à cet endroit.

Achevé d'imprimer en août 2020
Par CPI Brodard & Taupin à La Flèche
N° d’impression : 3039283
Dépôt légal : septembre 2020
Imprimé en France
38122138-1